Elena Büchel

Wenn der Mut die Angst überwindet
Mutgeschichten

Elena Büchel

Wenn der Mut die Angst überwindet

Mutgeschichten

Rediroma-Verlag

Bibliografische Information der Deutschen Nationalbibliothek:
Die Deutsche Nationalbibliothek verzeichnet diese Publikation
in der Deutschen Nationalbibliografie; detaillierte
bibliografische Daten sind im Internet über http://portal.dnb.de
abrufbar.

ISBN 978-3-98527-690-5

Copyright (2022) Rediroma-Verlag

www.rediroma-verlag.de
13,95 Euro (D)

Dieses Buch ist ein ganz besonderes …

Das sind Geschichten aus dem Leben, von Frauen erzählt, die wie du und ich sind. Frauen, die vielleicht bei dir um die Ecke wohnen. Sie sind unscheinbar. Und gleichzeitig besonders. Weil sie sich trauen …

Sie trauen sich, ihre Stimme zu erheben. Sie trauen sich, ihre ganz persönliche Geschichte zu erzählen …
Ich habe nach Frauen gesucht, die trotz aller Herausforderungen im Leben nicht daran zerbrochen sind. Frauen, die an ihren Träumen und Zielen festgehalten haben. Frauen, die keine einfache Kindheit hatten. Frauen, die Krisen überwunden haben. Frauen, die an diesen Herausforderungen gewachsen sind und offene, herzliche, wundervolle Persönlichkeiten entwickelt haben, mit Tiefgang. Mit Substanz.

Ziel dieses Buches ist zu zeigen, dass wir alle eine große Liebeskraft in uns tragen. Kraft und schöpferische Energie, die imstande ist, Veränderungen zu bewirken. Und diese Veränderungen beginnen in unserem alltäglichen Leben. In der Familie. Am Arbeitsplatz. In kleinen Dingen, die auf den ersten Blick banal sind, aber lebensverändernd sein können. Wir wollen Mut schenken und zeigen, dass auch du das kannst, mutig sein.

Inhalt

Shila

„Wir haben zwei Leben – das zweite beginnt in dem Moment, in dem wir erkennen, dass wir nur eines haben."

So oder so ähnlich hat das mal Konfuzius gesagt. Es ist eines der schönen Sprichwörter, die wir in der heutigen Zeit an vielen Wänden sehen. Sie dienen als Wandschmuck, können uns motivieren, zum Schmunzeln bringen und, ja, manche bringen uns echt zum Nachdenken. Trotzdem bleibt es ein Wandschmuck und es bleibt eine gewisse Distanz. Aber was, wenn sich die Wand plötzlich vor einem selbst auftut? Wirklichkeit wird …?

Mein erstes Leben endete sehr abrupt am 5. Januar 2018 gegen 18.15 Uhr. An diesem Tag hatte ich einen Termin bei dem Chefarzt eines Brustzentrums in einem nahegelegenen Krankenhaus. Es war bereits mein zweiter Termin, denn zwei Tage zuvor war ich schon einmal dort gewesen, um mich einer Stanzbiopsie zu unterziehen. Ich war gerade aus meinem Weihnachtsurlaub zurückgekehrt: Zum ersten Mal verbrachte ich mit meiner kleinen Familie Weihnachten nicht unter dem Weihnachtsbaum im Schnee, sondern unter Palmen. Alles wäre perfekt gewesen, wenn ich nicht dort unter den Palmen plötzlich einen kleinen Knoten in meiner linken Brust entdeckt hätte. Ich saß unter den Palmen in der Sonne Dubais und fühlte dunkle Wolken über meinem Himmel aufsteigen.

Tags zuvor waren wir in einer großen Shopping-Mall und ich hatte einen Ring entdeckt, der mir sehr gut gefiel. Es gab ihn in mehrfacher Ausführung und mein Mann sagte mir, dass er mir diesen Ring gerne schenken würde. Wir entschieden, dass ich noch eine Nacht in Ruhe darüber schlafen und mich dann für die Ausführung meiner Wahl entscheiden würde. In dieser Nacht hörte ich eine Stimme im Traum, die zu mir sprach: Shila, vergiss den Ring. Bald wirst du eine Chemotherapie machen und glatzköpfig am Rand des Fußballfeldes deiner Kinder stehen …

Schweißgebadet wachte ich auf. Am nächsten Tag sagte ich meinem Mann, dass ich den Ring nicht möchte. Es deutete sich an, dass es Wichtigeres im Leben gibt.

Nun saß ich da und wartete, bis der Chefarzt endlich Zeit für mich haben würde. Die Tür öffnete sich gegen 18 Uhr und der Arzt verabschiedete seine Patientin, um mich anschließend hereinzubitten. Er bat mir einen Sitzplatz an und ging um den Schreibtisch, um dort selbst Platz zu nehmen. Während er um den Schreibtisch ging, versuchte er bemüht, ein Gespräch mit mir anzufangen. Ich spürte, dass eine seltsame Stimmung in der Luft lag.

„Wie geht es Ihnen?", fragte er mich.

„Ihre Frage kommt zu früh," entgegnete ich ihm. „Bitte stellen Sie mir diese Frage nochmal in fünf Minuten. Wenn Sie das Ergebnis der Biopsie verkündet haben."

Er verzog schmerzhaft das Gesicht und sagte, dass er keine guten Nachrichten für mich hätte. „Sie haben Brustkrebs." Schnell fügte er hinzu: „Aber es gibt Grund zur Hoffnung, denn die Lymphknoten sehen, der ersten Einschätzung nach, unauffällig aus. Endgültig kann man das erst während bzw. nach der Operation sagen."

Die erste Frage, die ich dem Arzt stellte, war, ob ich eine Chemotherapie machen müsse. Er nickte. „Es werden voraussichtlich vier Chemotherapien werden in einem Abstand von jeweils drei Wochen."

„Werde ich meine Haare verlieren?", fragte ich ängstlich.

„Ja, aber bei manchen Frauen kommen sie viel dichter und sogar schöner zurück."

Ich verzog die Mundwinkel. Ich habe so dicke und so viele Haare auf dem Kopf, dass mir meine Friseurin immer schon sagte, dass man damit locker zwei Köpfe füllen könnte. Das war also ein schwacher Trost.

Ich war so sehr mit dem Haarthema befasst, dass ich vergaß, worum es ging. Obwohl mich Biologie immer interessierte und deshalb sogar eines meiner Abiturfächer war, schäme ich mich heute für die äußerst naive Frage, die ich stellte: „Aber wenn der Tumor nur in der Brust ist, kann er mir dann wirklich gefährlich werden?"

Der Arzt schaute mich etwas irritiert an. „Brustkrebs ist eine Systemkrankheit. Sie fängt in der Brust an und versucht von dort aus das ganze System zu erobern."

In diesem Moment begriff ich: Zum Teufel mit den Haaren – es geht ums große Ganze! Ich fühlte mich, als würde man mir den Boden unter den Füßen wegziehen und als ob ich mich im freien Fall befinden würde. Wo und wann würde ich landen?

Der Arzt holte seinen Terminkalender heraus. Ich sollte schon am nächsten Tag wiederkommen und den ganzen Tag für nähere Untersuchungen einplanen. Mein ganzer Körper sollte untersucht werden, um zu überprüfen, ob der Krebs vielleicht schon sein Werk begonnen und sich in meinem Körper weiter unbemerkt ausgebreitet hatte.

„Einen Moment bitte", sagte ich, „bitte nicht so schnell. Ich muss erst mal schauen, ob ich morgen Zeit habe. Ich habe zwei Kinder zuhause und ich muss erstmal klären, wer morgen auf sie aufpassen kann. Ich weiß nicht, ob mein Mann so kurzfristig frei nehmen kann."

Der Arzt schaute erneut irritiert über seinen Brillenrand zu mir herüber: „Frau Driesch, Sie werden da sein."

Die Dringlichkeit in seiner Botschaft ließ keinen weiteren Zweifel zu.

„Okay, bis morgen dann."

Ich hatte bis dato noch nie meinen Mann gebeten, sich frei zu nehmen, um sich um die Kinder zu kümmern. Nur das eine Mal, als ich plötzlich einem Magen-Darm-Infekt zum Opfer fiel und über der Toilette hing, während unsere beiden Jungs um die Toilettenschüssel tanzten. Da habe ich das erste und einzige Mal meinen

Mann bei der Arbeit angerufen, um ihn zu bitten, nach Hause zu kommen. Ich wollte nie zur Last fallen.

Ich verließ das Krankenhaus und deaktivierte den Flugmodus aus meinem Handy. Ich rief meinen Mann an, der schon auf meinen Anruf wartete. „Und?", fragte er. Ich hörte die Jungs im Hintergrund toben.

„Kannst du bitte mal in einen anderen Raum gehen, ich muss dir was sagen."

Ich hörte die Türklinke, danach Totenstille. Ich sagte meinem Mann, dass der Knoten bösartig wäre und ich jetzt nach Hause kommen würde. Er müsse sich morgen frei nehmen, weil ich den ganzen Tag im Krankenhaus verbringen müsste.

Mein Mann ist der geborene Optimist, aber dieses Mal hatte er wenig entgegenzusetzen. „Komm erstmal nach Hause, mein Schatz", war das Einzige, was er herausbrachte.

Danach rief ich meine Schwester an. Bevor ich nach Dubai geflogen war, hatte meine Schwester ihre beste Freundin zu Grabe getragen, nachdem sie mit Mitte 40 gestorben war – an Krebs. Sie weinte.

Als ich zuhause ankam, wusste ich gar nicht, was ich zuerst machen sollte. Meine Schwester war auch bereits gekommen. Ich war noch im Erledigungsmodus – ich musste schließlich noch bei meinem Frauenarzt die Überweisung für den nächsten Tag holen. Der Frauenarzt hatte noch geöffnet, also fuhr ich hin. Meine Schwester wollte für mich fahren, aber ich wollte das selbst erledigen. Ich bin schließlich eine selbstständige Frau.

Als ich bei meinem Frauenarzt ankam, wurde ich behandelt, wie man das sonst nur bei Privatpatienten kennt. Ich spürte, dass sie Bescheid wussten. Ich durfte direkt und ohne Umschweife zum Arzt ins Behandlungszimmer. „Wie geht es Ihnen?" Wieder diese Frage …

„Keine Ahnung, ehrlich gesagt", antwortete ich. Es war noch nicht die Zeit zum Fühlen gekommen – noch nicht …

Wieder zuhause angekommen, meinte meine Schwester, dass ich meine Mutter über die Neuigkeiten informieren müsse. Mir stand überhaupt nicht der Sinn danach. Wir hatten familiär extrem schwierige Zeiten hinter uns.

Eigentlich war es in unserer Familie immer schon schwierig und wahnsinnig anstrengend, seitdem ich denken kann, aber in den letzten Jahren hatte sich die ganze Situation sehr zugespitzt, bis ich mich letztendlich, nach jahrelangem Kampf und vergeblicher Bemühungen, dazu entschied, mich abzukapseln und zu distanzieren.

Ich hatte schließlich meine eigene kleine, glückliche Familie: meinen Mann, unsere beiden Jungs und unseren Hund.

Aber wieder mal gab ich nach und rief meine Mutter an. In Nachgeben war ich geübt.

Die erste Nacht nach der Diagnose war ein Albtraum. Albträume hatte ich schon öfter – aber dann bin ich aufgewacht mit dem erleichterten Gefühl, dass es zum Glück nur ein Traum war. Diesmal war der Traum Realität – bittere Realität.

Am nächsten Tag musste ich nukleare Kontrastmittel schlucken und eine gefühlte Ewigkeit fuhr eine Maschine über meinen ganzen Körper hinweg: der Ganzkörper-Scan stand an. Ich wusste, dass die Ärztin im Nachbarraum vor ihrem großen Bildschirm stand und meine Bilder auswertete. Das Einzige, was ich tun konnte, war zu beten, dass sie nichts finden würde, was dort nicht hingehört. Am Ende der Untersuchung bestätigte sie glücklicherweise meine Hoffnung.

Ein paar Tage später folgte allerdings ein rabenschwarzer Tag. Das genaue Ergebnis der Gewebeuntersuchung trudelte ein. Der Arzt hatte ein besorgtes Gesicht und ich wusste nicht warum. Er sagte mir, dass ich einen besonders seltenen Tumor in mir tragen würde. „Besonders" hatte ich in meinem Wortschatz immer als positiv eingestuft. Schließlich sollte in der Schule immer

„besonders" gute Noten mit nach Hause bringen. Aber besonders kann eben auch besonders schlecht sein.

Der Arzt erklärte mir, dass es sich um ein sogenanntes triple negatives Mammakarzinom handeln würde. Ich wusste mit diesen ganzen neuen Vokabeln nichts anzufangen. Es war, als wäre ich auf einem neuen Planeten gelandet, auf dem die Bewohner eine Sprache sprechen würden, die mir nicht geläufig war. Was mir direkt von Beginn an sehr merkwürdig aufstieß, war die Bezeichnung: Mammakarzinom. Ja, ich war eine „Mama" aber das Karzinom wollte ich nicht.

Nachdem mein Mann die Wörter TNBC (triple negative breast cancer) in die Internetsuchmaschine eingegeben hatte, bat er mich inständig, dies nie zu tun. Ich versprach es ihm und habe mein Versprechen bis heute gehalten.

Auf den Punkt gebracht lässt sich wohl sagen, dass der TNBC als das „Arschloch" unter den Brustkrebstumoren bekannt ist. Aufgrund meines Versprechens kann ich für die nachfolgende, laienhafte Ausführung keine Garantie übernehmen: Circa 90 Prozent aller Brustkrebstumore sind hormonell bedingt. Bei dieser Form gelten die Heilungschancen als größer, weil es mehrere bewährte Behandlungsmöglichkeiten gibt. Mehr Behandlungsmöglichkeiten eröffnen größere Heilungschancen. Nach der Chemo und Bestrahlung können die Patientinnen mit einem hormonellen Brusttumor noch Folge-Therapien machen, wie z.B. eine Antikörper-Therapie. Außerdem nehmen die betroffenen Frauen ungefähr zehn Jahre täglich eine Hormontablette, die vor einem Rezidiv – einer Wiederkehr der Krankheit – schützen sollen.

All diese Möglichkeiten gibt es beim TNBC nicht! Dieser Tumor reagiert nicht auf Hormone. Ich finde, man hört es schon am Namen: Negativ zu sein, ist meist nicht schön. Triple negativ zu sein, hört sich bedrohlich an.

Lange Zeit galt ich in der Chemo-Ambulanz als „triple- negativ-Frau", was mich sehr belastet hat. Was ich verstand, war: Ich hatte nur eine Waffe: die Chemotherapie. Wenn einem nur eine Waffe zur Verfügung steht, sollte diese Waffe eben besonders stark sein. Aus 4 Chemotherapien wurden plötzlich 16! Ich war total überfordert und fühlte mich, als würde ich vor einem riesigen Berg stehen. Ich hatte keine Ahnung, wie ich diesen Berg bezwingen wollte.

Einen Tag nach meiner ersten Operation bekam ich Besuch von zwei Frauen, die mir bei der Anforderung eines Schwerbehindertenausweises behilflich sein wollten. Moment mal, vor ein paar Tagen war ich noch wie üblich 10 km um den See gejoggt. Jetzt sollte ich einen Schwerbehindertenausweis bekommen? Meine Welt lag in Trümmern. Tränen liefen über mein Gesicht.

Überhaupt weinte ich viel in dieser Zeit. Ich weinte meinem vergangenen Leben hinterher. Wie viele Chancen hatte ich in der Vergangenheit verstreichen lassen, einfach nur glücklich zu sein? Wie oft habe ich mich geärgert, wenn etwas nicht so gelaufen ist, wie ich es mir gewünscht hatte? Sie entpuppten sich als Luxusprobleme. Nichts war wirklich von Wichtigkeit gewesen.

Aufgrund des aggressiven Tumors wurde ich zum Gentest in eine Universitätsklinik geschickt. Ziel war es, herauszufinden, ob es sich meine Erkrankung auf einen Gendefekt, eine Genmutation, zurückführen ließ. Wenn es sich bestätigen würde, dann wären weitere Vorsichtsmaßnahmen nötig, wie z.B. die Entfernung der Eierstöcke und des Brustgewebes (Mastektomie).

Diese Information ließ ich über mich ergehen, wie so viel in meinem Leben. Mich beschäftigte nur eine Frage: Was würde das für meine Kinder bedeuten? Das war die alles entscheidende Frage.

Ich fuhr zur Uniklinik, um mir Blut für den Gentest abnehmen zu lassen. Ich redete mit unterschiedlichen Ärzten und hörte immer wieder das böse Wort mit „R": Rezidiv. Dabei war ich doch mitten in der Chemotherapie. Warum sprachen wir über die „Wiederkehr" des ungebetenen Gastes. Waren die Würfel etwa schon gefallen? War ich zum Tode verurteilt?

„Ja, was wäre denn, wenn die Krankheit wiederkommen würde?", hörte ich mich selber fragen. „Könnte ich dann nochmal eine Chemotherapie machen?"

„Ja", antwortete die Ärztin, „aber irgendwann werden ihnen die Medikamente ausgehen."

Ich war sauer auf die Ärztin. Warum redeten wir jetzt darüber? Das Ergebnis würde ich erst in sechs bis acht Wochen erhalten. Aber noch mehr war ich sauer auf mich selbst. Warum stellst du so blöde Fragen, Shila?

Sechs lange Wochen später erhielt ich einen Brief mit der Information, dass das Ergebnis meines Gentests da sei. Ich könne unter der angegebenen Telefonnummer einen Besprechungstermin vereinbaren. Unter keinen Umständen würden sie telefonisch eine Information erteilen. Ich zitterte, als ich die Nummer eintippte. Eine Schwester ging ans Telefon. Sie konnte mir erst einen Termin in zwei Wochen geben. Ich machte etwas, was ich noch nie zuvor gemacht hatte. Ich öffnete mich und erzählte ihr, dass ich die nächsten zwei Wochen nicht überleben würde vor Nervosität. Ja, ich wollte zum ersten Mal eine Sonderbehandlung im Leben. Immer hatte ich mich brav in die Reihe gestellt, und abgewartet, bis ich an der Reihe war – aber dieses Mal nicht. Ich hatte den Mut zu fragen. Eine Zeit verging, ich hörte Papier rascheln und dann hörte ich den folgenden Satz, den ich nie vergessen werde: „Machen Sie sich mal keine Sorgen. Sie können ganz entspannt zum Termin kommen."

Ich war ihr von Herzen dankbar. Plötzlich wurde mir bewusst, warum es heißt: Kranken**schwester**. Ich fühlte mich ihr nah. Ich weinte. Ich weinte vor Glück. Zum ersten Mal in meinem Leben.

Überhaupt erlebte ich in dieser Zeit sehr viele Gefühle, die mir bis dahin völlig unbekannt waren. Gefühle waren nicht so gerne gesehen in unserer Familie – vielmehr zählten Zahlen, Daten und

Erfolge. Passenderweise absolvierte ich ein Studium zur Betriebswirtschaftslehre.

In unserer Familie waren Gefühle Mangelware. Wir drückten uns einmal im Jahr und das zu Weihnachten. Jetzt kamen alle Gefühle hoch: Nachdem ich das „Funktionieren" abgelegt hatte, war ich total unter Schock. Danach kam die Traurigkeit, gefolgt von der Wut.

Warum ICH? Bitte verstehen Sie mich nicht falsch! Ich gönne es niemandem, an Krebs zu erkranken, niemandem! Aber ich fühlte mich so weit weg davon mit knapp über 40 Jahren an einem seltenen und im Übrigen auch noch sehr schnell wachsenden Brusttumor zu erkranken. Ich gehörte keiner Risikogruppe an. Ich war nicht übergewichtig, ich hatte nie geraucht, ich hatte gelegentlich mal ein Glas Wein getrunken und ich dachte, mich einigermaßen gesund zu ernähren. Meine Brüste waren nach zwei Schwangerschaften sehr klein. Wie war das möglich?

Ich steckte in einer emotionalen Achterbahnfahrt, nach dem Schock und der ganzen Traurigkeit über die Situation folgte die Wut. Ich empfand die Situation als den Gipfel der Ungerechtigkeit in meinem Leben. Ich war stets reinen Herzens und hatte immer versucht, allen Erwartungen gerecht zu werden. Ich hatte mich und meine Bedürfnisse stets hintenangestellt, um anderen gerne den Vortritt zu lassen. Mir war Harmonie immer sehr wichtig. Lieber steckte ich zurück, um damit einem Streit aus dem Weg zu gehen.

Moment mal … wenn der Gentest negativ war, wo lag dann die Ursache für meine Krankheit? Ich änderte die Betonung und plötzlich entstand eine ganz neue Frage:

Aus „Warum *ich?*" wurde „*Warum* ich?".

Ich blickte auf mein Leben zurück. Ich war zwar reinen Herzens, aber welches Herz schlug in meiner Brust?

Ich kam auf die Welt und landete in einer Familie, deren patriarchalisches Familienoberhaupt sich sehnlichst einen Jungen gewünscht hatte. Nun kam sechs Jahre nach der ersten Tochter noch eine weitere Tochter auf die Welt, das war ich. Ich war also von Beginn an irgendwie eine Enttäuschung. Seitdem ich denken kann, habe ich versucht, gegen diese Enttäuschung anzukämpfen. Ich wollte „meinen Fehler" wiedergutmachen.

Mein Vater wünschte sich gute Schulnoten. Das war kein großes Problem für mich. Später, auf dem Gymnasium angekommen, forderte er sehr gute Schulnoten. Mein Vater engagierte eine Lehrerin, die mir tägliche Nachhilfe geben sollte. Nachhilfe mit dem Ziel auf eine 1, denn von alleine schrieb ich mittelmäßige Noten. Noten im Zweier- bis Dreierbereich waren meinem Vater aber nicht genug. So kam es, dass ich schon im Alter von elf Jahren einen Acht-Stunden-Job ausführte. Während meine Schulkameraden ihre Nachmittage im Freibad verbrachten, paukte ich für die Schule. Deswegen spreche ich von Schulkameraden, denn Freunde besaß ich nicht.

Als Trostpflaster bekam ich sehr gute Schulnoten. In meiner gesamten Schullaufbahn überwogen auf dem Zeugnis die Einser gegenüber den Zweiern. Beides geht eben nicht, wurde mir von zuhause eingetrichtert: entweder Spaß oder Erfolg.

Als ich in die Pubertät kam, ist es mir dennoch gelungen, ein paar Freundinnen zu finden. Wir gingen zusammen in die Dorfdisco. Leider konnte ich nur mit Hilfe von Alkohol „abschalten". Also war ich fast jedes Wochenende betrunken.

Nach dem Abitur absolvierte ich ein Studium zur Betriebswirtschaftslehre. Das machte ich so erfolgreich, dass ich im Anschluss eine Anstellung als Junior-Dozentin an dieser Fachhochschule bekam. Ich schuftete von früh morgens bis spät abends – bis ich nicht mehr konnte. Warum konnte mein Leben nicht einfach mal leicht und einfach sein? Ich dachte, dass die Lösung darin liegen könnte, die Stelle als Junior-Dozentin zu kündigen, um bei meinem Vater in seine Versicherungsagentur einzusteigen. Weit gefehlt. Bereits nach wenigen Monaten wurde von mir verlangt, dass ich eine Fortbildung zur Fachberaterin für Finanzdienstleistung neben dem Job machen sollte.

In dieser Zeit hatte ich gerade meinen Mann kennengelernt. Anstatt die junge Liebe zu genießen, beugte ich mich wieder mal und lernte. Mein Mann stellte kurzerhand unsere Schreibtische gegeneinander, damit wir nach dem Job wenigstens gegenübersaßen, um uns so zumindest sehen zu können.

Die Zusammenarbeit mit meinem Vater im Büro war der Horror. Er entwickelte sich von meinem Vorbild zu meinem Albtraum, aber ich saß so tief in der Tinte, dass ich keine Möglichkeit sah, mich ohne Pauken und Trompeten zu trennen. Ich hatte zu große Angst davor. Ich lebte in ständiger Angst. Mein Vater war cholerisch und einfach unberechenbar. Die Sicherheit, die ich mir als Kind und auch später wünschte, gab es nicht.

Irgendwo lauerte immer eine Gefahr. Irgendwo stand immer der nächste Fettnapf, und ich musste zusehen, dass ich nicht hineintrat.

Jeden Samstag besuchten wir am Abend mit der Familie ein Restaurant, um auswärts essen zu gehen. Es wurde einfach erwartet, dass wir gerne mitgehen. Ich ging nicht gerne mit. Aber ich hatte Angst, in Missgunst zu fallen. Es wurde bis spät abends bzw. früh nachts mit viel Alkohol „gefeiert". Ich trank nicht mit. Ich hatte immer das Gefühl, auf der Hut sein zu müssen, denn nicht selten eskalierte der Abend. Die Gründe für diese Streitereien folgten keiner Logik, was mich extrem verunsicherte, weil ich kaum ein Schema erkannte. Manchmal erschien es mir so, als ob mein Vater zu einer bestimmten Uhrzeit einfach jemanden auserkoren hatte.

Dabei machte er keine Ausnahmen – auch nicht an Weihnachten. Jedes Jahr gab es in unserer Familie Krach unter dem Weihnachtsbaum.

Ich mache es jetzt kurz, denn selbst im Nachhinein fühle ich körperliche Schmerzen, wenn ich über diese Zeit berichte:

Meine Eltern arbeiteten gegen meinen Mann, wo sie nur konnten. Aber das war das erste Mal, dass ich mich wehrte! Ich liebte Sascha vom ersten Tag und sämtliche Versuche meiner Eltern, meine Beziehung zu torpedieren, ließ ich nicht zu. Wir bekamen zwei wundervolle Kinder, was meinem Vater nicht schmeckte, weil ich dadurch zeitweise aus seinem Betrieb ausschied und damit auch aus seinem Kontrollbereich. Leider kehrte ich immer wieder zurück mit der Hoffnung, dass alles gut werden würde.

Wurde es nicht. Der Höhepunkt war erreicht, als mein Vater versuchte, mich finanziell über den Tisch zu ziehen. Ich hasste meine Eltern – aber ich hatte endlich die Nabelschnur gekappt.

Der Urlaub nach Dubai sollte ein neues, sorgenfreies Leben einleiten und jetzt das: Krebs.

Ich fand, dass ich das nicht verdient hatte. Natürlich hat das keiner verdient. Aber ich fand das extrem ungerecht! Hatte ich doch immer versucht, jedem alles recht zu machen. Vor allem meinem Vater. Hatte Jahre voller Angst verbracht, seinen Erwartungen und später meinen Erwartungen an mich nicht gerecht zu werden. Hinter jeder Wolke vermutete ich einen Sturzregen.

All die Ängste waren jetzt wie vom Sturm weggeblasen: Vom Sturm des Krebses. Ich hätte mich ohrfeigen können. Jetzt erst blickte ich der Angst in die Augen. Ich hatte es mit der Königsklasse der Angst zu tun: Ich hatte zum ersten Mal Todesangst! Mir wurde bewusst, dass die Ängste früher nur eine Illusion waren. Wie dumm von mir. Wie viel wertvolle Zeit meines Lebens hatte ich bereits verschenkt? Wann hatte ich je Lebensfreude empfunden?

Ich entschied bereits in der Zeit der Chemotherapie das zu verändern. Ich lag oft müde auf der Coach und entschied diese Zeit sinnvoll für mein Hobby zu nutzen: dem Lesen.

Ich hatte das Gefühl, dass mir immer das richtige Buch zur richtigen Zeit in die Hände fiel. Ich las viel über die Wirkung von Angst auf den Körper. Ich möchte sagen, dass ich den Einfluss von Gefühlen auf den Körper unterschätzt habe. Wahrscheinlich bin ich da nicht die Einzige, schließlich ist dieser Einfluss nicht sichtbar für das menschliche Auge. Aber wie sagt man so schön, oft ist das Wesentliche für das Auge unsichtbar.

Angst ist eine Art Schutzmechanismus für uns. Es ist ein Warnsystem, das in uns eine Flucht- oder Kampfreaktion auflöst. Die gesamte uns zur Verfügung stehende Energie wird für eine Flucht- oder Kampfreaktion der Muskeln bereitgestellt. Andere Körperfunktionen, wie die Verdauung oder auch das Immunsystem, werden zurückgestellt. Ziemlich schlau vom Körper, denn schaut man der Gefahr ins Auge, von einem Säbelzahntiger gefressen zu werden, welche Rolle kommt dann noch der Verdauung und dem Immunsystem zu? In jedem Fall eine nachgelagerte Bedeutung.

Sobald das zentrale Nervensystem meldet, dass die Gefahr vorüber ist, werden die Prioritäten wieder verlagert. Aber was passiert, wenn man, so wie ich, in dem ständigen Glauben lebt, dass hinter jeder Hecke ein Säbelzahntiger lauert?

WARUM ich? Hatte ich jetzt die Antwort auf diese Frage gefunden? Davon bin ich überzeugt! Ich habe mein komplettes erstes Leben als Angsthäsin verbracht. Wenn mich die Angsthäsin in diese Krankheit geführt hat, dann brauchte ich jetzt das Gegenteil, um das Gegenteil zu erreichen.

Ich hatte so viele niederschmetternde Informationen rund um meine Diagnose bekommen, dass ich mich nicht weiter mit der „Krankheit" beschäftigen wollte. Ich hatte nur noch ein Ziel und das hieß: wieder gesund zu werden. Dazu bräuchte ich dann wohl die Mutlöwin.

Vielleicht schlummerte sie ja schon in mir und ich würde sie zum Leben erwecken! Das war mein Plan.

Ich wollte mich nicht weiter als das Opfer sehen. Der Höhepunkt meines Opferdaseins war erreicht, als ich aus der Operation aufwachte und man mir einen sogenannten Port unter die Haut gesetzt hatte. Der Port dient dazu, die Chemotherapie zuzuführen. Der Vorteil eines Ports besteht darin, dass er die Adern schont, aber in mir erweckte er das Gefühl vom Hauptakteur zum Zuschauer meines eigenen Lebens degradiert worden zu sein.

Ich wollte wieder zum Schöpfer meines Lebens werden. Als ich für mich „verstanden" hatte, dass ich durch meine Angst meine Gesundheit unwissend auf's Spiel gesetzt hatte, konnte ich die Diagnose viel besser akzeptieren, ja ich übernahm sogar die Verantwortung dafür. Mut fängt mit Demut an! Aber wenn ich meine Gesundheit negativ beeinflussen kann, dann kann ich es auch positiv. Und genau das wollte ich tun. Ich versprach mir selbst und meinen Kindern, dass ich alles dafür tun würde, wieder gesund zu werden. Ich wollte nach Leben streben. Nach einem zweiten Leben, mir einfach eine zweite Chance erarbeiten.

Dieses Mal würde ich alles anders machen.

Ich wandte mich der Lebensfreude zu. Im Moment bedeutete das, Mala-Ketten zu knüpfen. Zum ersten Mal tat ich etwas ohne „Sinn". Die künstlerische Arbeit dahinter verlieh mir einfach ein Gefühl der Freude: etwas mit meinen Händen geschaffen zu haben. Ich stecke viel Liebe in die Auswahl und Anordnung der Perlen. Am Ende hielt ich etwas in den Händen, was mir ein Gefühl von Frieden gab.

Ich erkannte mich selbst nicht mehr wieder. Die Diplom-Betriebswirtin wird kreativ und knüpft Mala-Ketten?! Aus Zufall? Ich setze mich sehr viel mit Religionen auseinander. Schon seit einiger Zeit hatte ich mich dem Buddhismus zugewandt. Warum hatten alle meine Freundinnen liebevolle Familien, nur ich nicht? Und jetzt hatte ich auch noch eine möglicherweise tödliche Krankheit? Womit hatte ich das verdient? Warum hatte Gott mich verlassen? Oder hatte ich Gott verlassen?

Schließlich war ich vor Jahren aus der Katholischen Kirche ausgetreten, weil ich einfach keine Zugehörigkeit mehr empfand. War das vielleicht die Strafe? Ich kann es nicht erklären, aber aus irgendeinem Grund hatte ich das Gefühl, mich an Gott zu wenden. Ich fing an zu beten und es fühlte sich gut und richtig an. Beim Entrümpeln fiel mir das Programmheft unserer kirchlichen Hochzeit in die Hände. Auf meinen Wunsch hin las der Pfarrer folgenden Text.

Spuren im Sand

Eines Nachts hatte ich einen Traum:
Ich ging am Meer entlang mit meinem Herrn. Vor dem dunklen Nachthimmel erstrahlten, Streiflichtern gleich, Bilder aus meinem Leben. Und jedes Mal sah ich zwei Fußspuren im Sand, meine eigenen und die meines Herren.
Als das letzte Bild an meinen Augen vorübergezogen war, blickte ich zurück.
Ich erschrak, als ich entdeckte, dass an vielen Stellen meines Lebens nur eine Spur zu sehen war. Und das waren gerade die schwersten Zeiten meines Lebens. Besorgt fragte ich den Herrn:
„Herr, als ich anfing dir nachzufolgen, da hast du mir versprochen, auf allen Wegen bei mir zu sein. Aber jetzt entdecke ich, dass in den schwersten Zeiten meines Lebens nur eine Spur im Sand zu sehen ist. Warum hast du mich alleine gelassen, als ich die am meisten brauchte?"
Da antwortete er: „Mein liebes Kind, ich liebe dich und werde dich nie alleine lassen, erst recht nicht in Nöten und Schwierigkeiten. Dort, wo du nur eine Spur gesehen hast, da habe ich dich auf meinen Händen getragen."

Und ich begriff, dass Gott mich nicht im Stich gelassen hatte. *Ich* hatte mich abgewandt. Aber konnte ich jetzt einfach so den Weg zu Gott zurückgehen? Wäre das nicht ein bisschen anrüchig, gerade jetzt, wo ich offensichtlich Schiffbruch erlitten hatte, kleinlaut beizugeben es nicht auf eigene Faust geschafft zu haben und einfach so zurückzugehen? Oder wäre das vielleicht sogar mutig?

Ich entrümpelte mein Leben. Wenn einem die Endlichkeit seines Lebens plötzlich vor Augen geführt wird, betrachtet man den Inhalt seines Kleiderschrankes plötzlich aus einer ganz neuen Perspektive. Mein Kleiderschrank entlarvte, dass ich mich in den letzten Jahren stets irgendwo anders gesucht, aber nicht gefunden hatte.

Nun stand ich glatzköpfig, ohne Wimpern und Augenbrauen da und ich wollte nur noch eines: mich wohlfühlen. Ich schmiss alles in die Altkleidersammlung, was nicht zu diesem Lebensmotto passte. Vor allem die Dinge, die mich nach außen anders darstellen sollten, als ich war.

Aber wer war ich eigentlich? Was bleibt, wenn die Haare gehen? Ich hatte stets versucht zu funktionieren, so dass ich eigentlich keinen blassen Schimmer hatte, wer ich eigentlich war. Was ist meine Natur?

In einem meiner Bücher fand ich heraus, dass ein stabiles Selbstwertgefühl eine Grundbedingung für Gesundheit ist. Autsch, ich fühle nicht, dass ich wertvoll bin. Bisher definierte ich mich über Leistung. Aber ich soll ohne Leistung wertvoll sein? Das war ein komplett neuer Gedanke für mich. Selbst-Wert-Gefühl. Welche Werte habe ich denn selbst gefühlt? Ich führte ein derart unbewusstes Leben, dass ich erstmal die Internetsuchmaschine zu Rate zog, um nach Werten zu suchen, nach denen man leben kann. Ich fühlte in mich hinein und fragte mich: Nach welchen Werten lebte ich eigentlich?

Ich fand heraus: Zuverlässigkeit, Harmonie, Perfektionismus, Loyalität und Sicherheit.

Ja, das war das Ergebnis meiner Kindheit: Ich strebte, wie jedes Kind, das auf die Welt kommt, nach Liebe und Sicherheit. Aber einigermaßen sicher und geliebt konnte ich mich nur fühlen, wenn ich zuverlässig perfekte Leistungen ablieferte. Ich hatte mich nie auflehnen können, weil ich mir zu sehr die Harmonie in der Familie wünschte. Da mein Vater stets sein System schützen wollte, legte er übertrieben viel wert auf Loyalität. Dieser Wert wurde mir quasi wie ein Chip in mein Gehirn implantiert, damit ich nie auf die Idee kam, sich seiner Macht zu entziehen.

Nun stand ich da und überlegte mir, was mir diese Werte eigentlich bringen. Das ist ja schön und gut, dass sich andere Menschen auf mich verlassen können. Dass ich perfekte Leistungen erbringe und immer schön harmonisch bin und mich dabei zurücknehme – für andere, nur nicht für mich! Die versprochene Sicherheit war jetzt sowieso dahin. Ich hatte Krebs und nun war sowieso nichts mehr sicher. Also konnte ich mich mutig für neue Werte entscheiden. Ich würde eine neue, alte Shila entwickeln: die beste Version von mir werden.

Mein ganzes Leben lang dachte ich immer, dass ich mich verändern müsste, um geliebt zu werden. Jetzt begriff ich, dass ich mich dadurch immer mehr von mir und meinem Ziel, ein glückliches Leben zu führen, distanziert hatte. Mir wurde klar, dass ich am falschen Ende gearbeitet hatte. Ich muss bei mir selbst anfangen. Wie heißt es so schön: Liebe deinen Nächsten wie dich selbst.

Es war an der Zeit zu mir zurückzukehren. Dieses Mal hatte ich für meine Werte entschieden: Werte, die ich gefühlt habe! Mein Bauchgefühl hatte mir immer schon den richtigen Weg gewiesen.

In einem anderen Buch las ich über die vier Schöpfungsinstrumente, die jedem von uns zur Verfügung stehen: Gedanken, Worte, Sprache, Handeln und Gefühle. Wenn sich alle unsere Schöpfungsinstrumente auf unser Ziel ausrichten, erhöhen wir die Chance, unsere Ziele zu erreichen. Ich dachte nur noch an Gesundheit, ich sprach nur noch über Gesundheit, ich handelte nur noch gesund und ich fühlte mich gesund. Angeblich besitzen Gefühle wie Liebe und Dankbarkeit eine sehr große Schöpfungskraft. Das war die größte Herausforderung: an Krebs erkrankt zu sein und sich dankbar zu fühlen und sich jetzt bereits zu fühlen als habe man das Ziel, gesund zu werden, bereits erreicht. Dazu braucht man eine gehörige Portion Mut, denn mein innerer Denker schrie immer: Das geht doch nicht.

Aber ich habe es nicht nur bei den Worten und Gefühlen belassen – ich habe gehandelt: Schon in der Chemotherapie hatte ich versucht, täglich mindestens zwei Stunden mit unserem Hund im Wald zu verbringen. Ich hatte gelesen, dass sich das sogenannte „Waldbaden" positiv auf den menschlichen Körper und unser Immunsystem und damit unsere Gesundheit auswirken kann.

Während mir ein Arzt in der Uniklinik ernsthaft erklärte, dass „Ernährung eine eher untergeordnete Rolle spielt", entschied ich mich dazu, dies nicht zu glauben. Ich kaufte mir einige Bücher, die über den Zusammenhang von Ernährung und Krebs berichteten, und ich entschied komplett neu über „Lebensmittel" zu denken: Heute sind es für mich Mittel zum Leben.

Sind Ärzte die Götter in weiß? Ich bin meinen Ärzten von Herzen dankbar. Sie haben mir mit ihren medizinischen Kenntnissen und mit ihrem Engagement das Überleben ermöglicht. Aber sind sie deshalb allwissend? Ich habe entschieden, die Verantwortung für meine Gesundheit wieder selber zu übernehmen. Ärzte beschränken ihre Arbeit oft auf das Symptom. Wahrscheinlich sind sie gezwungen, dies so zu tun, denn die Warteschlangen vor den Behandlungsräumen sind jetzt schon lang genug. Wie lange wären sie wohl, wenn ein Arzt seinen Patienten mal fragen würde, wie es ihm wohl so geht im Leben? Ob er von vielen Ängsten oder Sorgen geplagt ist? Oder was im Leben des Patienten sonst noch alles so los ist?!

Aber das können Ärzte nicht leisten, dafür ist ihr Terminkalender zu voll. Und wer kümmert sich dann um meine Gesundheit? Wer kann besser wissen, wie es in meinem Leben gerade aussieht als ich selbst? Ich selbst darf die volle Verantwortung für mich übernehmen! Das nennt man dann Eigenverantwortung. Nicht umsonst ist in diesem Wort bereits das Wort „Antwort" enthalten.

Alles, was wir tun müssen, ist, Bewusstsein in unser Leben zu holen. Wie sieht mein Leben gerade aus? Will ich dieses Leben so, wie es gerade ist? Wie soll es denn sein, damit ich glücklich bin? Wie kann ich mich verändern, damit ich glücklich werde?

Ich darf so vieles im Leben selbst entscheiden. Ich kann heute vom Raucher zum Nichtraucher werden. Ich kann heute vom Fleischfresser zum Vegetarier werden. Ich kann heute vom Bewegungsmuffel zum Sportler werden. Ich kann heute meine schlechte Laune begraben und unwiderstehlich sympathisch werden. Das alles und noch vieles mehr liegt in unserer Macht. Wir müssen nur mutig sein und von diesen Möglichkeiten Gebrauch machen.

Ich habe mich entschieden, die Opferrolle in meinem Leben abzulegen.

Ich will ein glückliches Leben führen. Richtig gehört: Ich möchte nicht nur, ich will!

Wir denken Mut oft viel zu groß! Das ist der größte Irrtum, der uns leider oftmals daran hindert, unser Leben zu verändern – auf glücklich zu schalten. Wir bringen Mut oft in Verbindung mit riesigen Taten, von denen viele Menschen sprechen, z.B. wenn jemand einen anderen Menschen gerettet hat. Ja, das ist wahrlich eine Heldentat! Aber wenn wir uns selbst retten, dann ist das auch eine Heldentat. Wir sollten den Mut in unsere Herzen holen und aufhören mit dem Glaubenssatz, dass mutig immer nur die anderen sind. Dabei ist Mut nur einen Schritt von der Angst entfernt.

Was bedeutet für dich Mut? Für mich bedeutet es, Angst zu verspüren und trotzdem kleine Schritte in die andere Richtung zu machen! Was liegt auf der anderen Seite der Angst? Lebensfreude, Glück und Gesundheit!

Ich bin ganz viele kleine mutige Schritte gegangen und ich gehe sie noch heute. Die Summe dieser kleinen Schritte hat dazu geführt, dass ich heute mein zweites Leben führen darf. Mit einem

Unterschied: Dieses Mal bin ich glücklich!

Jede achte Frau in Deutschland erkrankt an Brustkrebs. Zwischen 5 und 10 % sind genetisch bedingt. Ich finde, wir sollten doch mal mutig fragen, wo denn die Ursache für diese Erkrankung liegt, wenn nicht in den Genen?

Beeinflussen wir vielleicht durch unsere Ernährungsweise Krebs? Ich finde, diese Frage müsste doch mal erlaubt sein.

Aber diese Frage hört man kaum. Stattdessen hört man bzw. Frau die Empfehlung, rechtzeitig zur Krebsvorsorge zu gehen. Ich finde das auch gut und richtig. Ich gehe regelmäßig zur Vorsorge. Aber ist das wirklich, wie es das Wort sagt, VOR der Sorge? Wenn im Rahmen dieser Vorsorge etwas festgestellt wird, dann ist die Sorge doch definitiv schon da! Natürlich spielt es für die Gesundung eine große Rolle, wie früh eine Krebserkrankung festgestellt wird. Die Sorge steigt also mit zunehmendem Fortschreiten der Krankheit. Ich finde den Begriff „medizinische Früherkennung" viel treffender.

Gesundheit ist so viel mehr, als nur nicht krank zu sein. Ich finde, dass Gesundheit die Balance aus geistigem, körperlichem und sozialem Wohlbefinden ist. Diesem Balanceakt dürfen wir uns jeden Tag stellen – uns zuliebe. Aus Liebe zu uns selbst.

Ich wurde zur Veränderung gezwungen. Wenn ich so weitergemacht hätte, dann wäre mein Leben zu Ende gegangen. Ich spürte, dass das die Botschaft war!

Ändere dein Leben, Shila, bevor es sich ändert.

Wenn man zur Veränderung gezwungen wird, dann ist es auf einmal gar nicht mehr so schwer, denn was bleibt einem übrig? Ich wünschte, ich hätte mich schon viel früher im Leben freiwillig verändert! Ich wusste doch, dass ich gegen meinen Vater einen aussichtslosen Machtkampf geführt hatte. Eigentlich hatte ich doch immer schon gespürt und damit auch gewusst, dass ich mich trennen muss, weil wir niemals in Harmonie miteinander leben könnten, wie andere Familien das tun. Ich wollte auch so eine harmonische Familie, in der man sich fallen lassen kann, weil man aufgefangen wird.

Dabei habe ich genau diese Familie jetzt: Mein Mann und unsere zwei wundervollen Söhne. Sie sind der Grund meines Überlebens. Ich will einfach ein glückliches Leben mit ihnen führen. Wer sein „Warum" kennt, der findet auch Wege …

Hat die Häufigkeit der Brustkrebserkrankung vielleicht auch etwas zu tun mit unserer Rolle als Frau? Ich hatte stets einen großen Anspruch an mich selbst: Ich wollte meine Rollen perfekt spielen: die perfekte Tochter sein (wenn ich schon kein Sohn war), die perfekte Partnerin für meinen Mann sein, die perfekte Hausfrau und Mutter und, am Liebsten, auch zeitgleich eine erfolgreiche Geschäftsfrau sein. Unter all diesen Erwartungen, die ich an mich selbst hatte, wäre ich fast begraben worden.

Die Rolle der Frau hat sich in den vergangenen Jahren stark verändert. Heute stehen uns alle Türen offen, wir können sogar als Astronautin ins Weltall fliegen. Aber wenn du stattdessen zuhause die Kinder hütest, wächst die Angst, nicht zu genügen. Warum hütet man zuhause die Kinder, wenn man doch ganz andere Möglichkeiten hat? Es ist gar nicht so leicht, sich zurechtzufinden. Mit den Möglichkeiten ist auch der Druck gewachsen.

Nehmen wir uns als Frauen zu viel vor die Brust? Weil wir meinen, alles schaffen und meistern zu müssen?

Und vergessen vor lauter Stress die Wichtigste aller Fragen: Wo bitte geht's zum Glück? Wo ist dein Weg zu deinem Glück in deinem Leben? Denn Glück, Wohlbefinden und Gesundheit gehen Hand in Hand.

Wer weiß, hätte ich vielleicht vorher schon den Mut zur Veränderung gehabt, vielleicht wäre ich gar nicht erst krank geworden?

Aber das spielt jetzt keine Rolle mehr, nur die Quintessenz, die ich mitgenommen habe für mein weiteres Leben:

Mut wird immer belohnt!

Britta

Zwei Leben. Du hast zwei Leben. Das zweite beginnt, wenn du erkennst, dass du nur eins hast.

Hätte man mich mit knapp 24 Jahren gefragt, wie ich mit Angst umgehe, hätte ich wahrscheinlich nicht gewusst, was ich hätte antworten sollen. Wirklichen Zugang zu meinen Gefühlen hatte ich zu dem Zeitpunkt nicht. Denn ich spielte eine Rolle, die ich mir selbst zugeteilt hatte.

Ich war gerade von einer Südamerikareise nach Deutschland zurückgekehrt und hatte vor allem ein Ziel: Ich wollte Sprachen lernen, um wieder hinaus in ferne Länder zu reisen. Das Abenteuer wartete auf mich und ich wollte die Welt erobern.

Bevor ich nach Südamerika gereist war, hatte ich nach dem Abi drei wilde Jahre in Münster verbracht. Obwohl ich dort an der Uni für Philosophie und Religionswissenschaften eingeschrieben war, bestand meine Philosophie aus wilden Nächten, Clubs und Festivals. Die Philosophie liegt auf der Straße, dachte ich damals, und nicht in den Büchern. Und diesem Prinzip folgte ich.

Nach Südamerika hatte mich übrigens die Liebe gezogen. Oder vielmehr das, was ich für sie gehalten hatte. Zwar hatte ich vorher intuitiv gewusst, dass ich von dem Mann, dem ich da folgte, der zum Scheitern verurteilten Beziehung und mir selbst enttäuscht werden würde, doch beweisen musste ich mir und allen anderen, dass ich für die Liebe einmal um die ganze Welt nach Argentinien fahren würde. Und stand zu meinem Wort.

Das emotionale Lehrgeld, auch wenn ich es zur Seite drängte, war hoch. Es war eine neue schmerzhafte Erfahrung, und doch ein vertrautes Muster. Nicht darüber nachdenken, sondern runterspülen, war meine Strategie. Ich hatte keine Verbindung zu mir selbst und war nicht bereit, das zu ändern. Noch nicht.

Nun war ich also wieder in Deutschland, eingemietet in einer WG mitten im Dortmunder Norden. Meiner Philosophie war ich treu geblieben, denn die Nacht gehörte mir. Meine Tage widmete ich dem Studium zur Übersetzerin. Nicht, weil ich besonders sprachbegabt war, sondern weil es mir ermöglichen würde, überall auf der Welt zu arbeiten. In Thailand. Bali. Costa Rica. Oder Barcelona. Ich wollte an Orten sein, an denen mich niemand kennen würde und ich sein konnte, wer ich wollte. Denn ich wusste nicht mehr, wer ich wirklich war.

Eigentlich hätte ich, als Jüngste von drei Schwestern, ein Junge werden sollen. So, wie es in der Familie meiner Mutter war: Erst zwei Mädchen, dann ein kleiner Prinz.

Meine Eltern waren nach zwei Mädchen in großer Erwartung und freuten sich auf ihren Sohn. Doch der Traum platzte und zur Welt kam wieder ein Mädchen. Nichts Besonderes also. Entsprechend war die Aufmerksamkeit auch deutlich geringer, als sich das kleine Mädchen gewünscht hätte. Also machte ich mich auf Biegen und Brechen bemerkbar und lebte unbewusst meine männliche Seite aus, um meinen Eltern das zu geben, was sie sich gewünscht hätten, während die weibliche Seite in mir zurückstecken musste. Ich war eine Rebellin. Eine Einzelkämpferin. Ein Dickkopf. Unangepasst, leichtsinnig, furchtlos und wild. Bis der Tag kam, an dem die leichtsinnige Furchtlosigkeit wie eine Seifenblase zerplatzen sollte.

Es war ein Abend im Oktober 1995. Ein Freitag. Freitag, der 13. Kurz nach 22 Uhr.

Endlich hatte ich meinen nervigen Studentenjob für die Woche beendet. Zu Hause wartete wahrscheinlich schon meine Mitbewohnerin mit Sekt auf mich, um mit mir ins Wochenende zu starten. Die Dortmunder Nordstadt, in der ich wohnte, war damals wie heute ein gefährliches Pflaster: Alkohol. Drogen. Waffen. Prostitution. Und jede Menge Bars und Clubs.

Mit lauter Musik in den Ohren, die in der Magengegend kitzelte und mich auf die Clubnacht freuen ließ, lief ich fast tanzend mit der selbst gedrehten Zigarette in der Hand vom Bahnhof nach Hause. Endlich war ich da und kramte vor meiner Haustür nach dem Schlüssel.

Plötzlich, wie aus dem Nichts, spürte ich ihn, den Schatten hinter mir. Er war groß, viel größer als ich. Zu groß für mich. Noch bevor ich reagieren konnte, war sein Arm um meinem Hals und drückte mir von hinten die Kehle zu.

„Ein Mucks und ich bring dich um", zischte er mir ins Ohr. Sein Atem roch nach Alkohol und Zigaretten. Ich spürte etwas Spitzes im Rücken, während er an meinen langen schwarzen Braids zog, die mir Wochen vorher in stundenlanger Arbeit geflochten worden waren. So konnte er mich an sich und meinen Kopf nach hinten zu reißen.

Ich war erstarrt und bewegungslos. Meine Knie zitterten und ich sah mir von innen heraus zu, wie ich wie ein Tier in der zugeschnappten Falle hockte.

„Was willst du?", fragte ich ihn leise wimmernd mit zittriger Stimme.

„Dich ficken, du Nutte." Sein Geruch ekelte mich an.

Das spitze Etwas bohrte sich tiefer in meinen Rücken. Den Schmerz spürte ich nicht. Nur die Gefahr und meine eigene Ohnmacht. Ich sah einfach keine Möglichkeit zu entkommen. Er hatte mich fest in seiner Gewalt. Es waren sicherlich nur ein paar Minuten, die vergingen, doch für mich fühlte es sich wie eine Ewigkeit an. In Momenten der größten Angst friert die Zeit ein.

Gott sei Dank, da war meine Rettung: Ein Mann, der sich aus vielleicht 20 Metern Entfernung die Szene ansah. Ich rief um Hilfe, doch der Arm drückte meine Kehle zu, das spitze Etwas bohrte sich noch tiefer in den Rücken. Der Mann ging und ließ uns alleine. Mich alleine.

„Los, komm", zischte er mir wieder ins Ohr. Wollte er mich direkt hier im Gestrüpp am Straßenrand vergewaltigen? Oder in einer Wohnung? In einem Auto?

Meine Gedanken waren klar. Niemals zuvor war ich mir so bewusst, dass jetzt alles passieren konnte. Dass ich in Lebensgefahr war.

Ein Auto bog in die Straße ein und fuhr in Schritttempo an uns vorbei. Ich schrie. Laut, so laut ich konnte. Und spürte den Stich im Rücken. Das Auto blieb stehen. Ich erinnere mich noch an den Schlag gegen die Schläfe, hörte ihn fluchen und sah ihn um die Ecke rennen. Es war vorbei.

„Alles ok?", hörte ich eine Männerstimme aus dem Auto, doch antworten konnte ich nicht. Voller Panik und im Schock nestelte ich in meiner Tasche, suchte nach meinem Schlüssel und schloss zitternd die Haustür auf. Ich rannte nach oben in unsere WG und traf dort auf meine Mitbewohnerin, die ich nur mit weit aufgerissenen Augen anstarrte. Alles, was danach passierte, fehlt in meiner Erinnerung und fühlt sich weit weg an. Ich weiß nicht, ob Minuten oder Stunden vergangen waren, wie lange mich die Polizei vernommen oder was ich an jenem Abend noch gemacht hatte. Ich erinnere mich dunkel, wie die blutende Wunde am Rücken verarztet und von verschiedenen Seiten auf mich eingeredet wurde.

Was auch immer an dem Abend noch passierte: Meine Welt war wie ein Kartenhaus zusammengebrochen. Es war, als befände ich mich in einem Vakuum, das ich nicht mehr verlassen konnte.

Als ich am nächsten Morgen aus dem Haus ging, um im Supermarkt um die Ecke einzukaufen, sah ich meine dünnen geflochtenen Zöpfe auf dem Boden liegen und meine Kopfhörer, die zerrissen vor der Haustür lagen.

Unter mir öffnete sich der Boden. Ich war nicht fähig, einen Fuß vor den anderen zu setzen, und lief zurück in meine Wohnung. Die Angst hatte mich fest im Griff. So wie er am Abend vorher.

Die Wochen vergingen und ich fühlte mich wie im Gefängnis. Sobald es dunkel wurde, traute ich mich nicht mehr aus der

Wohnung. Nicht einmal zum Einkaufen in den Supermarkt abends um halb sechs. Denn jedes Mal, wenn ich das Haus verließ, hatte ich diese Flashbacks: Schatten. Gerüche. Männer, die aussahen wie er. Und mein Nervensystem, das unkontrolliert verrückt spielte und sich permanent im Überlebensmodus befand. Noch nicht einmal, wenn ich mit anderen Leuten in einer Gruppe unterwegs war, konnte ich mich von meiner unbeschreiblich übermächtigen Angst befreien. Sie begleitete mich, wohin ich auch ging.

Die Lösung? Mein Zimmer. Der Rückzug. Die Vermeidung der Angst.

In diesem Moment meines Lebens begann ich, mich mit Energiearbeit, Schamanismus, und Spiritualität zu beschäftigen. Ich suchte nach Antworten auf Fragen, die ich mir nicht zu stellen wagte, und lenkte mich auf diese Weise von mir ab. Ich schaute auf das große Ganze, tauchte in die Welt der universellen und hermetischen Gesetze ein und konnte mich wunderbar von der Realität meines emotionalen Traumas ablenken. Doch die Angst blieb da, wo sie war. In meinem Körper.

Schließlich brach ich irgendwann aus meinem selbst gebauten Gefängnis aus und buchte zusammen mit meiner Schwester eine Reise nach Thailand. Auf einmal war ich wieder frei. Meine Angst war nicht mit in den Flieger gestiegen. Keine Flashbacks, keine Schatten, kein Geruch, der sich in mein Gehirn bohrt. Der Mut kam zurück. Die Sehnsucht nach Freiheit war wieder erwacht und stärker als jemals zuvor. Ich erinnere mich, wie ich an einem Abend am Strand auf Koh Phangan saß, in den wunderschönen Sternenhimmel schaute und mir versprach, auf keinen Fall in Deutschland zu bleiben. Mit Deutschland verband ich Gefahr. Ich war alleine durch Europa, Argentinien, Chile und Bolivien gereist, hatte in Schlangenkuhlen in Brasilien geschlafen. Doch in keinem Moment hatte ich so viel Panik gehabt wie vor meiner eigenen Haustür.

Das Versprechen hielt ich. Ein paar Monate später saß ich nach bestandener Übersetzerprüfung im nächsten Flieger. Mich zog es nach la Gomera, einer kleinen kanarischen Insel mitten im Atlantik.

Es war plötzlich ganz schnell gegangen: Der Freund einer Kommilitonin, der viel als Grafikdesigner in Spanien unterwegs war, hatte mir die Telefonnummer eines seiner Kunden gegeben, einem Immobilienmakler auf la Gomera, der wiederum auf der Suche nach einer dreisprachigen Assistentin gewesen war.

Innerhalb von drei Wochen hatte ich meine Möbel untergestellt und Deutschland den Rücken gekehrt. Und hier war ich nun: im Flieger auf dem Weg in die Freiheit. Das war zumindest der Plan.

Doch unsere Pläne haben wenig mit dem zu tun, was das Universum uns als Lernaufgabe stellt. Denn Emotionen, die wir nicht verarbeiten, nehmen wir mit. Das habe ich erst viele Jahre später nach vielen Umwegen verstanden.

La Gomera ist magisch. Die kleine Vulkaninsel mit schwarzem Sand und einem Lorbeerwald inmitten der Insel bietet die perfekte Kulisse für mystische Filme wie Herr der Ringe. Dieser Ort hat eine ganz besondere Energie: Entweder er zieht dich in seinen Bann und lässt dich nicht mehr weg oder er stößt dich ab und du bist schneller wieder weg, als du gucken kannst.

In meinem Fall wurden aus geplanten sechs Monaten ganze vier Jahre voller Lebenslektionen.

Ich lebte in Valle Gran Rey, dem Tal des Großen Königs, im Westen der Insel. Das Leben ist hier einfach und scheint völlig unspektakulär: Du arbeitest, gehst in der Pause zum Strand, in eine Bar oder machst eine Siesta, und bist nach der Arbeit wieder entweder zu Hause, am Strand, in den kleinen Straßen oder den Bars unterwegs. Jeder kennt jeden, die Gerüchteküche brodelt immer. Du kannst deine Türen und Fenster offen lassen, denn an diesem kleinen Ort bleibt nichts geheim.

Meine Freiheit genoss ich in vollen Zügen. Ich liebte die

wunderschöne Natur der Insel, das Meer, die von Delfinen im Meer begleiteten Bootstouren, die Bananenfelder, die die kleinen Straßen einrahmten, den atemberaubenden Blick ins Tal, all die Palmen, die in den blauen Himmel ragten, die unbeschreiblich schönen Sonnenuntergänge, die scheinbar heile Welt und die überschaubaren kleinen Gassen und Straßen. Für mich war es der perfekte Ort, an dem es keine Angst gab.

Doch dann tauchte er auf.

Es war ein angenehm lauer Abend Anfang September. Eine warme Brise. Zirpende Grillen. Meeresrauschen. Sternenklarer Himmel.

Ich saß an der Theke meiner Lieblingsbar und unterhielt mich bei dem einen oder anderen Glas Wein mit ein paar Leuten. Um mich herum vertraute Gesichter neben austauschbaren Touristen, die alle paar Tage kamen und gingen.

Als er die Bar betrat, durchschoss es mich wie ein Blitz. Die Energie dieses über zwei Meter großen schwarzen Mannes mit der Baseballcap tief ins Gesicht gezogen und dem breiten Lachen erschütterte mich auf unerklärbare Weise zutiefst. Er war DJ aus England und nach la Gomera gekommen, um hier zu leben. Kein Tourist, der nach ein paar Tagen wieder weg sein würde. Unsere Blicke trafen sich. Es war kein Knistern, sondern ein offenes Feuer, das da tief in mir entfacht wurde und sich anfühlte, als kannte ich diesen Mann, als wäre ich ihm tausende Male in vielen Leben begegnet.

Nur nicht die Finger verbrennen, war mein erster Gedanke. Ich musste schnell raus. Gehen. Dieser Mann war gefährlich. Ich trank aus und verließ die Bar, verfolgt von seinen Blicken, die mich durch das Fenster wie Pfeile trafen.

Doch in dem kleinen Tal gab es kein Entkommen.

Nur wenige Tage später kam er mir auf der Promenade entgegen.

Wie zwei Magneten zogen wir uns an und konnten nicht an einander vorbeigehen. Aus dem Glas Wein, auf das er mich einlud, wurde eine meiner härtesten Lebensaufgaben. Denn von diesem Moment an konnten wir nur mit Gewalt getrennt werden.

Direkt am nächsten Tag zog Andy bei mir ein. Wir waren in einer Seifenblase voller Leidenschaft und Hingabe, die zu einem Vakuum wurde und mich immer mehr einnahm. Es gab nur noch ihn und mich. Er war meine Droge, ohne die ich auf Entzug war. Und tatsächlich verbrachten wir vom ersten Tag an täglich 24 Stunden miteinander.

Selbst während ich meinen Job an der Rezeption des Apartment-komplexes machte, kam er dort vorbei, um es sich auf dem Sofa der Lounge bequem zu machen, ein Bierchen zu schlürfen und auf mich zu warten, bis ich Feierabend hatte. Dass ich deswegen Ärger mit meinem Chef bekam, war ihm egal. Red Flag. Ich übersah sie.

Vielmehr stellte ich mich wie eine Löwin schützend vor ihn, denn wir waren miteinander verbunden und teilten ein Geheimnis. Sein Geheimnis.

Er sei nicht zufällig auf die Insel gekommen, hatte er mir direkt am ersten Tag unserer Beziehung erzählt. Denn in England sei er wegen schwerer Körperverletzung verurteilt worden, hätte sich aber aus dem Staub gemacht, um dem Knast zu entgehen. Nun sei die Polizei auf der Suche nach ihm. Es sei wichtig, dass ich ihm helfen und als Kontaktperson für seine Familie einspringen würde. Schließlich wolle er seine DJ-Desks und seine Musik schicken lassen, brauche regelmäßig neue Informationen aus England und natürlich Geld. Ohne mich sei er aufgeschmissen und könne auf Dauer nicht hier bleiben.

Natürlich wollte ich ihm helfen. Ich liebte es, gebraucht zu werden. All die Red Flags wollte ich dagegen nicht sehen.

Ich fühlte mich an seiner Seite wie Bonnie und Clyde auf den Kanaren und hinterfragte ihn nicht. Weder seine Straftat noch die

Tatsache, dass es eine Frau war, die er geschlagen hatte. Stattdessen glaubte ich seinen Erklärungen und erlaubte ihm, mir seine Gewohnheiten überzustülpen. Ich lebte das Leben aus seiner Perspektive und vernachlässigte meine eigene.

Ich merkte nicht, dass ich immer weniger mit anderen Leuten zusammen war, dass er meine Freundinnen schlecht machte, seine Meinung immer mehr zu meiner wurde und es lediglich um ihn und sein Leben ging.

Und doch schenkte er mir seine volle Aufmerksamkeit und das Gefühl, mein Mann zu sein. Wir lebten die Lovestory des Tales. Der DJ, der die feiernden Partyleute auf der Tanzfläche wie Marionetten tanzen ließ und Pocahontas, wie mich die Spanier wegen meiner schwarzen Zöpfe nannten.

Monatelang schwebte ich auf Wolke Sieben und flowte mit ihm durch Raum und Zeit. Bis sich das Blatt wendete und ich aus der Wolke ganz tief in die Hölle fiel.

Es war Silvester. Wir feierten in einer prall gefüllten Bar. Während alle um uns herum gute Laune versprühten, war er genervt, weil er nicht den DJ-Job in jener Nacht bekommen hatte.

Bereits am Mittag hatte er schon wieder angefangen zu trinken. Ich mochte es nicht, wenn er so viel Alkohol trank, denn seine Stimmung konnte schnell kippen und dann war nicht mit ihm zu spaßen. Schwierigkeiten mit der Polizei konnte er sich schließlich nicht leisten.

Doch in dieser Silvesternacht tat er das Unvermeidbare. Es ließ das raus, was in ihm geschlummert und sich wochenlang bereits den Weg an die Oberfläche gebahnt hatte: Er zettelte einen Streit mit einem Paar an, das auch in der Bar gefeiert hatte. Ich versuchte, die Situation zu deeskalieren, und zog ihn nach draußen. Es war eh schon fast 5 Uhr, also konnten wir auch gehen. Auf dem Weg nach Hause gab dann ein Wort das andere, er beschimpfte und beleidigte mich.

Plötzlich spürte ich nur noch den dumpfen Schlag gegen die Schläfe. Ich fiel zu Boden. Es wurde dunkel um mich.

„Get up, get up …!", hörte ich ihn schreien, während er mich nach oben riss und nach Hause prügelte. Ich erinnere mich nicht mehr an die Einzelheiten, ich weiß nur noch, dass ich mich gewehrt hatte, so gut ich konnte, dass unser Appartement verwüstet wurde, Möbel zu Bruch gingen und ich das Bewusstsein verlor, als er mich strangulierte.

Am nächsten Tag wurde ich im Bett wach. Mein Kopf, mein Körper, einfach alles tat weh. Das Gesicht fühlte sich dick an, meine Lippen waren aufgeplatzt und geschwollen. Die Schläfe pochte. Mein Körper war rot und blau.

Neben mir auf dem Nachttisch Blumen, Kaffee und frischer Orangensaft, eine aufgeräumte Wohnung und ein Silberring mit einem Brief. Einem Heiratsantrag. Da saß er neben mir mit schuldbewusstem Blick und erzählte mir, wie sehr er mich liebte und wie stolz er auf mich sei. Dass ich die beste Frau sei, die er sich vorstellen könne. Dass er mich heiraten wolle.

Es klang alles weit weg, ich fühlte mich wie unter einer Käseglocke und konnte nicht reden. Meine Tränen dagegen sagten alles, denn ich wusste, das war der Anfang vom Ende.

Dennoch wollte ich Andy glauben. Ich hatte ihm doch mein Wort gegeben, dass ich ihm helfen würde und, ja, ich liebte ihn. Ich würde ihn heiraten. Es würde alles wieder gut werden, es war ein Ausrutscher, der Alkohol war Schuld, nicht er.

Wir einigten uns, dass ich erst wieder auf die Straße gehen und arbeiten würde, wenn die offensichtlichen Wunden, das blaue Auge und die Spuren an meinem Hals nicht mehr so auffällig sein würden. Ich hatte eh noch ein paar Urlaubstage. So konnte ich meine Wunden lecken und mich erholen.

Ich beschloss, mit niemandem über diesen Vorfall zu sprechen. Schließlich wollte ich Andy nicht in Gefahr bringen. Doch in dem kleinen Tal bleibt nichts verborgen, und so wusste natürlich schon jeder am ersten Januar, was zwischen uns vorgefallen war. Was ich zu diesem Zeitpunkt erst bemerkte, war, dass die Gewalt in der Ehe auch in Spanien an der Tagesordnung ist und es niemanden wirklich schockiert. Es ist die Realität vieler Frauen und gehört noch immer zum Alltag. Ich war also keine Ausnahme. Vor allem nicht auf so einer kleinen Insel, auf der ganz eigene Gesetze herrschen und die Dinge leicht unter den Teppich gekehrt werden können. Also nahm man auch unseren Zwischenfall als alltägliches Miteinander hin und hakte nicht weiter nach.

In den ersten Wochen nach dem Vorfall trank Andy keinen Alkohol. In diesen Zeiten war er weniger impulsiv und wir versuchten, das Trauma, das mir in den Knochen steckte, nicht zu beachten. Doch schon, wenn er kleine, ruckartige Bewegungen machte, zuckte ich zusammen. Ich bekam Angst, wenn er die Stimme erhob. Zu Beginn reagierte er mit Verständnis, bald allerdings begannen ihn meine reflexartigen Angstreaktionen zu nerven. Wir waren in einen Teufelskreis eingestiegen und konnten nicht aussteigen.

Schließlich begann er wieder zu trinken. Erst abends, dann mittags. Und mit jedem Tag, jedem Schluck und jedem Rausch wurde er aggressiver. Bis er eines Tages wieder zuschlug. Einfach so. Aus dem Nichts.

Nun gehörten Beleidigungen, Beschimpfungen und Schläge zur alltäglichen Routine. Mit den Wochen und Monaten, die vergingen, fühlte ich mich immer isolierter und konnte mit niemandem sprechen. Nicht einmal, als ich schwanger wurde und nach einem Tritt in den Unterbauch einen Abgang hatte. Ich hatte mittlerweile mehrere Kilo abgenommen, war geplagt von fürchterlichen Rückenschmerzen und wusste nicht, wie ich mich aus dieser ausweglosen Situation befreien sollte.

Ich hätte zur Polizei gehen können. Und tat es nicht. Ich war gelähmt vor Angst und fühlte mich andererseits wie eine Verbündete. Ich war co-abhängig und unfähig, klar zu sehen. Ein

Wechselbad der Gefühle. Wenn ich auf unsere Beziehung ange-sprochen wurde, gab ich gequält vor, glücklich zu sein. Natürlich wusste jeder, dass ich nicht die Wahrheit sagte. Doch niemand wagte sich auf so dünnes Eis, um sich mit ihm anzulegen. Dazu strahlte er vermutlich zu viel Aggressivität aus.

Doch manchmal schickt uns das Leben in den schwierigsten Momenten unseres Lebens einen Schutzengel. Meiner hieß Francisco.

Francisco war ein Gomero um die 50 Jahre, der mit seiner gro-ßen Familie im Tal lebte. Jeden Tag fuhr er mit seinem knallroten Passat langsam in Schritttempo durch die Straßen, hielt an jeder Bar an, trank einen Kaffee oder ein Bierchen, unterhielt sich mit jedem, der in seiner Nähe war, und fuhr dann weiter zur nächsten Bar oder hielt an Shops, Büros und Geschäften an, um einen klei-nen Plausch zu halten. Francisco war die Flüstertüte des Tals und wusste alles. Wollte man den neusten Klatsch oder das neuste Ge-rücht erfahren, konnte man sich vertrauensvoll an ihn wenden. Mit seinem dicken Bauch, den lustigen Locken und seinen kind-lich lachenden Augen war Francisco ein Urgestein, das in dem Tal nicht wegzudenken war.

Seitdem ich auf der Insel lebte, leuchtete Francisco wie ein schützendes Licht hinter mir. Er fuhr mich von links nach rechts, half mir, wenn ich etwas zu transportieren hatte, gab mir Tipps oder Jobempfehlungen und hatte mir nachts am Strand das Salsa Tanzen beigebracht, während die Musik aus seinem Autoradio tönte. Wir waren ein gutes Gespann gewesen. Doch seitdem Andy in mein Leben getreten war, hatten wir nur wenig Kontakt.

Eines Tages jedoch, als Andy für zwei Tage nach Teneriffa ge-fahren war, stand Francisco vor meiner Tür. Er sagte, dass die Polizei Andy suchen und mich dazu befragen wollte. Mir wurde schwindelig, meine Knie zitterten. Was, wenn ich eine Aussage machte und er nicht verhaftet werden würde? Er würde mich um-bringen. Panik überkam mich.

Nachdem ich mich zuerst gesträubt hatte, fuhren wir zur Polizeistation. Man fragte mich, ob ich wüsste, wo sich Andy aufhalten würde. Irgendeine Person hatte wohl ausgesagt, dass ich ein Opfer regelmäßiger häuslicher Gewalt sei. Ich war wie versteinert. Und brachte kein Wort heraus. Ich war so angsterfüllt, dass ich nicht sprechen konnte.

Francisco wartete draußen vor der Tür auf mich. Warum nur hatte ich das Gefühl, dass diese Person Francisco selbst gewesen war?

Andy hatte es geahnt. Und vorgesorgt. Auf dem Küchentisch fand ich die Telefonnummer einer Bekannten, die zu der Zeit auf der Nachbarinsel Teneriffa studierte. Sie war die Tochter einer sehr einflussreichen Familie des Tals. Nun wusste ich, was er seit Wochen an den Wochenenden auf Teneriffa zu suchen hatte. Er legte dort nicht nur in Clubs auf, sondern hatte schon längst eine neue Beziehung begonnen.

Mit zitternden Händen rief ich die Nummer an, erzählte ihr von dem Vorfall mit der Polizei und bat sie, ihn zu warnen, dass er nicht nach la Gomera zurückkehren solle. Seine Sachen würde ich ihm nach Teneriffa schicken, versprach ich.

Das war's. Es war vorbei.

Die Neuigkeiten gingen wie ein Lauffeuer im Tal um. Ich fühlte mich, als würde ich aus einem Albtraum zurückkehren und wieder am realen Leben teilnehmen können. Dankbar für jedes freundliche Wort füllten sich meine Augen direkt mit Tränen. Ich konnte sie nicht mehr zurückhalten und Fassaden aufrechterhalten. Die Mauern waren eingerissen. Meine ausgeprägte männliche Seite, die schon seit dem Überfall gebröckelt hatte, löste sich wie ein Panzer von mir. Ich hatte keine Kraft mehr und war dankbar für jede Person, die mir ein Lächeln schenkte.

Das Universum schickt uns genau das, was wir zur Heilung brauchen. Wie aus dem Nichts wurde mir ein kleines, alleinstehendes Haus auf einem Berg oberhalb des Hafens angeboten. Zwei Zimmer mit einer wunderschönen mit Blumen und Pflanzen übersäten Terrasse mitten in der Natur zwischen Palmen, Aloe vera und Avocadobäumen. Es führte keine Straße, sondern nur ein kleiner Trampelpfad herauf. Neben der Terrasse meines kleinen kanarischen Hexenhäuschens befand sich ein Steinkreis, an dem oft rituelle Zeremonien abgehalten worden waren. Dieser kleine versteckte Ort war voller heilender Magie und bot einen sensationellen Blick aufs Meer und das Tal.

Endlich konnte ich aufatmen und in Ruhe zu mir kommen. Doch das Trauma saß so tief in meinem Körper, dass mich meine Rückenschmerzen geradezu nach unten auf 90 Grad zogen. Ich war gebrochen und es gab nichts, was mich aufrichten konnte. Keine Minute verging ohne unsagbare körperliche und emotionale Schmerzen und es gab niemanden, der mir helfen konnte. Kein Chiropraktiker, kein Osteopath, kein Medikament, keine Behandlung.

Zu dieser Zeit lernte ich Marco kennen, meinen Bruder, mit dem ich bis heute in tiefer Freundschaft verbunden bin. Marco war Krankenpfleger und arbeitete mit mir zusammen zur der Zeit in der Sprachschule des Tales. Täglich kam er zu mir nach oben in mein Haus, um mir Voltaren zu spritzen, Einkäufe zu bringen und mir zu helfen. Doch so gern ich auch auf der Insel und in meinem kleinen Haus bleiben wollte: Mich verließen meine Kräfte. Ich konnte nicht mehr laufen und mich nicht mehr aufrichten. Mir blieb nur eine Wahl: Ich musste zurück nach Deutschland.

Meine Eltern waren geschockt, als sie mich sahen. Mit letzter Kraft hatte ich mich in den Flieger geschleppt. Ich konnte kaum mehr einen Fuß vor den anderen setzen, war bis auf 90 Grad gekrümmt, abgemagert und ohne Lebenskraft. Innerhalb kürzester Zeit wurde ich ins Krankenhaus gebracht und sollte operiert werden. Mittlerweile bewegte ich mich nur noch im Rollstuhl. Laufen war nicht mehr möglich.

Man diagnostizierte einen Bandscheibenvorfall. Einen sogenannten Massenvorfall. Ich war so gekrümmt, dass ich nicht durch die Röhre des CT passte und mit Schmerzmitteln betäubt wurde, weil die Schmerzen nicht auszuhalten waren.

Der Professor war beeindruckt von den Schmerzen, die ich seiner Einschätzung nach gehabt haben musste, denn er habe noch nie in seiner Laufbahn so einen massiven Vorfall gesehen, gestand er mir nach der Operation. Die komplette Bandscheibe war draußen.

Vor der OP hatte mir natürlich niemand gesagt, dass die Situation kritisch gewesen war und man nicht sicher war, wie die OP ausgehen würde. Doch ich erinnere mich noch an den Moment, als mich die Krankenschwester anstrahlte und mir Mut machte, dass ich bald wieder aufrecht laufen würde.

Schritt für Schritt machte ich mich auf meinen persönlichen Weg meiner ganzheitlichen Heilung.

Wie ein kleines Kind begann ich ganz von vorne. Meine Mutter half mir beim Anziehen und ich lernte zu laufen. Schritt für Schritt, erst geradeaus, dann Treppenstufen.

Doch ich brauchte viele Pausen, weil ich so viel abgenommen und so wenig Kraft hatte. Wochen vergingen.

In dieser Zeit entdeckte ich die Power der Meditation, Vorstellungskraft und Konzentration. Ich stellte mir vor, wie ich aufrecht durch das Leben laufen würde. Wie ich mich niemals mehr aufgeben und selbst quälen würde. Wie ich mich in meiner wahren Essenz leben würde. Wie ich niemandem mehr erlauben würde, mich mit Füßen zu treten.

Es dauerte drei Monate, bis ich wieder laufen konnte. Ich folgte meinem Trainingsplan, um mich und meinen Körper Tag für Tag zu stärken, und legte mir jeden Tag meine schamanischen Karten, die mir den Weg der inneren Heilung zeigten. Diese Karten waren mein Anker, mein Mentor, meine Orientierung und meine

Unterstützung, denn meiner eigenen Intuition traute ich noch nicht. Ich klammerte mich an diese Karten wie an einen Strohhalm und verbrachte Stunden damit, das niederzuschreiben, was mir zu der jeweiligen Karte, die ich an dem Tag zog, einfiel. Diese Routine behielt ich übrigens 15 Jahre bei. Erst dann tauschte ich die Karten endgültig durch meine reine Intuition aus.

Drei Monate nach der Operation flog ich zurück nach la Gomera in mein kleines Haus. Noch war ich unsicher. Nur zu leicht hätte man meinen Rücken mit einem Schlag durchbrechen können. Doch da war ich: aufrecht. Stolz. Glücklich. Zurück im Leben. Und auf der Insel.

Ich liebte meine kleines Reich. Monate verbrachte ich dort oben, ging nur zu meiner Arbeit in die Sprachschule nach unten, trainierte meinen Körper und tauchte tief in die Welt der Spiritualität ein. Ich lernte Reiki und verschiedene Techniken der Energiearbeit kennen, schloss wunderbare und tiefe Freundschaften mit Menschen, mit denen ich bis heute eine innige Seelenverbindung habe, und umgab mich vor allem mit wunderbaren Frauen, die mein Herz berührten. Es war eine schöne Zeit voller liebevoller Begegnungen.

Mit den Monaten wurde ich stärker. Sport, Yoga und Energiearbeit brachten mich in die Verbindung mit mir selbst und meiner Wahrheit. Ich begann, meine weibliche Seite zu spüren und auszuleben und erkannte, dass ich all die Jahre genau das vernachlässigt hatte. Dass ich nur ganz sein konnte, wenn ich das Gleichgewicht zwischen meinen Anteilen erreichen würde.

Zwei wunderbare Jahre verbrachte ich mit der Entdeckung meiner inneren Anteile und ging mit mir in den Frieden. Mein kleines Haus diente als Ort der Begegnung für viele Menschen und ich begann, das zu tun, was mich heute ausmacht: Ich half Menschen, sich selbst in ihrer tiefen Wahrheit und Essenz zu finden.

Doch irgendwann spürte ich den Ruf der Ferne. Es war Zeit, den warmen Schoß der Insel zu verlassen und mich der Welt zu öffnen.

Schließlich landete ich nach einem halbjährigen Zwischenstopp in Sevilla und Cádiz in Barcelona.

Eigentlich hätte ich von Cádiz nach Senegal reisen wollen, doch der Zufall, der sich später als Fügung herausstellte, brachte mich in die Metropole nach Katalonien. Ich war begeistert von dieser großen Stadt, die alles zu bieten hatte, was ich wollte: Kultur, Strand, die unterschiedlichsten Menschen der verschiedensten Nationalitäten und gute Jobmöglichkeiten. Hier wollte ich bleiben, das war mein Ort.

Ich tauchte tief in diese Stadt ein und sog sie mit jeder Zelle auf. Schnell fand ich einen Job in einer Sprachschule als Sprachtrainerin und Übersetzerin und lernte interessante Leute kennen. Es war eine lustige Zeit, in der ich mich mit Menschen vieler Kulturen anfreundete und Barcelona zu jeder Tages- und Nachtzeit genoss.

Doch auch, wenn ich das Nachtleben liebte, folgt es doch in jeder Stadt, in jedem Land und jedem Kontinent dem gleichen Prinzip und begann mich mittlerweile zu langweilen. Es fehlte mir etwas. Ich war trotz all der Energiearbeit, dem Zugang zu mir selbst und dem Sport nicht erfüllt.

Seitdem ich die furchtbare Beziehung mit Andy hinter mir gelassen hatte, waren nun mittlerweile drei Jahre vergangen, in denen ich allein lebte.

Ich war 33 Jahre und hörte meine biologische Uhr ticken.

Doch das Universum schickt uns so lange dieselben Aufgaben, bis wir sie gelernt haben. Dieses universelle Gesetz sollte sich an einem warmen Juniabend bewahrheiten.

An jenem Abend war ich mit ein paar Freunden in einer Bar. Dann kam er durch die Tür. Mein Sora.

Ein neues Kapitel in meinem Leben begann.

Denn zehn Monate später sollte ich diesen Mann heiraten und elf Monate später unseren Sohn zur Welt bringen.

Sora stammte von einer kleinen Insel zwischen Senegal und Gambia. Er war durch die Sahara gezogen und mit dem Boot illegal in Spanien eingewandert. Ein junger mutiger Mann Mitte 20, der viel in seinem jungen Leben erlebt hatte und nun sein Glück in Europa suchte. Er wollte seiner Familie in Senegal helfen, Geld schicken, seiner Mutter ein neues Haus bauen. Doch Europa ist nicht das, wonach es aussieht. Und so fand er sich ohne Dokumente in Spanien und auf der Suche nach einer neuen Perspektive wieder.

Wie fast jede Beziehung begann auch unsere Verbindung mit viel Romantik und Nähe. Trotz seiner männlichen Energie wirkte der fast zwei Meter große und attraktive Sora fast unschuldig auf der Suche nach Ruhe und Schutz. Europa war ein Kulturschock und den durfte er erst einmal verkraften. Ich hatte mich sofort in diesen Mann mit den lieben Augen und diesem weichen Herz verliebt und half bei allem, was anstand. So dauerte es keine drei Tage, bis wir beschlossen zu heiraten.

Doch es wurde schnell turbulent: Nicht ganz zwei Monate nach unserer ersten Begegnung war ich bereits in der sechsten Woche schwanger.

Die bürokratischen Irrwege machten uns das Leben schwer. Von getrennten richterlichen Befragungen, ob es sich um eine Scheinehe hielt, die wir schließen wollten, bis hin zu langen Warteschlangen, um Stempel, Beglaubigungen und Dokumente aus Senegal, Deutschland und Spanien zu bekommen, versuchten wir alles, um seinen Status in legale Bahnen zu lenken.

Wir hatten weder Geld noch einen Plan, wie unsere gemeinsame Zukunft aussehen sollte. Der Druck lastete schwer auf ihm. Und auf mir. Dazu die täglichen Auseinandersetzungen mit der spanischen Polizei und ihrer Frage nach seinen Papieren. Unzählige Male hatte ich Sora zu jeder erdenklichen Tages- und Nachtzeit von der Polizei mit einem Dokument abgeholt, das bewies, dass wir im Begriff waren zu heiraten und seine Dokumente in

Bearbeitung waren.

Von Romantik war bei diesen Belastungen schnell nicht mehr viel zu spüren. Tatsächlich hätte die Situation jeden Moment kippen können, denn er war wütend. Wütend darauf, ausgegrenzt zu werden, die schlechtesten Jobs machen zu müssen, rassistisch beleidigt zu werden und sich immer im Nachteil zu sehen.

Immer dann, wenn die Belastungen auch für mich zu groß wurden, spürte ich Schmerzen in meinem Rücken. So bekam ich ab dem dritten Monat Lähmungserscheinungen in meinem rechten Bein und hinkte. Es war das unbedingte Signal, auf mich zu achten, meine Emotionen zu spüren und meine Bedürfnisse wahrzunehmen. Es bedeutete auch, ihm Grenzen und den Fokus auf meine emotionale und physische Gesundheit zu setzen. Nicht nur für mich selbst, sondern auch für den kleinen Menschen, der in mir heranwuchs. Es waren die Momente, in denen ich Strategien entwickelte, mit großen Gefühlen umzugehen und Emotionen zu verarbeiten. Durch die Atmung. Das Schreiben. Die Meditation. Reiki. Meine Vorstellungskraft. Lange Spaziergänge am Strand. Und Übungen, mit denen ich meine Energie auf meine innere Kraft lenkte. Immer wieder und wieder. Täglich.

In dieser Zeit entwickelte sich auch Sora weiter. Sein Leben in Senegal war von Energiearbeit geprägt. Er hatte schon als Kind die traditionellen afrikanischen Heilmethoden von seiner Mutter gelernt, die er nun in unser Leben übertrug. Es war eine Bereicherung für mich und spiegelte die eigentliche Verbindung zwischen uns wider. Denn die energetische Kommunikation ist rein, wahr und immer spürbar, wenn wir diese Dimension bewusst in unser Leben integrieren.

Die Geburt von unserem Saliou veränderte mein Leben und meine Perspektive komplett. Diese reine und bedingungslose Liebe gab mir so viel Kraft, dass wir für ihn Himmel und Hölle in Bewegung setzten, um ihm eine gute Zukunft zu bieten. Ich startete als Unternehmerin und eigener Agentur in die

Selbstständigkeit.

Als Saliou vier Jahre war, brachen wir schließlich in Spanien die Zelte ab und gingen nach Deutschland. Hier konnte ich mein Business voran bringen, während Sora begann, im Restaurant meines Schwagers zu arbeiten und endlich nach und nach zur Ruhe zu kommen.

Doch wir verstrickten uns immer wieder in Missverständnissen. Auch wenn ich mir selbst über meine Empfindungen und Gefühle bewusst war und auch er sich immer weiter öffnete, gab es doch oft Situationen, in denen wir in verschiedenen Welten lebten und die Differenzen unüberbrückbar schienen.

Um herauszufinden, woran diese Missverständnisse lagen, begann ich, mich mit Mimik und Körpersprache zu beschäftigen. Ich beobachtete unsere nonverbale Kommunikation und nun erkannte ich die Unterschiede. Wir mussten uns missverstehen, denn die nonverbalen Signale waren total unterschiedlich und die Perspektive, aus der wir die Welt betrachteten, auch.

Ich erkannte, dass nicht nur die Missverständnisse zwischen uns, sondern zwischen den Menschen im Allgemeinen durch die Fehlinterpretation der nonverbalen Signale zustande kam. Es war wie ein Mosaik, das sich nun zusammensetzen konnte. Von diesem Moment an habe ich nie wieder aufgehört, mich mit der Dekodierung unserer nonverbalen Sprache zu beschäftigen. Es war, als hätte ich nicht nur den Kern der menschlichen Kommunikation entdeckt, sondern auch meine Mission in diesem Leben.

Je mehr ich die Mimik und Körpersprache ergründete, desto besser verstand ich mich selbst und die Menschen um mich herum und konnte auch nachvollziehen, warum mein Leben so verlaufen musste.

Ich absolvierte ein Studium zur Drehbuchautorin und entdeckte die Fotografie. Gesichter und Portraits waren meine Motive. Hunderte Menschen habe ich seitdem am Peakpoint ihrer Emotion fotografiert. Und diese emotionalen Ausdrücke analysiert. Ich schrieb Short Stories, Dokumentarfilme und Werbefilme, gewann Kreativwettbewerbe und Ausschreibungen.

Ich liebe es, Emotionen einzufangen, Gefühle zu kreieren, Storys zu schreiben und die wahren Bedürfnisse der Menschen zu ergründen.

So schrieb ich mich für Kurse zur Emotionsdekodierung bei Paul Ekman, dem Gottvater der Mimikforschung, ein und drang tief in die Emotions- und Neuropsychologie ein. Das war es, was mich wirklich interessierte.

Decoding, wie ich die Emotionsdekodierung heute nenne, wurde neben Facereading zu meinem Spezialgebiet. Ich schrieb ein E-Book zu dem Thema und begann Workshops und Kommunikationstrainings in Unternehmen zu geben und mich als Expertin für Mimik und Emotionsdekodierung zu positionieren.

Doch es geht nicht nur darum, Emotionen zu erkennen, sondern sie auch zu verarbeiten. Das erkannte ich an einem Nachmittag im Sommer, als die Angst wieder hochkam, vor der ich jahrelang auf der Flucht war.

Saliou war mittlerweile zehn Jahre alt. Wach, liebevoll und mit vielen Talenten. Hip Hop und das Tanzen waren seine Leidenschaft. Fast täglich fuhr ich ihn zum Tanztraining. So auch an jenem Nachmittag. Ca. 50 Meter vor dem Eingang seiner Tanzschule ließ ich ihn auf seinem Skateboard aus dem Auto schon einmal zum Eingang fahren.

Während er aufs Skateboard sprang, mir noch einmal zuwinkte und losfuhr, rannte plötzlich ein Schäferhund von hinten bellend auf ihn zu, kickte ihn vom Skateboard und begann ihn an Rücken und Beinen zu zerbeißen.

Mein Herz blieb stehen. Saliou schrie nach mir, ich rannte aus dem Auto auf den Hund zu, der bereits ganze Fleischstücke aus dem Bein meines Kindes gerissen hatte. Nun war auch die Besitzerin da und riss das Tier zur Seite. Blutüberströmt lag er da, schrie und weinte.

Einer der Tanzlehrer trug den blutenden Saliou in mein Auto, ich nahm die Personalien der Hundebesitzerin auf und fuhr mit ihm wie ferngesteuert ins Krankenhaus. Vom Auto aus rief ich Sora an, dass er sich sofort auf den Weg ins Krankenhaus machen solle.

Saliou wurde notoperiert und die Wunde zugenäht. Der Hund hatte knapp die Hauptschlagader verfehlt. Nach einer Woche war unser Kind aus dem Krankenhaus wieder zu Hause.

Was blieb, war seine unglaubliche Angst vor Hunden. Und meine Angst, die auf einmal wieder lebendig wurde. Die jahrelang in mir geschlummert hatte und sich nun wieder den Weg an die Oberfläche gebahnt hatte.

Um es ihm so leicht wie möglich zu machen, gab es nur einen Weg: Ich musste ihm zeigen, wie er durch die Angst geht, um sie loszuwerden.

Zur Unterstützung war Saliou in psychologischer Betreuung, doch hatte schnell das Gefühl, mit dem Trauma umgehen zu können. Er war bereit, sich seiner Angst zu stellen und sich Hunden zu nähern. Meine Schwester hat einen großen liebevollen Mischlingshund, der sich bestens dafür eignete. So hat Saliou heute, mit fast 16 Jahren, seine Angst mittlerweile weitestgehend abgelegt. Nur Schäferhunden oder anderen sehr großen Hunden traut er nicht über den Weg und meidet sie.

Mich selbst nahm dieser Hundeangriff besonders mit, denn ich hatte das Gefühl, mein Trauma in gewisser Weise auf ihn übertragen zu haben. Es war eine ähnliche Situation wie damals, als ich 24 Jahre war. Kein Zweifel: Ich musste meine Angst heilen, um die Kette zu unterbrechen. Ich konnte und durfte nicht wegschauen.

So begann ich, meine Angst, die wieder hochgekommen war, bewusst und wirklich zu verarbeiten. Sie zuzulassen. Sie ganz zu spüren und durch sie hindurchzugehen. Bis sie abflachen konnte.

Ich lernte hilfreiche Atem- und lernte Regulierungstechniken zur Selbsthilfe. Und übte immer wieder und wieder, bis ich sicher war, sie wirklich zu regulieren. Im Wald, wenn mir Hunde entgegenkamen. Abends, wenn ich alleine durch eine Straße lief. Auf diese Weise befreite ich mich endlich von den Schatten, die ich Jahrzehnte mit mir herumgetragen hatte.

Aus diesen Techniken entwickelte ich ein System, das heute nicht nur mir, sondern auch anderen Menschen hilft, ihre Ängste zu überwinden und zu transformieren.

Meine größten Herausforderungen entwickelten sich damit zu meiner größten Stärke und meiner Mission. Das Mosaik wurde nun zu einem erkennbaren Bild.

Ich vervollständigte meine Kenntnisse mit einer Ausbildung zur Heilpraktikerin für Psychotherapie und weiteren Ausbildungen in Hypnose, Hypnoseystemik, Emotionscoaching, Verhaltenstherapie und systemischer Beratung.

Heute hat das Mosaik einen Namen. Es nennt sich empractise, das Trainingsprogramm für emotionale Fitness. Mit diesem Programm helfe ich Menschen, Ängste zu überwinden, Blockaden zu lösen, Gewohnheiten zu ändern und emotionale Muster umzuprogrammieren. Sie aktivieren ihre nonverbale Kommunikationsebene, um Emotionen zu dekodieren und ihre Mitmenschen in ihrer Essenz zu erfassen, mitfühlend und empathisch mit ihnen zu kommunizieren und dadurch ein liebevolles Zusammenleben zu erschaffen.

Ich weiß, dass wir selbst kulturelle Unterschiede, die unüberbrückbar scheinen, mit Mitgefühl überwinden können. Denn mein Mann und ich sind mittlerweile seit 16 Jahren verheiratet, haben gemeinsam in Afrika eine Stiftung gegründet, ein Krankenhaus und eine Schule auf der Insel meines Mannes aufgebaut, seiner Mutter das Haus geschenkt und zusätzlich Land gekauft, damit wir gemeinsam Zeit in Senegal, diesem wunderbaren Land, verbringen können.

Doch wer weiß, ob das schon das ganze Mosaik ist. Vielleicht ist es auch erst der Anfang von etwas Größerem …

Vanessa

„Ein tiefer Fall führt oft zu hohem Glück"
William Shakespeare

Mein Name ist Vanessa, ich bin alleinerziehende Mama eines 15-Jährigen AD(H)Slers mit einem großen Herz, habe einen liebevollen Partner, der mich so nimmt, wie ich bin, einen Job der mir Spaß macht und unterstützende Familie und Freunde. Ich bin so dankbar für mein Leben. Ich bin dankbar für meine Familie, meine Freunde, für meinen Job, meine Gesundheit, die Kreativität und dafür, dass mir und meiner Familie nichts fehlt. Ich bin dankbar für jeden Tag, den ich leben darf, für die Höhen und auch für alle Tiefen. Ich bin dankbar für alles, was ich bisher erleben durfte und jeden Tag erleben darf, denn das alles bin ICH. Ich bin heute die beste Version meiner selbst und ich werde jeden Tag noch besser und freier von Ängsten.

Es war nicht immer so. Die die mich gut kennen, nennen mich heute eine starke Frau.

Der Weg hierher war schwer und lang. Ich bin 43 Jahre alt und wenn ich zurückblicke, habe ich mehr als die Hälfte damit verbracht, für mein Leben zu kämpfen. Man sieht es mir nicht an, aber ich habe in der Vergangenheit aufgeben wollen. Das Leben war für mich wie ein langer steiniger Weg und fühlte sich sinnlos an.

Meine Augen verraten nicht den ganzen Schmerz, den ich hinter mir habe. Ein Schmerz, der mir nicht nur von anderen zugefügt wurde, sondern den, den ich mir selbst über die Erfindung von Glaubenssätze zugefügt habe. Es gibt im Leben nichts Schlimmeres als unsere eigenen Gedanken. Die Gedanken, die uns selbst sabotieren, Gedanken, die unsere Träume von Anfang an zerbrechen, indem wir uns einreden, dass wir nicht gut genug oder wertvoll genug sind. Diese kommen meistens noch aus unserer

Kindheit, wo wir uns Gedanken machen, warum bestimmte Ereignisse passiert sind und diese Sätze als eigenen Schutz nehmen.

Ich war noch ein Kleinkind, als meine Mutter sich entschied, meinen Vater zu verlassen. Sie war nie in ihm verliebt. Sie wurde streng erzogen und hatte meinen Vater nach einem gebrochenen Herzen einfach geheiratet, um aus dem Elternhaus zu fliehen.

Meine Mutter war 19, Portugiesin, kannte meinen Vater aus seinem Urlaub in Portugal und kam nach Deutschland, ohne die deutsche Sprache zu kennen. Sie konnte sich also auch nicht mit ihm unterhalten. Es war klar, dass diese Beziehung nicht wirklich halten konnte. Als ich zur Welt kam, war ich ihr ein und alles. Sie war einsam, ohne Familie oder Freunde … und hat jemanden kennengelernt, der ihr Aufmerksamkeit schenkte. Sie verließ meinen Vater und hoffte auf ein glückliches Leben.

Als ich fast vier Jahre alt war, kam mein kleiner Bruder zur Welt. Er wurde mit Zerebralparese geboren und verbrachte das erste Halbjahr in der Kinderklinik. Ich begleitete meine Mutter jeden Tag und spielte während ihres Besuches unten im Warteraum. Die Aufmerksamkeit, die ich von meiner Mama früher hatte, wurde nun geteilt. Ich als große Schwester musste ab jetzt mithelfen.

Mein Stiefvater war überfordert und brachte nun sein Problem deutlich ans Licht. Es war früher schon da, aber nun jeden Tag zu sehen.

Die meisten Erinnerungen die ich habe, sind von der Zeit, welche wir in unserer letzten Wohnung verbrachten. Es war eine große Vierzimmerwohnung in Köln, ich hatte ein Zimmer für mich alleine. Ich hatte sogar eine Couch und einen Fernseher. Mein Stiefvater erlaubte mir allerdings nicht, das Wohnzimmer zu betreten. Um in die Küche zu gehen, musste ich durch das Wohnzimmer und dafür musste ich zuerst an die Tür klopfen und um Erlaubnis bitten. Ich durfte keine Geburtstage zu Hause feiern oder Freundinnen empfangen.

Als ich eingeschult wurde, hat sich das Leben für mich drastisch verändert. Ich wurde oft aus dem Schlaf gerissen, weil mein betrunkener Stiefvater vielleicht aus purer Bosheit seine Überforderung an mir auslassen musste. Für mich fühlte es sich nach Folter an, aus dem Bett gerissen zu werden und ein Diktat zu schreiben, bei dem ich für jeden Fehler körperlich bestraft wurde. Ich habe oft so getan, als würde ich schlafen in der Hoffnung, dass er mich in Ruhe lässt, ohne große Erfolge.

Eines Nachts war alles anders … anstatt meines Stiefvaters wurde ich von der Polizei geweckt. Das war die Nacht, wo meine Mutter zum ersten Mal mit seinen Händen an ihrem Hals an die Wand gedrückt wurde. Wir wurden in einem Frauenhaus untergebracht. Ich kann mich bis heute an die Melodie eines Liedes erinnernm was im Hintergrund lief. Es war „The Caravan of Love" von Isley Jasper Isley und kam von einem der kleinen Wohnräume einer anderen Frau, die im gleichen Haus untergebracht war und nun dort wohnte. Unser Zimmer war kalt und dunkel und ich hatte Angst. Wir blieben nicht lange in dem Haus. Am nächsten Tag wurden wir von Bekannten meiner Mutter abgeholt.

Das war der Beginn des Endes einer Beziehung, die uns nur schlecht getan hat. Nach einiger Zeit hatte meine Mutter es geschafft, uns in Sicherheit zu bringen, und begann ein ganz neues Leben in Portugal bei unserer Familie.

Es ging uns eine lange Zeit nicht gut. Wir drei (Mama, Bruder und ich) haben mit meinen Großeltern und noch zwei Tanten in einer Dreizimmerwohnung gewohnt.

Meine Mama und ich haben eine Zeit lang auf einer dünnen Schaummatratze auf dem Wohnzimmer-Boden geschlafen. Mein Bruder hatte sein Kinderbett im Zimmer meiner Großeltern.

Meine Mutter hatte keine Ausbildung gemacht, suchte aber unbedingt einen Job, um ihre Kinder zu versorgen. Sie ging putzen, erst privat und später in einem Kindergarten. Und hier wurde sie nach einiger Zeit dann im Büro eingestellt. Peu à peu hat sie es geschafft, immer bessere Arbeitsstellen zu finden und dadurch auch eine Wohnung für uns zu mieten. In unserer ersten Wohnung gab es zuerst nur Matratzen auf dem Boden und dennoch war diese Zeit doch so besonders – wir waren frei!

In Portugal existieren keine Hilfen, das Kindergeld liegt bei ca. 30€ pro Kind, mein Vater hat zu diesem Zeitpunkt aufgehört Unterhalt zu bezahlen und der Unterhalt meines Bruders war noch nicht geklärt. Deutschland hat das Kindergeld sofort gestrichen und somit standen wir ohne etwas da.

Es war eine harte Zeit, aber wir hatten uns und aufgeben gab es für meine Mutter nicht. Ich musste meine Mutter in allem unterstützen – im Haushalt mithelfen, kochen, meinen Bruder pflegen. Meine Mutter erlaubte mir auch alles, was möglich war. Ich war öfters mit Freundinnen und deren Familie im Urlaub, weil es sonst keine Möglichkeit gab.

Eines Tages traf meine Mutter wieder ihre große Liebe aus der Jugend und sie bauten sich langsam ein neues Leben auf. Wir unterstützten uns gegenseitig und auch mit Schwierigkeiten war es mir möglich, ohne externe Hilfe mein Studium zu machen.

Im Oktober 1997 durfte ich mein Studium „PR und Unternehmenskommunikation" anfangen. Schnell wurde mir klar, dass das eigentlich nichts für mich war. Das erste Jahr war grausam, nur voller Theorie. Ich zog es trotzdem durch.

Mein Selbstwertgefühl und mein Selbstbewusstsein wurden mir ja in der Kindheit gestohlen und für mich war klar, dass ich auch nichts Besseres finden würde. Schon bei der Entscheidung, was ich im Leben tun möchte, hatte ich die Kunst aufgegeben und dies, obwohl ich immer für Singen und Malen gebrannt habe. „Ich werde es ja eh nicht schaffen", „alle anderen sind viel besser als ich", „ich bin nicht gut genug". Diese Sätze begleiten mich ein Leben lang, und obwohl meine Mutter mir gezeigt hat, dass, wenn es sich nicht richtig anfühlt, wir uns aus einer schlechten Situation rauskämpfen müssen oder, wenn wir etwas für richtig halten, dafür auch kämpfen müssen.

Dennoch habe ich einfach die Kraft nicht gehabt, um zu mir zu stehen.

Das ganze fehlende Selbstwertgefühl und das Selbstbewusstsein hat sich auf meine Beziehungen übertragen. Ich habe entweder Männer angezogen, die mich mochten, aber kontrollieren wollten, oder Männer, die einfach nur ein hübsches Mädchen an ihrer Seite haben wollten.

Dennoch habe ich in der Hochschule die erste große Liebe meines Lebens kennengelernt. Jemanden, der sich tatsächlich für mich interessierte, jemanden, der mir helfen wollte herauszufinden, wer ICH bin. Es war ein Traum, wer würde mich überhaupt so lieben können? Ich war doch kaputt! Und dennoch war er da. Jeden Tag mit wunderschönen Nachrichten wenn ich aufwachte, stundenlange Telefonate, auch wenn wir so lange schon den Tag zusammen verbracht hatten. Gemeinsame Urlaube, weil er mir die Welt zeigen wollte. Und nach drei Jahren Beziehung habe ich alles zerstört, weil ich immer noch den Eindruck hatte, dass er einfach zu gut für mich war, dass ich viel weniger im Leben verdient habe. Ich habe Schluss gemacht.

Einige Zeit später lernte ich den Vater meines Sohnes kennen. Pedro kam zu meinem Geburtstag, nicht, weil ich ihn kannte, sondern weil er einer meiner Freunde begleitete. Er war charmant, gutaussehend, hatte ein schönes Lächeln … wir haben uns an dem Abend verabschiedet und Nummern ausgetauscht. Ich wurde zum Essen eingeladen. Er konnte mich immer wieder mit schönen Restaurants begeistern. Auch meiner Mutter und meinem Stiefvater kam er nett rüber. Er hat sich mit meinem Bruder auch verstanden und war hilfsbereit. Wir zwei hatten immer wieder Streit, aber ich meinte es wäre normal in einer Beziehung. Ich war jung und naiv. Ich kann mich erinnern, dass ich zu dem Zeitpunkt einige Probleme mit meiner Mutter hatte. Auch wegen meines Ex-

Freundes. Sie meinte, er wäre nichts für mich und er würde mich die ganze Zeit gegen sie hetzen und dass es eher nichts von Bedeutung wäre, keine richtige Liebe.

Meine Mutter war mein Vorbild und eine Löwin, aber zu dem Zeitpunkt zu streng. Ich war 23 und fühlte mich wie gefangen in einem Käfig. Also sagte ich Pedro, ich wollte mit ihm eine Wohnung suchen. 2003 war es dann so weit ... und da begann auch mein großer Schmerz.

Unsere Wohnung war im gleichen Haus wie die meiner Mutter und wir wohnten dort mit meinem Hund. Ich war froh, endlich meine Freiheit zu haben. Ich hatte mein Bachelor in 2001 absolviert und war auf der Suche nach Arbeit. Gleichzeitig versuchte ich mein Diplom zu Ende zu machen. Er arbeitete jeden Tag im Vertrieb. Ich habe mich um den Haushalt gekümmert und gekocht, damit er alles fertig hatte, wenn er nach Hause kam. Ich versuchte unsere Wohnung einzurichten. Auch wenn wir am Anfang nur wenig hatten, so kämpften wir uns dennoch durchs Leben.

Über meinen Stiefvater lernte er andere Menschen kennen und konnte bessere Arbeitsstellen finden und sein Leben verbessern.

Ich und mein niedriges Selbstwertgefühl ließen mich nicht wirklich nach vorne blicken. Ich hatte so eine Angst vor dem Leben, vor den Menschen und hatte solche Zweifel, als dass ich für irgendetwas zu gebrauchen gewesen wäre.

Pedro ist ein sehr dominanter Mann. Er weiß, was er will, und er bekommt es auch. Mit dem Gefühl, sein Leben immer besser im Griff zu haben, kam auch die Einstellung, mich klein halten zu müssen. Meine Meinung durfte nicht anders als seine sein. Ich wäre zu dumm und ich würde mich über die Themen nicht richtig informieren. Wenn er meinte, eine Banane sei blau, musste ich das bestätigen, ansonsten würde es wieder zu einem Streit führen.

Wir wurden von Freunden eingeladen und ich musste mich umziehen, weil es seinen Geschmack nicht traf und ich mit ihm so angezogen nirgendwo hingehen würde.

Ich musste perfekt sein.

Bei unseren Freunden wurde ich immer leiser, bis ich still wurde. Sobald ich meinen Mund öffnete, war ich wieder die Dumme. Meine Meinung interessierte nicht. Ich habe ihn immer ermutigt, mit seinen Freunden alleine auszugehen, aber wenn ich mal dran war, hat er mir immer ein schlechtes Gewissen eingeredet und ich traute mich nicht mehr zu gehen.

Und so verlor ich meine Freunde.

Ich war fast alleine und in einen noch schlimmeren Käfig als zuvor. Ich fiel in eine Depression. Meine Familie war die einzige, die ich noch hatte. Meine Mama, meine Löwin, sie kam jeden Tag zu mir und holte mich aus der Wohnung raus. Sagte mir, dass ich in so einer Beziehung nichts verloren habe. Dass ich da raus musste! Ich hatte weiterhin nicht die Kraft, um loszulassen.

In jedem Streit mit Pedro wurde ich lauter, ich weinte so laut wie ein kleines Kind aus Verzweiflung. Ihn interessierte es nicht. Ich warf Gegenstände durch die Gegend, weil ich es nicht mehr aushalten konnte.

Im Laufe des Tages, wenn ich alleine war, fragte ich mich, was für einen Sinn mein Leben hatte. Ich fragte mich, warum ich so ein anstrengendes und trauriges Leben verdient hatte. Warum ich? Hatte ich nicht schon genug Schmerz erleben dürfen?

Ich hatte keine Ruhe, jeden Tag wenn er zuhause war, gab es nichts anderes als erniedrigende Aussagen. "Der Kühlschrank ist nicht sauber, was machst du den ganzen Tag? Du hast bestimmt viel zu tun." – So wurden meine Tage verbracht, bis ich es nicht mehr aushalten konnte. Ich hatte keine Lebensfreude mehr … ich wollte einfach nicht mehr … ich sah aber keinen Ausgang.

An einem Tag… früh morgens… er war noch zu Hause und wir stritten uns. Ich war wieder so verzweifelt, dass ich in die Küche lief und nach einem Messer griff. Ich setzte das Messer an mein Handgelenk, um mich zu töten. Das war die Endstation, ich hatte keine andere Lösung, als meinem Leben ein Ende zu setzen. Ich hatte nichts mehr, was mich halten konnte. Ich war todunglücklich, wofür leben, wenn alles nur Schmerz bedeutet? Wofür weitermachen, wenn der Schmerz größer ist als du selbst?

In letzter Sekunde sah ich gedanklich die Gesichter meiner Mutter und meines Bruders ... sie retteten mich, denn die Liebe zu ihnen war größer als mein Wille. Ich konnte meiner Mutter und meinem Bruder nicht so einen Schmerz zufügen. Das wäre nicht fair. Ich legte das Messer wieder weg, legte mich ins Bett und weinte.

Das war der Moment, in dem ich realisierte, dass ich Hilfe brauchte.

Ich holte mir also einen Psychiater zur Unterstützung, der mir Schlafmittel und Psychopharmaka verschrieb. Ich hatte wöchentlich einen Termin zum Gespräch. Er war sehr professionell und gleichzeitig sehr menschlich. Er zeigte mir alles, was ich schon geschafft hatte, und dass ich stärker war, als ich selbst glaubte.

Eine alte Arbeitskollegin erzählte mir von einer freien Stelle bei ihr in der Firma. Eine Bürokraft als Backoffice in einer Autoleasing-Firma wurde gesucht und ich bewarb mich. Ich hinterließ einen guten Eindruck und wurde genommen. Mein erster Job ... oh, habe ich mich gefreut ... es war das Licht am Ende des Tunnels!

Nach einigen Monaten schaffte ich es, mich von Pedro zu trennen, und bat ihn die Wohnung zu verlassen. Kurze Zeit später verlor ich meinen Job. Der Arbeitsvertrag wurde nicht verlängert. Voller Angst und ohne Job fragte ich mich, was ich nun mit meinem Leben tun sollte.

Pedro ließ mich nicht in Ruhe und versuchte zurückzukommen. Er sagte, sein Name wäre im Mietvertrag und er wollte wieder einziehen. Wir hatten eine Dreizimmerwohnung. Ein Zimmer war Büro und Gästezimmer. In dieses Zimmer ist er eingezogen. „Nein" zu sagen, war für mich schon immer ein Problem, also ließ ich ihn nach Hause kommen.

Leider hatte er schon alles in seinem Kopf geplant. Er wusste genau, was er wollte, und wie er es kriegen würde. Er blieb dran, zeigte seine veränderte Seite und fand seinen Weg zurück in die Beziehung.

Meine Familie merkte, dass es mir wieder nicht gut ging. Der Verlust meiner Arbeitsstelle war wie ein Schlag ins Gesicht. Ich war wieder verzweifelt und sah keine großen Chancen, was Neues zu finden. Mein Stiefvater wollte mir helfen und schaffte es, mich in seiner Firma einzustellen. Er war Verkäufer einer großen spanischen Firma und ich habe ihn bei der Arbeit im Büro ein wenig unterstützt. Im Jahr 2015 wurde uns vorgeschlagen, eine Niederlassung in Portugal zu eröffnen.

Mit Pedro lief es in der Zeit ruhig. Hier ein Streit, da ein Streit, alles sehr kontrolliert. Er wollte mich von meinen Eltern entfernen. Meine Mutter wäre der Grund für unsere Trennung gewesen. Mit einem festen Arbeitsvertrag in der Hand habe ich angefangen, eine Wohnung zu suchen, dennoch in der Stadt, wo ich es wollte.

Mir war klar, dass Pedro keinen Kredit bei der Bank aufnehmen konnte. Genauso wenig konnte er einen Vertrag unterschreiben, also musste er hier auf meine Wünsche eingehen. Ich machte mich also auf die Suche.

Die neue Arbeit, wo ich alles von Anfang an lernen und umsetzen durfte, gab mir so eine Motivation und Kraft, wieder mein Leben in die Hand zu nehmen. Die Arbeit war sehr anstrengend, aber auch sehr reich an neuen Erfahrungen. Ich musste auch nach Spanien reisen, konnte also neue Menschen kennenlernen. Ich hatte auch eine wunderschöne Wohnung zum Kauf gefunden und kümmerte mich nun um einen Kredit.

Es freute mich so sehr, dass endlich alles lief. Pedro und ich zogen in eine neue Eigentumswohnung um und ich glaubte tatsächlich, dass damit unsere Probleme auch endlich ein Ende hätten. Ich war so naiv!

Die ersten Monate konnten wir noch genießen, auch wenn er

hier und da wieder sein wahres Gesicht zeigte. Seine Dominanz kam langsam zurück. Meine Eltern waren nicht mehr da, um mich zu schützen.

Es ging wieder los … jeden Tag etwas mehr. Ich kam nach Hause, habe gekocht, ihm hat es nicht geschmeckt, also ging er die Tür raus, um im Restaurant zu essen.

Immer wenn ich gut gelaunt war und gelacht hatte, fand er einen Grund, um mich klein zu machen und meine Stimmung zu verderben.

Ich begann wieder, Wutanfälle zu bekommen. Ich weinte jeden Tag, wenn er zu Hause war. Wenn er auf Dienstreise war, ging es mir gut. Und immer, wenn ich wusste, er kommt nach Hause, zitterte ich den ganzen Tag und hatte Magenschmerzen. Ich wusste nicht, wie ich es aus dieser Situation schaffen sollte.

Meine Depression war wieder zurück, ich hatte schon wieder mein Selbstwert verloren und wusste nicht mehr weiter.

Er wollte heiraten, ich nicht. Ich wusste, dass ich aus der Beziehung raus musste. Für mich ist heute klar, dass er eine Ehe und Kinder als Garantie hielt. Wenn wir heiraten, dann bin ich für immer da. Eine gute Frau verlässt ihre Familie nicht.

Heute erkenne ich, dass er es zu dem Zeitpunkt nicht besser wusste. Das war die Erfahrung seiner Eltern. Sein Vater war auch ein sehr dominanter Mann, der sowohl psychisch wie auch körperlich seine Frau angriff. Sie blieb ich ein Leben lang dieser Beziehung, weil es sich so gehörte. Sie brachte ihrem Mann, wenn es nötig war, um vier Uhr morgens Kaffee ans Bett, damit er aufstehen konnte. Pedro wurde so erzogen, dass er nichts machen musste. Seine Mutter hat alles für ihren Mann und ihre Kinder gemacht.

Meine Gedanken waren nur bei mir, wie ich mich retten könnte, es ging um mein Leben. Ich musste einen Weg finden nicht aufzugeben. Er wollte eine Familie und ich wollte schon immer ein Kind. Dies war mein Ausweg. Der einzige Ausweg, den ich zu dem Zeitpunkt sehen konnte. Das einzige, was mir die Kraft geben würde, um weiterzumachen und um mein Leben nicht aufzugeben. Es würde mein Leben ändern. Noch in 2015 wurde ich schwanger.

Ich war so glücklich über meine Schwangerschaft aber gleichzeitig so genervt. Es war keine schöne Zeit. Er hat alles kontrolliert. Er kontrollierte, was ich aß und wo ich hin ging, denn ich trug in mir sein Kind und ich dürfte seinem Sohn nicht schaden.

Er durfte seinem Kind schaden, indem er mein Leben zur Hölle machte. Ich spürte meinen Sohn immer wieder in mir, wenn ich diese Wutanfälle hatte, aber ich konnte mich nicht kontrollieren. Ich schmiss ein Mal sogar mein Handy gegen die Wand und sperrte mich im Zimmer ein. Mein Geschrei konnte man im ganzen Haus hören. Ich weinte wieder unkontrolliert. Er machte mich kaputt. Wie lange, wie lange muss ich noch durchhalten?, dachte ich immer wieder!

Er wollte bei der Geburt dabei sein. Als es so weit war, war ich so erleichtert, dass ich einen Notkaiserschnitt haben musste. Natürlich war ich auch besorgt, weil ich ja die Erfahrung mit meinem Bruder hatte, aber gleichzeitig war ich dankbar, mit dem Team alleine im OP-Raum sein dürfen.

Alles lief ohne Probleme, mein kleiner Sohn kam zur Welt und war perfekt! … bis auf eine Sache … in der Nacht der Geburt wurde ich alleine ins Zimmer gebracht, damit ich mich erholen konnte. Mein Sohn kam zu den anderen Babys. Ich konnte ihn an seinem Weinen erkennen. Er war das einzige Kind mit einem hysterischen Weinen, welches sich nicht kontrollieren konnte. Das blieb auch eine lange Zeit so. Mein Mutterinstinkt sagte mir, dass es von meinen Wutanfällen kam. Ich gab mir lange die Schuld dafür …

Nach drei Tagen durften wir beide nach Hause. Mein Vater kam uns besuchen, um sein neugeborenes Enkelkind zu begrüßen. Also haben mein Vater und Pedro mich am ersten Abend alleine zuhause gelassen. Sie gingen essen und haben noch ein paar Sachen für mich aus der Apotheke besorgt.

Ich war zu der Zeit noch völlig überfordert, alles als Mama hinzubekommen. In Portugal gibt es keine Hebammen, um uns zu unterstützen. Wegen seiner Koliken weinte Marco sehr viel und das Stillen funktionierte auch nicht wirklich.

Pedro wollte irgendwie helfen, aber es ging nur teilweise. Meistens war er nicht da, Nachts musste er schlafen und tagsüber, wenn er zu Hause war, musste er sich vom ganzen Stress erholen, indem er schlafen ging. Also konnte ich auch nicht wirklich auf ihn zählen. Er hat zwischendurch eine Windel gewechselt und hat unseren Sohn beruhigt, wenn meine Nerven schon am Ende waren. Ich bat ihn immer, Marco nicht auf den Arm zu nehmen, nachdem er geraucht hatte. Seine Aussage war immer, dass ich verrückt sei und dass es dem Kind nichts mache.

Nachdem mein Vater weg war und ich auf eine entspannte Zeit gehofft hatte, kam sein Bruder mit Ehefrau, um ihren Urlaub bei uns zu verbringen. Zuvor bat ich Pedro darum, sie nicht einzuladen, da ich mehr Ruhe brauchte, doch auch diese Bitte ignorierte er.

Mein „Schwager" und meine „Schwägerin" sind nette und liebe Menschen, aber zu diesem Zeitpunkt von mir ganz unerwünscht. Ich wollte mich einfach an meine neue Situation anpassen, mich ausruhen und die Zeit mit meinem Sohn genießen. Aber ich durfte es nicht, weil seine Familie immer an erster Stelle kam. Er ging also mit seiner Familie an den Strand, verbrachte Stunden mit denen unterwegs, während ich fast am Ende war, da ich schon lange nicht richtig schlafen konnte. Meine Mutter kam und war für mich … für uns da. Sie war es immer. Deine Welt kann zerbrechen, aber wenn du diese eine Person in deinem Leben hast, die dich immer aus Liebe festhält, dann hast du das große Glück im Leben.

Nach drei Monaten zeigte ich endlich meine Krallen. Ich konnte nicht mehr. Ich wollte nicht mehr. Mein Sohn hat mit drei

Monaten schon unter unserem ständigen Streit gelitten. Ich habe den Strich gezogen und endlich gesagt, was ICH wollte. Ich sagte ihm, er soll gehen, und dieses Mal für immer!

Da stand ich nun alleine in meiner Eigentumswohnung, mit einem festen 40-Stunden-Job und Kind. Ich musste mich nun zurechtfinden.

Mein Sohn blieb ab dem vierten Monat täglich bei meiner Mutter. Ich brachte ihn morgens vorbei und holte ihn abends wieder ab. Abendbrot aß ich bei meiner Familie, das Geld, was ich verdiente, reichte nicht für alles.

Ich verdiente für portugiesische Verhältnisse gut, aber um meinen Sohn alleine zu versorgen, wiederum nicht. Die Wohnung musste abbezahlt werden, dann wurden noch die Nebenkosten bezahlt, Lebensmittel und alles, was für meinen Sohn nötig war, genauso wie Sprit, um zur Arbeit zu fahren (öffentliche Verkehrsmittel waren keine Option).

Ich verhandelte meinen Kredit neu und schaffte es, die Rate zu verringern. Dann wurde auch vom Gericht der Unterhalt geregelt, was in Portugal nicht viel ist. Ich konnte alles gebrauchen, egal, wie wenig es war.

Es lief, wir hatten keinen Luxus, aber ich konnte meine Rechnungen zahlen. Mit der Zeit wurde alles besser. Ich verdiente nach und nach etwas mehr und fing an, Geld zu sparen. So hatte es mir meine Mutter beigebracht …

Das einzige Problem war Pedro. Er versuchte immer wieder näherzukommen und ich musste ihn immer wieder zurückweisen. Ich erklärte ihm immer wieder, dass es kein Zurück gebe. Und immer gab es Streit und ich wurde auf irgendeine Art und Weise bestraft. Ich musste mir anhören, dass er mich noch fertigmachen und dass ich am Ende nichts haben würde. Er stalkte mich und rief mich anschließend an, um mir mitzuteilen, dass er wisse, wo ich sei.

Jahrelang musste ich ihm mit der Polizei drohen, allerdings

machte ich nie eine Anzeige, weil er für Marco ein guter Vater war. Unser Streit hatte aus meiner Sicht nichts mit unserem Sohn zu tun, also lebte ich immer wieder mit der Angst, was er mir alles noch antun könnte. Es gab weiterhin immer wieder Streit zwischen uns und ständige Erpressungen von Pedro.

Die Zeit verging wie im Flug. Mein Sohn und ich waren zusammen sehr glücklich und auch als Team funktionierten wir sehr gut. Trotz Vollzeitstelle war ich für meinen Sohn immer da. Die Wochenenden beim Papa waren immer voller Spaß, aber mein Sohn kam dann immer etwas anders nach Hause. Er war sehr kontrolliert, als ob er zum Beispiel seine Oma nicht richtig begrüßen durfte, obwohl er ihr normalerweise immer in die Armen sprang.

Als Marco eingeschult wurde, teilte uns seine Lehrerin später mit, dass er Probleme hatte. Er konnte sich nicht konzentrieren oder im Unterricht richtig mitmachen. Er würde lieber mit Stiften spielen und singen … Seine Noten sahen dementsprechend aus.

Für Pedro war ich schuld, ich würde nicht genug mit ihm arbeiten, ich würde ihn nicht richtig erziehen … ich war ja eine ganz schlechte Frau und noch schlechtere Mutter.

In 2013 bekam ich dann die Möglichkeit, bei meiner Familie in Deutschland einen neuen Job anzufangen. Ich hatte nun die Chance, mein Leben zum zweiten Mal neu zu beginnen. Unser Leben zu ändern und hoffentlich endlich zur Ruhe kommen. Dafür musste ich das alleinige Sorgerecht aufgeben und Dinge unterschreiben, von denen ich wusste, sie wären nicht umsetzbar, zum Beispiel alle 14 Tage Flüge zwischen Portugal und Deutschland. Und dennoch ging ich das Risiko ein.

Meine Absicht war nicht, meinen Sohn von seinem Vater zu trennen oder Pedro mit unserem Umzug zu bestrafen, sondern ein entspanntes und stressfreies Leben leben zu dürfen.

Wir sind nach Deutschland gezogen. Es war schwierig und sogar richtig hart … die Sprache, die Menschen, die neuen Gewohnheiten, alleine alles durchziehen zu müssen, ohne meine Mutter

… die Sehnsucht nach menschlicher Wärme, die Temperaturen und der graue Himmel … keine Freunde. Geschwister, mit denen ich Jahre lang nicht allzu viel zu tun hatte, die Mutter meiner Brüder, die mich bei den ersten Schritten begleitet hatte und ihr Mann, der mir Arbeit gab. In dieser Zeit war mein Päckchen schon riesig, doch dann kam noch ein Gerichtsprozess aus Portugal hinzu. Pedro meinte, ich würde ihn mit Marco nicht reden lassen, dass ich mir keine Mühe geben würde, dass unser Sohn portugiesisch lernt und noch weiteres.

Meine Welt zerbrach … so viele Kilometer zwischen uns und doch hatte er einen Weg gefunden, mich damit zu treffen.

Er wollte Marco zurück! Und schon wieder musste ich meine Rüstung anlegen und kämpfen …

Ich hatte ein Tagebuch geführt, wo ich alles aufgeschrieben hatte, welche Diskussionen, welche Beleidigungen, ich hatte die Skype-Calls mit Datum und Uhrzeit und Anrufdauer in Dateien gespeichert und arbeitete jeden einzelnen Punkt aus dem Schreiben ab. Ich schickte einen dicken Ordner nach Portugal und suchte mir in Deutschland einen Anwalt zur Beratung. Am Ende verschaffte ich mir mehr Zeit, denn ich schrieb das Gericht an und schaffte es, den Prozess in Deutschland führen zu können. Dann sein Einspruch und ein neues Urteil. Der Prozess kehrte nach Portugal zurück. Es vergingen zwei bis drei Jahre, bis endlich das zuständige Gericht festgelegt wurde. Ich verlor meine Angst, denn nach drei Jahren würde er es nicht mehr schaffen mir Marco wegzunehmen.

Marco und ich sind nun seit acht Jahren in Deutschland, wir sind integriert. Wir haben uns ein stabiles Leben erschaffen und eine Hand voll guter Freunde gewonnen. Es sind wenige, dafür aber echte. Diese Freunde, die dir immer zur Seite stehen und dein Leben nur bereichern können. Ich bin dankbar, dass sie mir in einer schweren Zeit (ohne mich wirklich zu kennen) einfach helfen wollten.

Marcos Vater ist seit der Diagnostik (ADHS) entspannter geworden und nach so vielen Jahren versuchen wir nun einen Weg zu finden, um uns zu verstehen. Es ist nicht perfekt, aber entspannter. Es hätte ruhig schon früher passieren können aber ich bin dankbar, dass es jetzt so ist.

Der Mann meines Lebens, der mit dem ich alt werden möchte, ist auch an meiner Seite. Er kam, ohne es zu erwarten, in einer Zeit, wo ich nicht gesucht habe, in mein Leben und es war von Anfang an klar, wir gehören zusammen. Es ist möglich, nochmal zu lieben und jetzt noch mehr und besser als zuvor. Ich weiß nun, was ich wert bin, und ich erlaube mir endlich zu glauben, dass ein Mann mich wirklich so lieben kann und mich so annimmt, wie ich bin. Dies ist so erleichternd und berührend. Er ist mein Zuhause.

Ich arbeite an mir und entwickle mich weiter. Ich lerne, dass das Leben für uns da ist … dass uns erlaubt ist, groß zu träumen, und dass es in unseren Händen liegt, diese Träume zu verfolgen.

Ich arbeite in einem großen Unternehmen. Ich fühle mich sehr wohl dort, habe ganz nette Kollegen um mich herum und wir unterstützen uns gegenseitig … Dazu male ich und erlaube mir meinen Träumen nachzugehen.

Ich bin das Ergebnis meiner Erfahrungen, ich erlaube niemandem mehr, mich schlecht zu behandeln. Diese Erkenntnis änderte viel in mir. Zu realisieren, was ich alles in meinem Leben geschafft habe, zeigt mir jeden Tag, was für ein starker und liebevoller Mensch ich bin. Jeden Tag bin ich mehr ich. Das ist es, was ich an meinen Sohn und den Menschen auch weitergeben möchte.

Es ist nie zu spät, neu anzufangen oder sein Leben zu ändern, weil es so, wie es ist, uns nicht mehr dient. Wir müssen nur mutig sein und etwas riskieren, auch wenn wir nicht wissen, wie es weitergeht.

„Manchmal zeigt sich der Weg erst, wenn man anfängt ihn zu gehen." (Paulo Coelho).

Und wenn du diese Zeilen liest, glaube an dich, sei mutig …

… wenn ich das alles geschafft habe, schaffst du es auch!!! Worauf wartest du um dein Leben zu leben? Geh los!

Nicole

„Eine Mutter kann immer nur so glücklich sein wie ihr unglücklichstes Kind."

Ich bin seit 22 Jahren Mutter – aber noch nie ist mir dieser Ausspruch so zutreffend erschienen.

Meine Söhne sind heute 22 und 12 Jahre alt. Zusammen mit ihrem Vater und mir leben sie in einem schönen Haus in einem kleinen Ort direkt am Rhein. Wir sind eine sehr aktive, fröhliche Familie, reisen viel, treiben alle sehr viel Sport, lieben das, was wir tun – und bis Mitte 2020 war unsere Welt vermeintlich in allerbester Ordnung.

Krisen (wie z. B. meine eigene Krebserkrankung in den 90er Jahren) haben wir überwunden und uns unseren Optimismus und auch unser Gottvertrauen nie nehmen lassen.

Das Jahr 2020 dann hatte es allerdings in sich. Unser jüngerer Sohn L.... wechselte im Sommer von der Grundschule, wo er vier unbeschwerte Jahre verbracht hatte, auf ein Gymnasium im Nachbarort. Er hat sich riesig auf die neue Schule gefreut, sich voller Motivation und Tatendrang in die neuen Aufgaben gestürzt, auch oder sogar besonders im Home Schooling.

Durch den Kauf meines Elternhauses und damit verbundene Sanierungsarbeiten hatten wir eine weitere echte „Großbaustelle" vor der Brust. Hinzu kam dann auch noch die Pandemie mit all ihren Unsicherheiten, Ängsten, Einschränkungen.

Lange dachten wir, all das kriegen wir mit der uns so ureigenen Energie optimal gewuppt.

Viele Umstände haben wir für uns sogar als sehr positiv wahrgenommen. Die Tatsache, dass mein Mann in Kurzarbeit geschickt wurde, führte dazu, dass er sehr viele Dinge auf dem Bau selbst machen konnte, für die wir eigentlich Handwerker gebraucht hätten. Baumärkte und Wertstoffhöfe hatten ja zunächst weiterhin geöffnet, die Handwerker konnten ihrer Arbeit weitestgehend nachgehen.

Da wir von einer Wohnung im Dachgeschoss in ein Haus mit großem Grundstück gezogen sind, konnten wir viel Zeit im großen Garten verbringen, haben sofort eine Feuerstelle angelegt und ein riesiges Trampolin aufgestellt, auf dem L.... noch im Sommer 2020 Stunden über Stunden verbracht hat. Im Rahmen der Möglichkeiten haben wir auch während der Lockdowns unsere Freunde getroffen (auf Abstand und an der frischen Luft, versteht sich …) und Ausflüge unternommen. Die Beschäftigungen, die uns am liebsten sind, konnten wir auch weiterhin ausüben: Wandern, Radfahren, Joggen waren weiterhin realisierbar und mit dem eigenen Campingfahrzeug konnten wir sogar noch die eine oder andere kleinere Reise unternehmen. Wir haben während dieser Zeit sehr viel gespielt, gemeinsam gekocht, gepuzzelt und an unserem neu bezogenen Haus alles schön hergerichtet.

So weit, so gut.

Was sich jedoch im späteren Verlauf des Jahres 2020 immer mehr und mehr veränderte, war unser Kind.

L.... entwickelte Angewohnheiten, die wir zunächst als „Macken" abgetan haben. Er fing z. B. an, Dinge in einer bestimmten Frequenz mit den Fingern anzutippen oder auch draußen mit den Füßen immer wieder Steine, heruntergefallene Blätter etc. zu berühren. Waren wir im Auto unterwegs, brauchte er ewig, um hinterher wieder auszusteigen, weil er zuvor noch zig Mal den Anschnallgurt ein- und wieder ausstöpseln „musste". Wenn er auf der Toilette saß, kam er stundenlang nicht mehr runter, versenkte vielmehr rollenweise Klopapier bis zur völligen Überlastung der Rohrleitungen.

Wir wurden immer wieder gefragt, wann genau dieses seltsame Verhalten begonnen habe, ein genaues Startdatum ließ sich für uns jedoch nicht ausmachen. Vielmehr steigerte es sich fast täglich: Texte im Schulheft wurden nach dem Hinschreiben direkt wieder ausradiert. Es durfte nur noch jede dritte Zeile überhaupt beschrieben werden. Die Schule, die L.... immer so gerne besucht hat, wurde immer mehr zur Qual. In den Pausen beteiligte er sich nicht mehr an den Spielen der anderen, sondern hielt sich allein in irgendeiner Ecke auf. Sein Pausenbrot „durfte" er nicht mehr anrühren. In seiner Schultasche waren die Bücher und Hefte der letzten Jahre verstaut. Sie wurden jeden Tag mitgeschleppt, nichts durfte aussortiert werden.

Auf seinem Schreibtisch durfte kein Gegenstand die Position verändern. War ein Stift z. B. einige Millimeter verrückt, hat L.... das sofort bemerkt.

Jeden Weg, den L.... ging, ging er auch genauso wieder zurück, wie er ihn gekommen war. Nach Schulschluss mussten alle am Vormittag gegangen Wege noch einmal genommen werden, so dass L...., wenn er z. B. um 14.00 Uhr Schule aus hatte, erst gegen 18.00 Uhr zu Hause war, ich zu Hause auf ihn wartete und vor Sorge fast umkam.

Mit dem Fahrrad hat L.... im Gegenverkehr die falsche Fahrbahnseite genommen, um in der gleichen Spur zu fahren, die er auch für den Hinweg genommen hatte.

Lichtschalter wurden unzählige Male hintereinander ein- und ausgeschaltet, Toilettendeckel geöffnet und geschlossen, Fahrradständer hoch- und runtergeklappt. Stifte, Löffel, Zahnbürsten wurden auf Tischkanten, Teller, Stuhllehnen geklopft – alles in einer bestimmten Frequenz, welche sich immer weiter steigerte.

Wir standen dabei und konnten nur verzweifelt zuschauen und versuchen, zu verstehen. Niemand von uns hatte sich jemals mit dem Thema „Zwangsstörung" auseinandergesetzt. Kein ähnlicher Fall war uns bislang bekannt.

Wir haben uns eingelesen in die Materie, versucht, die Symptome zu deuten, die Krankheit besser zu verstehen ...

L.... hatte in seinem Kopf ein Zahlenkonstrukt wie ein Großrechner. Immer wieder versuchte er, uns zu erklären, was bestimmte Zahlen und Abfolgen für ihn bedeuten, dass z.B. die Zahl

3 eine besonders gute ist, er Dinge aber noch verbessern kann, wenn er diese vervielfacht und in entsprechend hoher Frequenz Handlungen wiederholt. Diese Wiederholungshandlungen nahmen täglich zu.

Hinzu kamen Dinge, die er nach eigener Aussage nicht mehr „tun durfte" wie irgendwelche Knöpfe betätigen oder Schubladen öffnen. Handynutzung war tabu, wodurch er für uns nicht mehr erreichbar war. Selbst die TV-Fernbedienung durfte nicht mehr betätigt werden, genauso wie die Toilettenspülung, der Wasserhahn, das Tasten des Festnetzapparates.

Jeder Gegenstand musste an einer bestimmten Stelle liegen. Schnürsenkel wurden einem besonderen Muster akribisch neben dem Schuh angeordnet, Bodenfliesen in einer bestimmten Schrittfolge abgeschritten.

Auch die Nahrungsaufnahme wurde immer komplizierter und einseitiger, bestimmte Lebensmittel durften gar nicht mehr gegessen werden, andere nur zu bestimmten Tageszeiten oder an bestimmten Wochentagen. Das konnte dazu führen, dass L…. an einem bestimmten Wochentag nur Reis zu sich genommen hat, an einem anderen nur Nudeln – das dann aber in unglaublichen Mengen.

Das gleiche galt der Kleidung – bestimmte Kleidungsstücke wurden nur zu bestimmten Anlässen an bestimmten Tagen getragen – mit dem Ergebnis, dass L…. manchmal vor der laufenden Waschmaschine saß, um auf eine ganz bestimmte Unterhose zu warten, welche dann nach Ablauf des Waschprogramms sofort noch nass angezogen wurde.

Es wurde immer verrückter und für uns immer schwieriger auszuhalten. Kam jetzt zu der Zwangsstörung noch eine Essstörung hinzu? War hier vielleicht sogar Autismus im Spiel? Oder ADHS?

Wir haben unser Kind nicht mehr erkannt und kamen nicht mehr an ihn heran. Abends ist L…. oft lange, nachdem wir Eltern längst im Bett waren, völlig erschöpft dort eingeschlafen, wo er sich gerade befand – das konnte auf dem kalten Fliesenboden sein oder zusammengekauert auf seinem Stuhl – selten nur noch im eigenen Bett.

Auf die Frage, warum er all diese Dinge tue, erwiderte unser Sohn immer sehr verzweifelt: „Das könnt ihr nicht verstehen – da ist eine Art zweites Gehirn, welches mir all diese Befehle sendet. Ich möchte das alles nicht mehr!"

Auf die Frage, was denn passieren würde, wenn er sich dem widersetze, hieß es z.B.: „Dann werde ich beim Fußball sämtliche Tore verschießen und nie wieder gute Noten schreiben." Dinge, die für uns als Eltern vermeintlich keine übermäßige Bedeutung hatten, für L…. jedoch offenbar sehr wichtig waren.

Über ein Beratungszentrum suchte ich das Gespräch zu einem Psychologen. Schon auf Basis meiner Schilderungen und erst recht nach einem später noch anberaumten Gespräch mit L…. selbst diagnostizierte er ihm eine massive Zwangsstörung, welche er dringend empfahl, stationär behandeln zu lassen.

Immer wieder hieß es, eine Zwangsstörung sei immer auch mit Ängsten verbunden. Es wurde nach traumatischen Ereignissen in L….s Kindheit gesucht, jedoch kam dabei nichts wirklich Aufschlussreiches heraus. L….s Leben hatte zwar als Frühchen mit einem längeren Aufenthalt auf der Kinderintensivstation begonnen, danach folgten jedoch vermeintlich keine weiteren außergewöhnlich negativen Ereignisse.

Andererseits hieß es aber auch, dass man sich therapeutisch bei der Behandlung von Zwangserkrankten weniger auf das Erforschen der Vergangenheit als auf die Wiederherstellung der „Lebensfähigkeit im Alltag" konzentrieren würde – also perspektivisch arbeiten.

Im Spätsommer 2020 fing es an, dass L…. selbst bei sehr hohen Temperaturen auch noch über viele Stunden das Trinken einstellte. Jetzt kam der Kinderarzt ins Spiel. Auch er sah hier dringenden Handlungsbedarf und schrieb sogleich ein Attest für die stationäre Aufnahme in die Kinder- und Jugendpsychiatrie.

L.... wurde von ihm zur Kinderneurologin überwiesen, ein EEG wurde erstellt, welches ohne besonderen Befund ausfiel, L.... musste ins MRT und auch diese Untersuchung ergab keinen besonderen Befund. Sein Gehirn war anatomisch für einen Elfjährigen völlig normal entwickelt.

Jede Wahrnehmung eines Termins mit L.... entwickelte sich für uns zu einem Albtraum. Die Vorlaufzeit, die hierfür einzuplanen war, betrug Stunden.

Immer mehr Leute wurden auf das merkwürdige Verhalten unseres Sohnes aufmerksam, helfen konnte aber erstmal niemand.

Die Schulpsychologin, welche wir ebenso hinzuzogen, riet auch dringend, Hilfe für L.... zu suchen – ebenso wie ein ortsansässiger Kinder- und Jugendpsychiater, der uns eine weitere Einweisung für die stationären Aufnahme ausstellte.

Wir haben alle erdenklichen Eisen ins Feuer gelegt, um von irgendwoher Hilfe zu bekommen, waren als Familie am Limit und haben uns bei dem Versuch, L.... – jeder auf seine Art – zu schützen und zu begleiten, in immer tiefere Konflikte gestürzt.

Mein Mann hat sich selbst psychotherapeutische Unterstützung gesucht, ich habe die schlimmste Zeit mit Hilfe von Antidepressiva überstanden.

Der Alkoholkonsum stieg merklich an, da wir nur noch damit abends überhaupt in den Schlaf finden konnten.

In einer verzweifelten Aktion brachten wir eines Nachts L...., nur mit Unterwäsche bekleidet, in die Notfallaufnahme einer LVR-Klinik. Dort war man jedoch für Kinder- und Jugendliche nicht zuständig und bot stattdessen mir an, doch mal eine Nacht dort zu bleiben und verabreichte mir auf meine Ablehnung hin noch ein paar Tabletten eines Benzodiazepins für den Heimweg und den Bedarfsfall.

Das Problem war damit natürlich nicht gelöst.

Am schlimmsten war tatsächlich das Warten auf einen Platz in der Kinder- und Jugendpsychiatrie – das Aushalten und hilflose Zusehen, wie L….s Zwänge immer mehr die Oberhand gewannen, die gesamte Familie vereinnahmten und ihn selbst immer mehr in die Isolation trieben.

Immer wieder wurde uns von Seiten der Klinik gesagt, die Einrichtungen seien auf lange Sicht ausgelastet, die Wartelisten sehr lang und solange keine akute Suizidgefahr bestehe, stehen die Chancen auf eine baldige stationäre Aufnahme schlecht.

Verabredungen waren L…. schon lange nicht mehr möglich – am Ende nicht einmal mehr die Teilnahme an seinem geliebten Fußballtraining. Außer uns Eltern und seinem großen Bruder hatte L…. niemanden mehr. Großeltern oder andere Verwandte, die hätten unterstützen können, existieren nicht.

Am Ende haben L….s Zwangshandlungen bis zu 13 Stunden seiner Wachzeit eingenommen. Er verließ kaum noch das Haus, schaffte es nur mit Ach und Krach, noch die Schule zu besuchen, und verbrachte manchmal ganze Tage nur noch auf einem bestimmten Stuhl in unserem Wohnzimmer.

Am Ende war selbst eine Beschulung nicht mehr möglich und die nahenden Sommerferien 2021 ließen uns auf eine Verschnaufpause hoffen. Wir wollten diese Zeit nutzen, L…. Druck von den Schultern zu nehmen, ihn die Tage frei gestalten zu lassen, das so zwangsbehaftete Umfeld zu verlassen in dem Glauben, woanders würde der Zwang ggf. abflachen.

Das tat er auch, aber immer nur für sehr kurze Zeit. Kaum hatte sich L…. bzw. sein „Mitbewohner" = der Zwang an das neue Umfeld gewöhnt, ging es wieder los und es wurde wieder getippt, geklopft, wiederholt, was das Zeug hielt, dann eben anstatt zu Hause auf dem Campingplatz oder in der Ferienwohnung.

Oft war L…. auch stundenlang nur in völliger Handlungsunfähigkeit gefangen oder praktizierte seine Zwangshandlungen bis spät in die Nacht hinein – so saß er z. B. morgens um 3.30 Uhr vor seinem Bett und schaltete die Nachttischlampe ein – und wieder aus .. und wieder ein – und wieder aus … (*„Mama, das mache ich jetzt seit zwei Stunden …"*).

Freunden und Nachbarn gegenüber sind wir stets offen mit der Situation umgegangen. Sie sollten wissen, warum es bei uns immer wieder zu Eskalationssituationen kommt, in denen viel geschrien und geweint wird. Wir wollten L…. nicht verstecken, aber auch nicht vorführen wie einen „Freak". Auch die Verwandten, Lehrer und Trainer waren im Bilde, selbst mit unseren Arbeitgebern haben mein Mann und ich unsere häusliche Situation besprochen.

Obwohl kaum jemand Erfahrungen mit einer solchen Erkrankung hatte, schlugen uns Hilfsbereitschaft und Verständnis entgegen, was einfach nur gut tat.

An einem weiteren Tag, an dem mal wieder alles hoch eskalierte zu Hause, haben mein Mann und ich L…. ins Auto gepackt und sind mit ihm endlich zur Klinikambulanz der Kinder- und Jugendpsychiatrie gefahren mit dem festen Vorsatz, uns dort so schnell auch nicht mehr abweisen zu lassen.

Glücklicherweise hat sich eine Ärztin zu einem persönlichen Gespräch bereit erklärt und auch schnell den Ernst der Lage erkannt. Bereits einen Tag später wurde L…. stationär aufgenommen.

Teils stationär, teils in der Tagesklinik mit Besuch der klinikeigenen Schule hat L…. am Ende mehr als drei Monate in der Klinik verbracht. Mit ihm wurde großartig gearbeitet, er war unglaublich tapfer, er hat hoch motiviert mitgearbeitet und gegen den Zwang gekämpft wie ein Löwe. Die Therapeuten haben sich Zwang für Zwang vorgenommen und nach einem wissenschaftlich basierten Verfahren (sog. Expositionstherapie) therapiert – mit sehr gutem Erfolg, der in meinen Augen schon fast an Magie grenzte.

Einer der Therapeuten kam sogar zu uns nach Hause und hat die

Zwänge mit L…. bearbeitet, die speziell das häusliche Umfeld betreffen (z.B. das Horten zu klein gewordener Kleidung im Kleiderschrank etc.). Der Einsatz, den die Klinikmitarbeiter:innen gezeigt haben, war einfach sensationell!

Seit L…. wieder zu Hause ist, besucht er auch wieder seine Schule. Er fädelt sich langsam wieder in den „normalen" Alltag ein – auch wenn der Zwang immer wieder versucht, durchzubrechen. L…. hat jedoch in der Klinik Werkzeuge an die Hand bekommen, diesen immer und immer wieder niederzuschlagen, solange, bis er hoffentlich irgendwann vollständig von ihm ablässt.

Es gab Zeiten, da dachten mein Mann und ich, wir hätten unser Kind für immer verloren – es würde nie wieder so werden wie früher – als L…. ein fröhliches, sportliches, vielseitig interessiertes Kind war. Er war doch erst elf Jahre alt und noch nicht einmal in der Pubertät!

Es schien, dass all unsere Gebete, all unsere Hilferufe an alle nur erdenklichen Empfänger gerichtet (ich hatte mich in meiner Verzweiflung sogar an die Gesundheitsministerien, das Jugendamt und viele, viele Stellen gewandt, von denen ich mir Unterstützung erhoffte) ins Leere liefen. Eine Zeit lang sah ich für L…. keine Perspektive auf ein „normales" Leben mehr.

Andererseits kamen mir immer wieder Fragen in den Sinn, wie „Ist es wirklich L…, der hier erkrankt ist, oder sind seine Handlungen die ganz normale Konsequenz einer völligen Reizüberflutung – einer Gesellschaft, in der Kinder zu Spielbällen politischer Querelen werden, einer Zeit, die Kindern mit Blick auf ihre Zukunft durchaus große Angst machen kann. Hinzu kam Corona – eine Situation, die für uns alle so neu und so verunsichernd war und in der selbst Erwachsene schlimme mentale Schäden erlitten haben.

Ich habe mich oft gefragt, ob all das so gekommen wäre, wenn wir z.B. auf einer kleinen Alm in den Alpen leben würden – ohne schulischen oder sportlichen Leistungsdruck (den wir uns zugegebenermaßen natürlich meist selbst auferlegen).

Heute fühlt es sich an, als hätten wir das Schlimmste überstanden. Hinter eine Zwangserkrankung macht man keinen dicken „ERLEDIGT"-Haken ... dafür ist diese zu massiv und die therapeutische Arbeit, die es bedarf, diese Erkrankung auf ein Level zu bringen, welches ein lebenswertes Leben ermöglicht, zu umfangreich.

Aber L ...., ja – wir alle zusammen als Familie – sind auf einem guten Weg. L.... bekommt Medikamente, die den Zwang klein halten, wir als Familie bekommen familientherapeutische Unterstützung und L.... selbst hat eine Therapeutin an der Seite, die ihn ganz individuell betreut.

Ich glaube, wir als Familie konnten aus dieser schrecklichen Zeit auch sehr viel lernen und der Blick auf jede Art psychische Erkrankung hat sich sehr verändert. Psychische Erkrankungen, egal, in welcher Form, spiegeln das wider, was unter uns Menschen nicht gut läuft, woran unsere moderne Gesellschaft krankt.

Und in der Klinik zu erleben, wie viele z.T. noch sehr junge Menschen in welch vielfältiger Form betroffen sind, tut sehr weh. Die Zwangserkrankung ist ja nur eine von vielen, vielen psychischen Phänomen, die auch Kinder schon massiv erleiden können.

Für L.... selbst und auch für uns als Eltern hat es sich immer wieder gezeigt, dass der offene Umgang mit dieser seltenen Erkrankung die Wege ebnet – nicht das Verstecken oder Kleinreden.

L.... spricht die Dinge auch in seiner Schule klar an, wie sie sind.

Natürlich kommt es z.T. zu schwer auszuhaltenden Reaktionen von Mitschülern, wie z. B. „Geh doch zurück in die Psychiatrie"... aber diesen schlagfertig zu begegnen, hat L.... gelernt.

Wie heißt es so schön:

„In der Psychiatrie lassen sich diejenigen therapieren, die mit denen auskommen müssen, die es nicht tun."

Unser Weg ist noch lange nicht zu Ende. Dessen sind wir uns völlig bewusst. Aber wir haben jetzt Menschen, die uns an die Hand nehmen und begleiten.

Unsere Gebete wurden doch erhört und wir sehen wieder das Licht am Ende des Tunnels. Auch haben wir unsere Sicht auf diese Krankheit und auf unser Kind verändern können, unsere Erwartungshaltung überdacht, wie wir uns unser Kind und seine Zukunft vorstellen. Heute wissen wir um seine Besonderheit und lieben ihn wie eh und je und sind einfach nur offen und gespannt, welche Abenteuer wir mit ihm noch erleben dürfen.

Angela

„Mein Leben"

Das Bewusstsein meiner „Andersartigkeit" begann schon im Grundschulalter. Gehe ich noch weiter zurück, meine ich, mich vage dran zu erinnern schon im Kindergarten die meiste Zeit allein verbracht zu haben und dass mir alles in Verbindung mit den Kindern und Erzieherinnen unangenehm war. Ausflüge, Gruppenarbeiten, Klassenfahrten, Aufführungen, Sport- oder Schwimmunterricht – ich scheute diese Tage und wollte nicht dabei sein. Ich wollte nicht reden und nicht angesprochen werden. Ich fühlte Angst, etwas Falsches oder Unpassendes zu sagen.

Für mich gab es seit dem Alter von vier Jahren „die" eine Freundin, meine Seelenverwandte. Wir teilten ähnliche Interessen und bei ihr konnte ich SEIN. Als ich 14 war, zog sie in eine andere Stadt, der Kontakt hielt sich vage. Die größte Freude fühlte ich, wenn ich Zeit mit meiner Freundin verbringen konnte. Stundenlang hielten wir uns in meinem Keller auf, sangen Lieder unserer Lieblingsbands. Eine Tätigkeit, die mich auch mit großer Freude in meinem Alleinsein erfüllte. Ich liebte es, mir einen Songtext zu schnappen, und ging darin auf in Endlosschleife, den immer gleichen Song zu hören und zu singen, bis ich ihn auswendig konnte. Die Liste der Lieder, die ich lernen wollte, war endlos und wuchs stetig weiter, die Freude am Tun ebenso. Es keimte der Wunsch in mir, selbst Gitarre und Klavier spielen zu können. Auch hatte ich Freude daran, meine Gedanken und Gefühle in Gedichte und Verse zu verpacken. Mit dem Umzug meiner Freundin verlor ich das bisschen Stabilität, was ich durch sie und mit ihr hatte, und verlor im schleichenden Prozess den Zugang zu meiner Kreativität. In meiner Isolation suchte ich mir Briefkontakte. Ich hatte Kontakte in die Außenwelt und begann mir zeitgleich eine innere Welt zu erschaffen. Ich entdeckte nicht nur das Schreiben für mich, sondern auch meine Kreativität im Schreiben. Intuitiv wusste ich, dass ich diesem Mädchen nie persönlich gegenüberstehen würde. Ich erschuf mir ein Kind in meiner Einsamkeit. Erzählte allen Briefkontakten, wie liebevoll und fürsorglich ich mit meinem Kind umgehe, wie viel Freude wir beim gemeinsamen Spielen haben und selbstverständlich, wie großartig ich als 17-jährige alleinerziehende Mama den Alltag bewältige. Heute weiß ich, all das waren Projektionen. Ich träumte nicht davon, eine so junge Mama zu sein, ich träumte davon eine liebevolle Familie zu haben, die mich liebt und annimmt, wie ich bin. Dies blieb mir als Kind eines Alkoholikers und einer Mutter mit niedrigem Selbstwertgefühl verwehrt.

Kinder beziehen das Verhalten der Eltern auf sich persönlich. Sie stellen nicht die Eltern in Frage, sie stellen sich selbst in Frage. Ein Vater der täglich trank, die kindliche (unterbewusste) Schlussfolgerung, mit mir selbst stimmt etwas nicht. Ich sammelte immer mehr dieser neuen Kontakte und genoss es schnell, täglich solche Lügenbriefe schreiben zu können. Ich hatte mir eine Bubble aufgebaut, in die ich entfliehen konnte, wenn ich die cholerischen Ausbrüche meines Vaters nicht aushalten konnte. Wenn das Mobbing in der Schule mir über den Kopf wuchs und ich nur noch aus Traurigkeit, Wut, Frust und Einsamkeit bestand.

Ich war immer schon ein übergewichtiges Kind und habe seit der Kindheit Neurodermitis. Dass ich hochsensibel bin, wusste ich zu dem Zeitpunkt noch nicht. Mit meinem heutigem Wissen kann ich ganz sicher sagen, dass meine Haut schon immer ein innerer Kompass meiner Seele war. So wurde in traurigen Zeiten auch Essen zu meinem treuen Gefährten. Wann, wie viel, wo ich esse, konnte kaum kontrolliert werden. Es gab mir ein Gefühl von Macht und Schutz vor all den Gefühlen, die ich weder fühlen noch benennen konnte. Ich nahm dementsprechend immer mehr an Gewicht zu und verlor noch mehr an Selbstwertgefühl. Mit ca. 16 kamen die ersten Gedanken ans Abnehmen. Das musste die Lösung meiner Probleme sein. Schon meine Eltern schleppten mich als Kind zum Arzt, ich solle doch abnehmen, eine Kur machen. Also muss doch ein schlanker Körper der Schlüssel zur erwünschten Liebe der Eltern sein. Ein schlanker Körper würde mich richtig machen. Ich würde Freunde finden, alle würden mich mögen und anerkennen – so wie die schlanken, hübschen Mädchen, mit denen ich mich heimlich verglich, die ich bewunderte und die in mir das Gefühl auslösten, dass auch meine Interessen, die ich vor dem Umzug meiner Freunde so liebte, falsch sind. Wer lernt schon freiwillig im muffigen Kinderzimmer Songtexte und kritzelt Bücher mit Gedichten voll?

Nein, unter Menschen muss man gehen. Musik, bestenfalls auf Partys. Viel zu laut, mit dem Gefühl, mein Kopf würde explodieren. Ich wusste, das würde mich nicht glücklich machen, aber scheinbar funktioniert es genau so, richtig Teenie zu sein, so muss Leben funktionieren.

Die Zeit der Lügenbriefe ebbte ab, mein neues Interesse galt dessen, wie ich abnehmen kann. Möglichst viel, möglichst schnell. Ich las Unmengen Bücher über Essstörungen. Mein Wunsch war es, magersüchtig zu werden. Ich bewunderte diese Mädchen. Sie waren mein Bild der Perfektion. Sie waren stark in meinen Augen.

Diszipliniert, während meine Versuche magersüchtig zu werden, immer darin mündeten, doch wieder zu essen. Wieder nicht stark genug zu sein und wieder und wieder zu versagen. Ein Kreislauf, der mich nur noch dicker und deprimierter werden ließ. In all dem Scheitern fand ich Bestätigung, dass ich nicht richtig sein kann.

Wenn ich schon zu schwach für Magersucht bin, funktioniert es vielleicht ja mit Bulimie, dachte ich. Die Vorstellung, mir dem Finger in den Hals zu stecken, war mehr als abstrakt. Die Vorstellung, essen zu können, so viel, wie ich möchte, und dabei schlank werden, fand ich allerdings grandios. Da konnte ich mich schonmal überwinden, mit Erbrochenem in Berührung zu kommen. Das bisschen Ekel sollte mir doch mein schlankes und glückliches Leben wert sein. Es dauerte eine Weile, bis ich es ausprobierte, und dann …? Funktionierte auch das nicht. Unglaublich.

Ich fühlte mich so unfähig, nicht mal eine Essstörung konnte ich entwickeln, nicht ahnend, dass ich mich mit den vielen unkontrollierten Essanfällen bereits in einer Essstörung befand. Zudem war meine Vorstellung der Magersucht und Bulimie auch kein Problem, sondern ich sah darin die Lösung meiner Probleme. Während ich nicht versuchte, mich zu übergeben, las ich Bücher über Bulimie. Konnte ich Bulimie mit einer brauchbaren Technik erlernen? Ich hörte nicht auf, daran zu glauben, es irgendwann zu schaffen. Das Problem sah ich auch in der elterlichen Wohnung, in der ich noch lebte. Das würde sich ändern, wenn ich ausziehe.

Mit 18 fand ich eine neue Freundin. Mir war es bis dahin nach dem Schulabschluss nicht gelungen, eine Ausbildungsstelle zu finden. Ich entschied mich dafür, die mittlere Reife an einer Mädchenschule nachzuholen.

Menschen spiegeln einander, so war es ein leichtes, mich einem Mädchen anzuschließen, das genauso in sich lebte, wie ich es tat. Wann immer ich sie sah, steckte ihre Nase in einem Buch oder sie trug eins mit sich herum.

Sie erlaubte sich etwas, was ich mich nie traute, etwas, was ich an den schlanken, schönen Mädchen immer bewunderte. Sie sprach. Und das nicht wenig. Sie traute sich, ihre Meinung zu sagen. Völlig frei und unabhängig davon, was andere dazu sagten. Ich fand sie unglaublich spannend und war begeistert, dass auch Übergewichtige so sein können. Zwar begann eine gute Zeit für uns, denn wir freundeten uns an, nur war der Nährboden seit Beginn vergiftet, denn meine alten Lügen waren wieder da. Ich erzählte ihr die gleichen Märchen wie meinen ehemaligen Briefkontakten. Ich fühlte mich damit in Sicherheit, denn ich war überzeugt davon, die Freundschaft würde mehr als das eine Jahr Schulzeit nicht überdauern. Ich hatte die Rechnung ohne meine

Freundin gemacht, denn wir mochten uns. Es entwickelte sich eine tiefgründige und respektvolle Freundschaft zwischen ihr und der Frau, die ich ihr vorspielte zu sein. Ich versteckte mich hinter der Maske der verantwortungsbewussten Mutter, die ich schon in meinen Briefen war. Ich bekam Wertschätzung und Anerkennung. Während durch mein Lügenkonstrukt das Eis unter mir immer dünner wurde, wurde die Freundschaft immer inniger. Wir verbrachten nicht nur die Schulzeit miteinander, auch die Zeit davor, danach und an den Wochenenden. „Mein Kind" verbrachte die Zeit bei Oma und Opa, denn plötzlich hatte auch ich ganz fürsorgliche, liebevolle Eltern, die mich mit vollen Kräften unterstützen. Meine größte Angst war dass meine Freundin ein Kind kennenlernen möchte, welches nicht existierte, oder mich zu Hause besuchen wollte. Es blieb einfach, denn all das passierte nicht. Sie war so introvertiert, dass sie lediglich an unserer Freundschaft interessiert war.

So leicht sollte ich es bei der zweiten Freundschaft, die sich ungeplant ergab, nicht haben. Wie von selbst passierte es, dass sich eine weitere Freundschaft entwickelte, aufgebaut auf dem gleichen vergifteten Fundament. Plötzlich passierte etwas, was ich niemals eingeplant hätte, meine Horrorgeschichte verbreitete sich durch die Klasse, zum Teil durch unseren Jahrgang. Ich war psychisch und emotional zu der Zeit nicht da, wo ich heute bin. An weitgehende Konsequenzen und eine solche Tragweite habe ich nicht gedacht. Vermehrt war ich Fragen über mein nicht existierendes Kind und den dazugehörigen ebenfalls nicht existierenden Vater ausgesetzt. Ich verstrickte mich in weiteren Lügen, während die Freundschaft zu dem zweiten Mädchen ebenfalls wuchs. Sie war sehr daran interessiert, mein Kind kennenzulernen. Der Druck auf mich wurde größer, mein Lügenkarussell drehte sich immer schneller. Meine Tage verbrachte ich nur noch hinter Lügen, den Gedanken, Beweise für meine Lügen herbei zu schaffen, und um all das aushalten zu können, war Essen mein Trost, mein

Freund, mein Schutz. Essen war immer verfügbar und stellte keine Fragen. Ich nahm immer mehr zu, der Druck und die Angst in mir stiegen und für all das machte ich unterbewusst meinen Vater verantwortlich. All das wurde zu viel für mich und ich brach die Schule ab. Ich sah damit das Ende meiner Verstrickungen. Ich sehnte mich danach, wieder allein zu sein. Keine Freunde zu haben. Ich liebte meine beiden Freundinnen mittlerweile, der Gedanke, sie nicht mehr in meinem Leben zu haben, löste großen Schmerz in mir aus. Ich hatte Angst, sie nicht mehr zu haben, ich hatte Angst, sie zu behalten, weil die Lügen damit nicht enden würden und ich hatte noch viel mehr Angst davor, ihnen die Wahrheit zu sagen. Mit dem Schulabbruch sah ich das Ende der Freundschaften, eine Erleichterung für mich, dieses Lügengerüst nicht mehr leben zu müssen. Den Abbruch begründete ich mit einer weiteren Lüge, ich würde mit meinem Kind in eine andere Stadt ziehen. In die Stadt, wo die Großeltern väterlicherseits wohnen.

Nach sieben Monaten konnte ich wieder aufatmen. Ich konnte mich erholen von all den Lügen. Und ich machte die Erfahrung, wie es ist, Menschen, meine Freundinnen, wirklich zu vermissen. Es tat unfassbar weh, plötzlich wieder allein zu sein. Das erfundene Kind war nur ein Teil der Freundschaften. Das, was ich auf vergifteten Boden pflanzte, trug dennoch kostbare Früchte. Es waren zwei Freundschaften, zu denen nicht nur die Lüge gehörte, es waren auch zwei Freundschaften, die sehr viel Tiefe hatten. Zum ersten Mal in meinem Leben öffnete ich mich dahin gehend zu erzählen, wie es zu Hause für mich war. Mein Vater war alkoholkrank. Er machte meinen Bruder und mich für alles verantwortlich. So empfanden ich und auch mein Bruder es früher. Die selbst verletzte Seele meines Vaters zu sehen, war zu dem Zeitpunkt für mich noch unmöglich. Er war für mich nur der Mensch, der mich wieder und wieder verletzte.

Ich entwickelte das Denken, dass man so doch nicht mit Kindern umgeht, die man liebt. In meiner Mutter sah ich zu großen Anteilen eine Frau, die diesen Mann in den Himmel hob. Wir hatten ein gutes Verhältnis zueinander, ich stellte mir das Leben so schön vor, nur mit meiner Mutter und meinem Bruder und ganz viel Ruhe. Heute kann ich die Ambivalenz meiner Mutter verstehen. Sie kommt aus einem Elternhaus, wo körperliche Misshandlungen ganz normal waren und der Missbrauch ihrer Schwester geheim gehalten wurde. So sah sie Erlösung und Verbesserung bei einem Mann, der „nur" trank und sie weder schlug noch verbal erniedrigte. All das konnte ich mit meinen Freundinnen, meinen Verbündeten, teilen. Wir Menschen spiegeln einander, auch meine Freundinnen kamen aus zerrütteten Familien. Es brach mir das Herz, sie aufzugeben, es musste sein – für mich selbst. Ich zog mich eine Weile zurück, der komplette Abbruch jedoch gelang mir nicht.

Viel zu stark waren diese Verbindungen. Ich war gelegentlich übers Wochenende bei meinen Eltern zu Besuch, diese Lüge ermöglichte mir, meine Freundinnen alle paar Wochen zu sehen. Wir hatten nach Wochen des nicht Sehens eine gute Zeit miteinander. Ich bemühte mich, in jedem Treffen so wenig wie möglich über das nicht vorhandene Kind zu reden. Fragen wich ich aus oder antwortete sehr kurz und knapp, um so wenig wie möglich zu lügen. In allen anderen Themen war ich zutiefst ehrlich, diese Tatsache und auch mein Bemühen, nicht über „mein Kind" zu reden, bereinigte zumindest ein bisschen mein Gewissen. Ich habe die Lüge beim Kennenlernen gewählt, um mein unschönes Elternhaus zu verheimlichen. Um mich größer zu machen, mit 19 eine alleinerziehende Mutter, die sich voller Liebe um ihr Kind kümmert, klang nach außen sehr beeindruckend. Und ich durfte die Erfahrung machen, dass mich meine Freundinnen auch MIT der nicht ganz so schönen Wahrheit mögen. Auch machte ich die Erfahrung, zu sehen, dass es bei anderen genauso lief. Getrennte Eltern, Alkohol, Missbrauch, Drogen, irgendwie schien das alles sogar ziemlich normal zu sein. Ich war überhaupt keine Ausnahme, wie ich bis dahin dachte.

Woher das Muster aus Lügen kam, konnte ich schon ziemlich früh erkennen. Meine Mutter, sie redete sich ebenfalls das Leben schön. Verdrehte Tatsachen, die nach außen schöner aussahen als die Realität. Hier ein bisschen was weglassen, da ein bisschen was Schöneres einbauen. Ich fand das merkwürdig, aber irgendwie auch nicht so schlimm, tut ja keinem weh – dachte ich – und sieht nach außen schöner aus. Ich hatte Verständnis für sie und ich wusste, welche Lügengerüste ich selbst erbaute, bei dem Gedanken kam erstmals das Gefühl von Schuld und Scham auf. Meine arme Mutter, was würde sie über mich denken, wenn sie davon wüsste? Würde sie mich noch lieben? Diese aufkommenden Gedanken waren für mich ein weiterer Beweis, dass ich ein schlechter Mensch und nicht richtig für diese Welt war.

1998, einen Tag vor Silvester, verstarb mein Vater ganz unerwartet mit 45 Jahren an einem Herzinfarkt. Für meine Mutter das nackte Grauen. Für mich eine Erlösung. Woran ich heute noch sehr gerne zurückdenke, ich hatte am Vormittag mit meinem Vater eine gute Zeit. Die Stimmung war lustig und wir hatten Spaß, was sehr selten der Fall war. Mein schon immer festverwurzelter Glaube an die Spiritualität erlaubt mir heute absolut das Denken, dass mein Vater seinen Abschied von mir auf diese schöne, ja fast schon liebevolle Art geplant hatte. Unterbewusst, natürlich.

Es begann eine schreckliche Zeit zwischen meiner Mutter und mir. Dass sie um ihren Mann trauerte, dafür hatte ich Verständnis, für die extreme Art und Weise, wie sie es tat, fehlte mir jedes Verständnis. Was ich nicht sehen konnte, sie hatte nicht nur ihren Mann verloren, sie stand auch zum ersten Mal in ihrem Leben vor der Verantwortung, sich um alles zu kümmern. Meine Mutter hatte bis dahin nie gelernt, sich um Finanzen zu kümmern, organisatorische Dinge, der Kummer um finanzielle Angelegenheiten. Das gesamte Paket, was mein Vater mit seinem plötzlichen Tod hinterlassen hatte, war für mich nicht sichtbar.

Beruflich sah es für mich bis dahin so aus, dass ich nach dem Schulabbruch 1997 eine Ausbildung zur Zahnarzthelferin begann. Ich mochte die Arbeit sehr und meine Kollegin, die zeitgleich mit mir begann. Ich mochte das alles, ich erzählte keine Lügen und dennoch fühlte ich mich unwohl. Nach dem Tod meines Vaters bin ich irgendwann in die lang erwünschte Bulimie gerutscht. Ich war nicht zu dämlich, ich hatte den Dreh raus, mich zu übergeben, ich hatte mich überwunden mit meinem Erbrochenen in Berührung zu kommen. Ich hatte großartige Freundinnen, denen ich irgendwann erzählt hatte, ich komme nach Köln zurück, OHNE mein Kind. Das Kind blieb bei Oma und Opa, damit ich meine Ausbildung machen kann.

Ich würde abnehmen, da ich Bulimie hatte. Ich hatte gefühlt AL-LES, was ich immer wollte, und blieb dennoch komisch. Ich konnte mit der Art meiner Chefin nicht umgehen. Ich fand keinen Anschluss in der Berufsschule, der Unterricht fiel mir schwer, ich traute mich nicht zu sprechen. Zum einen wollte ich da nicht wieder in Lügen verfallen, zum anderen hatte ich nicht das Gefühl, meinen Mitschülerinnen etwas geben zu können, womit sie was anfangen könnten. Ich isolierte mich, schwieg und hasste jeden Tag, den ich in die Schule musste.

Meine Bulimie, meine Freundinnen und meine Musik, mit der ich mich zudröhnte, ließen mich das aushalten. Kurz bevor mein Vater starb, kündigte ich die Lehrstelle. Es ging auf die Zwischenprüfung zu und ich hatte unglaubliche Angst, nicht zu bestehen. So zog ich es vor, zu gehen. Ich hatte einen Job als Verkäuferin gefunden. Meine Mutter arbeitete für diese Bäckereikette und ich wurde auch eingestellt.

Ich mochte diesen Job. Kunden zu bedienen war ein sehr komisches Gefühl. Ich wollte oder konnte nicht richtig mit den Kunden reden. Ich hatte Angst, deren Extrawünsche nicht erfüllen zu können, und ich hatte noch mehr Angst davor, dass meine

Kolleginnen bemerken, dass ich keine Verkaufsgespräche führen konnte. Ich scheute mich vor dem Verkauf und ich liebte es, im stillen Kämmerlein die Brötchen zu backen, die Spülmaschine zu bedienen und die Verkaufstheke zu gestalten. Das machte mir Spaß, ich ging gerne zur Arbeit, verstand aber mein weiterhin komisches Verhalten zu meinen Kolleginnen nicht. Ich sprach meistens nur, wenn ich etwas gefragt wurde. Was zur Hölle stimmte da schon wieder nicht mit mir? Kann ich nicht einfach mal normal sein? Meine Freundinnen hatten auch ihre Ausbildungsstellen. Sie hatten auch ihre Themen, aber irgendwie gingen sie dennoch ganz anders als ich durch alles durch. Nach einigen Monaten wurde ich versetzt in einen kleinen Laden. So klein, dass am Vormittag und am Nachmittag jeweils nur eine Verkäuferin im Laden stand. Ich hatte Angst vor so viel Verantwortung, denn zu den weiteren Aufgaben gehörte auch das Bestellen der Ware, Retoure zu schreiben, Kassenabrechnung und ich musste zu 100% für die Kunden da sein. Sehr schnell wuchs ich an meinen Aufgaben und hatte so viel Freude daran, dass es mir nichts ausmachte, auch mal Schichten zu übernehmen, die zwölf Stunden dauerten. Nach anderthalb Jahren endete auf Grund von Insolvenz dieser Job. Ich fand sehr schnell eine neue Stelle im Verkauf und hatte das große Glück wieder in einem Einmannbetrieb zu stehen. Ich liebte es, ich hatte das Gefühl, mein Leben richtig zu lieben, auch wenn ich nicht verstand, dass mich die Bulimie nicht schlanker machte und warum ich nicht mehr aufhören konnte, mich zu übergeben. Mit der Erkenntnis, dass ich durch die Bulimie nicht abnehme, wollte ich sie nicht mehr und schaffte es dennoch nicht, damit aufzuhören. Das war mir unerklärlich, ich dachte, ich habe die Bulimie unter Kontrolle, dabei hatte sie mich unter Kontrolle.

Im August 1999 zog ich in meine erste eigene Wohnung. Ich war so stolz auf mich, mir das zuzutrauen. Mein Begriff davon, endlich Ruhe in mein Leben zu bekommen. Zeitweise war ich noch begleitet von dem Gedanken, doch nochmal eine

Ausbildung zu beginnen, nur widerstrebte mir der Gedanke, mich nochmal in eine Berufsschule zu setzen, total. Und als angelernte Verkäuferin verdiente ich mehr Geld als während einer Ausbildung. Das aufzugeben, kam für mich nicht in Frage, schon gar nicht im Hinblick auf meine eigene Wohnung. Ich zog aus – und fühlte mich trotz allem Positiven, was ich im Außen hatte, eine tiefe innere Leere, die ich nicht greifen konnte. Über Gefühle und Bedürfnisse zu reden, hatte ich nie gelernt. Demnach hatte ich auch kein Gespür für alles, was sich in der Einsamkeit zeigen wollte. Ich rutschte immer tiefer in die Bulimie, zu größten Teilen bestanden meine Tage daraus, zu arbeiten, einzukaufen und mich zu übergeben. Ich hatte Früh- und Spätdienst, im Spätdienst begann der Tag mit einem bulimischen Anfall und endete damit. Im Frühdienst zogen sich die Fress-Kotzanfälle über den ganzen Nachmittag. Meine Gedanken drehten sich fast ausschließlich darum, mich zu übergeben, mich nicht zu übergeben. Einkaufen für einen Anfall, nicht einkaufen. Ein Karussell, welches ich nicht stoppen konnte. Die schönsten Tage waren die Abende, die ich mit einer meiner Freundinnen verbrachte, und die Wochenenden, die ich monatelang noch bei meiner Mutter verbrachte.

Über einen Kettenbrief lernte ich kurz nach meinem Auszug einen jungen Mann kennen, ich trat nach vielen Jahren wieder mit jemanden in Briefkontakt. Es war schön, der Austausch war leicht. Meistens schrieb ich während meiner Arbeit oder nach den Bulimischen Anfällen bis spät in die Nacht. Nach einigen Monaten telefonierten wir fast täglich, oft bis in die Nacht. Ohne uns jemals gesehen zu haben, verliebten wir uns. Meine Kontakte oder auch Beziehungen zu Männern waren bis zu dem Zeitpunkt kurze, knappe, flüchtige Kontakte, nichts von großer Bedeutung. Ohne uns begegnet zu sein, beschlossen wir, dass wir ein Paar sind. Es war abstrakt und so echt. Ich konnte mich meiner Gefühle nicht so irren, es war für mich unmöglich, dass das nicht passen würde. Diese Liebe schenkte mir Flügel. Von heute auf morgen hörte ich nach vielen fehlgeschlagenen Versuchen mit der Bulimie auf. Ich entwickelte eine mir bis dahin fremd gewesene Energie. Einen unbändigen Willen und Ehrgeiz, diese Sucht nicht mehr zu brauchen. Zum ersten Mal fühlte ich mich gesund und nicht komisch. Ich lachte und strahlte. Meine große Liebe stand fünf Wochen später zum ersten Mal vor mir und es sollte alles ganz genau so passen, wie wir es uns schriftlich und telefonisch ausgemalt haben. Ich war glücklich. Das alles sollte sich ändern, als ich 2002, 600km weit weggezogen bin. Zu ihm, in seine Heimatstadt bei Brandenburg.

Wildentschlossen, in seiner Heimatstadt neue Freundinnen zu finden, die ich nicht belüge und ein neues glückliches Leben aufbauen, brach ich alle Kölner Zelte ab und zog zu ihm. Zu dem Zeitpunkt wohnte der Herzmann noch bei seiner Mutter. Zum Übergang durfte ich dort wohnen, fühlte mich nicht wohl und biss die Zähne zusammen, wohlwissend, wir würden eine eigene Wohnung finden. Einen neuen Bäckerei Job, hatte ich nach wenigen Wochen und unsere gemeinsame Wohnung bezogen wir zwei Monate später. Aus heutiger Sicht lief es großartig. Zum damaligen Zeitpunkt ging mir das alles nicht schnell genug. Ich machte unheimlich fiel Druck. Während wir in die Wohnung zogen, steckte mein Freund in einer vom Arbeitsamt geförderten Maßnahme, die kurz nach unserem Einzug enden sollte. Ich machte täglich Stress, Druck, damit er schnellstmöglich einen Job findet. Er bemühte sich nach Kräften, ich sah all das nicht. Mein Blick war lediglich auf die Absagen gerichtet, die er bekam. Ich machte ihm Vorwürfe, weil mir nichts schnell genug ging. Mein Vater war Langzeitarbeitslos, das Geld war meistens knapp gewesen – ich hatte Angst, mit den Kosten allein dazustehen. Th. fand schnell einen Job in einer Müllsortierfabrik. Ein Dreischichtensystem mit vorprogrammierten Herausforderungen. Hatte er Nachtdienst, war ich beleidigt, dass wir kaum Zeit miteinander verbrachten, weil er am Tag schlief. Hatten wir entgegengesetzte

Dienste, einer früh, einer spät, gaben wir uns die Klinke in die Hand und sahen uns auch kaum. Ich hatte keine neuen Kontakte, meinen Freund sah ich kaum und fühlte mich einsam und isoliert. Ich fing wieder an, mich zu übergeben, und dieses Gefühl des „ich bin einsam, ich passe nirgends dazu" kam in voller Blüte zurück. Ich hatte zwei sehr nette Arbeitskolleginnen. Während der Arbeit konnte ich mich locker unterhalten. Vorschläge uns privat zu treffen, lehnte ich dennoch ab. Ich ließ mich ein ums andere Mal drauf ein. Das Einzige, was ich mir während der Treffen wünschte war, endlich in die Wohnung zu können. War ich allein in der Wohnung, hasste ich mich für meine Unfähigkeit, Freundschaften zu pflegen. Es begann erneut eine lange Zeit, in der ich die Welt nicht mehr verstand. Ich wollte neu beginnen, sollte glücklich sein und fühlte mich des Lebens unfähig. Sicher fühlte ich mich nur in der gemeinsamen Wohnung und über der Kloschüssel. Bestenfalls noch auf der Arbeit. Ich fühlte mich mit meinem Freund nicht wohl, hatte oft Angst, mich falsch zu verhalten, etwas Falsches zu sagen, und war grundsätzlich unzufrieden mit dem, was er tat und auch nicht tat. Heute weiß ich, dass ich nach den Eigenschaften meines Vaters gesucht habe. Ja, ich habe die Eigenschaften meines Vaters überwiegend gehasst, dennoch war es das, womit ich aufgewachsen war. Das, was mir als „richtig" beigebracht wurde. Da ich all das nicht fand, empfand ich meinen Freund als falsch.

Ein Jahr nach meinem Umzug heirateten wir. Ich kaufte mein Brautkleid allein, ich vermisste zumindest eine Freundin an meiner Seite, oder meine Mutter. Niemand war dabei. Während der gesamten Vorbereitungen konnte ich mich nicht freuen, wissend, dass keine meiner beiden Kölner Freundinnen kommen würde. Wir kannten uns allesamt, nur konnten die beiden sich gegenseitig nicht leiden.

Meine Gewissensbisse, nur eine einzuladen, waren riesig. Die Möglichkeit, beide einzuladen, schloss ich von vornherein aus.

Auch das konnte ich mir früher nicht erklären. Heute weiß ich, dass ich deren Bedürfnisse, die jeweils andere nicht zu mögen, ernster genommen habe als meinen Wunsch, beide Freundinnen bei mir zu haben. Für mich selbst bin ich den Weg des geringsten Widerstandes gegangen. Ich wollte oder konnte mich nicht vor der jeweils anderen Freundin erklären. Des Weiteren war meine langjährige Freundin, die in Kindertagen umgezogen war, bei meiner Hochzeit meine Trauzeugin. Wir haben es geschafft, sporadisch in großen Abständen unseren Kontakt zu erhalten.

Zusätzlich war die Vorstellung, sie und meine zwei Kölner Freundinnen könnten aufeinandertreffen und die Frage nach meinem nicht existierenden Kind käme auf, unendlich schmerzhaft. Dieses Thema könnte meine gesamte Hochzeit sprengen. Das Bewusstsein und der Schmerz darüber, wie viel ich mir selbst durch meine Lügen zerstört hatte, brannte tief in meiner Seele. So war ich auf meiner Hochzeit eine zutiefst unglückliche Braut.

Zum Jahresende bekam ich von meiner Arbeitsstelle eine Abmahnung. Ich war fest davon überzeugt, es sei eine Kündigung. Durch diese Überzeugung wuchs der große Wunsch, wieder nach Hause zu wollen, zurück nach Köln. Ich war fest entschlossen zu gehen, mit oder ohne meinen Mann. Er war leicht zu überzeugen. Nachdem meine vermutete Kündigung eine Abmahnung war, reichte ich selbst die Kündigung ein und war nur zwei Monate später mit gepackten Koffern zurück auf dem Weg nach Köln. Meine Mutter fiel aus allen Wolken, als ich ihr eröffnete, dass ich wieder zu Hause bleibe. Sie hatte ihr Leben nach dem Tod meines Vaters wieder in geordnete Bahnen gebracht. Wieder gelang es mir in kurzer Zeit, eine neue Arbeitsstelle zu finden und eine schöne Wohnung. Während ich drei Monate damit verbrachte, für meinen Mann und mich in Köln neues aufzubauen, baute er in seiner Heimat die Zelte ab, um ihr den Rücken zu kehren. Im Mai 2004 zog mein Mann nach Köln um. Er fand schnell eine Ausbildungsstelle, ich arbeitete in Vollzeit und wir hatten eine gute Zeit.

Wie mein bulimisches Verhalten zu der Zeit war, daran fehlt mir die Erinnerung. Ich weiß, dass ich phasenweise frei davon war. Der Wunsch nach Kindern nahm Formen an. Im März 2005 hatte ich eine Fehlgeburt. Eine schmerzhafte Erfahrung und eine Gewissheit, dass ich schwanger werden kann. Wenn wir die Frage stellen, welches Geschenk sich in der negativen Erfahrung verbirgt, ist es die Tatsache, dass diese schmerzhafte Erfahrung einen ganz entscheidenden Wendepunkt in mein Leben brachte. In meinem Kopf hatte sich etwas verändert. Ich wünschte mir nicht nur ein Baby, ich hatte mit 28 Jahren zum ersten Mal in meinem Leben erfahren, was ein normales, gesundes Essverhalten ist. Bei der Fehlgeburt brachte ich ca. 110 kg auf die Waage. Ich schloss mich einer Abnehmgruppe an. Ich hatte unheimlich viel Angst vor dem Schritt, aber mein Mut, das zu tun, war um ein Vielfaches größer. Es war wieder das Thema, in einer großen Gruppe zu sein. Ich fühlte mich nicht wohl und ging trotzdem hin, weil ich das alles unbedingt für mich und diesen großen Kinderwunsch wollte. Ich hatte Erfolg, ich nahm ab. Ich entdeckte, wie viel Freude mir Bewegung macht, ich ging ewig lang spazieren, ging ins Walken über und konnte nach sechs Monaten ohne große Anstrengung 10 km joggen. Gewicht zu verlieren, stand schnell nicht mehr im Fokus des Ganzen. Ich verlor 40 kg in zehn Monaten und gewann Unmengen an Selbstvertrauen. Die Beziehung zu meinem Mann war so locker und gelöst wie noch nie. Wir unternahmen viel und waren einfach nur glücklich. Ich hatte drei weitere Fehlgeburten in ganz frühen Stadien und schaffte es, diese nicht so schwer zu nehmen.

Dennoch wuchs die Angst niemals Kinder zu haben. In einer humangenetischen Klinik ließen wir die möglichen Gründe der Fehlgeburten abklären. Jegliche Untersuchungen blieben ohne Ergebnis. Im Februar 2007 wurde ich schwanger mit meiner heute 14-jährigen Tochter. Die Schwangerschaft wurde medikamentös unterstützt. Trotz der Vorbelastung gelang es mir, ohne große

Ängste die Schwangerschaft zu genießen. Ich hatte so gut wie keine Beschwerden und mir ging es super. Im August 2007, kurz nach einem gemeinsamen Urlaub mit meinem Mann und unserer sehr aktiven Bauchmaus, sollte sich das Blatt komplett wenden. Bei einer ganz normalen Vorsorge empfahl mein Arzt mir, einen Pränataldiagnostiker aufzusuchen. Mit der Begründung, meine Tochter ließe sich nicht optimal vermessen.

Einige Tage später fand ich mich in Begleitung meiner Mutter in der Klinik wieder. Bis zur Untersuchung, war mein Vertrauen größer als meine Angst. Ich wollte einfach fest dran glauben, dass alles gut ist. Mulmig wurde mir, als der Arzt nichts erklärte, nicht sprach und plötzlich das Zimmer verließ. Er kam mit einem zweiten Arzt zurück und sie unterhielten sich miteinander. Ich empfand mich selbst lediglich als Objekt auf der Liege zweier Ärzte, die an mir rumhantierten. Ich nahm Wortfetzen wahr, kurzer Oberschenkelknochen, flaches Nasenbein, zu klein, zu leicht. Was hatte das alles zu bedeuten? Endlich wandten sich den Ärzten mir zu, die Worte, die ich hörte, machten auf mich keinen Sinn. Mein Baby ist doch gesund? Sie ist im Bauch so fit und mobil. Meine Tochter hat einen Herzfehler? Verdacht auf Trisomie 21? Ich muss „dieses Kind" nicht bekommen, sie kann mit einer Indikation durch den Bauchnabel getötet werden und ich müsste sie per Einleitung normal gebären. Ich war fassungslos, konnte nur noch weinen und nicht mehr zuhören. Ich sollte mit meinem Mann Entscheidungen treffen, die Entscheidung, ob unser Baby leben darf oder nicht. Ab da habe ich noch bis heute einen Filmriss. Ich weiß nicht mehr, wie ich nach Hause gekommen bin oder wie die Tage danach verliefen. Ich weiß lediglich, dass für meinen Mann und mich feststand, dass wir unser Baby nicht töten würden. Sehr schnell fanden wir uns im Herzzentrum der Kölner Uniklinik wieder. Dort wurde sich sehr viel Zeit für uns genommen. Das Downsyndrom war eine vermutete Wahrscheinlichkeit. Der Herzfehler war sehr real. Unsere Tochter hatte nur eine Herzklappe, mehrere Löcher im Herzen und würde im Alter von vier bis fünf Monaten operiert werden müssen, um eine Chance auf Leben zu haben. Das Downsyndrom war für uns kein Thema, die Angst davor, unser geliebtes, lang erwartetes Wunschkind noch zu verlieren, war sehr viel größer als die Angst davor, ein Kind mit Behinderung zu haben. Hin und wieder stellte ich mir die Frage, ob man ES ihr ansehen würde. Ob sie so süß sein würde wie andere Babys, wie sich das Leben mit einem Kind mit Behinderung gestaltet. Es stellten sich Ängste ein, die wahrscheinlich alle Mütter, die ihr erstes Kind erwarten, erreichen. Fragen danach, wie ich das alles schaffen soll, mit einem Baby, einem Baby mit herausfordernden Bedürfnissen. Einen Monat vor der Geburt wurde mir nahegelegt, die Zeit bis zur Geburt im Krankenhaus zu verbringen. Jeden Tag würden die Herztöne meiner Tochter kontrolliert, um zu entscheiden, ob sie per Sectio geholt wird oder ob die Möglichkeit auf eine normale Geburt besteht. Ich blieb in der Klinik. Mir war sehr bewusst, dass ich so schnell nicht wieder eine so entspannte Zeit erleben werde, deshalb gelang es mir schnell, mich mit der Situation zu arrangieren. Ich genoss es, entspannt viel lesen zu können. Ich ging spazieren, hatte sehr nette Bettnachbarinnen und nahm zum ersten Mal in der Schwangerschaft meine tiefe Erschöpfung wahr. Auf den Tag genau einen Monat dauerte es, dass das CTG meiner Tochter auffällig war. Vier Wochen täglich Herztöne messen, ich kannte mich aus, wusste, welche Frequenz die Herztöne haben mussten, um mit dem Geschriebenen übereinzustimmen. Ich spürte schon während der Aufzeichnung, dass etwas nicht zusammenpasste. Niemand sagte etwas, also ließ ich es gut sein. Nachdem ich zu Mittag gegessen hatte, teilte mir eine der Krankenschwestern mit, ich solle zum Arzt

zur Untersuchung gehen. Samstag, der 13. Oktober 2007. An diesem Tag fand ein Tag der offenen Tür im neuen Herzzentrum der Uniklinik statt. Mein Mann und ich wollten es uns ansehen, wohlwissend unsere Tochter würde schnellstmöglich dort operiert werden. Noch während der Untersuchung, griff der Oberarzt zum Telefon. Ich hörte, dass er noch für den Nachmittag die Entbindung meiner Tochter per Kaiserschnitt plante. Ich war entspannt, ich war glücklich als er mir mitteilte, meine Tochter wird am Nachmittag auf die Welt geholt. Seit vier Wochen war ich in dieser Klinik, bis zum tatsächlichen Entbindungstermin dauerte es noch drei Wochen. Bei der Einlieferung wusste ich, dass die Möglichkeit besteht, dass ich bis zu 10 Wochen in der Klinik bleiben könnte.

Mit der Eröffnung, meine Tochter kommt auf die Welt, wusste ich, dass ich bald entlassen würde. Nach der Untersuchung lief mir am Fahrstuhl mein Mann in die Arme. Ich erzählte ihm, dass sich unsere Pläne, uns das Herzzentrum anzusehen, geändert hatten und wir im Kreißsaal erwartet würden. Ab der Ankunft im Kreißsaal lief alles sehr schnell. Ich wurde für die Sectio vorbereitet, hatte keine Angst und empfand große Vorfreude, meine Tochter kennenzulernen. Ich war betäubt, nahm lediglich wahr, wie hinter dem blauen Vorhang gearbeitet wurde. Ich spürte, wie Druck auf meinen Körper ausgeübt wurde. Ich hörte, wie jemand die Uhrzeit 16 Uhr 17 sagte, und wusste, mein Baby ist auf der Welt. Plötzlich war ich unglaublich erschöpft. Ich nahm aus dem Augenwinkel wahr, wie jemand mit einem Baby dastand. Ich sah nicht hin. Während ich zusammengenäht wurde, wurde mein Mann von mir weggeholt. Ich fühlte mich allein. Mein Baby wurde nicht auf meinen Bauch gelegt, sie wurde mir nicht gezeigt.

Mein Mann wurde weggeholt. Mir wurde bewusst, ich hatte meine Tochter nicht schreien gehört. Mich beschlich die Frage, ob sie überhaupt lebend auf die Welt kam. Wenn ja, sie ist abgenabelt, hat einen Herzfehler – kann sie überhaupt atmen? Ich hatte Angst, fühlte mich allein, hilflos und ausgeliefert. Ich wurde in ein anderes Zimmer gebracht und war auch da allein, wie lange, kann ich nicht sagen. Mir fehlte jegliches Zeitgefühl. Ich war mehr als erleichtert, als mein Mann zu mir kam. Er hat geholfen unsere Tochter zu baden, sie hatte an seinem Finger genuckelt – sie lebte. Ich war Mutter, wir waren Eltern. Nach einer gefühlten Ewigkeit kam unsere Tochter endlich zu uns. Da lag sie auf meinem Bauch, 40 cm klein und zarte 2310 g. Sie war wunderschön und wirkte so zerbrechlich. Aufgrund des Herzfehlers kam meine Maus in die Kinderklinik, ich blieb in der Frauenklinik. Ich hatte starke Schmerzen durch die OP, bis in den Rücken, und konnte mich kaum bewegen. Alles tat weh. Während ich im Schmerz versank, nahm ich nicht wahr, dass ich mein Baby nicht vermisste. Es fühlte sich fremd an, nicht mehr schwanger zu sein. Ich wollte nicht zu meinem Baby, ich wollte einfach nur nach Hause.

Einen Tag nach der Geburt ging es mir richtig schlecht. Ich war dankbar, dass mein Mann erst sehr spät zu mir kam. Es war klar, dass wir in die Kinderklinik rüber mussten, wenn wir unser Baby sehen wollten. Im WOLLEN lag die Herausforderung, ich hatte nicht das Gefühl hinzuwollen. Ob es tatsächlich an den Schmerzen lag oder ob ich im Inneren blockiert war, kann ich bis heute nicht sagen. Angekommen bei unserer Tochter, hatte ich nicht das Gefühl, dass dieses kleine Baby meine Tochter war. Ich fühlte mich mit dem kleinen mobilen Mäuschen in meinem Bauch verbunden, zu dem schlafenden Baby im Wärmebett fühlte ich keine Verbindung. Ich wollte da auch nicht sein. Wieder angekommen auf meinem Zimmer, wollte ich allein sein, mit meinen Schmerzen und meinen Gedanken. Wo waren diese Muttergefühle? Ich fühlte sie nicht. Warum fühlte ich sie nicht? Liebte ich mein Kind nicht? Was war ich für eine Mutter? Alle paar Stunden wurde mir eine Milchpumpe gebracht. Muttermilch sei so wichtig für mein Baby. Ich sah mein Baby kaum, ich fühlte mich nicht als Mutter, dennoch quälte ich alle paar Stunden mühsam ein paar Milliliter Milch aus meiner leeren Brust. Ich fühlte mich missbraucht.

Endlich kam die Info, dass ich mittwochs nach Hause darf. Vier

Tage nach der Geburt. Ich konnte mich so halbwegs wieder bewegen, wollte unbedingt statt mit dem Taxi mit den öffentlichen Verkehrsmitteln nach Hause fahren. Ich war Mutter, ohne Baby, es musste noch in der Klinik bleiben und wollte nichts mehr als am öffentlichen Leben teilnehmen. Noch an der Bushaltestelle brach ich in den Armen meines Mannes weinend zusammen. Alle Anspannung der letzten Monate brach aus mir heraus. Ich fühlte mich leer und erschöpft. Ich fühlte mich klein und schwach. Mein Gewissen, nicht in der Klinik bei meinem Baby zu bleiben, trieb mich in den Wahnsinn. Ein Teil in mir war unendlich froh, seinen Körper wieder für sich zu haben. Der andere Teil kämpfte mit quälenden Vorwürfen und Schuldzuweisungen, was für eine schreckliche Mutter ich war, die nicht bei ihrem Kind blieb. Ich schwebte zwischen Wahnsinn und Erleichterung.

Ab dem Tag meiner Entlassung verbrachte ich Stunden bei meiner Tochter. Ich übernahm immer mehr ihre Versorgung. Ich wickelte und fütterte sie. Lernte, ihr ihre Herzmedikamente zu geben. Nach zwei Wochen bekam sie eine Magensonde, sie war zu schwach zum Trinken. Viel Zeit verbrachte ich damit, ihr die Milch zu sondieren. Wir kuschelten viel, unsere Verbindung stärkte sich und ich erkannte in dem leisen, schlafenden Baby meine einst so mobile Bauchmaus. Da waren sie, meine Muttergefühle.

Vier Wochen nach der Geburt durfte unsere Tochter endlich nach Hause entlassen werden. Es war die zweite Novemberwoche, kurz vor meinem 30. Geburtstag. Wir hatten den Umgang mit einem herzkranken Baby mit Downsyndrom gelernt. Trotz aller Widrigkeiten fühlten wir uns glücklich. Für uns war es unsere Normalität mit einem Baby, wir hatten keinen Vergleich, wie das Leben mit einem gesunden Baby wäre. Bis zum Februar 2008 verbrachten wir eine wunderschöne und auch anstrengende Familienzeit miteinander, dann sollte am 21.02.2008 die Herz-OP stattfinden. Ich weiß nicht, wo ich dieses viele Vertrauen hernahm. Ich fühlte keine Angst, ich wusste tief im Herzen, dass die OP meinem Baby das Überleben sichern würde, ohne diese OP hatte sie keine Chance. Die erste Operation lief planmäßig. Mein Baby hatte alles gut überstanden. Die Freude darüber, dass unser Leben als Familie bald endlich richtig starten darf und meine Tochter sich entwickeln darf, wurde schnell wieder getrübt. Zwei Wochen nach der OP stand fest, dass das Herz meiner Tochter zu langsam schlägt und sie einen Herzschrittmacher braucht. Es sei nur ein „kleiner" Eingriff, versicherten die Ärzte. Es ist eine weitere Operation, waren unsere Gedanken als Eltern. Die geplante Operation musste aufgrund einer Infektion verschoben werden. Der geplante Aufenthalt sollte im Ursprung zwei bis drei Wochen, je nach Heilungsprozess, dauern, wir gingen schon fast auf einen Monat zu.

Die Schrittmacher-OP fand am 13.03.2008 statt und es begann ein langer Leidensweg. Meine Tochter erholte sich nicht. Sie bekam Infektionen, 100% Sauerstoffzufuhr, Wasser im Bauchraum. Ihre Lunge war schwer belastet, weil das Herz sich nicht erholte. Ein Wettlauf mit dem Tod begann. Ich brachte es nicht fertig, in der Klinik bei meiner Tochter zu bleiben. Täglich blieb ich bis zu zwölf Stunden. Von Morgens bis am Abend versorgte ich mein Baby selbst. Während mir die Ärzte und Schwestern versicherten, es sei in Ordnung, dass ich nach Hause fahre und Kraft schöpfe, nagte mein Gewissen an mir. Ich zweifelte an meiner Verantwortung als Mutter, weil ich mein Kind allein ließ. Ich hatte Angst, sie stirbt, wenn ich nicht bei ihr bin. Ich hatte Angst, Ärzte und Schwestern könnten mich doch für eine schlechte Mutter halten. Ich hatte Angst, mein Mann, meine Mutter, meine Freundinnen denken schlecht über mich. Die Einzige, die schlecht über mich dachte, war ich selbst.

Ich zweifelte an der Ehrlichkeit der anderen mir gegenüber, dass es wirklich okay ist, wenn ich mir Auszeiten zu Hause nehme. Was mich zusätzlich belastete, waren diese „Besuchs-Omis", wie sich die Damen der Seelsorge selbst nannten. Sie kamen zur Entlastung, empfunden habe ich sie als weitere Belastung. Ich fühlte mich unter Druck gesetzt, mich mit ihnen unterhalten zu müssen. Ich brachte es nicht über mich, ehrlich mitzuteilen, dass ich diese Besuche nicht wollte. Mein negatives Empfinden, Menschen, die ich nicht kannte, gegenüber, hat sich nicht verändert. Was sich geändert hat, ist lediglich die Tatsache, dass ich dank der vielen Jahre Erfahrung im Verkauf meinem Weg gefunden habe, mich mit fremden Menschen unterhalten zu können. Mich dabei wohlzufühlen, war nochmal eine andere Hausnummer.

An einem Nachmittag im Frühling ließ ich mich von den Besuchs-Omis dazu überreden, mir einen freien Nachmittag zu gönnen. Ich solle mir etwas Gutes tun. Die Sonne genießen und zu Kräften kommen. Ich ging. Das vermeintlich gut gemeinte wirkte auf mich wie ein Rauswurf. Für mich war das die Bestätigung, ich sei nicht gut genug für meine Tochter, ich sei nicht erwünscht, ich habe als Mutter versagt. Ich hatte einen bulimischen Rückfall, nach Jahren. Den ganzen Nachmittag verbrachte ich damit, die Leere in mir mit Essen zu stopfen. Mich zu entleeren, damit ich wieder fühlen konnte. Ich fühlte mich wie betäubt und nicht ganz am Leben. Ab da übergab ich mich wieder täglich. So, wie es sich gehörte, verbrachte ich Stunden bei meiner Tochter. Jeden Tag kam ihr Papa nach der Arbeit in die Klinik. Er hat mich nach Kräften unterstützt, dennoch fühlte ich mich allein. Plötzlich sah ich nicht mehr, was er tat. Dass er täglich nach der Arbeit zu seinem Kind kam, mich mit nach Hause nahm. Oft hat er noch eingekauft oder für uns gekocht. All das konnte ich nicht mehr sehen. Ich sah nur noch die vielen Stunden, die ich allein bei unserem Baby verbrachte. Ich sah nur noch die vielen Arztgespräche, die ich allein führte. Ich sah mich allein in meiner Angst und Überforderung. Ich fühlte mich meinem Mann nicht mehr nah. Die Abende verbrachten wir getrennt voneinander. Ich funktionierte als Mutter einer kranken Tochter und wollte mit dem Vater am Abend nichts zu tun haben. Ich zog mich in mir zurück.

Während mein Mann schlief, fiel ich in meine Fressanfälle und übergab mich. Tag für Tag für Tag. Mitte Mai ging es meiner Tochter sehr schlecht. Die Ärzte wussten kaum, wie sie ihr noch helfen könnten. Ich sah mein Baby nur noch schlafend, blau von fehlendem Sauerstoff. Näher dem Tod als dem Leben. Sehr unsensibel wurde mir nach einer langen Konferenz, in der es nur um meine Tochter ging, mitgeteilt, sie müssen „die ganze Geschichte nochmal aufreißen", damit meinten sie den Brustkorb meines mittlerweile sieben Monate alte Babys. Wir Eltern sollten die Entscheidung treffen ob operiert wird oder nicht. Erneut sollten wir über das Leben oder Sterben unseres Babys entscheiden.

Am 16. Mai 2008 wurde mein Baby zum dritten Mal operiert. Es war eine weitere OP an einer Herz-Lungen-Maschine. Ihr Herz wurde mittels hochmoderner Geräte abgestellt und operiert. Meine Tochter überstand die OP und lag erneut auf der Intensivstation. Es waren immer nur sehr kurze Besuche erlaubt. Am 19. Mai wurden mein Mann und ich dazu aufgefordert, die Station zu verlassen. Ein Kind, welches im gleichen Raum lag wie meine Tochter, lag im Sterben. Die Eltern des anderen Kindes wurden herbeigeholt, um die letzte Zeit mit ihrem Kind zu verbringen. Bevor ich ging, streichelte ich meiner Tochter über den Kopf, mir selbst ging dabei ein einziges Wort durch den Kopf: „LEBE." Ich forderte meine Tochter in Gedanken auf zu leben und ging. Einige Tage später durfte meine Maus auf die normale Station verlegt werden. Rasant erholte sie sich. Keine Infekte, keine Ergüsse im Bauchraum. Ein Baby, das lachte und begann, aus der Flasche zu trinken. Es war unglaublich. Neun Tage nach der dritten OP durften wir nach insgesamt 99 Tagen Aufenthalt die Klinik mit unserer gesundenden Tochter verlassen. Sie hatte es überstanden, wir hatten all das überstanden. Wir konnten endlich aufatmen, an Pausen und verschnaufen war dennoch nicht zu denken. Die Genesung ihres Herzens nahm einen positiven Verlauf.

Jetzt wurde das Downsyndrom zu unserer Herausforderung. Mein Plan, mit der Bulimie wieder aufzuhören, wenn meine Maus wieder zu Hause ist, ging nicht auf. Statt entspannter Ruhe mit Baby zu Hause waren meine Tage ab der Entlassung gefüllt mit Terminen. Ein Termin jagte den nächsten. Ich hatte kein Auto. Die am Anfang noch engmaschigen Herzkontrollen wurden gefühlt zum Tagesausflug. Ständig die Zeit im Nacken musste ich gucken ob die Zeiten mit ihrer Nahrung und ihren Herzmedikamenten passen. Zu den vielen Herzterminen kam noch eine lange orthopädische Abklärung der Hüfte meiner Tochter. Die Ohren waren kontrollbedürftig. Die Termine beim Augenarzt dauerten Ewigkeiten. Es mussten mehrere EEGs geschrieben werden und so ziemlich alles fand in den Gebäuden der Uniklinik statt. Ich war ständig unterwegs und es gab kaum einen Tag, an dem ich nicht mit meiner Tochter quer durch die Gegend fuhr. Die „normalen" Untersuchungen, die jedes Baby macht, und die Impfungen mussten erledigt werden und ich kümmerte mich um Physiotherapie und Frühförderung für meine Tochter. Wir hatten täglich Programm. Lange redete ich mir ein, das sei normal. Das muss so sein, für meine Tochter mache ich das gerne. Physio-Übungen, 3x am Tag zu Hause, das musste auch noch zwischen Termine, Haushalt und einkaufen passen. Wohlgemerkt ohne Auto. Wie sehr ich körperlich und geistig erschöpft war, nahm ich sehr lange nicht wahr. So, wie ich musste, funktionierte ich. Ich traf hin und wieder eine meiner Freundinnen und fühlte mich bei keiner der beiden richtig verstanden. Eher durfte ich mir anhören, ich habe es mir so ausgesucht. Mit der Entscheidung, mein behindertes, krankes Kind zu bekommen, hätte ich mich für all das, was mit dranhängt entschieden. Möglicherweise ist das so, dennoch wusste niemand im Vorfeld um die Umstände, die diese Entscheidung mit sich bringen, und von Freundinnen erwünschte ich mir mehr Verständnis, Akzeptanz und Mitgefühl. Statt das genauso kommunizieren zu können, verstrickte ich mich in Gedanken wie, dass ich zu schwach bin für all das. Dass ich mich nur anstelle. Ich muss mir einfach mehr Mühe geben. Mich besser strukturieren, stärker werden.

Andere schaffen so was wohl auch, vielleicht sogar schlimmeres. Ich war wohl selbst schuld, dass es mir nicht gut ging. Mein zuverlässiger Halt zu jeder Zeit war meine Bulimie. Sie klagte nicht und stand mir immer zur Verfügung. Zu dem Zeitpunkt erkannte ich sie noch nicht als Schutz und wertvolle Ressource. Ich sah in ihr eine Schwäche, ein Versagen, was zusätzlich an meiner Kraft zehrte.

Als meine Tochter ein Jahr war, endete meine Elternzeit. Ich begann auf Aushilfsbasis wieder in der Bäckerei zu arbeiten. Es machte so viel Spaß, wieder unter Menschen zu gehen. Anderer Input, Abwechslung. Raus aus der vielfachen Belastung. Ich hatte ein sicheres Netz an Unterstützung, was die Betreuung meiner Tochter betraf. Ich konnte mich dankbar und glücklich schätzen, war sie von meiner Mutter, Freundin oder ihrem Papa betreut. Ich hatte Freude an der Arbeit und ich war angespannt, ob denn die anderen mit der Versorgung meiner Tochter so klarkommen, wie ich meinte, dass sie es braucht. Aus heutiger Sicht habe ich alles kritisiert, was anders gemacht wurde, als ich es tat. Das wenigste war mir gut genug. Ich zweifelte daran, dass meine Tochter es guthat. Ich erkannte nicht, dass ich ein Problem damit hatte, die Kontrolle abzugeben. Als meine Maus drei Jahre alt war, zog ich zum ersten Mal in Erwägung, meinen Mann zu verlassen. Ich sah ihn als Gegenspieler. Er machte viel, nur in meinen Augen machte er nichts richtig. Es gab meine Tochter und mich. Und es gab ihren Vater. Trotz der Trennungsgedanken kam auch der Wunsch nach einem zweiten Kind auf. Bis dahin war für mich klar, ich würde keine weiteren Kinder bekommen. Zu groß war die Angst, dass sich die Fehlgeburten wiederholen. Zu groß war die Angst, eine solche Geschichte wie die meiner Tochter könnte sich wiederholen. Der Kinderwunsch blieb. Seit ich 16 war, wünschte ich mir einen Sohn. Sein Name stand seit Jahren fest und ich wünschte mir, ihn kennenzulernen.

Wir nahmen die Kinderplanung wieder auf. Bis ich schwanger war, sollte ich drei weitere Fehlgeburten haben. Am 6. Dezember 2011 bescherte mir der Nikolaustag einen positiven Schwangerschaftstest. Aus meiner Sicht passte alles großartig. Meine Tochter entwickelte sich in ihrem Tempo großartig. Sie ging in den integrativen Kindergarten. Ich hatte über ein Downsyndrom-Forum nette Mütter kennengelernt, die ebenfalls Kinder mit Trisomie 21 hatten. Ich ging wieder in Teilzeit arbeiten. Die Terminflut war längst verebbt. Dank dem Kindergarten hatte ich nicht mal mehr mit der laufenden Ergo- und Logopädie zu tun, das wurde über den Kindergarten gefördert. Ich hatte irgendwann mit der Bulimie die Kurve gekriegt, ging wieder joggen und war die Kilos aus der ersten Schwangerschaft wieder los. Es passte alles, das zweite Baby durfte kommen. Die Wahrscheinlichkeit, dass sich eine solche Geschichte zum zweiten Mal ereignet, schätzte ich doch sehr gering ein. Ich versuchte, mich einfach nur zu freuen. Wünschte mir eine so entspannte Schwangerschaft wie die mit meiner Tochter. Es sollte anders laufen.

Ich wurde gleich im Frühstadium der Schwangerschaft medikamentös unterstützt und war mehr als dankbar und erleichtert, als kurz vor Weihnachten 2011 in meinem Bauch das Herz meines zweiten Babys schlug. Diese Erleichterung war nicht von langer Dauer. Ich entwickelte eine unfassbare Angst, mein Baby zu verlieren. Aus heutiger Sicht vermute ich, es wäre mir ohne die Angst richtig gut in der Schwangerschaft gegangen. Ich hatte ständig Angst, das Herz schlägt nicht mehr. Die Zeit von Termin zu Termin war eine Quälerei für mich. Ich konnte mich weder entspannen noch freuen. Zu groß war die Angst vor dem Verlust meines Babys. Diese ungeheuerliche Angst legte sich in alles, was ich tat. Ich war meiner Tochter und meinem Mann gegenüber gereizt und stand dauerhaft unter Strom. Ich fühlte mich in meiner Angst weder gesehen noch aufgefangen. Was zur Folge hatte, dass ich wie immer dachte, ich stelle mich nur an. Ich war ständig krank. Angefangen von Infekten über körperliche Beschwerden. Noch bevor die Schwangerschaft in der Halbzeit angelangt war, war ich so beschwerlich, dass ich nur wollte, dass das Baby endlich auf der Welt ist. Im Verlauf konnte ich zumindest hin und wieder ein wenig zuversichtlicher werden. Zwar bewegte sich mein zweites Baby weit weniger als meine Tochter, aber ich fühlte mich einigermaßen sicher, nachdem ich mir so ein Gerät zugelegt hatte, mit dem ich selbst die Herztöne meines Kindes hören konnte. Das verschaffte mir Sicherheit, zusätzlich hatte ich eine Hebamme, die mich seit früher Schwangerschaft betreute. Im April fand der große Feinultraschall statt, welcher ergab, dass mein Baby keine Auffälligkeiten zeigt, und es gab Aufschluss darüber, dass ein kleiner Junge in mir wächst. Mein Sohn, auf den ich so lange gewartet habe. Ab der Information über das Geschlecht konnte ich mich noch mehr freuen und es blieb dennoch die Angst, mein Baby noch verlieren zu können. Körperlich setzte mir die Schwangerschaft zu, ich war müde, erschöpft und sehnte die Entbindung herbei.

Bislang lebten wir zu dritt in einer Dreizimmerwohnung. Wir wussten noch nicht, wie wir uns organisieren. Im elterlichen Schlafzimmer war der Platz knapp, ein Baby bei meiner Tochter im Zimmer kam so gar nicht in Frage. So suchten wir noch vor der Geburt nach einer neuen Wohnung und bezogen drei Wochen vor der Entbindung wunderschöne vier Zimmer. Ich fühlte mich wie niedergekommen. Niederkunft, das Wort erfüllte für mich vollkommen seine Bedeutung. Nachdem ich seit der zehnten Schwangerschaftswoche im Berufsverbot war, konnte ich mich endlich richtig entspannt auf mein Leben als Mama mit zwei Kindern freuen. Ich fühlte mich angekommen, auch in mir.

Am 30. Juli 2012 hatte ich einen Kontrolltermin im Krankenhaus. Der Herztöne meines Babys waren in Ordnung, er hatte

lediglich zu wenig Fruchtwasser, was zwei Wochen vor dem er-
rechneten Geburtstermin nicht außergewöhnlich ist. Es war der
erste Kindergarten-Ferientag meiner Tochter. Ein sonniger Tag,
mitten im Hochsommer. Während wir auf einen schönen Fami-
lientag im Freibad vorbereitet waren, hatte mein Sohn andere
Pläne. Er wollte das Licht der Welt erblicken. Für meinen Mann
begann das große Organisieren, er fand eine Betreuung für unsere
Tochter und besorgte einige Dinge, die ich für den Aufenthalt der
nächsten Tage benötigen würde. Auch diese Geburt wurde wieder
ein Kaiserschnitt. Es wurde über eine Einleitung gesprochen, die
unter Umständen ein paar Tage dauern könnte. Die Empfehlung
war dennoch ein Kaiserschnitt. Ich blieb entspannt und freute
mich, in Kürze meinen kleinen Jungen kennenzulernen.

15:52 Uhr – ich hörte ein Baby schreien. Er wurde mir gezeigt,
meine Gedanken: Ist der hübsch … den darf ich behalten – mein
Sohn, auf den ich mich fast zwei Jahrzehnte gefreut hatte, hatte
die Form einer Gestalt angenommen.

Kennenlernen durfte ich ihn einige Zeit später, im Babyzimmer.
Auch ihn hatte ich nicht bei mir. Mein kerngesunder Junge war
sehr klein und sehr leicht, er wurde in einem Wärmebettchen versorgt. Ich konnte das gut annehmen, er lag im gleichen Flur wie
ich und ich durfte ihn zu jeder Tages- und Nachtzeit sehen. Meine
Mamagefühle waren sofort aktiv, es gab keine Schwierigkeiten,
uns aneinander zu gewöhnen.

Ich durfte nach vier Tagen nach Hause. Wurde verwöhnt von
der großen Schwester, die sich freute, wenn wir ihren Bruder, den
sie bisher nur durch eine Glasscheibe sehen durfte, nach Hause
holten. Meine Tochter hatte Unmengen Fragen, die ich ihr geduldig beantwortete.

Eine Woche nach der Geburt, waren wir als vierköpfige Familie
zu Hause angekommen. Eine schöne und zugleich anstrengende
Zeit begann. Mein Baby, welches ich auch nicht stillen konnte,
hatte großen Hunger. Im 2,5 bis 3-Stunden-Rhythmus, war ich im

Einsatz, ihn zu füttern.

Meine Tage bestanden darin, mein immer hungriges Baby zu füttern. Er schrie viel und kaum etwas außer Nahrung schien ihn zu beruhigen. Ich schlief kaum. Meine Tochter war zu dieser Zeit täglich zwischen 4 bis 5 Uhr putzmunter. Ich redete mir ein, sehr gut klarzukommen. War doch die erste Zeit mit Baby zwar sehr schlaflos, aber nicht so vollgepumpt mit Ängsten und Terminen wie bei meiner Tochter. Ich sah in mir die starke Mutter, die ihr Leben mit zwei wunderbaren Kindern ausgezeichnet hinbekommt. Meine körperlichen Signale der Erschöpfung, der Müdigkeit, übersah ich oder ich nahm sie überhaupt nicht wahr.

Ich übergab mich. Bulimie, meine alte Strategie, die mich immer in jeder Zeit rettete, hielt mich fest, damit ich nicht umkippte. Meine Ehe litt immer mehr, ohne dass ich es bewusst wahrnahm. Ich nahm mich nur noch als Mutter wahr. Auf der einen Seite suchte ich verzweifelt nach Freiraum für mich, auf der anderen Seite konnte ich mit diesem Freiraum nicht umgehen, wenn ich ihn hatte. Ich hatte keinen Plan, was ich mit freier Zeit machen könnte. Habe ich die Zeit nur auf dem Sofa gelegen, konnte ich das nicht als Erholung annehmen. Ich sah nur, dass ich faul rum lag, nicht produktiv war. Demnach war die Zeit in meinen Augen nicht sinnvoll genutzt. Ich hätte nicht gedacht, dass es zu dem, wie es mir bereits ging, noch weitere Steigerungen ins Negative gibt.

Meine Erinnerung geht in einen Märztag im Jahr 2013. Wir waren auf einem Kurztrip an der Nordsee. Ich saß im Auto auf dem Rücksitz bei meiner Tochter. Ich weiß nicht, was genau es war, in meinem Innenohr knackte etwas, mein Kopf fühlte sich an wie mit Luft gefüllt. Ich empfand mich, als würde ich im Nebel stehen. Meine Kinder, mein Mann, ICH – nichts fühlte sich mehr so an, als würde es zu mir gehören. Ich fühlte mich wie abgeschnitten. Das alles um mich herum, hatte nichts mehr mit mir zu tun. Dieses kleine Mädchen, sie sagte „Mama" zu mir. Ich erkannte sie, ich empfand sie als fremd. Ich war mir fremd.

Zu Hause, wie in Trance, mechanisch, wohlwissend, was ich zu tun hatte, erledigte ich meine Sachen. Es war alles merkwürdig. Meine Erinnerung reichte aus, um zu wissen, dass diese Kinder meine Kinder sind. Auch wenn es sich nicht so anfühlte, konnte ich es annehmen. Dieser Mann, mein Ehemann – ich analysierte alles, was er sagte, was er nicht sagte. Was er tat, was er nicht tat. War möglicherweise ER der Grund dafür, dass es mir so ging, wie es mir ging? Für mich war klar, er muss weg.

Dann würde es mir, uns, besser gehen. Ich projizierte auf meine Kinder. Es muss ihnen genauso gehen wie mir.

Das war für mich klar. Nie setzten meine Kinder auch nur ein Signal, es könnte ihnen wegen ihres Vaters schlecht gehen. Ich nahm mich sehr genau wahr. Die Antipathie meinem Mann gegenüber steigerte sich täglich. Je näher der Zeitpunkt rückte, dass er von der Arbeit kam, umso größer wurde meine Anspannung. Das Geräusch des sich im Schloss drehenden Schlüssels ließ mich innerlich versteinern. Hatte ich ernsthaft Angst vor ihm? Ich weiß es nicht. Dem Kuss zur Begrüßung wich ich aus. Begegnungen innerhalb der Wohnung versuchte ich zu vermeiden. Ich ging immer sehr viel später schlafen als er, bis ich letztendlich umzog aufs Sofa.

Im Mai sprach ich die Trennung aus. Er muss ausziehen. Das tat er nicht. Mein Denken zielte darauf ab, ihm zu unterstellen, dass er mich quälen wollte. Dass er nicht ging, weil er nicht wollte, dass es mir wieder gut geht. Ich war überzeugt davon, dass es mir besser geht, sobald er ausgezogen ist. Die Möglichkeit, dass er nicht ging, weil er mich liebte und bei seiner Familie sein wollte, hatte ich überhaupt nicht in meinem System. So oft ich konnte, ging ich spazieren, wenn er zu Hause war. Unternahm an den Wochenenden etwas mit meinen Kindern und Freundinnen, ließ mir nicht das geringste anmerken, was tatsächlich gerade bei uns Thema war. Ich erzählte lediglich, dass wir uns getrennt hatten und mein Mann nicht bereit war auszuziehen.

Etwas mehr Luft hatte ich ab August 2013, mein Sohn war ein Jahr alt. Ich nahm eine Aushilfsstelle in einer Bäckerei an. Sonntagsdienste, 8 bis 19 Uhr, jede Woche – perfekt für mich. Ich hatte gelernt, Masken zu tragen, Mauern zu bauen, Fassaden zu erhalten – neue Menschen waren mir schlichtweg egal. So verging die Zeit bis zum November 2014, mein Mann zog aus. Ich sah die Freiheit und mein Leben als glückliche, allein erziehende Mutter vor mir. Einige Zeit hatte ich das Gefühl, mir fiele alles leichter, dem war aber nicht so. Ich stellte mich wie immer als sehr stark dar. Die allein erziehende Mama, die ihr Leben mit Leichtigkeit hinbekommt.

Wie sehr mein Mann mich noch unterstützte, weigerte ich mich zu sehen. Er wohnte fast um die Ecke. Wann immer ich mich meldete, allein einkaufen, joggen, einfach nur mal raus zu wollen – war er da. Er hielt sich an den Zweiwochenrhythmus, holte die Kinder zu sich. Passte jeden Sonntag, wenn ich bei der Arbeit war, auf und hatte es erledigt, die Kinder gut versorgt ins Bett zu bringen, bevor ich nach Hause kam. Meine Energie ließ weiter nach. Ich suchte die Schuld für meine Erschöpfung und schlechte Laune in meinen Kindern. Sie funktionierten nicht so, wie ich es brauche. Sie stritten, waren laut und nahmen keine Rücksicht auf mich. Ich verstand nicht, dass sie meinem Bedürfnis, ruhiger zu sein, nicht nachkamen. Ich erlaubte schon viel zu viel Fernsehen, Süßigkeiten und Essen vor dem Fernseher. Das mochten sie doch. Ich konnte nicht mit ihnen spielen, dazu fehlte mir der Antrieb. Ich war erschöpft von kleinsten Wegen. Der Gang zum Spielplatz war beschwerlich, deshalb mied ich ihn und ging kaum hin. Meine Tochter lief sehr langsam, mein Sohn dagegen sehr schnell. Mir fehlte die Energie, auf das eine Kind zu warten oder dem anderen hinterher zu laufen. Ich wollte auf dem Spielplatz auch nicht gesehen werden. Ich hatte Angst, vor Bewertungen der anderen Mütter, wenn ich nicht mit meinen Kindern spielte, aber auch davor, wenn ich es doch tat. Ich hatte Angst, etwas falsch zu machen und dabei gesehen zu werden. Hin und wieder konnte ich mich aufraffen, mit meinen Kindern zu malen oder zu basteln. Es kostete mich Anstrengung und unfassbar viel Überwindung. Ich führte strenge Regeln – wie mein Vater. Ich schimpfte, wenn etwas umkippte, ich schimpfte, wenn die Kinder FALSCH malten, FALSCH bastelten – ich hatte überhaupt kein Feingefühl dafür, mit einem zweijährigen und einem siebenjährigen behinderten Kind am Tisch zu sitzen. Ich erwartete Disziplin und Perfektion. Da war er, dieser erste Geistesblitz, „wie mein Vater". Ganz klar, kam dieser Impuls von unten nach oben. Er kam immer wieder und bewegte etwas in mir.

Plötzlich erreichten mich Gedanken wie, dass ich so bin wie mein Vater. Das größte Grauen für mich, ich wollte nie sein wie er. Ich lebte über zwei Jahre in einer Taubheit, um vieles im Außen nicht ertragen zu müssen, versteckte ich mich, wenn meine Kinder schliefen oder ich allein unterwegs war, unter Kopfhörern und dachte, ich bin wahnsinnig. Unter dieses Gefühl der Taubheit krochen Gefühle der Angst und des Zweifels in mir hoch. Daraus entwickelte sich eine innere Stimme, die mir ab da leise, in kleinen Abständen, immer wieder sagte, ich müsse es anders machen, so kann es nicht weiter gehen. Ich wollte es anders machen. Tag für Tag. Ich wollte nicht mehr meckern oder gar brüllen. Ich wollte meine Kinder nicht mehr zurückweisen, wenn sie kuscheln wollten. Ich wollte sie nicht mehr auf den nächsten Tag vertrösten, wenn sie spielen wollten. Der Haushalt sollte nicht mehr wichtiger sein als ihre Signale, die mir wieder und wieder sagten und zeigten, dass sie mich brauchen. Es kam die Frage in mir hoch, was hatte ICH getan, dass all das so geworden war, wie es zu dem Zeitpunkt war? Lag das alles auch mit an mir? Wenn es lenkbar war und sich so ins Negative steuern ließ, ließ es sich auch ins Positive zurück steuern?

Tag für Tag für Tag brachen vermehrt Fragen in mir auf. Mein

Mann, ich bekam Mitgefühl mit ihm. Was hatte ich ihm angetan? Wie schrecklich war ich? Er hätte freiwillig gehen sollen, bei einer Frau wie mir. Während ich allem und jedem die Verantwortung übertragen hatte, nahm ich sie nach und nach vollkommen mir selbst an. Ich fühlte mich in allen Punkten unendlich schuldig und nahm mir vor, es anders zu machen. Es funktionierte nicht. Der Wille war da, die Kraft zur Umsetzung fehlte mir. Ich fühlte mich, als hätte jemand ein Loch in die Blase gepickt, in der ich saß. Es kam Luft in meine Blase und ich kam nicht aus ihr raus.

Im Mai 2016 zerplatzte meine Blase komplett. Meine Schulfreundin, die ich mittlerweile fast 20 Jahre kannte, die, die mein nicht existierendes Kind kennenlernen wollte, kam dahinter, dass ich sie viele Jahre belogen hatte. Dass mein Leben eine endlose Lüge war. Ein Schönreden und Verdrehen vieler Tatsachen. Da viele untereinander vernetzt waren, verbreitete sich sehr schnell, dass ich eine notorische Lügnerin war. Bis hin zu den Müttern, die ich über das Downsyndrom kennengelernt hatte. Meine langjährige Freundin hatte einige der Downsyndrom-Mamas kennengelernt, sie sah sich in der Position, jeden über meine Lügen informieren zu müssen. Menschen vor mir schützen zu müssen, abzugleichen, wen ich womit angelogen hatte. Mein Handy stand nicht mehr still. Ich wurde mit dem Rücken an die Wand gestellt und wartete auf den Schuss in meine Brust, der mich erlösen würde. Ich hatte Angst davor, dass jemand plötzlich vor meiner Tür steht. Ich hatte Angst vor der Polizei und mir könnten meine Kinder weggenommen werden. Ich traute mich nicht mehr aus der Wohnung, aus Angst, mir begegnet jemand.

An einem der schlimmsten Tage saß ich am Abend auf dem Sofa und stellte Lebendigkeit in mir fest. LEBENDIGKEIT – nicht dieses Existieren, was ich seit nun drei Jahren fühlte. Es war Lebendigkeit, Bewegung. An dem Abend traf ich die Entscheidung, mir Hilfe zu holen. Eine Therapie zu machen. Schon am nächsten Tag suchte ich meine Hausärztin auf und erzählte ihr, wie ich mich seit drei Jahren innerlich fühlte. Ich bekam alles, was ich für einen Therapieplatz brauchte. Was ich nicht hatte, war Zeit. Die Wartezeit auf einen von der Krankenkasse finanzierten Therapieplatz,könnte unter Umständen sechs bis zwölf Monate dauern. Gutachten müssten erstellt werden, Anträge müssten genehmigt werden. NEIN, ich wollte das so nicht. Ich hatte das Gefühl, die Zeit rennt mir davon. Ich wollte sofort starten. Ich begab mich auf die Suche nach einer geeigneten Psychotherapeutin, ich hatte die finanziellen Möglichkeiten und war bereit, meine Therapie selbst zu finanzieren, mit dem Anspruch, so schnell wie möglich zu starten. Ich fand eine großartige Therapeutin, bekam über 30 Seiten Papier zur Anamnese. Ich füllte hochmotiviert Blatt für Blatt aus und konnte mit jedem gegangenen Schritt tiefer atmen. Ich machte mit meiner Mutter und meinen Kindern noch einen Nordsee-Urlaub, welchen ich sehr genießen konnte. Ich fühlte mich leicht und glücklich und startete Mitte Juli 2016 meine Therapie.

Zu dem Zeitpunkt hatte ich bis auf die zweite langjährige Schulfreundin keine weiteren Kontakte mehr. Das Aufdecken meiner Lügen war das Ende aller Freundschaften und ich war glücklich drüber. Das so zu sehen, gelang mir erst im Verlauf der Therapie. Sehr schnell bin ich aus den Gedanken, was ich so vielen Menschen angetan habe, herausgewachsen und war in der Lage, in Frage zu stellen, was diese Frauen für Freundinnen waren, einer psychisch kranken Frau sofort die Freundschaft zu kündigen. Niemand zeigte Interesse, um irgendetwas über die Hintergründe meiner Taten zu erfahren. Ich hatte seit der Kontaktabbrüche volles Verständnis dafür, dass jede einzelne sich verletzt fühlte, und empfand es eine lange Zeit als gerechte Strafe, dass ich verbal attackiert und beschimpft wurde.

Als die Therapie lief, kam mein Sohnemann in den Kindergarten und ich verlor meinen Bäckereijob. Es war die Rede davon, dass ich zu Beginn des Kindergartens in Teilzeit arbeiten könnte, doch statt der Umsetzung wurde ich mit Vertragsende gekündigt.

Wortlos. Ich wollte dem ganzen auf den Grund gehen, beließ es aber dabei und entschied mich, nach so vielen Jahren in der Bäckerei den Versuch zu wagen, etwas anderes zu machen. Ich wollte schon immer einer sozialen Tätigkeit nachgehen. Meine Tochter hatte seit der ersten Klasse eine Inklusionshelferin. Ich hatte die Frau selbst gesucht und verstand mich sehr gut mit ihr. Durch sie wusste ich, dass es keiner Ausbildung bedurfte, den Job der Schulbegleitung machen zu dürfen. Wenn es um Erfahrung an sich geht, konnte ich auf neun Jahre Erfahrung mit einem behinderten Kind zurückgreifen. Ich bewarb mich und durfte ab Oktober die Betreuung eines siebenjährigen ADHS-Jungen übernehmen. Ich mochte das Kind sehr, wir kamen gut miteinander zurecht, dennoch beschlichen mich Gefühle der Unsicherheit. Helfe ich dem Jungen? Bin ich nützlich? Fühlen sich die Lehrerinnen durch mich entlastet? Ich bekam wenig Arbeitsanweisung und wenig Feedback über das, was ich tat und was mich täglich unsicher in die Schule gehen ließ.

Dennoch konnte ich es für mich als „okay" einordnen. Ich hatte einen guten Draht zu den anderen Kindern in der Klasse und freute mich, dass sie meine Hilfe und meine Nähe suchten. Zusätzlich hatte ich meine Therapiestunden, die ich sehr liebte. Ich machte schnell große Fortschritte und veränderte mein ganzes Denken auf alle möglichen Situationen. Ich hatte im Juli 2016 meinen letzten bulimischen Anfall. Ich war an dem Tag in der Therapie, die Bulimie war Thema. Ich selbst kam auf den Gedanken, dass mich keine Therapie der Welt davon abhalten könnte, mir den Finger in den Hals zu stecken. Ich könnte der Therapeutin einen vorlügen, wer sollte es bemerken? Kurze Zeit vor dieser Erkenntnis erreichte mich der Gedanke, die Bulimie nicht mehr als Feind zu sehen, sondern mehr als Teil von mir selbst. Wenn ich sie annehme, dann ist sie ein Teil von mir. Das ist schon in Ordnung, wenn sie zeitweise immer wieder auftaucht.

Der Impuls meiner Therapeutin, dass die Bulimie Teil von mir

114

ist, solange ich ihr die Erlaubnis gebe, Teil von mir sein zu dürfen, bewegte etwas in mir. Am Abend des 28. Juli.2016 übergab ich mich zum letzten Mal. Zu dem Zeitpunkt war ich noch nicht so weit, im Negativen ein Geschenk zu sehen. Meine Tochter erwischte mich mit dem Kopf über der Toilettenschüssel. Als ich sie sah, packte mich die Wut. Ich dachte, sie schläft. Ich war geschockt und schrie sie an. Ich verlor die Fassung. Ich erzählte ihr einen von „Mama hatte Bauchschmerzen". Mit den ausgesprochenen Worten mahnte mich meine innere Stimme, dass ich nicht nur von meinem Kind erwischt wurde, sondern auch dass ich gerade meine Tochter angelogen hatte. Ich habe mich mit meiner Maus aufs Sofa gelegt und sie schlief schnell in meinen Armen ein. Eine Welle des Glücks durchflutete mich. Zum wiederholten Male tauchte ein Gedanke auf, der schon länger mehrfach zu meinem Gamechanger wurde. Ich war das Bild, was meine Kinder mit in ihre Zukunft nehmen. Ich entschied mit meinem Sein darüber, welche Geschichten sie ihren Freunden oder Kindern über mich erzählten. Die Vorstellung, meine Kinder könnten über mich so denken oder reden wie ich über meinen Vater, war für mich mit der größte Motivator, mein Leben immer mehr aufzuräumen. Aus vielen Sachen rauszuwachsen, Verantwortung für mein Leben und mich zu übernehmen. Vieles passierte über Nacht, ohne dass ich gezielt Einfluss drauf nahm.

Meine Therapie endete im Januar 2017. Es war ein komisches Gefühl, schon nach so kurzer Zeit allein zu laufen. Ich hatte ein wenig Angst, aber meine Therapeutin sprach mir so viel Mut zu, diesen Schritt zu wagen. Aus ihrer Sicht hatte ich in wenigen Monaten so viel an Kraft, Mut, Selbstvertrauen, Selbstwert gewonnen, dass ich es wagen sollte. Ich war wie über Nacht sehr reflektiert. Ich sah so viele meiner blinden Flecken und wusste bei vielem, wie ich es anders machen kann, um leichter durchs Leben zu kommen. Ich hatte die Gewissheit, die Therapie wieder aufnehmen zu können, wenn ich das Gefühl habe, sie zu brauchen, aber dieser Tag kam nicht.

In Sachen Freundschaften hatte sich etwas geändert. Ich habe mich während der Therapie in einem Forum für Menschen mit sozialen Phobien angemeldet. Heute denke ich, dass auch dieses Forum einen großen Teil zu meiner schnellen Genesung beigetragen hat. Während ich heimlich viel Zeit damit verbrachte zu glauben, ich sei der einzige Mensch auf der Welt, dem es schlecht geht, war ich in diesem Forum konfrontiert mit Borderlinern, Menschen, die seit Jahrzehnten depressiv waren, jungen Menschen unter 30, die auf Grund ihrer psychischen Erkrankungen in Frührente waren. Menschen, die sich fürchteten, den Briefkasten oder Jalousien zu öffnen. Menschen, die stolz auf sich waren, wenn sie es schafften, den Müll rauszubringen. Suizidgefährdete. Ich bekam einen anderen Blick auf mich selbst. Ich konnte so vieles an mir selbst ausschließen und hatte zusätzlich den Blick auf vieles, wie ich nicht sein möchte.

Ich lernte eine Frau kennen. Wir fingen an, uns außerhalb des Forums zu schreiben. Stundenlang über den Tag verteilt. Nächtelang. Wir gaben uns Halt, entdeckten Gemeinsamkeiten und hatten Spaß. Das Vertrauen wuchs und es fühlte sich fantastisch an. Beide hatten wir dieses „das muss ich ihr erzählen"-Gefühl. Wir litten und lachten miteinander.

Ich lernte in dem Forum eine weitere Frau kennen. Aus meiner Umgebung. Auch sie hatte ein Kind mit einer Behinderung. Wir trafen uns und schnell entwickelte sich eine Freundschaft mit Tiefgang. Ich war frei von Lügen und lernte zum ersten Mal, dass mich Menschen auch mögen können, wenn ich ehrlich bin. Ein unbeschreibliches Gefühl.

Ich befand mich auf einem Niveau, auf dem ich mich traute zu sagen, dass es mir gut ging und dass ich glücklich war. Das Verhältnis zu meinen Kindern hatte sich verbessert, ich ging wieder gerne nach draußen und hatte Spaß an Unternehmungen und Veränderungen, die sich zu großen Teilen wie von selbst einstellten.

Im Mai 2017 rückte der Termin meiner Scheidung näher. Ein Tag, der mir in der Seele brannte. Damit, dass ich Schritt für Schritt zurück in mein Leben fand, fand ich auch die Liebe zu meinem Mann wieder. Einige Monate nach seinem Auszug hatte er sich bereits auf eine neue Beziehung eingelassen. Das Ganze löste nicht nur eine Welle der Empörung in mir aus, sondern auch den Wunsch, selbst jemanden zu finden. Ich lernte in der Zeit von 2015 bis 2016 online einige Männer kennen, verabredete mich und ließ keine Beziehung zu. Die Möglichkeit, etwas Festes einzugehen, hätte sich einige Male ergeben, ich fand zu jedem Mann die passenden Gründe, warum es nicht passt. Unterbewusst hatte ich meine Ehe noch nicht beendet, das sollte mir erst weitere Jahre später bewusst werden. Am Tag meiner Scheidung schrie alles in mir danach, das nicht zu wollen. Ich wollte da anknüpfen wo 2013 im Auto die negative Wende stattgefunden hatte. Ich wollte meinen Mann zurückhaben, ich wollte meinen Kindern ihren Vater zurückgeben.

Wir wurden am 30. Mai 2017 geschieden. Vier Monate später trennte sich seine Freundin von ihm und er suchte die Nähe zu seinen Kindern und auch zu mir. Er tröstete sich mit mir über seine Freundin hinweg. Während ich für ihn ein Trost war, keimte in mir die Hoffnung auf einen Neuanfang. Unsere aufgeflammte Liebe dauerte sechs Wochen, bis seine Freundin ihn zurückwollte. Mir zerbrach das Herz. Ich bestand tagelang aus tiefem Schmerz. Ich durchlebte den Prozess der Trennung, den ich im Mai 2013 nicht hatte. Wir wurden voneinander abgeschnitten. Im September 2017 durfte die daraus entstandene Wunde in die Heilung gehen.

Nachdem ich das Kapitel durchlaufen hatte, fühlte ich mich innerlich befreiter. Ich fühlte mich ihm gegenüber auch nicht mehr allein verantwortlich für all das, was zwischen uns vorgefallen war. Niemand war schuld, wir waren beide zu jeweils 100% für unseren eigenen Anteil verantwortlich. Zwischenzeitlich hatte ich im Juni 2017 meinen Job in der Schule beendet. Es waren einige Dinge vorgefallen, zwischen den Lehrerinnen und mir. Mangelnde Kommunikation, ich habe mich an vielen Stellen ausgeschlossen gefühlt. Eine andere Verhaltensweise als die, die ich vorher viele Jahre an den Tag gelegt hatte war, dass ich mir lange Gedanken machte, wie ich damit umgehen sollte. Ich wollte nicht vorschnell weglaufen, weil es schwierig wird. Ich machte mir Gedanken, der Junge stand dann ohne Betreuung dar. Die Lehrerinnen wären überfordert, die Eltern müssten eine neue Betreuung finden und überhaupt, was dachten alle über MICH? Ich brachte sämtliche Argumente zu deren Gunsten vor und dachte letztlich an die Person, die mir am nächsten stand, an mich.

Abgesehen davon, dass vieles aus meiner persönlichen Sicht nicht gerechtfertigt war, nicht nur im Umgang mit mir, für meine Befindlichkeit wurden auch die Kinder häufig sehr schroff und ungerecht behandelt. Mir fiel auch immer wieder auf, dass ich dem Geräuschpegel einer Schulklasse nicht gewachsen war. Ich hatte Mühe, mit dem Lärm von 27 Kindern umzugehen, und entschied mich am Ende, mit der Stiftung, für die ich arbeitete, einen Aufhebungsvertrag zu vereinbaren. Da ich von Anfang an mit offenen Karten gespielt und meine Depression thematisiert hatte, war es einfach, meine Chefin dazu zu bewegen, mich auf Grund zu hoher psychischer Belastung aus dem Vertrag zu entlassen. Ich entschied mich bewusst, zu Hause zu bleiben. Herauszufinden, was ich denn mit meinem Leben machen möchte. Ich entdeckte die Themen Achtsamkeit und Selbstliebe für mich. Ich las Unmengen an Büchern und verschlang einen Podcast nach dem anderen. Ich griff eine alte Leidenschaft wieder auf. Lange verborgenes. Ich fing auf Instagram an zu bloggen. Ich war nicht vertraut mit dem Internet. Ich wusste bereits seit zehn Jahren, was bloggen ist, und fand das schon immer sehr spannend – wenn es andere machen. Ich konnte mir nicht vorstellen, was ich zu sagen hätte, was andere interessiert und bestenfalls auch noch hilft. Das überstieg lange meine Vorstellungskraft.

Ich fing an zu schreiben und legte den Fokus nicht in die Leser, sondern in mich selbst, als Schreiberin. Mir ging es nicht darum, was andere über das, was ich schreibe, denken. Mir ging es darum, was ich empfinde, wenn ich es tue. Ich sprudelte nicht nur über beim Schreiben, ich entwickelte mich auch stetig weiter. Ich sammelte Unmengen neuer Impulse und lernte täglich neues Wissen in mein eigenes Leben zu integrieren.

Eine meiner Freundinnen erzählte mir zum Jahreswechsel 2017/2018, dass sie nochmal Fahrstunden nimmt. Sie war jahrelang aus Angst nicht mehr Auto gefahren und wollte das wieder aufgreifen. Ich war Feuer und Flamme und wollte das auch. Mein Führerschein lag bereits seit 13 Jahren auf Eis. Ich war nur mit Angst und Zweifel Auto gefahren und ein kleiner Auffahrunfall gab mir im Jahr 2004 die Bestätigung, nicht fahren zu können. Als Neujahrsvorsatz wollte ich wieder Auto fahren. Ich hatte es satt, ständig die schweren Einkäufe zu schleppen und mit den Kindern alles mit Bus und Bahn zu erledigen und sah in einem eigenen Auto ein Stück Freiheit. Ich meldete mich bei der Fahrlehrerin meiner Freundin und buchte meine Fahrstunden. Ich mochte die Lehrerin sehr und fühlte mich verunsichert, da ich in einer Gegend fuhr, in der ich mich nicht auskannte. Es verunsicherte mich, unter ihrer Beobachtung zu stehen.

Aus meinen vielen online-Dates hatte sich eine Freundschaft zu einem Mann entwickelt. Es stand fest, dass er mir nach den Fahrstunden sein Auto verkaufen würde. Das Argument, ich könnte das Auto sofort haben und es würde ja mehr Sinn machen in meinem eigenen Umfeld ohne Einfluss einer Begleitung zu fahren überzeugte mich nach fünf genommenen Fahrstunden, keine weitere zu buchen. Aus Gedanken, das Auto für Kleinigkeiten, Erleichterung im Alltag, zu nutzen, entwickelte sich sehr schnell, dass ich mir weitere Strecken zutraute und begann das Autofahren zu lieben. Mein Auto bezeichne ich als zweites Wohnzimmer, in dem ich meine Freiheit in vollen Zügen genoss. Mit dem Wort Freiheit verbinde ich nicht ausschließlich, dass ich jederzeit überall hinfahren kann. Vielmehr noch steht in dem Zusammenhang mein Mut, das Thema nochmal angegangen zu sein. Ich konnte mein Selbstvertrauen steigern, meinen Selbstwert erhöhen, Sinnhaftigkeit stärken und ganz besonders auch mein Denken über mich ändern. Ich fand heraus, dass ich meine Geschichte umschreiben kann. Dass Glaubenssätze wie „Ich kann das nicht" und „Ich schaffe das nicht" nicht der Wahrheit entsprechen müssen. Es ist lediglich die Geschichte, die ich mir seit Jahren selbst erzählt habe.

Ende des Jahres 2017 gab es ein weiteres bewegendes Ereignis. Ich traf meine langjährige Schulfreundin 1,5 Jahre nach dem Kontaktabbruch wieder. Mein Sohn ging in der Ecke in den Kindergarten, wo sie wohnte. Seit er in den Kindergarten kam, fürchtete ich die Begegnung mit ihr. Ich hatte Angst vor Konfrontation, davor, etwas sagen zu müssen. Begegneten wir uns, senkte jede von uns den Kopf und ging weiter, ohne die andere eines Blickes zu würdigen. Ich glaube inzwischen zu 100% an Spiritualität und dass sich alles fügt, wenn die Zeit dafür richtig ist. Wir begannen uns zu grüßen, wenn wir uns sahen, und an einem Dezembernachmittag ergab es sich, dass wir uns in einem endlos langen Gespräch über Gott und die Welt verloren. Ich hatte noch Angst, erinnere mich daran, dass meine Stimme zu Beginn zaghaft und brüchig war, und auch daran, dass dieses Gespräch so guttat. Es war leicht, angenehm und unkompliziert.

Mit einem positiven Bauchgefühl ging ich beseelt nach Hause. Ab dieser Begegnung liefen wir uns ständig über den Weg und verlegten die Unterhaltung schnell auf ihre Wohnung, bei einer leckeren Tasse Kaffee. Sie erzählte mir, dass sie in Anträgen steckte, um für ihr Kind einen Pflegegrad zu beantragen. Mit diesen Sachen kenne ich mich durch meine Tochter sehr gut aus, ich bot meine Hilfe an und wir sahen uns öfters. Unsere Freundschaft blühte auf. Ich bekam eine zweite Chance, ich hatte mich so verändert und wusste, dass ich diese Chance nicht verspielen würde. Keine einzige Lüge ihr gegenüber kam mir jemals wieder über die Lippen, nie wieder. Heute bin ich nicht nur zutiefst dankbar für diese zweite Chance, ich bin auch voller Dankbarkeit, dass sie mich nie mit Vorwürfen konfrontiert hat. Ich musste nie Rede und Antwort stehen. Ich nahm meine Freundin früher als sehr dominant wahr, fühlte mich ihr weit unterlegen, nicht verstanden und sehr häufig verletzt, davon war nichts mehr übrig. Wir begegneten uns auf Augenhöhe. Ich durfte mit Stolz feststellen, dass auch sie sehr an sich und ihren Herausforderungen gewachsen war. Wir trafen uns zu Unternehmungen und auch unsere Kinder lernten sich kennen und mögen. Noch heute gehen unsere Söhne gemeinsam in den Judoverein. 25 Jahre Freundschaft, mit Höhen und Tiefen. Jetzt ist unsere Freundschaft in der zweiten Generation.

Während diese Freundschaft neu erblühte, stellte ich fest, dass die zweite, ebenfalls 25-jährige Freundschaft Stück für Stück weiter auseinander ging. Meine Freundin und engste Vertraute. Ich hatte lange aufgehört zu lügen und sie fragte nie nach dem Kind, was nicht existiert. Ich habe mich viele Male gefragt, ob sie möglicherweise immer wusste, dass das nicht der Wahrheit entsprach oder ob sie tatsächlich so wenig Interesse hatte. Wie dem auch sei, mit ihrem NICHT Fragen öffnete sich mir die Möglichkeit, meine Freundin für sehr lange Zeit zu behalten. Ja, ich habe sehr oft überlegt, ihr die Wahrheit zu erzählen, dass es das erfundene Kind nie gab. Ich glaube nicht mal, dass ich sie mit der Wahrheit verloren hätte. Aus meiner Sicht hätte es nichts mehr an unserer Freundschaft geändert. Wir haben mehr Zeit in Ehrlichkeit und Tiefe verbracht, als ich diese Lüge gelebt habe. Nach meiner Einschätzung wäre sie enttäuscht gewesen und ich bin sicher, dass ich sie nicht an diese Lüge verloren hätte. Während meiner Depression hat sie sehr viele meiner Schwachpunkte miterlebt, ich habe sie mehr als einmal verletzt, aber wir blieben unzertrennlich.

Die Mutter meiner Freundin verstarb im Jahr 2015 nach langem Krebsleiden. Ich war trotz Depression so gut ich konnte für sie da. Einige Zeit nach dem Tod der Mutter nahm ich wahr, dass meine Freundin sich veränderte. Sie ging noch weniger raus als ohnehin schon. Wenn wir uns trafen, nahm ich den Weg auf mich, sie kam nie zu mir. Lange habe ich das einfach hingenommen. Es entwickelte sich in die Richtung, dass ich die Treffen als Ablenkung meines depressiven Alltags empfand. Seitdem ich den Weg meiner positiven Veränderung ging, entwickelte sich bei mir vermehrt das Gefühl, dass sie sich nur noch aus einer Pflicht heraus mit mir traf. Der alten Zeiten willen, weil man es so macht. Im Jahr 2019 suchte ich zum ersten Mal das Gespräch in die Richtung. Das Feedback ging in die Richtung, dass ich mich nur anstellte. Dass sie nicht bewusst wahrnahm, wie wenig sie sich von sich aus meldete. Für mich ist es auch normal, dass es immer wieder Phasen gibt, wo eine Freundschaft ruhiger verläuft, um wieder Fahrt aufzunehmen. Es ist natürlich, dass sich Freundschaften über Jahre verändern, und es verletzte mich, mir bewusst zu machen, dass ich augenscheinlich die einzige war, der die Freundschaft noch etwas bedeutete. Ich sah keine Balance mehr in dieser Verbindung und ließ es dennoch weiter so laufen. Mir war sehr bewusst, dass sie nur bedingt begeistert war über meine Veränderungen. Unsere Interessen waren schon immer sehr unterschiedlich, was die Freundschaft nie negativ beeinflusst hatte. Zu meinen Herzensthemen rund um die persönliche Weiterentwicklung hatte sie keinen Zugang und wollte auch so wenig wie möglich darüber hören. Trotz alledem funktionierte die Freundschaft weiter.

Das Jahr 2019 brachte einen weiteren mutigen Schritt. Schon länger klopfte meine innere Stimme an und fragte mich, was ich denn davon halten würde, mit dem Gitarre spielen anzufangen. Mir meinen langersehnten Traum erfüllen. Ich hatte, als ich um die 20 war, mal einige Stunden Gitarrenunterricht. Das alte leidige Thema. Ich fühlte mich klein, minderwertig, konnte nichts und redete mir ein, der Lehrer findet mich blöd und unfähig. Natürlich konnte ich es nicht, ich hatte es noch nie gemacht. Heute wundere ich mich sehr darüber, welch hohe Erwartungen ich an mich selbst gestellt hatte. Ich war sehr schnell nicht mehr dorthin gegangen. Fühlte mich abgewertet und klein. Jetzt war aber doch alles anders? Ein ebenfalls immer wieder kommender Gedanke war Yoga. Als ich an Yoga dachte, fragte mich mein Unterbewusstsein, wann ich anfangen würde Gitarre zu spielen. Meine Antwort war JETZT!! Noch am selben Tag kontaktierte ich meinen Gitarrenlehrer, den ich noch heute habe. Ein super sympathischer Mensch, den ich vom ersten Tag an mochte. Ich ging mittlerweile ohne Vorbehalt an neue Menschen heran. Er war Lehrer. Ich wollte etwas von ihm und es war sein Job, mir etwas beizubringen. Ich wusste, das Leben ist in jedem Fall für mich. Ich fühlte mich zwar merkwürdig in der ersten Stunde, was aber nichts mit dem Lehrer zu tun hatte. Ich fing an, etwas zu tun, was ich in meinem Leben noch nie getan hatte. Meine Hände und Finger wurden zu völlig fremden Bewegungen aufgefordert. Es war mühsam, tat teilweise weh und ich wollte es so sehr. Ich hatte mich schon länger wieder in meine Musik eingelebt. Ich höre fast zu 100% Musik mit Akustikgitarre, gerne auch Klavier, mit wie ohne Gesang. Ich kann mich im Flow darin verlieren, wenn mein Körper mir eine Auszeit signalisiert.

Eine weitere mutige Entscheidung, die ich im Oktober 2019 traf, war mein Fernstudium zur Resilienztrainerin. Ich fühlte mich sehr belesen im Thema Achtsamkeit, war während Onlinerecherchen zufällig über einen Beitrag zum Thema Resilienz gestolpert. Psychischer Widerstand, Stress. Ich fand mich darin so sehr wieder. Es kamen alte Erinnerungen hoch, ich hatte eine sehr niedrige Stresstoleranz, diese hat sich während meiner Entwicklung sehr verbessert. Ich machte mich auf die Suche nach einer Weiterbildung zur Achtsamkeitstrainerin und forderte Infomaterial bei einem Studienanbieter an. Der Lehrgangkatalog bot so großartige Angebote an. Ich hatte das Wort bereits vergessen, da entdeckte ich es: RESILIENZTRAINERIN! Das, was mich in diesem Beitrag so in den Bann gezogen hat, wurde als Fernstudium angeboten. Ich wusste so wenig über dieses Thema und alles in mir schrie, diesen Kurs zu buchen. Mit meiner Anmeldung zögerte ich nicht lange. Der Kurs sollte erst fünf Monate später starten. Seit meiner Kündigung in der Schule hatte ich mich abgesehen von viel Weiterbildung zu Hause wenig aus meiner Komfortzone bewegt. Ich verfügte über viel Wissen, konnte dieses gut bei meinen Kindern und Freunden umsetzen und stellte fest, dass ich keine Erfahrung darin habe, mich „raus zu wagen". Wer und wie bin ich, wenn es wieder um etwas geht, wenn mich Ungeplantes herausfordert? Schon die Zeit vor dem Studiumsbeginn war sehr herausfordernd. Ich entdeckte erst nach der Anmeldung im Kleingedruckten, dass Grundvoraussetzung für den Lehrgang eine abgeschlossene Berufsausbildung war oder zwei Jahre Erfahrung in einem sozialen Beruf. Ich hatte weder das eine noch das andere. Meine innere Welt brach zusammen. Alte Gefühle wurden getriggert. Ich war selbst schuld, ich hatte keine Ausbildung gemacht, damit bekam ich die Quittung für mein Versagen. Auf die Ratschläge meiner Freundinnen, mich telefonisch zu erkundigen, ob denn die zwölfjährige Pflege meiner Tochter auch zählte, wollte ich nicht hören. Für mich war klar, auf Grund meiner Vergangenheit konnte ich das nicht machen. Ich gab mir alle Mühe, in meinem Tunnel aus Selbstmitleid stecken zu bleiben. Meine innere Stimme und ich waren zu einem großartigen Team zusammengewachsen. Sie überzeugte mich, diesen Anruf zu tätigen. Der Mensch bewegte sich auf fünf Bewusstseinsebenen, ich fand nicht ins Vertrauen, ich blieb im Kopf unterwegs und wollte beweisen, dass ich versagt hatte. Wahrscheinlich wohnten auf einer anderen Bewusstseinsebene Funken der Hoffnung, sonst hätte ich nicht angerufen. Vielleicht war auch Angst der Grund, nicht anrufen zu wollen. Bekomme ich eine Zusage, gäbe es keine Ausreden mehr, es nicht zu tun. Mich auf „das geht nicht, weil …" auszuruhen, wäre der einfachste Weg gewesen. Ich rief an und wurde herzlichst in der ALH-Akademie angenommen. Mit Kusshand, meine Erlebnisse mit meiner Tochter, meine Arbeit in der Schule, mein Weg aus der Depression, all das gelebte erkannte ich urplötzlich als ein Riesengeschenk. Mir wurde klarer, dass mein ganzes Leben ein Geschenk ist und ich all das auf genau die Art erleben musste, um da hinzukommen, wo ich am Tag des Anrufs stand. Ich war erfüllt und stolz zugleich auf diese großartige Chance.

Die Monate bis zum Studiumsbeginn verbrachte ich gedanklich zwischen Himmel und Hölle. Ich hatte täglich neue Ausreden, warum ich diesen Lehrgang nicht machen konnte. Es war doch unmöglich, dass ICH jetzt studiere. Wie kam ich auf die Idee, das zu können? Was dachte ich eigentlich? Das passte doch nicht zu mir, oder doch? Dazu mischte sich der große Wunsch, das Studium zu schaffen. Es gut zu machen, zu Ende zu bringen. Nie wieder müsste ich sagen „Ich habe nichts gelernt, ich habe meine Ausbildung abgebrochen". Ich müsste das nie meinen Kindern erzählen. Im Gegenteil, ich durfte stolz erzählen, ich habe mit 42 Jahren mein Studium begonnen und durchgezogen. Es gab kein Zurück. Es gab nur den Weg nach vorne.

Kurz vor Studiumsbeginn erreichte und alle die Corona-Pandemie. Ich befand mich im Lockdown mit den Kindern zu Hause. Zwischen Homeschooling und Fernstudium. Ich hatte keine Idee, wie ich das schaffen sollte. Ich war ein Nervenbündel am emotionalen Limit, fühlte, wie meine Energie weniger wurde. Ich bekam Angst, Angst, erneut in eine Depression zu fallen. Angst vor bulimischen Rückfällen. Angst, das Studium nicht zu schaffen. Ich sah mich mehr abbrechen als bestehen. Ich sollte keine Rechnungen mehr ohne meine innere Stimme schreiben, sie forderte mich heraus, es erst recht zu schaffen, nicht mich Ach und Krach für den Schein, sondern mit Freude und Interesse am Thema, welches ich freiwillig gewählt hatte, mit gutem Abschluss.

Als ich die ersten Seiten des Studienbriefs sah, wurde mir übel. Psychologie vom Feinsten. Ich war Verkäuferin, gelegentlich auch Putzfrau. Psychologie hat doch nichts mit mir zu tun. Oder hat alles, was davor war, nicht mehr viel mit mir zu tun? Ich fand meine Möglichkeiten, zu lernen. Bestand alle meine online-Tests beim ersten von drei Versuchen. Ich war so beseelt. Ich kann das!! Meine erste Fallstudie brachte mich an weitere Grenzen. Ich hatte mittlerweile verstanden, dass ich das Studium inhaltlich schaffen konnte. Ich hatte so viel Zuspruch von meinen Mädels, keine sah nur einen Grund, warum ich das nicht schaffen sollte. Sie vertrauten mir mehr als ich mir selbst und ich begann immer mehr, ihnen zu glauben. Oder fing ich an, mir zu vertrauen? Ich wusste, die Fallarbeiten würden mich unendlich viele Nerven kosten. Ich liebe das Reflektieren, ich freute mich auf die Bearbeitung der Fragen. Ich fürchtete die Technik meines Laptops. Ich redete mir ein, das nicht zu können, und trug nach außen, dass ich mich für die Technik nicht interessiere und so gar keine Lust darauf habe. Wohlwissend, dass ich genau diesen Laptop für meine heimlichsten Berufswünsche brauche. Ich bekam mehr als nur einen emotionalen Zusammenbruch während dieser Arbeit. Ich hatte Angst, meine Arbeit nicht wiederzufinden, sie zu löschen und dass mir am Ende niemand hilft, diese am Ende hochzuladen. Unglaublich, dass ich ernsthaft noch so negativ über die wunderbaren Menschen in meinem Leben dachte. Ich hatte wunderbare Unterstützung, bestand beide Fallarbeiten mit der Note 2. Ich freute mich auf die Abschlussarbeit, was sollte noch passieren?

Unsere Regierung schickte uns in den zweiten Lockdown, pünktlich zu meiner Abschlussarbeit. Wieder mutierte ich zum Nervenbündel, das seine innere Mitte nicht fand. Wenn ich darüber berichte, ist das kein Vergleich dazu, wie ich vor Jahren war. Ich kannte meine Bedürfnisse, meine Grenzen, meine Ressourcen und bekam es nicht gehandelt, mich zu erholen. An dieser Stelle möchte ich meinem Ex-Mann ein großes Lob aussprechen, in beiden Lockdowns übernahmen er und seine Lebenspartnerin jedes Wochenende die Versorgung unserer Kinder. Dafür bin ich unendlich dankbar. Ich wusste um das große Glück der Unterstützung und die Zeit der Wochenenden reichte maximal dafür auf, meine Akkus für einige Tage zu füllen.

Vermehrt beschlich mich das Gefühl, dass irgendwas, was ich nicht greifen konnte, in mir war. Jedoch ließ ich den Gedanken schnell los. Ich verstand nicht, wie ich so viel Wissen und davon so wenig umsetzen konnte. Die erhoffte Freude auf die Abschlussarbeit stellte sich nicht ein. Ich hatte keinen Nerv dafür, mein Energielevel war so weit unten, dass ich Angst hatte, die Aufgabe nicht erfüllen zu können. Das Thema war, einen achtwöchigen Resilienzkurs auf die Beine zu stellen. Ich wählte das Thema „emotionales Essen als Stressbewältigungsstrategie". Ich konnte so viel eigene Erfahrung und gelerntes Wissen einbringen und sah mich nicht in der Lage, mit meiner Arbeit anzufangen. Ich brauchte fünf Wochen, um überhaupt in die Arbeit reinzugucken, und hoffte, die Motivation findet mich mit der Aufgabe. Fehlanzeige, mich überkam erneut die Übelkeit.

An diesem Tag hatte ich einen kleinen Unfall mit meinem Auto. Der Schreck saß tief und kam auf meine hohe Emotionalität drauf. Ich hatte ein Jahr Zeit, diese Abschlussarbeit zu schreiben, daran hielt ich mich fest. Ab dem Tag, wo ich die Arbeit beim Studienanbieter anmelden würde, wäre ich gemeldet bei der IHK, die Bearbeitungszeit betrug ab der Anmeldung drei Monate.

Ich fasste mir ein Herz und meldete meine Arbeit zum 01. März an. Bis zum 01. Juni hatte ich Zeit zur Bearbeitung. Meine große Motivation sollte nicht lange halten, nur zehn Tage später erreichte mich die Nachricht meines Ex-Mannes, dass er als Betreuung für die Kinder vorerst nicht zur Verfügung stand. Die Tochter seiner Freundin war Corona positiv. Zwei Wochen Quarantäne. Ich konnte nur noch weinen, fühlte mich allein und den

Umständen ausgeliefert.

In meiner Traurigkeit lernte ich online einen jungen Mann kennen. Sehr jung, 20 Jahre. Die Verbindung war unheimlich vertraut. Ich freute mich über seine Nachrichten. Er brach etwas in mir auf, LIEBE. Ich konnte das erstmal nicht glauben, aber eine andere Erklärung hatte ich nicht. Wie sah mein Leben aus, rund um die Männer? Ich hatte diese Phase der online-Dates. Damit hatte ich sehr lange aufgehört, als ich feststellte, wie viel Raum der Weg zu mir selbst einnahm. Lange hatte ich mich nicht danach ausgerichtet, einen Partner zu finden. Irgendwann hatte ich mich mal wieder in einer online-Singlebörse angemeldet, weil ich glaubte, „so weit" zu sein. Ich lernte den einen oder anderen Mann kennen, nett, höflich, charmant – ich verliebte mich nicht und verstand es auch nicht. Ich fühlte mich nicht einsam, lebte manchmal sogar im Denken, eine Beziehung könnte mir Zeit oder meine Freiheit wegnehmen. Wehrte ich mich gegen eine neue Verbindung? Ich brauchte keinen Mann in Form einer Abhängigkeit, dennoch wäre es doch schön, wenn wieder jemand an meiner Seite wäre – oder nicht?

Zweifellos fühlte ich Liebe bei dem jungen Mann. Er war 20, natürlich verwirrte mich das. War es gar nicht seine Liebe, die ich fühlte? War es meine eigene Liebe? Selbstliebe? Die Bereitschaft, mich wirklich wieder verlieben zu können? Was war der Unterschied zwischen meinen Dates und diesem so jungen Mann? Ich suchte nichts. Ich erwartete nichts. In die Dates ging ich mit der Einstellung heran, mich doch verlieben zu müssen. Der Funke muss doch mal überspringen, oder kann ich mich nicht mehr verlieben? Die Liebe traf mich wie der Blitz, rein zufällig, unerwartet.

In dieser Verbindung endete auch die Quarantäne des Ex- Mannes. Er übernahm wieder die Kinder, ich hatte durch die in mir entsprungene Liebe wieder Energie.

Ich schrieb meine Abschlussarbeit, in drei Wochen war sie

fertig. Nach nur drei Tagen erhielt ich am 23.04.2021 die Benach-
richtigung, BESTANDEN!! Ich war fertig. Ich war zertifizierte
Resilienztrainerin. Ich konnte das ordentlich feiern. Zwei Monate
vor meinem Abschluss knüpfte ich eine neue Freundschaft. Nach
vielen Jahren ein ganz neuer Mensch in meinem Leben. Sie war
in ähnlichen Themen unterwegs wie ich. Wir gingen oft spazieren, sie freute sich mit mir. Alle, die mich so motiviert hatten,
freuten sich unendlich mit mir. Es war ein großartiges Gefühl.
Ganz langsam und leise entwickelte sich eine weitere Freundschaft zu einer Frau, die ich schon ein Jahr kannte. Wir hatten uns
über Instagram kennengelernt, hatten uns im Jahr zuvor schon getroffen. Wir mochten uns, dennoch wurde es ruhiger durch die
Umstände um Corona. Sie hatte ihre Arbeit und ihre Ausbildungen, ich meine Sachen. Wir wohnten weiter voneinander weg und
planten kein weiteres Treffen, bis die Freundschaft letztes Jahr
anfing, eine eigene Dynamik zu entwickeln. Mit einem Treffen
im Mai war das Eis zu einer tiefgreifenden Freundschaft gebrochen. Eine wunderbare Frau, die ich sehr schätzen und lieben gelernt habe, meine Freundin.

Ganz eindeutig fühlte ich, dass mein Leben sich neue Wege
suchte und diese fand. Der Kontakt zu dem jungen Mann endete
urplötzlich damit, dass er sich von heute auf morgen nicht mehr
meldete. Ich verstand es nicht, die Vorfreude auf seine Nachrichten wurde nicht mehr gestillt, meine Abende fühlten sich leer an,
dennoch konnte ich ihm nicht böse sein. Ich fühlte zwar Schmerz,
aber keine wirkliche Enttäuschung. Ich fragte mich, was das Leben mir mit dieser Begegnung sagen wollte. Warum dieser junge
Mann sehr kurz Gast in meinem Leben war. Ich glaubte, die Antworten blieben aus, aber das taten sie nicht – ich erkannte sie nur
erstmal nicht.

Einige Wochen später musste ich mit meiner Gitarre wegen einem Defekt zum Händler. Ich erwischte einen sehr netten Ser-
vicemenschen. Er verriet viel über seinen Beruf des

Gitarrenbauers, dass er Single war und in welcher Verbindung seine Arbeit mit seinen Ex-Freundinnen stehen. Ein interessanter Mann. Ich wollte ihn kennenlernen. Am nächsten Tag fuhr ich nochmal in den Shop und gab eine Nachricht für den Mann, dessen Namen ich durch meinen Reparaturauftrag kannte, ab. Er meldete sich nicht und ich stellte fest, dass es darum auch gar nicht ging. Ich hatte meine Chance genutzt, mich sichtbar gemacht. Ich musste mir nicht die Frage stellen, ob er sich gemeldet hätte, wäre ich mutig gewesen. Ich war mutig und er meldete sich nicht. Intuitiv wusste ich, das Leben teilt mir gerade mit, ich bin bereit für eine neue Liebe. Ich fühlte es einfach.

Eine Woche nach dem Gitarrenbauer meldete ich mich nochmal auf einem Datingportal an. Ich fühlte, es würde das letzte Mal sein. Ich herzte ein paar Männer und war gespannt, wer sich melden würde. Unter ihnen war jemand, der mich optisch wohl nicht angesprochen hätte. Ich bekam eine Einladung aus meinem Unterbewusstsein. Aus dem Kopf agiert, hätte ich beim ersten seiner Bilder ein X gesetzt. Irgendwas zog mich, denn ich folgte der Einladung, mir die weiteren Bilder anzusehen. Yess … eine Gitarre, noch eine, noch eine und noch eine – und der Mann, mit seinem Fahrrad. Ihn zu fragen, ob er all die Gitarren auch spielen kann, zog mich magisch an. Er antwortete. Wir schrieben umfangreich und ich freute mich über jedes Video, was ich von diesem fantastischen Gitarrenspieler bekam. Ich achtete nicht nur auf den Klang der Musik. Mir fielen auch seine filigranen Finger auf, wunderschön. Wir tauschten Fotos aus, mit jedem Bild wurde dieser Mann für mich attraktiver. Seine Stimme war warm und weich, manchmal ein wenig wie weiches Schmirgelpapier. Ich habe eine große Affinität für Stimmen und weiß ganz genau, welche Stimmen in mein Ohr passen und welche mir Unbehagen bereiten. Diese Stimme passte wunderbar in meine Ohren.

Nach nur zwei Wochen erreichte mich seine Nachricht, dass wohl auf Grund verschiedener äußerer Umstände nicht mehr als bestenfalls Freundschaft draus werden würde. Oh nein, das konnte absolut nicht sein. Ich fühlte so sehr, dass es mehr war. Oder bildete ich mir das ein? Wie konnte ich da nach nur zwei Wochen sicher sein? Wenn es stimmte, dann verstrickte ich mich in eine einseitige Geschichte, dass ich mehr fühlte als er. Nein, ich wollte den Gedanken weder zulassen noch akzeptieren.

Uns trennten 220 km, das war nicht um die Ecke, aber auch keine Lichtjahre entfernt. Was mich stutzig machte, war die Frage, WARUM das alles so intensiv war. Wir schrieben zwei Wochen, ich hatte diesen Mann noch nie getroffen und war mir meiner Sache sicher. War ich doch paranoid?

Nach dem Statement schrieben wir kaum, mir tat das schon ein bisschen weh und ich hatte Angst, mich zu verrennen, obwohl ich meiner Intuition sehr vertraute. Eine Woche nach seiner Aussage schrieben wir wieder mehr, klärten die Situation. Ich hatte mit meinem Ex- Mann gute Erfahrungen mit einer Fernbeziehung gemacht und sah in dem Punkt für eine Beziehung kein Ausschlusskriterium, zumal die Entfernung auch noch viel geringer war. Unser Kontakt wurde Tag für Tag intensiver. Es fühlte sich großartig an. Für Mitte August planten wir unser erstes Treffen. Die Fahrt werde ich wohl niemals vergessen. Mir war übel vor Aufregung. Ich fuhr über 200 km und übernachtete bei einem Mann, der mir vertraut war und den ich irgendwie doch nicht kannte. Ich wollte kaum einen Mann länger als auf einen Kaffee treffen und machte mich dennoch auf den Weg ihn kennenzulernen. Für mich war klar, ich kann mich einfach in meinen Gefühlen nicht irren. In meinen Gedanken schon, in meinen Gefühlen nicht. Auch wenn ich das Gefühl hatte, dass es beidseitig passt, ging es mir dennoch um mich selbst. Es primär um den Mann. Ich musste für mich herausfinden, ob mein Gefühl, welches in mir wuchs, stimmig war. Wenn es erwidert werden würde, umso schöner.

Wir erlebten ein wunderschönes erstes Treffen. Die Zeit danach gestaltete sich schwieriger. Der Kontakt wurde weniger, wenn auch alles zu passen schien, das anschließende Feedback war positiv und aus meiner Sicht sprach nichts dagegen, dass das der Beginn von etwas Schönem sein könnte. Wir planten trotz weniger Kontakt ein zweites Treffen. Dies stand schon im Vorfeld unter keinem guten Stern, denn es fand unter meinem Drängen statt, andernfalls wäre es eine Absage von Seiten des Mannes gewesen. Ich fuhr mit merkwürdigem Bauchgefühl. Das Wiedersehen war schön, nur wurde aus der Entspannung beidseitig schnell eine große Anspannung. Wir machten einen Spaziergang durch eine schöne kleine Innenstadt, aßen Eis und eine zufällige Berührung der Hand meines Herzmannes wurde für mich zur inneren Achterbahn der Gefühle, denn er zog seine Hand weg. Womöglich war es eine Reflexreaktion oder etwas ganz anderes, als ich fühlte, denn ich fühlte mich abgelehnt. Ich bemühte mich, weiterhin um meine lockere Haltung, während in mir ein Orkan tobte. Ich schwang zwischen mehreren Bewusstseinsebenen, wünschte mir Klarheit und hatte Angst überzureagieren. Ich versuchte innerlich, meinen Partner zu analysieren und seine Gefühlslagen zu interpretieren. Ich wusste, es könnte alles anders sein, als mein Kopf es sich ausmalte, ich wusste, ich sollte die Stopptaste meines Denkens drücken und konnte es nicht. Sämtliche Versuche schlugen fehl. Mein Kopf hämmerte „es wäre eine Absage gewesen, wenn ich nicht nachgebohrt hätte". Das Einzige, was ich fühlte, war tiefe Ablehnung.

Auch wenn wir einen gemütlichen Abend hatten, schaffte ich es nicht, mich zu entspannen, mein Kopf arbeitete weiter. Ich schlief nicht gut und kam auch am folgenden Tag nicht in meine Mitte zurück. Ich fuhr am Vormittag nach Hause. Autofahren, hat für mich häufig eine meditative Wirkung. Raus aus der häuslichen Umgebung meines Partners, konnte ich meine Gedanken besser ordnen und durfte erkennen, dass mich nicht die Situation an sich so lange in der Gedankenspirale verweilen ließ. Für viel größere Verwirrung sorgte die Tatsache, dass es mich zutiefst berührte, verunsicherte und ängstigte, dass ich so sehr zurück in alte Verhaltensmuster gefallen war. Anders als früher war, dass ich nicht impulsiv meinem Ärger Platz gemacht hatte. Früher wäre ich in einer solchen Situation den Mann gleich böse angegangen. Diese Erkenntnis machte mich stolz, sie zeigte, mir wie sehr ich gelernt hatte und gewachsen war.

Plötzlich war der Vorfall an sich nicht mehr das Problem, er wurde zum Auslöser anderer tiefer liegender Probleme. Ich stellte mir die Frage, ob ich denn nichts dazugelernt hatte. Ich hatte mich doch so sehr verändert, bin eine bessere Version meiner selbst geworden und sehe mich gerne als solche. Ich sah mich als bereit für eine neue Liebe und wusste doch genau, was ich alles nicht mehr wollte. Das war der springende Punkt, ich wusste, was ich nicht mehr wollte, und ich wusste nicht, wie es anders, richtig, funktioniert. Ich hatte seit meiner Trennung nicht mehr die Erfahrung gemacht, in der Liebe anders zu reagieren, als ich es früher tat. Die alten Zweifel und die alte Angst wurden getriggert und ich wusste schnell, das wird meine Bühne. Mit dem Mann hatte das nichts zu tun, mit mir selbst dafür umso mehr. Ich setzte mich damit auseinander, wo dieses Gefühl der Ablehnung herkam, ich musste nicht lange nach dem suchen, was mich durch die Kindheit, bis ins Erwachsenenalter getragen hat. Meine Intuition schickte mir die Impulse, Verlust- und Bindungsangst. Ich buchte mir ein großartiges Coaching, in dem die Ängste behandelt und aufgelöst wurden. Meine Vermutung liegt darin, dass auch mein Herzmann eine Bindungsangst hat. Ich kann ihn nicht verändern, aber ich kann an mir arbeiten. Ich durfte fantastische Erkenntnisse sammeln, Glaubenssätze auflösen und Teile meiner Geschichte nochmal erneut definieren. In einer Meditation stellte ich fest, dass sich noch Anteile, die zu mir gehörten, bei meinem Ex-Mann befanden. Ich dachte bis zu dem Zeitpunkt, ich hätte ihn gänzlich losgelassen. Ich mag die Metapher mit einem Tau. Der Prozess des Loslassens lief langsam. Ein einstiges sehr dickes Tau wurde nach und nach zum Seil, welches stetig dünner wurde, bis es nur noch ein Faden war. Diesen Faden konnte ich in der Meditation durchtrennen und meine Anteile Liebe und Glück zurückerobern. Ein Prozess, für den ich viele Tränen ließ, bevor ich anschließend pure Freiheit fühlte. Ich hatte meine Liebe zurück. Mit diesem Ereignis entschied ich mich auch zu 100% für diesen einen Mann. Dem Mann, dem ich meine Liebe schenken möchte. Ich fühle diese tiefe Verbundenheit und möge der Weg steinig und beschwerlich sein und lange dauern, so weiß ich, auch dass es der Weg ist, den ich mir zu gehen wünsche, bis er uns glücklich vereint oder in Klarheit endet. Seitdem fanden noch zwei weitere Treffen statt. Auf das Treffen im vergangenen Oktober darf ich in Liebe, Freude und Glück zurückblicken. Das kürzlich stattgefundene Treffen war abermals geprägt von Absagen – bevor dieses Treffen zustande kam. Die Absagen bereiteten mir eine Enge im Bauchraum, dennoch empfand ich sie nicht mehr als Absage meiner Person. Auflösen konnte ich das für mich, indem ich das Verhalten des Mannes nicht mehr auf mich bezog, sondern mir die Fragen stellte, was ihn dazu bewegte, so zu handeln. Wie sind seine Gedanken, Gefühle, Erfahrungen, Prägungen? Ich weiß, sein Handeln steht im Zusammenhang mit ihm und seinem Leben, nicht mit mir. Ich durfte auf Grund dieser gerade aktuellen Erfahrungen – das sind meine Situationen, in denen ich mich zum jetzigen Zeitpunkt noch befinde – noch sehr viel mehr lernen als all das. Authentizität, ich habe gelernt noch weit mehr zu mir zu stehen. Ich habe in diesem laufenden Prozess nach vielem Wegschieben meiner Hochsensibilität ihren Raum geschenkt. Hochsensibilität, das für mich lange nicht greifen könnende Wissen, dass etwas in mir schlummert, dem ich keinen Namen zuordnen konnte. Ich dachte viel zu lange, ich bin, wie ich bin, weil ich eine nicht ganz so schöne Kindheit hatte. Ich habe meinen Eltern schon sehr lange verziehen, im Rahmen eines Seminars durfte ich sehr viel aufarbeiten und meine Eltern als ebenfalls verletzte

Kinderseelen kennenlernen. Menschen, die es auch nicht gut hatten, verletzt waren und auch nicht besser wussten, wie das mit der Erziehung von Kindern geht. Mir fiel irgendwann mal auf, dass ich sehr viele Menschen mit negativen Kindheitserfahrungen kenne, dennoch bin ich nochmal ganz anders als alle anderen von ihnen. Ich bin, wie ich bin, weil ich hochsensibel bin und immer schon war. Ich übernehme Gedanken und Gefühle anderer Menschen und habe das schon immer so getan. Ich hatte größtenteils nur Menschen mit erhöhtem negativem Energielevel in meinem Umfeld, das sehe ich heute als Hauptgrund dafür, dass ich selbst in so viel negative Energie gerutscht bin. Das Beziehungscoaching ließ mich meine freundschaftlichen Kontakte nochmal genauer reflektieren. Das Wissen um meine Hochsensibilität, Verlustangst. Ich griff die Freundschaft zu meiner langjährigen Schulfreundin erneut auf. Eine Freundschaft, die auf einer Lüge aufbaute und dennoch viele Jahre von großem Wert für mich war. Eine Freundschaft um deren Erhalt ich mich seit Jahren bemühte, obwohl die Qualität seit Jahren litt. Ich erkannte, dass ich nicht aus Pflichtgefühl an der Freundschaft, die mehr zur Bekanntschaft geworden ist, festhalten musste. Das Wohl meiner Freundin lag mir immer sehr am Herzen, ich hatte immer das Gefühl, mich kümmern zu müssen. Sie hat kaum Menschen in ihrem Leben, ich hatte Angst um sie, wenn wir keinen Kontakt mehr hätten. Ich wollte ihr gut sein, auch wenn es mir dabei schlecht ging. Ich habe erkannt, dass ich diesen Kontakt loslassen darf. Dass ich nicht in der Verantwortung meiner Freundin stehe. Stellte mir erstmalig Fragen, ob sie das denn so überhaupt möchte. Ob sie vielleicht sogar auch froh und dankbar ist, wenn sie keinen Kontakt mehr zu mir hätte. Ich war jahrelang immer wieder mit Gedanken konfrontiert, den Kontakt nicht mehr zu wollen, und habe ihn wieder aufgegriffen, begleitet vom Gedanken, „kannst du nicht machen, nach so vielen Jahren". Genau das konnte ich. Ich fühlte, dass es an der Zeit war, den Kontakt loszulassen. Wie sieht so ein bewusster Prozess aus? Ich habe die klare unwiderrufliche Entscheidung getroffen, mich nicht mehr bei ihr zu melden. Es lief seit Jahren so, der Kontakt bestand nur, wenn ich auf sie zugehe. Ich habe mich entschieden, das nicht zu tun. Das Durchlaufen sämtlicher Gefühlslagen zog sich mehrere Tage und war begleitet von körperlichen Schmerzen. Es kam einem Trauerprozess gleich. Ich fühlte Angst und Verzweiflung und ich wusste, dass es richtig ist. Seitdem stellte ich mir die Frage, was sie denn jetzt denkt, weil ich mich nicht mehr auf sie zubewege. Ich erwische mich hin und wieder bei solchen Gedanken und weiß, dass es normal ist, sich immer wieder auf unterschiedlichen Bewusstseinsebenen zu bewegen. In all dem erkannte ich nicht nur die Angst und die Zweifel, vielmehr meine Authentizität, meinen Mut, mich und mein Wohlsein an erste Stelle zu stellen. Meine Liebe, die JA zu mir und NEIN zu ihr sagt. Ich habe gelernt, noch weit mehr zu mir zu stehen, als ich es schon konnte. Derzeitig gibt es Menschen, die mein Verhalten nicht verstehen, das müssen sie auch nicht. Akzeptanz, ist das Einzige, was ich mir wünsche. Dass ich bereit bin, auf meinen Herzmann zu warten, definiert der ein oder andere gerne nach wie vor mit klammern, ich nenne es Liebe aus tiefem Herzen. Für mich ist Endstation mit der Männersuche, mein Herz hat sich entschieden für „glücklich sein" mit ihm – und auch ohne ihn.

Was ich zum Abschluss noch kurz thematisieren möchte, ist das Verhältnis zu meiner Mutter und meinen Kindern. Meiner Mutter kommt die größte Anerkennung und Wertschätzung zuteil, die ich ihr schenken kann. Sie unterstützt mich mit ihrem puren SEIN. Wir haben ein inniges Verhältnis und verbringen viel Zeit miteinander. Niemals hätte ich von ihr erwartet, sich zu verändern, sie tat es einfach. Sie wächst seit Jahren mit. Im Jahr 2019 nutzte ich einen gemeinsamen Urlaub, um ihr zu erzählen, wie ich meine Kindheit empfand. Ich hatte Angst vor diesem Gespräch, da ich keinerlei Vorstellung davon hatte, wie ihre Reaktion aussehen würde. Ich wurde mehr als positiv überrascht. Ab dem Zeitpunkt nahm unsere Beziehung nochmal eine andere Dynamik an. Ich bin unheimlich stolz auf meine Mama, sie zeigt mit über 60 Jahren, dass es absolut möglich ist, sich positiv zu verändern, wenn man sich mit positiven Menschen umgibt und auch dass es für Veränderung niemals zu spät ist.

Zu meinen Kindern habe ich ein sehr inniges Verhältnis. Wir sind mit wunderbaren Höhen und lehrreichen Tiefen eine fantastische Familie. Beide Kinder spiegeln mich auf ihre individuelle Art wider. Mir gefällt, was ich sehe, und ich bin stolz auf den Weg, den wir gemeinsam gegangen sind und in Zukunft noch gehen werden. Ganz besonders, wenn ich das tiefe Gefühl der Liebe und Dankbarkeit spüre, erlaube ich mir hin und wieder die Frage, wie heute alles wäre, wenn ich es nicht geschafft hätte, das Ruder für uns rumzureißen.

Meine Arbeitsstation sieht heute so aus, dass ich den Schritt in die Selbstständigkeit gewagt habe. Ich arbeite als Coach für feinfühlige Frauen, die lernen dürfen, die Schwächen ihrer Hochsensibilität abzulegen und die damit verbundenen Stärken anzunehmen und lieben zu lernen. Stress ist für alle Menschen eine Herausforderung, hochsensible Menschen fühlen tiefer und verarbeiten Reize von außen sehr häufig länger, da sie auch mehr Reize aufnehmen, weil weniger gefiltert wird. Ich biete ein umfangreiches Resilienztraining an, um leichter mit den Widrigkeiten des Alltags umgehen zu lernen. Ich mache eine Weiterbildung zur Kunsttherapeutin und begleite meines Coachings gerne durch künstlerische Aktivitäten. Auch wenn ich das Malen sehr schätze und liebe, ist mein Steckenpferd das Schreiben und die Musik. Meine persönlichen Leidenschaften, die sich für eine lange Zeit versteckt hielten und heute aktiver denn je sind. Meine Arbeit machen zu dürfen, erfüllt mich mit tiefer Freude, Liebe und Dankbarkeit.

Dankbar bin ich auch für das Angebot, liebe Elena, dass ich meine Mutgeschichte schreiben darf. Für mich war das Niederschreiben meines Lebens ebenfalls ein heilsamer Prozess, an einigen Stellen hatte ich diese Gedanken: „Was denkt Elena über mich? Was denken die Leserinnen?" Auch der Gedanke, an einigen Stellen mit Informationen zu sparen, ging mir durch den Kopf, nur wäre es dann nicht mehr meine Geschichte gewesen.

Wenn ich mir etwas wünschen darf, dann dass meine Geschichte mit dazu beiträgt, einen Stein ins Rollen zu bringen und anderen Frauen Kraft und Mut zu spenden, ihre eigene Mutgeschichte zu starten. Aus meiner Sicht darf das erste Ziel sein, loszugehen, ohne zu wissen, wo die Reise hinführt. Unterwegs öffnen sich so viele Türen, an die zu Beginn der Reise nicht zu denken ist. Ich persönlich sehe es auch so, dass ein klares Endziel selten wirklich definierbar ist. Die Ziele dürfen sich auf dem Weg ändern und die Reise ist ein Ziel, welches nicht endet.

Von Herzen Danke, liebe Elena

Viel Kraft, Mut und Liebe wünsche ich Euch allen.
Angela Donepp

Sabine

Mach, was du am besten kannst …

Vor mir sehe ich zwei alte Schwarz-Weiß Fotos. Eins zeigt mich als Zweijährige auf der Schaukel im Garten – ein glückliches etwas freches Lachen im Gesicht, eine Pose: was kostet die Welt? Ich bin dabei – das andere ist etwas später aufgenommen worden. Der Fotograf besucht den Kindergarten. Ich werde in Pose gesetzt: ernster unsicherer Blick – kein Lächeln, einen Stoffhasen im Arm – selbst sehe ich aus wie ein ängstlicher Hase.

Geboren bin ich in der Babyboomer-Generation, aufgewachsen in einem konservativ geprägten Elternhaus. Rückblickend sehe ich meine Eltern sehr viel arbeiten, Leistung und Disziplin als hohes Gut. Mittelmäßigkeit war kaum akzeptabel, Genuss und Entspannung waren in meiner Erinnerung kaum möglich – vielleicht beim Anschauen des alljährlichen Weihnachtsvierteilers im Fernsehen. Im Urlaub wurde meist gewandert, mit Blumen- und Pilzbestimmungsbuch – es gab immer etwas zu lernen.

Der heute oft gehörte Personalführungsgrundsatz „fördern und fordern" war da sicher schon Programm. Aus heutiger Sicht würde ich sagen, dass meine Eltern – wie viele andere in dieser Zeit – durch die Erfahrungen von Krieg und Entbehrung und durch das Bemühen, uns Kindern Sicherheit und Zukunft zu schaffen, geprägt waren. Durchhaltevermögen, Lernbereitschaft und Verantwortungsgefühl, das wurde in mir angelegt und gefördert. Spielen, Ausprobieren und Entwickeln – was ja auch Scheitern bedeuten kann – dafür war weniger Platz.

Ich erinnere mich an einen Tanz, den ich – etwa siebenjährig in verschiedene Tücher verkleidet – selbstvergessen auf der Wiese aufführte, bis meine Mutter mich auslachte. Danach habe ich nicht mehr getanzt.

Schon als kleines Kind besaß ich einen roten Doktorkoffer und jeder, der zu Besuch kam, wurde von mir erstmal untersucht –

139

manchmal zur Belustigung, manchmal zum Verdruss der Mitspieler. Ich glaube, ich war das einzige Kind, das freiwillig zur Kinderärztin ging, weil es dort so spannend war.

Als Zehnjährige wurde ich in die Pflege meiner, nach einem Schlaganfall und daraus resultierender demenzieller Entwicklung, pflegebedürftigen Oma einbezogen. Manchmal half ich schon vor der Schule beim Waschen.

Meine Familie war fest eingebunden in eine christliche Gemeinde und engagierte sich dort sehr stark. Ich wuchs wie selbstverständlich in diese Gemeinschaft hinein. Hier konnte man Sicherheit und Geborgenheit und Trost finden. Aber der Gegenpol: Kontrolle und Sanktionen, wenn man nicht in der Spur lief.

In meiner Familie erlebte ich auch, dass das ganz schöner Stress sein kann. Der Stress führte allerdings nicht dazu, das Äußere in Frage zu stellen – nein, man musste an sich selbst arbeiten, um besser zu werden.

Ich erinnere mich an eine tiefe Sehnsucht in meiner Kindheit und den Anfangsjahren am Gymnasium, einfach so wie alle zu sein. Aber das war ich nicht. „Sieh nicht, was andere tun, der anderen sind so viel, du kommst nur in ein Spiel, das nimmermehr wird ruhen." Getreu diesem Leitspruch gab es für diesen Wunsch bei meinen Eltern wenig Verständnis. Dadurch, dass der Schulweg eine Busfahrt quer durch die Stadt bedeutete und ich neben der Schule auch noch Pflichten zuhause hatte, konnte ich mich nicht einfach so mit den neuen Mitschülern treffen. Dementsprechend ergaben sich auch keine engen Freundschaften – ich war auch nicht sehr geübt darin, Freunde zu finden, und fühlte mich bald ziemlich einsam.

Hilflose Versuche, doch noch Aufmerksamkeit zu bekommen, bewirkten eher das Gegenteil.

Als ich ca. elf Jahre alt war, entwickelte sich in der Klasse aus einem harmlosen Versteckspiel eine Situation, in der einige Jungs wirklich übergriffig wurden.

Die Klassenlehrerin kam dazu und beschuldigte mich, die Jungs gereizt zu haben. Meine Eltern wurden in die Schule bestellt und ich erlebte, wie sie der Lehrerin mehr glaubten als mir und mich ausschimpften. Meine Schlussfolgerungen, nicht gut genug oder richtig und daher mir selbst gegenüber besser misstrauisch zu sein, hatten sich in meinen inneren Überzeugungen eingegraben. Andere Menschen schienen mehr über mich zu wissen als ich.

Der ängstliche Hase hatte die Oberhand gewonnen. Versuche, mich von den Eltern abzunabeln – am Beginn der Pubertät – wurden nicht verstanden und auch nicht toleriert. Ich rebellierte, wurde bestraft und irgendwann überwogen meine Schuldgefühle und ich sehnte mich nach Zuwendung, die ich dann bekam, wenn ich mich für mein Verhalten entschuldigte.

Nach einer Zeit voller Auseinandersetzungen, vor allem mit meiner Mutter, wurde ich zu einem zurückgezogenen und innerlich unglücklichen Mädchen. Begegnungen mit Menschen verunsicherten mich schnell.

Meine Schwester – fünf Jahre älter als ich – wurde mir zu dieser Zeit als leuchtendes Vorbild von meinen Eltern präsentiert. Manchmal fühlte ich mir von ihr mehr erzogen als unterstützt.

Als Sechzehn-/Siebzehnjährige ging ich oft auf dem nahegelegenen Waldfriedhof spazieren und dachte über das Leben und Sterben der Menschen nach, deren Grabsteine ich sah. Mein Leben spielte sich im Kopf, in Büchern und in Musik ab.

Ich zog mich immer mehr auf eine innere Insel zurück, funktionierte nach außen aber prima. Mich umgab eine Aura der Unnahbarkeit – so wurde es jedenfalls oft von außen gedeutet. Die Tagebucheintragungen dieser Zeit lassen erkennen, wie wenig Selbstvertrauen und Selbstmitgefühl ich damals hatte.

Meine Schulzeit habe ich in sehr trister Erinnerung. Erst in der Oberstufe mit Auflösung des alten Klassenverbandes wurde es etwas besser.

In der zwölften Klasse gab es die Möglichkeit, an der Uni

Probevorlesungen zu besuchen. Schon damals interessierte ich mich für Medizin. An der Universität Köln gab es einen Vortrag über Kinderkardiologie, den ich interessant fand, und eine Vorlesung über medizinische Physik. Davon verstand ich nichts und das wog so schwer, dass ich für mich beschloss, ich sei zu doof, um Medizin zu studieren. Mein Notendurchschnitt reichte auch nicht aus.

Nach FSJ im Altenheim habe ich dann eine Ausbildung zur Krankenschwester gemacht. Die Ausbildung und auch die Arbeit machten mir viel Spaß – das Lernen war für mich leicht und ich kam auch besser in Kontakt mit den Kollegen.

Am Ende der Ausbildung meldete sich eine leise nagende Stimme der Unzufriedenheit, das Gefühl, vielleicht doch noch mehr zu wollen und zu können. Schließlich traute ich mich, einen der Ärzte, die uns unterrichteten, zu fragen, ob er sich vorstellen könne, dass ich ein Medizinstudium schaffe. Und er ermutigte mich sehr – eine Autorität, die mir etwas zutraute!

Mit einer Kollegin, deren Freund Medizinstudent war, besuchte ich heimlich einige Vorlesungen. Und jetzt packte es mich – ich habe heute noch die schaurigen Bilder aus der rechtsmedizinischen Vorlesung, die wir gar nicht besuchen durften, im Kopf – aber ich fand einfach alles interessant.

Es war, als täte sich eine ungeahnte Entwicklungsmöglichkeit auf. Natürlich gab es viele Stimmen in mir, die mir abrieten, und ich war einige Zeit hin und hergerissen. Damals gab es eine Möglichkeit, direkt über den Medizinertest einen Platz zu bekommen – sozusagen als Test, ob ich schlau genug wäre – ich habe den gemacht und tatsächlich – es klappte. Mit dem Testergebnis bekam ich ganz schnell einen Studienplatz.

Meine Eltern waren überrascht, aber unterstützten mich doch auch in finanzieller Hinsicht.

Das Bild von der lachenden Zweijährigen auf der Schaukel bekam wieder mehr Schärfe und ich begann, mir diese neue Welt zu erobern. In der Gemeinde war ich engagiert und dort lernte ich einen Mann kennen, der ein Praktikum absolvierte. Er studierte Theologie an einer Fachhochschule und wollte dann Pastor werden. Seine ungewöhnliche Art, sein Tiefgang und sein echtes Interesse an Menschen und auch an mir faszinierten mich. Wir verliebten uns ziemlich schnell.

Meine Schaukel flog in den Himmel – das Studium ging voran, ich war viel entspannter und glücklicher, lernte neue Menschen kennen und fühlte mich nicht mehr so einsam. Langsam wuchs mein Mut, wie bei einer Pflanze, die neue Blätter bekommt.

Nach zwei Jahren wollten wir heiraten – ich hatte das Physikum bestanden – mein Mann sollte seine erste Stelle in einer Gemeinde antreten. Diese Stelle wurde damals von einem zentralen Gremium vergeben, bei dem mein Mann die Bitte äußerte, in eine Stadt zu kommen, wo ich mein Studium fortsetzen könnte.

Ja, und dann wurde die Schaukel sehr abrupt gebremst.

Zu Weihnachten wunderte ich mich, dass der Studienleiter meines Mannes, dem ich auf einer Feier begegnete, mit mir kein Wort sprach, obwohl wir uns schon kannten. Ich war verunsichert, sprach ihn aber am nächsten Tag an. Er meinte, dass es wegen des Studiums sei, ich „würde meinem Mann den Segen am Dienst wegnehmen", wenn ich weiterstudieren würde. Die Frau eines Pastors könne nicht ihrerseits so einen fordernden Beruf ausüben. Und er war nicht der Einzige: Wir wurden zu einem Gespräch mit einem Ehepaar bestellt, die mir klarzumachen versuchten, dass der Beruf meines Mannes und womöglich auch unsere noch gar nicht begonnene Ehe in Gefahr sei, wenn ich wirklich Ärztin würde. Das könne nicht Gottes Wille sein.

Das saß … die Schaukel stand still und ich war sehr durcheinander. Mein Mann ebenfalls. Wir haben uns versucht zu sortieren und abzuwägen, aber wir hatten beide zu viel Angst vor dem vorhergesagten Scheitern. Zudem war die Stelle meines Mannes natürlich nicht in einer Universitätsstadt.

Also brach ich das Studium ab und arbeitete wieder als Krankenschwester. In meiner neuen Stelle gab es einen schrecklichen Arzt, der mit Instrumenten nach dem Personal warf und vor dem ich viel Angst hatte. Aber die Stelle war mit der Arbeit meines Mannes gut zu vereinbaren und so hielt ich es aus.

Vor mir selbst versuchte ich, diese Entscheidung zu verteidigen und sie als „Verzicht" aus höheren Motiven darzustellen. Ich engagierte mich sehr in der Gemeinde – und wurde immer unglücklicher.

Mein Mann arbeitete viel – ließ sich von der Gemeinde regelrecht aufsaugen – ich war in einer neuen Stadt und der ängstliche Hase wurde wieder mein treuer Begleiter. Nach außen zu funktionieren, die Erwartungen der anderen zu spüren und mich da hinein zu begeben, das hatte ich ja schon gut gelernt.

Mein Wunsch nach einem Kind wurde bald schon übermächtig, zumal auch um mich herum Freunde und Bekannte Familien gründeten.

Unser erstes Kind wurde sehnsüchtig erwartet und ich habe es fast mit meinen Erwartungen erdrückt. Ausgefüllt war mein Leben nun, aber ich spürte immer wieder eine nagende Sehnsucht nach dem nicht abgeschlossenen Studium in mir.

Aber ausgeschlossen, das geht auf keinen Fall, sagte ich mir und so blieb ich in Träumen, Fernsehserien vom Arzt sein und Unerfülltheit hängen.

Daran änderten auch ein Ortswechsel und ein zweites Kind nichts. Im Gegenteil – meine innere Zerrissenheit begann sich immer mehr auch auf die Beziehung zu meinem Mann auszuwirken und so passierte genau das, was uns nach den Vorhersagen der vermeintlichen Autoritäten eigentlich jetzt nicht mehr hätte passieren sollen: Es entwickelte sich eine handfeste Ehekrise, an der ich mir zum größten Teil die Schuld gab, weil ich ja, wie beim Fischer und seiner Frau, nie zufrieden sein konnte.

Mein Mann hatte früher als ich erkannt, dass das Studium mir doch so am Herzen lag, dass er mich ermutigte, doch weiterzumachen. Aber meine Angst war so groß, dass ich mir diesen Schritt innerlich nicht erlauben konnte. Daran änderte auch eine Therapie nichts.

Auf dem Höhepunkt der Krise brach ich schließlich zusammen und erstarrte im wahrsten Sinne des Wortes. Medikamente und Therapie lösten diesen Zustand wieder – aber so konnte es nicht weitergehen.

Der Psychiaterin (selbst mit christlichem Hintergrund) erzählte ich die ganze Geschichte: dass Leute der Meinung wären, es sei nicht Gottes Wille, dass ich mein Studium weitermache.

Das, was sie dann in ihrer sehr trockenen Art sagte, höre ich heute noch: „Sagen Sie doch einfach, dass Sie von Gott gehört haben, dass Sie weiterstudieren sollen."

Zum ersten Mal nach elf Jahren erlaubte ich mir, diesen Gedanken weiterzudenken. Ich wurde etwas aktiver, war sogar in der Uni bei der Studienberatung und hörte dort zu meiner Überraschung, dass mein Alter überhaupt kein Problem sei. Ich erfuhr von Familie und Freunden plötzlich Ermutigung – die vielleicht auch schon vorher da war, nur hatte ich sie nie an mich herangelassen. Mir begegneten Menschen, deren Glaube an Gott nicht streng und eng war, sondern Räume aufschließen kann und Mut macht. Ganz sachte und zaghaft begann die Schaukel wieder zu schwingen.

Nach zwölf Jahren nahm ich mein Studium im fünften Semester wieder auf. Liest sich jetzt einfach, aber schon die Eröffnungsveranstaltung war ein Kraftakt gegen meine Angst. Die medizinische Entwicklung von zwölf Jahren – das Wissen verdoppelt sich etwa alle fünf Jahre – holte ich mit Hilfe eines mehrere Kilogramm schweren Lehrbuchs zur Vorbereitung auf das Physikum abends im Bett nach.

Ich fand eine Lerngruppe mit lauter Leuten, die mindestens 15

Jahre jünger waren. Mehr als einmal wurde ich gefragt, ob ich die Dozentin wäre, wenn ich zum Seminar kam, oder Leute machten komische Kommentare. In Erinnerung ist mir noch die Abfuhr einer Professorin (!), bei der ich wegen einer Doktorarbeit vorsprach. Sie meinte, ich hätte einfach noch nicht genug geleistet, um bei ihr berücksichtigt zu werden. Ich habe dann auf eine Dissertation verzichtet.

Neben Familie mit zwei Kindern von sechs und achteinhalb Jahren und Teilzeittätigkeit als Krankenschwester und Aufgaben als Frau eines Pastors war ich nun endlich zusätzlich wieder Studentin. Das war ein großartiges Gefühl und ich sog die Atmosphäre des Lernens ein wie ein trockener Schwamm das Wasser.

Und als ich am Ende des ersten Semesters alle Klausuren bestanden hatte, war da einfach nur ungläubiges Staunen und zaghafte Freude.

Mein eigenes Ding zu machen, tat auch meinen anderen Lebensbereichen gut. Mein Mann und ich näherten uns wieder an. Mein Studium ermutigte ihn sogar, eine Weiterbildung weiterzumachen, die er aufgrund von Schwierigkeiten schon aufgeben wollte. Heute ist er nicht mehr im Gemeindedienst, sondern arbeitet als Selbstständiger in diesem Arbeitszweig.

Unsere Kinder haben mich sicher manchmal vermisst und oft genug hatte ich ein schlechtes Gewissen – mehr als einmal habe ich sie gefragt, ob ich nicht mehr zu Hause sein sollte. Damals wie heute hörte ich, dass sie meinen Weg gut finden und dadurch auch vieles gelernt haben.

Meine Schwester fand meine Entscheidung gut und unterstützte mich. Meinen Eltern davon zu erzählen, das hatte ich mich erst nicht getraut. Zu groß war die Angst vor einer ablehnenden Haltung. Zu meiner Überraschung waren sie zwar skeptisch, aber sie haben meine Entscheidung mitgetragen. Vor allem in der Kinderbetreuung und auch finanziell war meine Herkunftsfamilie eine riesengroße Hilfe.

Es gab natürlich auch Unverständnis, oft genug wurde aber nicht mit mir, sondern über mich geredet. Es war immer wieder Arbeit, mich nicht in die Entmutigung ziehen zu lassen und meinen Weg auch gegenüber manchen Menschen schützen zu lernen.

Aber der erste Schritt war gemacht und ich habe gelernt, mich auch Stück für Stück von den Erwartungen anderer Menschen unabhängiger zu machen und mich besser abzugrenzen.

Mit 42 Jahren konnte ich schließlich mein Studium abschließen. Seitdem arbeite ich als Ärztin im Krankenhaus und bin heute Fachärztin für Innere Medizin und Oberärztin. Mein Beruf ist für mich wirklich Berufung, gerade weil der Weg dorthin alles andere als eben war.

Aber wie heißt es so schön, „Umwege erhöhen die Ortskenntnis" und so bin ich heute dankbar und froh, diesen Weg auch mit allen Schleifen gegangen zu sein.

Oft genug blenden beide Kinderbilder – die Mutige und die Ängstliche – ineinander über. Mal überwiegt die eine, mal die andere. Und das ist wohl in jedem von uns so und wir sind herausgefordert, etwas aus unserem Leben zu machen. Und dieses „Etwas" sieht eben für jeden anders aus.

Den Mut, vorwärts zu gehen, muss man selbst aufbringen – das nimmt einem keiner ab. Auch den Mut, sich den eigenen Ängsten zu stellen. Die eigenen Ängste sind ja oft die größten Hindernisse.

Daneben braucht es aber noch mehr: nämlich die Möglichkeit, seinen Traum zu verwirklichen. Ich hatte – gerade auch später – diese Möglichkeit … Ich hatte Zugang zu Bildung, lebe in einem Land, in dem ich studieren konnte.

Ich bin Menschen begegnet, die an mich geglaubt haben, mich in mentaler und auch materieller Hinsicht in kaum geahnter Weise unterstützt haben. Ohne ihre Liebe und Hilfe hätte ich das nie geschafft. Allen voran danke ich meinem Mann, meinen beiden Kindern, meiner Familie und Freunden.

Oft denke ich an so viele Frauen auf dieser Welt, denen

aufgrund ihres Geschlechtes, des sozialen Status oder aufgrund von Krieg und Diktatur der Zugang zu Bildung verwehrt bleibt – obwohl sie so viel Mut in sich tragen. Und ich wünsche mir, dass das anders wird.

Heute – nach viel innerer Arbeit – kann ich auch versöhnter auf die mich so prägende Kindheit zurückschauen.

Meine Eltern und Familie, die Gemeinde – alle gaben mir das, was sie geben konnten und auch in der besten Absicht. Und ich habe Gutes aus meiner Kindheit mitnehmen können. Ich war nicht vernachlässigt – eher im Gegenteil. Ich wurde gefördert. Ich habe viel gelernt. Aber ich habe eben auch manches vermisst ... Der wichtige Entwicklungs- und Experimentierraum der Kindheit, mutig Dinge auszuprobieren und auch am Scheitern zu lernen, in der Gewissheit, um seiner selbst willen geliebt zu werden, der war für mich nicht so groß.

Meinem Mann und mir war es besonders wichtig, in aller Unvollkommenheit und eigenen Begrenztheit unseren eigenen Kindern diesen Raum zu eröffnen.

Unseren Kindern haben wir oft ein Lied von der Rink-Familie vorgesungen, das mich jedes Mal in besonderer Weise berührt hat und mich auch selbst ermutigt hat, mich wieder mehr auf die Schaukel zu trauen.

Katja

DIE PFLICHT ZUR SELBSTWERDUNG ODER DAS BESTE VON SICH

Ich gehöre zu der Kategorie Mensch, denen von Anfang an alles schwergefallen ist. Ich habe mich in der Schule abgemüht, ohne Erfolge zu erzielen. Ich habe nicht die Hürden in ein befriedigendes Berufsleben genommen. Ich bin, was Schule und Beruf anbelangt, wahrhaftig auf der Strecke geblieben. Besser gesagt, ich habe über viele Jahre hinweg das Jobcasting zu meiner Strecke erklärt. Die Suche nach einem beruflichen Platz war mein Leben, die Pflicht zur Selbstwerdung geriet mir zu einer Tortur. Seit der Schulzeit war mein Leben eine Serie der Um-, Ab- und Aufbrüche, die mit viel Leid verbunden war, mit Krankheiten und einem grauenhaften Selbstbild.

Davon will ich erzählen.

Es ist meine Lebensgeschichte, die ganz sicher nicht glamourös ist, die nicht von großartigen Erfolgen berichtet. Aber es ist mein Leben, über das ich schreibe. Über das ich vor allen Dingen schreiben kann, die ich zu Papier bringe für mich und für andere. Über das eigene Leben zu schreiben, bedeutet, die Autorin des eigenen Lebens zu sein. Nicht, um dadurch erfolgreich zu sein und Ansehen zu gewinnen. Es hat damit zu tun, selbstwirksam zu sein, die eigene Lebensgeschichte so anzunehmen, wie sie ist. Schreiben ist Reflexion, ist Abwägen und Bewerten und es ist sinnstiftend, weil es dazu befähigt, das eigene Leben so anzunehmen, wie es ist, und nicht zu wünschen, was nicht vorhanden ist. Es befähigt zur selbstkritischen Reflexion, die Dinge so zu sehen und zu bewerten, wie sie sind, und nicht darauf zu hoffen, dass sie anders sein mögen oder hätten sein sollen.

Ich möchte meine Lebensgeschichte, meine Tour de Force durch den Dschungel der Jobsuche ausführlich erzählen – für andere. Damit meine Leserinnen und Leser Trost und Mut darin finden, denn die Welt ist mehrheitlich von Menschen bevölkert, die es schwer haben, denen es nicht leichtfällt, einen Platz im Leben zu finden. Die nicht zielstrebig ihren Weg machen und die vorgeschriebenen Bahnen Schule, Abschluss, Ausbildung, Beruf und Familie beschreiten. Ich möchte meinen Weg erzählen, der individuell ist, der einzigartig ist. So wie jeder Mensch einzigartig ist. Ein Weg, der zeigt, dass jeder das Beste aus seinem Leben machen kann. Denn das persönliche Glück führt genau über diesen Weg: das Beste aus sich zu machen. Denn das Große, so schreibt der Philosoph Sören Kierkegaard, ist nicht dies oder das zu sein, sondern man selbst zu sein.

MEINE SCHULLAUFBAHN – LEICHT GEHT ANDERS

Der Bildungsweg war in meinem Elternhaus klar vorgezeichnet. Der Schulabschluss mit der Matura und selbstverständlich ein Studium für die spätere berufliche Qualifikation. Eine Lehre zu absolvieren, war keine Option. In dieser Hinsicht bildeten meine Eltern keine Ausnahme. Obwohl es doch vielerlei Möglichkeiten gibt, Schulabschlüsse zu erzielen, kommt für die meisten nur der höchste in Frage, ganz gleich, welche Fähigkeiten und Kapazitäten die Kinder mitbringen. Von ihren eigenen Wünschen ebenfalls einmal ganz abgesehen. Ich hatte nämlich gänzlich andere Vorstellungen als meine Eltern und die Matura zählte nicht unbedingt zu den angestrebten Zielen. Mit 14 Jahren habe ich den Wunsch geäußert, eine Ausbildung zur Friseurin zu beginnen. Meine Tante in Wien besorgte mir für eine Woche sogar einen Praktikumsplatz in einem Wiener Salon, jedoch mit dem erklärten Ziel, mir diesen Wunsch gehörig auszutreiben. Ich sollte spüren, wie hart der Job ist, und wieder auf den Weg zur Matura geführt werden. Sowohl meine Eltern als auch meine Tante blieben auf dem vorgezeichneten Weg, den sie für machbar und auch für das Beste hielten, selbst wenn es nur eben so ein Durchkommen war.

Was meine schulischen Möglichkeiten anbelangt, hatte ich eine wesentlich realistischere Einschätzung als meine Eltern. Ich tat mich mit dem Lernen sehr schwer und betrat schon die Volksschule mit erheblichen Defiziten.

Auf der Hauptschule konnte ich noch recht gut mithalten, aber ich war ja zu Höherem bestimmt. Vier lange Jahre quälte ich mich durch das Oberstufen-Realgymnasium, bis ich im Frühjahr die Schule endgültig abbrach. Die Matura kam für mich nicht mehr in Frage. Sie war nie eine Option für mich gewesen, von Anfang an nicht. Und obwohl mein Vater andere Pläne für mich hatte, akzeptierte er meine Entscheidung, ohne Vorwürfe und Vorhaltungen. Am Ende hatte auch er erkannt, dass der gewünschte Abschluss nicht zu schaffen war.

Mein Lebensgefühl während meiner gesamten Schullaufbahn war das der dauerhaften Überforderung mit dem begleitenden Selbstbild: „Ich kann überhaupt nichts." Nur mit Mühe und Not bin ich von einer Klasse in die nächste gekommen. Doch ein dauerhaftes „Genügend" nützt einem in der Beurteilung nichts, wenn sich nicht gleichzeitig Selbstvertrauen und Zutrauen in das eigene Können aufbauen, weil man nie Erfolge sieht.

Wie viele Eltern machen sich nicht klar, welche seelischen Zerstörungen und Belastungen in einem heranreifenden Menschen chronischer schulischer Misserfolg anrichten kann? Es begründet ein Grundgefühl des permanenten Versagens, das wie eine traurige Melodie das weitere Leben begleitet. Es kann sich nicht das entwickeln, was man als erwachsener Mensch in der komplizierten Welt so dringend braucht: Selbstvertrauen.

Der Abbruch vor der Matura im Frühjahr 2004 war zunächst ein Befreiungsschlag, dessen erleichternde Wirkung jedoch nicht lange anhielt. Denn die drängende Frage, wie es nun weitergehen sollte, stand quälend im Raum: Zwölf Jahre Schule lagen hinter mir, von einem Tag auf den anderen endete die Schulzeit. Es ging einfach irgendwie weiter. Ich frage mich heute: Wäre das nicht der Zeitpunkt gewesen, um Fehlentwicklungen in der

Vergangenheit aufzuarbeiten und sorgsam Überlegungen für meine Zukunft anzustellen? Braucht ein junger Mensch mit einem solchen schulischen Leidensweg und einer großen Orientierungslosigkeit für die nächsten Schritte in die Zukunft hier nicht das begleitende, vertiefende, wertschätzende Gespräch?

Und nicht einfach nur Vorschläge für weitere Maßnahmen?

IRGENDETWAS MIT MENSCHEN VIELLEICHT?

Mit Anfang 20 war ich getrieben von dem Wunsch, wie alle anderen einen klassischen Lebensweg einzuschlagen, um in das übliche gesellschaftliche System zu passen. Dazu gehörten eine Ausbildung und ein passender Job als Basis, um ein vollwertiges Mitglied der Gesellschaft zu sein. Diesem Wunsch ordnete ich alle Überlegungen unter und war getrieben davon, einen Platz zu finden. Es galt nichts Geringeres, als meinen Traumberuf zu finden, darauf lag in meinen Jahren als sehr junge Frau mein ganzer Fokus. Der Beruf als Berufung und als unverzichtbarer Einstieg, um mich in der Gesellschaft zu verankern. Also nicht irgendein Beruf oder irgendeine Ausbildung, sondern ein Beruf, für den ich bestimmt war. Anders konnte ich es mir nicht vorstellen. Heute weiß ich, dass es mir schon damals um Sinn ging. Tatsächlich die typischen Fragen: Warum lebe ich? Was bleibt von mir am Ende? Doch was passierte? Ich jagte durch den Alltag, verzettelte mich bei der Suche nach dem passenden Job, verpatzte den Einstieg und verlor mich in einem Dauercasting. Ob die Jobs sinnstiftend waren, spielte schon bald keine Rolle mehr. Mein Leben mutierte zu einer zum Scheitern verurteilten Ansammlung angefangener und abgebrochener Jobs in dem hilflosen Bemühen, irgendwie den Einstieg ins Berufsleben zu finden. Doch der Reihe nach: Die große Frage stand im Raum: „Was tun?" Während meine ehemaligen Schulkolleginnen weiterhin die Schulbank drückten, besuchte ich diverse Kurse an der Volkshochschule Urania, um mich fit für den Arbeitsmarkt zu machen. Ich belegte Seminare zum mentalen Stressmanagement, Maschinenschreiben, mentalen Training, zu Erfolgsintelligenz, Argumentation und Diskussion.

Eine weiterführende Anregung für eine Ausbildung nach meinen Vorstellungen stellten die Kurse jedoch nicht dar. Das Ungute: Ich hatte gar keine konkreten Vorstellungen, was ich anfangen sollte. Irgendetwas mit Menschen sollte es sein. Sehr viel konkreter malte ich mir meine berufliche Zukunft zu der Zeit nicht aus. Ich war noch in einem gelähmten Zustand, unfähig, Pläne zu schmieden und Ideen auszuarbeiten. Diese Arbeit nahm mir mein Vater ab, als er von einer Messe aus Wien zurückkehrte. Er übergab mir einen orangenen Folder mit Informationen zum Beruf der „Ernährungstrainerin". Ein sechs- bis achtmonatiger Lehrgang in meiner Heimatstadt Graz war dafür zu absolvieren. Mit dem Thema „gesunde Ernährung" konnte ich mich jetzt nicht unbedingt identifizieren, aber mangels eigener Ideen ließ ich mich auf die Sache ein.

Bis zum Start blieb noch freie Zeit, die ich für den Erwerb des Führerscheins nutzen wollte. Ich weiß nicht, wieso ich mir das antat, aber ich entschied mich für den Crashkurs mit viel Lernstoff innerhalb einer kurzen Zeitspanne. Das konnte nur schiefgehen. Doch, typisch für mich: Ich ließ es gar nicht so weit kommen, mit Pauken und Trompeten durch die Prüfung zu fliegen, sondern brach vorher ab. Ein zweites Mal hatte ich eine wichtige Etappe in meinem Leben vorzeitig abgebrochen, streng genommen, bevor mir das Ergebnis des Scheiterns überhaupt attestiert wurde. Wie bei der Matura habe ich vorausgesehen, dass es nicht klappen würde, und wollte es zu einer Blamage erst gar nicht kommen lassen. Vor allem wollte ich nicht zusehen, wie andere es schaffen. Die Sache mit dem Führerschein nahm ich sehr schwer.

Im Sommer erhielt ich ein Engagement beim österreichischen Fernsehen im Bereich der Gästebetreuung. Es war ein leichter Job, darin konnte ich nicht versagen. Man hat die Leute für eine Live-Sendung unten am Empfang abgeholt, brachte sie nach oben in den Sondergastraum, bot ihnen etwas zu trinken an, führte sie in die Maske zum Schminken, brachte sie zum Studio und anschließend begleitete man sie wieder zum Ausgang. Die Arbeit begann um zwei Uhr mittags und endete um sieben Uhr abends, zwischendurch habe ich mit meinen KollegInnen gesprochen, am Vormittag bummelte ich durch Wien. Es war keine Tätigkeit, die irgendeine Relevanz für eine berufliche Orientierung hatte.

Im Herbst begann ich die Ausbildung zur Ernährungstrainerin, weniger aus Leidenschaft als vielmehr aus pragmatischen Gründen. Irgendetwas musste ich ja tun. Der Folder sah nett aus, die Ausbildungszeit war zeitlich auf wenige Monate begrenzt und die Tage beschränkten sich auf Montag bis Mittwoch. Ich war der Ansicht, besser als Mathematik ist das Thema Ernährung allemal. Interessant jedoch fand ich den Beratungsaspekt. Allerdings kam mir mit dem Ende der Schulzeit, in jenen Tagen und Wochen ohne eine tägliche vorgegebene Aufgabe die Idee, dass ich doch ein paar Kilo abnehmen könnte. Gewissermaßen eine Beschäftigung mit mir selbst, eine Möglichkeit der Veränderung meines Körpers. Es war ein Ziel, das ich mir vorgenommen habe, etwas, das ich erreichen wollte. Die Parallelität meiner Bemühungen, abzunehmen, und der Beginn der Ausbildung zur Ernährungstrainerin, erwies sich dabei jedoch als kontraproduktiv. Ein Mensch, der Essen ablehnt, weil er abnehmen möchte, ist nicht gleichsam am Thema Ernährung interessiert. So konnte ich mich für diese Ausbildung nicht wirklich begeistern, ich war nicht wirklich mit dem Herzen dabei. Möglicherweise waren hier gegensätzliche Bestrebungen am Werk, die einen fruchtbaren Boden für meine spätere Essstörung bereitet haben. Dennoch empfand ich die Ausbildung als angenehm. Ich mochte die Trainerin und die Mitschülerinnen in der Kleingruppe, die teilweise wie ich 18 Jahre alt waren. Ich war jedoch keinesfalls so engagiert dabei, dass ich mir hätte vorstellen können, hier eine berufliche Perspektive zu entwickeln. Es ging darum, einen Abschluss zu schaffen. Und Alternativen hatte ich ja nicht unbedingt zur Hand.

Während ich das erste Modul zur Ernährungstrainerin absolvierte, streckte ich bereits meine Fühler nach etwas anderem aus. Innerhalb der Ausbildung gab es ja auch Prüfungen zu bestehen und für mich tat sich erneut die Frage auf: Schaffe ich das überhaupt? Ich bestand zwar mit einem Genügend, war aber getrieben von einem Plan B, um bei einem möglichen Scheitern nicht in ein Loch zu stürzen. So kam ich erneut auf meinen Wunsch der Friseurlehre zurück. Ich recherchierte nach Alternativen und stieß auf eine Ausbildungsmöglichkeit auf dem zweiten Bildungsweg in Wien. Es reizte mich, nach Wien zu gehen, denn bereits während meines Praktikums als Gästebetreuerin hatte ich über eine Freundin einen jungen Mann kennengelernt.

Die Aussicht, den jungen Burschen in Wien wiederzusehen und eine Ausbildung im Friseurumfeld zu beginnen, stimmte mich optimistisch. Am ersten Tag meiner Ausbildung gab es Einweisungen, am Nachmittag konnte man zusehen, wie Frisuren gemacht wurden, was mich immer schon ansprach und faszinierte. Das Styling, der Geruch, das Schneiden der Haare – ich liebte das.

Doch schon der zweite Tag erwies sich als ernüchternd. Fachzeichnen stand auf dem Programm. Es erinnerte mich an die schlimmsten Handarbeitsstunden in der Schule, fast noch schlimmer als Mathematikunterricht. Ich merkte gleich, das ist nicht der richtige Weg. Frustriert war ich deshalb, doch ich hatte ja immerhin noch meine Liebesbeziehung, die zentral für mich war. Im Grunde hat das eine nichts mit dem anderen zu tun, denn eine Beziehung kann kein Ersatz für einen Ausbildungsweg sein. Aber als junges Mädchen hatte ich nur noch die Liebe im Kopf. Ich ließ die Ausbildung unmotiviert weiterlaufen und genoss mein Leben. Mal war ich anwesend, dann wieder schwänzte ich.

Immerhin schrieb ich noch die praktische Arbeit für den ersten Teil der Ernährungsausbildung. Dabei half mir mein Freund, sodass ich den Abschluss der diplomierten Ernährungstrainerin erzielte. Ich wählte das Thema Essstörung und bereitete unbewusst den Boden zu dem, was später jahrelang zu meiner Leidensgeschichte werden sollte. Das ganze Themenfeld „Ernährung" war für mich negativ besetzt und ich selbst stand überhaupt nicht hinter einer gesunden Ernährung. Ich futterte querbeet, auch viel Süßes, und kannte nicht den Wert einer regelmäßigen Ernährung. So kam es oftmals vor, dass ich mit großem Appetit einmalig große Mengen in mich hineinschaufelte. Ich folgte also keinem gesunden Ernährungsplan. Wie verlogen wäre es gewesen, andere zu beraten, obwohl ich selbst so gut wie nichts davon beherzigte?

Während all der Zeit befand ich mich in einem konstanten Modus des Grübelns: Was sollte ich anfangen? Wie konnte es weitergehen? Welcher berufliche Weg käme für mich in Frage?

Ernährungstrainerin war es in keinem Fall und die Ausbildung zur Friseurin auf dem zweiten Bildungsweg hatte sich als Flop herausgestellt. Mir steckte der Abbruch der Schule und des Führerscheins in den Knochen und ich hatte nicht das geringste Zutrauen, dass ich etwas leisten könnte. Keineswegs die besten Voraussetzungen, um einen guten Einstieg zu finden.

Ich zog wieder nach Graz zurück, keineswegs motiviert oder auch nur annähernd glücklich darüber. Die Leichtigkeit aus Wien hatte ich verloren und die Bürde, einen passenden Berufseinstieg zu finden, lastete auf mir. Aufgrund meiner ständigen Nervosität und Anspannung versuchte ich immer zwanghafter, andere Dinge zu kontrollieren. Wenn ich schon nicht die berufliche Entwicklung kontrollieren konnte, dann wenigstens andere Bereiche. Mehr und mehr beschäftigte ich mich mit meinem Körpergewicht und entwickelte ein übertriebenes Bedürfnis nach Sauberkeit. Ich putzte übertrieben oft den Boden. Das gab mir das Gefühl von Sicherheit. Dabei grübelte ich sieben Tage die Woche ununterbrochen über Berufsmöglichkeiten nach. Ich drehte mich im Kreis und konnte den Ausweg nicht finden.

Meine Tage in Graz hatten kaum Strukturen. Sie waren

ausgefüllt von stundenlangem Sitzen vor dem Computer, Jobrecherchen und Schreiben von Bewerbungen. Ständig begleitet von dem Gefühl, nicht dazuzugehören, falsch und unzulänglich zu sein. Ich war überzeugt davon, ein Mensch ohne Perspektive zu sein. Nirgends Lichtblicke oder Phasen, in denen ich eine Zuversicht entwickeln konnte, das düstere Tal zu verlassen.

DAUERCASTING MEINER JOBSUCHE

Die kommenden Jahre waren geprägt von Anfängen, Abbrüchen und Umbrüchen. Manche Jobs bestritt ich gerade einmal ein paar Tage. Man sollte sie besser als Zwischensteps bezeichnen. Andere dauerten wenige Wochen oder Monate. Einen Job für mehrere Jahre hatte ich nie. Über meine Rushhour der Jobsuche verständlich zu berichten, ist wahrlich eine Herausforderung. Doch es ist wichtig, sie in dieser Parzellierung aufzuzeigen, weil sie den Leidensweg veranschaulichen, dieses hoffnungslose Verrennen in eine Sackgasse hinein auf der verzweifelten Suche, endlich in einem Job anzukommen.

ALS ICH HINTER DER BÄCKERTHEKE STAND

Eine erste Jobstation nach der Ausbildung als Ernährungstrainerin war eine Halbtagsstelle in einer Bäckerei. Kaum hatte ich mich auf die neuen Aufgaben eingestellt, wurde mir bereits am dritten Tag gekündigt. Ich sei zu langsam, hieß es. Der Vorwurf war absolut nicht angemessen. Viele Verkäuferinnen tummelten sich hinter dem Tresen und drängelten, um an die Kasse heranzukommen. Ich war neu und verhielt mich entsprechend zurückhaltend. Vor allem war es mir wichtig, dass ich alles richtig und gewissenhaft erledigte. Ein solches Urteil zu fällen und mich vor die Tür zu setzen, war ein Schlag ins Gesicht. Die Kündigung traf mich sehr, zumal mir das Thekengeschäft und die Kundenbedienung Spaß gemacht hatten, es war lebendig und ich genoss den Austausch mit den vielen unterschiedlichen Menschen.

FÜHRERSCHEIN DIE ZWEITE

Als nächstes Projekt nahm ich mir erneut den Führerschein vor. Ich lernte – diesmal in einer größeren Zeitspanne – für die theoretische Prüfung und bestand im ersten Anlauf. Der Erfolg tat so gut. Nur die praktische Prüfung klappte noch nicht auf Anhieb.

Da ich von mir aus keine wirklichen Ideen für eine passende Ausbildung und einen späteren Job entwickelte, regte mein Vater eine Art berufliche Orientierungsanalyse an, die ich bei einem privaten Anbieter durchführen ließ. Es sollte herausgefunden werden, wofür ich geeignet sei, wo meine Stärken und Schwächen liegen, was zu mir passen würde. Diese Analyse brachte jedoch überhaupt nichts. Es ergab sich nur ein undifferenziertes Bild, damit konnte ich nicht weiterarbeiten. Ich fand keinerlei Anknüpfungspunkte zu irgendwelchen neuen Berufsfeldern. Aus den Angaben war einzig herauszulesen, dass ich den Bereich „Lernen" komplett negativ bewertet hatte, was natürlich stimmte. Ich wollte von theoretischem Lernen und Studieren nichts wissen, denn über viele Jahre hinweg war dieses Gebiet mit Enttäuschung und Frustration behaftet.

ALS ICH TELEFONISTIN WAR

Meinen ersten richtigen Job trat ich noch im Sommer als Telefonistin bei einer Werbeagentur an. Die beiden Herren dieses Zweimannbetriebes waren sehr nett und die Aufgabe bestand darin, Bewerber für Promotionjobs einzuladen. Wie bei einer gesprungenen Schallplatte musste ich ständig den gleichen Satz sagen: „Hallo, hier spricht die Katja von der Werbeagentur. Du hast dich bei uns für einen Promotionjob beworben und wir möchten dich gerne für ein Informationsgespräch einladen." Ein und derselbe Satz 40 Stunden in der Woche. Eine niederschmetternde Vorstellung, sollte ich das für den Rest meines Lebens machen müssen. Nach drei Wochen habe ich gekündigt. Auch wenn ich diesen Job ohnehin verloren hätte, denke ich rückblickend, dass ich das nicht hätte tun sollen. Es war zwar eine repetitive Tätigkeit, aber ich konnte die Aufgabe gut bewältigen und ich war in einer festen Tagesstruktur. Es gab keinen Druck, keine Überforderung, keinen Stress. Ich hätte durchaus auf mich stolz sein können, denn dass ich den Job in der Agentur bekam, verdankte ich tatsächlich einer Fähigkeit von mir: Ich konnte mich immer gut präsentieren und verkaufen. Ich bin eloquent, habe ein gutes Auftreten, ich kann mich gut ausdrücken, sodass ich oft in die enge Auswahl kam und mir der Job zugesprochen wurde. Außerdem war ich unerschrocken, was die Organisation von Gesprächsterminen anbelangte. Ich brachte per E-Mail eine Bewerbung auf den Weg, griff zwei Minuten später zum Telefon und verabredete ein Gespräch. An Entschlossenheit fehlte es mir nicht. Meine grundsätzliche Unsicherheit, meine Überforderung, mein miserables Selbstvertrauen konnte ich in der Einstellungs- und Bewerbungsphase stets verbergen. All das trat erst zutage, wenn die konkrete Arbeit anstand und ich mich den Aufgaben stellen musste. Dann brach Panik aus und meine anfängliche Überzeugung und Ausstrahlung bröckelten. Die Kündigung in der Agentur war letztlich erneut ein von mir initiierter Abbruch, der die Spirale der rastlosen Suche sofort wieder in Schwung brachte, begleitet von einem Gefühl des Versagens. Wieder einmal habe ich nicht durchgehalten und deshalb fühlte ich mich schlecht.

Später erfuhr ich, dass sich die Agentur aufgelöst hatte. Den Job hätte ich auch ohne mein Zutun verloren, was mich jedoch nicht recht trösten konnte.

FÜHRERSCHEIN, DIE DRITTE
Die freie Zeit nach diesem Job nutzte ich, um endlich mein Führerscheinprojekt abzuschließen. Ein ausgesprochen geduldiger Fahrlehrer verhalf mir zu einer glücklich bestandenen Prüfung und ich hatte nach vielen Anläufen endlich die Erlaubnis zum

Fahren.

ALS ICH IM FRISEURSALON WAR

Die Zeit zwischen den Fahrstunden nutzte ich für zwei Schnup-
pertage in einem Friseursalon. Ich erinnere mich, dass mich ein
leichtes Glücksgefühl an diesen Tagen begleitete. Vielleicht, weil
ich meine Mutter früher immer wieder mal beobachtet hatte, wie
sie sich die Haare schnitt und weil es ja schon mit 14 Jahren mein
Wunsch war, in diesem Beruf Fuß zu fassen. Ich brachte den Kun-
dinnen und Kunden Kaffee, legte Handtücher zusammen und
fegte Haare beiseite. Es ging gar nicht um handwerkliche Ge-
schicklichkeit, trotzdem fühlte es sich so vertraut und heimisch
an. Die Menschen, der Geruch, all das sprach mich an. Ich wollte
bei ihnen eine richtige Lehre beginnen, blieb am Ball und meldete
mich immer wieder. Da ich jedoch nicht auf die geringe Chance
setzen wollte, durch Hartnäckigkeit am Ende eine Lehrstelle zu
ergattern, organisierte ich mir einen Ausbildungskurs zur Ordina-
tionshilfe über den Arbeitsmarktservice. Plötzlich kam doch noch
der ersehnte Anruf des Friseursalons mit dem Angebot einer
Lehrstelle! Was sollte ich tun? Meinem Teenagerwunsch nachgehen oder doch eine Ausbildung zu etwas Handfestem wie Ordi-
nationshilfe antreten? Ich entschied mich für Letzteres, um es
kurz darauf bitter zu bereuen. An den medizinischen Themen
hatte ich überhaupt kein Interesse. Ich musste einen Schnellkurs
absolvieren, den man bestehen musste, weil ansonsten finanzielle
Kürzungen drohten. Der Druck war von Anfang an für mich unerträglich. Natürlich hätte ich mich diesem Stress nicht aussetzen
müssen, denn auf die Kostenübernahme des Instituts wäre ich
nicht angewiesen gewesen.

Trotzdem geriet ich sogleich in Stress, was bei mir zu einer
kompletten Blockade führte. Erneut ein schlimmer Misserfolg um
den Preis, mir selbst den Zutritt zu der gewünschten Friseurlehre

verbaut zu haben.

Der ewig gleiche Rhythmus meiner Tage nahm erneut seinen Lauf: aufstehen in der Frühe, sofort an den Computer und die Seiten des Arbeitsmarktservice nach Jobs durchforsten. Wie eine Besessene studierte ich die Anzeigen und recherchierte. Ich war überhaupt nicht in der Lage, einmal innezuhalten, zu überlegen, in mich hineinzuhören. Ich war getrieben, gnadenlos mit mir selbst und gönnte mir keine Ruhe. Immer gehetzt von dem Gedanken, mir läuft die Zeit davon, ich muss endlich irgendwo ankommen. Ich trieb mich selbst an, rastlos auf der Suche nach einem Job. Meine seelischen Schmerzen nahmen zu und mein zwanghaftes Verhalten ebenso. Ich aß nur noch bis mittags, um dann für den Rest des Tages zu hungern. Regelmäßige Mahlzeiten gönnte ich mir nicht, schließlich musste man sich die ja verdienen. Wer aber nicht arbeitet, so meine Ansicht, der hat auch kein Essen verdient. Ich fühlte mich als Mensch ohne Daseinsberechtigung, ohne Identität. Auf irgendeine zwanghafte Weise musste ich mir eine Identität verschaffen, und wenn es die war, aus mir eine schlanke und attraktive Frau zu machen.

ALS ICH DIE HILFSKRAFT IM REFORMHAUS WAR

Eine weitere unschöne Joberfahrung erlebte ich in einem Reformhaus, wo man mich lediglich als Hilfskraft einsetzte. Es war demütigend und ich erinnere mich, wie einmal ein Herr am Laden vorbeilief, als ich gerade damit beschäftigt war, Laubblätter vom Boden zu entfernen. Sein mitleidiger Blick verstärkte das Gefühl der Demütigung. In diesem Laden hielt ich es nicht lange aus und so war ich bald schon wieder auf der Suche nach einem gelingenden Einstieg ins Berufsleben.

ALS ICH BEI EINER SERIÖSEN PRESSE WAR

An einem privaten Erwachsenenbildungsinstitut belegte ich einen Kurs zur Front-Office-Managerin. Es ist ein hochtrabend klingender Name, doch letztlich war es ein simpler Kurs, für den ich nicht einmal eine Prüfung ablegen musste. Aber immerhin, schon bald wurde ein attraktiver Job angekündigt. Eine renommierte Tageszeitung suchte eine Telefonistin. Ich bewarb mich umgehend. Mit Erfolg, denn unter 50 Bewerberinnen habe ich das Rennen gemacht. Wieder einmal konnte ich durch mein Auftreten und durch meine Ausdrucksweise überzeugen. Ich bekam den Job.

Leider, muss ich sagen, denn ich zahlte einen hohen Preis für diesen kurzfristigen Erfolg. Man hatte im Vorfeld keine klaren Aussagen getroffen, welche Fähigkeiten für diesen Job erforderlich waren und welche Tätigkeiten konkret erwartet wurden. Noch ehe ich überhaupt einen Finger gerührt hatte, stellte sich heraus, dass EDV-Kenntnisse unabdingbar waren. Ich besaß aber keinerlei Kenntnisse hinsichtlich Text- und Datenverarbeitung. Office-Programme wie Word und Excel waren mir ein Buch mit sieben Siegeln. Formatvorlagen und Menükenntnisse ein unbekanntes Land. Am Computer war ich bis dato einzig und allein in der Lage, im Internet zu surfen und zu recherchieren, E-Mails zu empfangen und zu versenden. Mein neuer Job setzte jedoch voraus, kenntnisreich in Textbearbeitungsprogrammen navigieren zu können. Ich konnte es schlichtweg nicht und saß vollkommen aufgeschmissen und peinlich berührt vor dem Bildschirm, als gelte es, chinesische Schriftzeichen zu entschlüsseln. Verzweifelt rief ich meinen Freund an, aber ein Crashkurs übers Telefon war ein aberwitziges und aussichtsloses Unterfangen. Es half alles nichts: Ich musste – so leid es mir bei diesem seriösen Arbeitgeber auch tat – die Karten auf den Tisch legen und meine Unkenntnis einräumen. Bei einem Kaffee sprach ich mit meinem Vorgesetzten und ich kann mich glücklich schätzen, dass er mich respektvoll behandelte. Noch bevor ich als neue Mitarbeiterin offiziell angetreten war, nahm ich am Ende des ersten Tages bereits wieder Abschied. Was für eine schmachvolle Angelegenheit und welch große Enttäuschung für mich.

ALS ICH EMPFANGSDAME WAR

Als Stehauffrau hatte ich mittlerweile eine traurige Routine. Nicht, dass es mir nichts mehr ausmachte. Aber ich pendelte mich auf einem niedrigen Stimmungsniveau und Selbstwertgefühl dauerhaft ein. Mein Bild von mir verfestigte sich: Ich bin zu nichts zu gebrauchen, ich gehöre nirgends dazu, ich kann nichts. Aber dennoch gab ich nicht auf, sondern machte immer weiter im Jobkarussell. So wurde ich zur Empfangsmitarbeiterin. Diesen Job übte ich sagenhafte sieben Monate aus, für mich eine noch nie erreichte Ewigkeit. Ich musste einfache Aufgaben bewältigen: Besucher anmelden, das Telefon bedienen und Anrufe weiterleiten. Schlichte Tätigkeiten einer Bürokraft am Empfang. Es war eine Teilzeitstelle, die ich mir mit einer Kollegin teilte. Über sie hieß es, dass sie bereits meine Vorgängerin herausgemobbt hatte. Sie war auf dem besten Weg, mit mir das Gleiche zu veranstalten, dabei war ihr Verhalten ambivalent und für mich schwer einzuschätzen. Einerseits ging sie vertraulich mit mir um und sprach mit mir über familiäre Probleme. Andererseits war sie reserviert und kühl. Ich war auf der Hut. Erneut brodelte das Gefühl hoch, nicht am richtigen Platz und vor allem nicht willkommen zu sein. Wenn ein Mensch ständig gegen ein schlechtes Grundgefühl arbeiten muss, stellen sich zunehmend körperliche Beschwerden ein. Eine kranke Seele schwächt den Körper. So traten in dieser Zeit mehr und mehr psychosomatische Probleme auf. Ich litt an Tinnitus, hatte Herzrasen, Schlafstörungen und Angstattacken. Ich war nicht mehr in der Lage, diese vielen Probleme allein zu bewältigen, und nahm psychotherapeutische Hilfe an. Eine Therapeutin „coachte" mich während dieser schwierigen Monate, bestärkte mich im Umgang mit meiner unterkühlten Vorgesetzten und gab mir Methoden des Stressmanagements an die Hand, um die Anspannung und Nervosität während der Arbeitstage in den Griff zu bekommen.

Jobs ohne Ausbildung haben stets das Problem, dass die Einführungen unzureichend sind. Man wird ins kalte Wasser geschmissen, was manche vielleicht gut finden.

Menschen meines Schlages jedoch versetzt das in Angst und Schrecken, begleitet von lähmenden Versagensängsten. Wieder einmal kam ich mir vollkommen blöd und inkompetent vor. Das Telefon klingelte in einer Tour, ständig gab es Anfragen zu Bestellungen und Reklamationen, Menschen wollten verbunden werden, beschwerten sich über dieses und jenes. Ich musste die Leute durchstellen oder in Warteschleifen geben, dabei hatte ich anfangs noch keinerlei Gespür für das Unternehmen. Während in einem fort das Telefon bimmelte, musste ich Essenscoupons aushändigen und mit Wechselgeld umgehen. Und das bei meiner Rechenschwäche!

Multitasking war gefragt, eine Fähigkeit, die mir überhaupt nicht lag. Ich kann die Dinge nacheinander erledigen, dafür jedoch sorgfältig. Doch damit konnte ich hier nicht punkten. Die Gleichzeitigkeit und Hektik überforderten mich, was meiner Vorgesetzten und Kollegin nicht verborgen blieb. Ich wurde zum Gespräch gebeten und beide attestierten mir, mein Problem sei in erster Linie meine Persönlichkeit. Ich war schockiert.

Aber teilten sie mir wirklich etwas Neues mit? Ihr harsches Urteil deckte sich genau mit meinem eigenen Bewertungsmuster und entsprach meinem Selbstbild. Sie hegten keinerlei Wertschätzung für mich und ich teilte ihre Ansicht. Heute kann ich gnädiger mir selbst gegenüber sein und sehe das Urteil der beiden als unfair an. Eine Hilfskraft, die keinerlei umfangreiche Einschulung erhält, kann nicht vom ersten Tag an kompetent am Empfang der Zentralstelle alle Aufgaben zur vollen Zufriedenheit erledigen. Es ist diese Ungnädigkeit in der Arbeitswelt, die Menschen über Gebühr belastet, die viele unter Druck setzt und zu Burnout und

Versagensängsten führt. Ich frage mich, muss das sein? Würde die gesamte Wirtschaft zusammenbrechen, wenn man das Tempo ein wenig drosseln würde, zumindest bei denjenigen, die erst am Anfang eines Jobs stehen? Hätten mich meine Vorgesetzte und meine Kollegin umsichtiger eingeführt und mir die komplexen Strukturen des Unternehmens umfassend erklärt – die erwarteten Aufgaben hätte ich mit der Zeit zufriedenstellend, freundlich und umsichtig erledigt. Was verlangt wurde, war ja kein Hexenwerk.

Sieben Monate hielt ich es dort aus. Eine leidvolle Lebensphase, in der ich Bücher über Angststörungen las und immerhin lernte, dass Ängste in Wellen kommen und gehen. So zählte ich die Stunden, die ich noch durchhalten musste, bis ich wieder in meine Therapiestunden gehen konnte. Doch nach zermürbenden Monaten kam auch meine Therapeutin zu dem Schluss, dass meine Gesundheit wichtiger sei und ich den Job kündigen solle.

ES REICHT: BLOß KEINEN BÜROJOB MEHR

Besser wurde es in meinem Leben nach der Kündigung nicht, sodass ich mich weiterhin viel mit meinem Äußeren beschäftigte. Ich kontrollierte ständig das Essen und meinen Körper, verwendete Zeit und Energie für den Look meiner Haare, als gäbe es nichts Wichtigeres in meinem Leben. Die Optik war der einzige Bereich, wo ich Wirkung erzielen konnte, wo ich wahrgenommen und gesehen wurde. Natürlich war mir vollkommen klar, dass ich mit der gesteigerten Aufmerksamkeit auf mein Äußeres keines meiner Probleme wirklich lösen konnte, dennoch betrieb ich tagein, tagaus den gesamten Zinober. Die äußere Hülle wurde zu meiner Persönlichkeit, im Inneren herrschte Ödnis. Ich war wie eine Puppe, die hübsch anzusehen war, die bestaunt wurde, innen aber völlig hohl.

Nach der schlechten Erfahrung als Empfangsmitarbeiterin wollte ich keine klassische Bürotätigkeit mehr übernehmen und orientierte mich neu. Ich wollte endlich etwas machen, wo ich wirklich mit Menschen zu tun hatte, und so absolvierte ich eine Ausbildung zur Sozial- und Berufspädagogin. Ich hätte gerne Männer und Frauen im Bereich beruflicher Neuorientierung beraten, denn in dem Metier kannte ich mich bestens aus. Doch wirkliche Grundlagen, die mich für den Bereich Sozialpädagogik befähigt hätten, wurden nicht vermittelt. Die Ausbildung bestand lediglich aus Wochenendkursen, die ich alle 14 Tage belegte. Das private Institut hatte nicht im Ansatz den Stellenwert einer wirklichen Akademie, auch wenn mit hochtrabenden Befähigungen geworben wurde. Man sollte unter anderem angeblich in der Lage sein, Kinder in Kindertageseinrichtungen zu betreuen. Aber die seltenen praktischen Übungen konnten unmöglich eine Sozialpädagogin aus mir machen. Zudem galt es, verschiedene Praktika zu absolvieren. So war ich in einer Jugendberatungsstelle, wo man mir gleich sagte, dass ich ohne Studium in keinem Fall als Beraterin für junge Menschen arbeiten könne. Ich habe auch selbst sofort erkannt, dass die Arbeit mit Jugendlichen absolut nicht meine Sache ist. Viele Jugendliche hatten schwerwiegende Drogenprobleme, denen ich mich nicht gewachsen fühlte.

Parallel zu meiner Ausbildung streckte ich erneut meine Fühler aus und absolvierte ein Praktikum im administrativen Bereich, genauer gesagt im telefonischen Kundenservice. Leider eine schreckliche Erfahrung, denn dort riefen Leute an, die üble Beschimpfungen losließen. Eine Mitarbeiterin, vor ihrem Burnout, hatte einmal einen Mann in der Leitung, der ausfallend ins Telefon brüllte: „Geh scheißen oder ich komm rüber und erschieß dich!" Auch ich erlebte während der kurzen Zeit meiner Beschäftigung als Praktikantin einen wütenden Anrufer, der so laut ins Telefon brüllte, dass ich den Hörer von mir weghalten musste. Ich habe suchte das Büro auf und bat um meine Praktikumsbestätigung, denn allein diesen Anrufer mitzuerleben reichte mir.

Während der zermürbenden Wochenendkurse zur Sozial- und Berufspädagogin blieb mir genügend Zeit für meine gedankliche

Dauerspirale: Was fange ich Sinnvolles mit mir und meinem Leben an? Ich hatte die Idee, eine Ausbildung als Rezeptionistin zu machen, wofür ich jedoch dringend meine Computer- und Englischkenntnisse aufbessern musste. Also belegte ich einen Computergrundkurs, den ich sogar erfolgreich abschloss, und frischte meine Englischkenntnisse auf.

ALS ICH IM REISECENTER WAR

Ich war Profi im Auffinden von Aushilfsjobs geworden, mir entging so schnell nichts und ich war fix mit meinen Bewerbungen. So stieß ich auf eine befristete Stelle als Bürohilfskraft in einem Reisecenter – obwohl ich doch eigentlich nie mehr als Bürokraft arbeiten wollte. Aber hier handelte es sich um eine wirklich einfache Tätigkeit, für die ich nur einmal in der Woche antreten musste.

Meine Aufgabe bestand darin, Leuten, die von einer Reise zurückgekehrt waren, eine handgeschriebene Karte mit persönlichen Grüßen vom Reisebüro zu schicken. Ich schrieb immer den gleichen Text auf die Karte, der dann an alle Kunden versandt wurde. Es mag sonderbar klingen, aber die Arbeit hat wirklich Glücksgefühle in mir ausgelöst. Es war eine regelmäßige, gleichförmige Tätigkeit, niemand erwartete Unmögliches von mir, ich war nicht überfordert und verspürte keinerlei Druck. Ich verschickte einfach nur schöne Grüße, fragte nach, ob den Kunden die Reise gefallen habe, und fertig. Es war die erste Stelle in meinem Leben, die ich nicht vorzeitig abgebrochen habe und die mir sogar eine Erfahrung bescherte, die wichtig für mein gesundes Selbstbewusstsein war: Im oberen Büro saß eine Mitarbeiterin, die mich zu gern für alle möglichen Tätigkeiten einspannen wollte, obwohl sie dazu eigentlich nicht berechtigt war. Sie bestand darauf, dass ich draußen am Fenster mit einem Schaber alte Werbeaufschriften herunterkratzte, und dabei gerieten wir aneinander. Sie bemerkte irgendetwas Abwertendes zu mir und erstmals konterte ich ausgesprochen schlagfertig: „Hier haben Sie den Schaber und jetzt zeigen Sie mir, dass Sie es besser können!" Sie verstummte augenblicklich. Keine Sekunde hatte sie damit gerechnet, dass eine junge Frau, zudem eine befristete Aushilfskraft so selbstbewusst und keck auf ihre Schikane reagierte. Natürlich war ich innerlich in heller Aufruhr, denn es war eine Premiere in Sachen Selbstverteidigung. So etwas hatte ich noch nie gewagt und ich befürchtete das Schlimmste. Kerzengerade bin ich von dannen marschiert und wartete auf das Ende der Mittagspause meines Chefs. Ich brachte mich in Stellung und redete mir selbst gut zu: „Egal, was der jetzt sagt, ich lass mir das nicht gefallen!" Ich kochte vor Wut und war wild entschlossen, mich zu wehren. Der Chef kam zurück, hörte sich meine Version an und meinte: „Frau Knapp hat recht. Sie ist als Bürokraft eingestellt, Putzen zählt nicht zu ihrem Aufgabenbereich."

Damit hatte sich die Sache erledigt. Ich war so stolz auf mich. Endlich hatte ich einmal etwas richtig gemacht, war für mich eingestanden und hatte nicht gekuscht. Es war ein Schlüsselerlebnis, aus dem ich für die Zukunft viel gelernt habe.

Nach zwei Monaten lief die Stelle aus und ich war erneut auf der Suche nach einer neuen Tätigkeit. Mittlerweile war mein Jobhopping zu einem Automatismus geworden. Mir war vollkommen bewusst, dass diese Gelegenheitsjobs keine ernsthafte und auf Dauer angelegte Berufstätigkeit ersetzen würden. Ich steckte jedoch in einem Teufelskreis. Ich brauchte – um nicht völlig aus der Bahn zu geraten – eine Beschäftigung, welcher Art auch immer. Gleichzeitig hielten mich diese wahllosen Beschäftigungen davon ab, mich ernsthaft mit einer nachhaltigen Ausrichtung meines Berufswegs zu befassen. Ich steckte in einem Dauercasting und einer Job-Rushhour.

ALS ICH FÜR EINEN FRÜHSTÜCKSDIENST ARBEITETE

Die nächste Jobgelegenheit führte mich zu einem Frühstücks-dienst, den ein ehemaliger Leistungssportler als Start-up-Unter-nehmen gegründet hatte. Jeden Morgen wurden seine Kunden mit Frühstücksgebäck beliefert. Ich hatte täglich von morgens bis mit-tags zu tun und war nach kurzer Zeit einmal mehr überfordert. Ich musste die Bestellungen im System eingeben, was bis mittags zu erfolgen hatte, damit am kommenden Tag geliefert werden konnte. Da ich das Pensum nicht innerhalb der bezahlten Zeit ab-solvieren konnte, erschien ich jeden Morgen eine Stunde früher am Arbeitsplatz. Oft verstand ich die Sprachbox-Nachrichten akustisch nicht, was die Leute per Mobiltelefon bestellen wollten, und brauchte deutlich länger, um alle Angaben in das Computer-system einzupflegen. Es war erneut ein Kampf gegen die Zeit und gegen die Vielfalt der Kundenwünsche, was mich unter Druck setzte. Und unter Druck wollte mir nie etwas Rechtes gelingen, sodass ich nach Beendigung der Probezeit von zwei Monaten die Stelle wieder kündigte.

ALS ICH DATENEINGABEKRAFT WAR

Das Jobrad drehte sich nur kurz weiter und schon tauchte das nächste Angebot auf. Es wurde für den befristeten Zeitraum von sechs Monaten eine Stelle als Dateneingabekraft ausgeschrieben. Diesmal bestand sogar die Aussicht auf einen dauerhaften Ar-beitsvertrag. Ich verbrachte halbe Tage in Büroräumen neben dem Labor, in einen weißen Kittel gekleidet, und habe Patientendaten in den Computer eingegeben. Die Arbeitsatmosphäre war alles andere als angenehm, ich war umgeben von Kolleginnen, mit de-nen ich zwischenmenschlich überhaupt nicht auf einer Wellen-länge lag. Außerdem stand ich häufig unter Stress, wenn viele Pa-tientendaten eingegeben werden mussten. Dazu kam, dass mich die Arbeit inhaltlich überhaupt nicht interessierte. Das ganze Ge-sundheitsthema war einfach nicht meins. Erneut versuchte mich eine Therapeutin durch die Zeit zu „coachen". Oft saß ich noch vor Arbeitsantritt verzweifelt neben meinem Spind und wusste nicht, wie ich den Tag bewältigen sollte. Nach der Arbeit kehrte ich dann erschöpft und ausgelaugt nach Hause zurück, nicht selten auch wütend über mich und mein verkorkstes Leben. Nach sechs Monaten war klar, dass ich den Vertrag nicht verlängern würde. Mir ist das halbe Jahr wie eine Ewigkeit vorgekommen und ich war immerhin froh, dass ich wenigstens die Probezeit durchgestanden hatte.

Auch in diesem Moment führte das Ende des Jobs nicht dazu, dass ich mich besser fühlte oder mich endlich einmal in Ruhe darauf besann, was ich denn wirklich beruflich im Leben anfangen wollte. Ich verharrte in einem Tunnel, in dem es nur in eine Richtung ging: zum vermeintlichen hellen Ausgang irgendwo ganz am Ende einer dunklen Röhre. Mein Leiden setzte sich fort, es gab kaum einen Tag, an dem ich mich gut fühlte. Auch an den Wochenenden war ich in einer schlechten Verfassung, denn das Grübeln über meine Zukunft kannte keine Pausen. Grübeln war meine Hauptbeschäftigung. Schon wenn ich morgens aufwachte, hatte ich keinen Schwung und keinen Optimismus, der mir aus dem Bett half. Im Gegenteil: Die ersten Gedanken waren: Wieder ein Tag, den ich irgendwie bestehen muss. Tröstlicher waren die Abende, wenn ich mit den Gedanken, was ich am nächsten Vormittag alles essen würde, schlafen ging.

Alles war nach innen gerichtet, von außen ließ ich nichts Positives auf mich einwirken oder mein Herz berühren. Kein strahlender Tag und keine erfreulichen Ereignisse konnten mich aus meinem Grübeln und meinen selbstzerfleischenden Gedanken holen. Ich war isoliert, eingeschlossen in meine immer gleichen Probleme und in mein Leiden. In mir hatte sich die tiefe Überzeugung festgesetzt, dass es erst aufhören würde, wenn ich einen passenden Job gefunden hätte, der zu mir passte. Dann würde auch für mich das Leben anfangen. Somit existierte auch die Außenwelt nicht und ich kannte keine anderen Themen als mein Unglück.

KURZE ORIENTIERUNGS- UND OPTIMIERUNGSPHASE FÜR DEN NÄCHSTEN ANLAUF

Bevor ich die nächsten Angebote im Internet durchforstete, verordnete ich mir einen Berufsorientierungskurs. Dieser Kurs lief über mehrere Wochen und man sollte Bewerbungen für passende Berufe schreiben. Das begleitende Praktikum führte mich ins Berufsinformationszentrum. Mit der Jobsuche kannte ich mich bestens aus und fühlte mich wohl dabei, andere Menschen zu beraten. Leider konnte ich dort nur ein Praktikum absolvieren, ohne Aussicht auf eine Anstellung.

ERNEUTES COACHING UND AUFBRUCH ZU NEUEN JOBS

So ließ ich mich erneut coachen, um vielleicht wieder als Empfangsdame arbeiten zu können, und wandte mich für eine Jobvermittlung an ein Personalleasingunternehmen. Sie vermittelten mich für den Empfang. Es war ein technisches Unternehmen, mit dem ich mich – ähnlich wie mit den Gesundheitsthemen – überhaupt nicht identifizieren konnte. Es wurde erneut ein kurzer Auftritt, denn ich blieb nur eine Woche.

Also belegte ich erneut einen Jobsuchekurs und kam anschließend bei einem Personalleasingunternehmen am Empfang unter. Inhaltlich passte die Firma zu mir. Der Bereich berufliche Orientierung war mein Themenfeld und ich traf mit Menschen zusammen, die wie ich waren. Sie suchten einen Job und hofften auf Vermittlung. Diese Arbeit hatte mit Menschen zu tun, sie war lebendig und konstruktiv. Obwohl ich nur als Aushilfskraft im Unternehmen engagiert war, erkannte man rasch, dass ich in diese Position hervorragend passte. Ein so positives Feedback hatte ich selten erlebt!

Aber im Laufe des Sommers spitzten sich meine gesundheitlichen und seelischen Probleme zu, denn auch meine Beziehung ging in die Brüche. Ich hatte stark abgenommen, denn immer noch aß ich nur bis mittags und hungerte für den Rest des Tages. Ich war entkräftet, dünnhäutig und nicht mehr in der Lage, auch nur irgendeinen Job – und sei es der simpelste auf der Welt – auszuführen. Ich musste meine Stelle als Empfangsdame in dem Personalleasingunternehmen kündigen, es ging nicht mehr. Ich bedauerte das zutiefst, denn tatsächlich war es nach der positiven Erfahrung im Reisecenter der zweite Job, der sich für mich richtig angefühlt hatte, der mich beflügelt und nicht niedergeschmettert hatte wie all die anderen Jobs.

DIE ERSTE KRISE

In der Vehemenz hatte ich es selbst nicht erwartet, doch die Trennung löste eine tiefe Krise in mir aus. Ich stürzte ins Bodenlose und flüchtete mich in eine Klinik, um die nächste Zeit irgendwie zu überstehen. Ich war zu nichts mehr in der Lage und hoffte, dass mir das Programm helfen würde, meine leeren Tage zu gestalten. Mehrere Wochen war ich in der Obhut der Klinik, wobei ich nicht behaupten kann, dass meine zerborstene Psyche dort wirklich wieder aufgerichtet worden wäre. Es klingt absurd, aber ausgerechnet in der Klinik, in der ich neue Kraft schöpfen wollte, brach meine Essstörung so richtig aus. Durch die Trennung war ich vollkommen aus der Spur geraten, sodass ich außer Schokolade (der Klassiker bei Liebeskummer!) kaum noch aß. Eine Reaktion, die eigentlich in einer akuten Leidensphase normal ist. In der Absicht, mir zu helfen, appellierten die Ärzte an mich, endlich wieder wie eine erwachsene Frau zu essen, denn meine Appetitlosigkeit war auffallend.

Dieser permanente Appell lenkte meine Aufmerksamkeit erst recht auf das Essthema und löste eine komplette Gegenreaktion aus. Das Hungern konnte ich in meinem System nutzen, um mein leeres Inneres zu stabilisieren, denn Hungern war ja eine Aufgabe, die bewältigt werden musste. Die Essverweigerung war mir ein

Werkzeug, um von meinem bohrenden Schmerz abzulenken und ihn zu unterdrücken. Denn Hungern erfordert ein hohes Maß an Disziplin und Selbstbeherrschung. Obwohl ich mich damit körperlich schädigte, fand ich seelisch in der Essstörung Halt und Selbstkontrolle.

ZURÜCK IN DER JOBMÜHLE

Ewig konnte ich mich nicht vor meinem Leben in der Klinik verstecken. Ich musste mich dem Alltag stellen und vorsichtig wieder Fuß fassen in der beruflichen Thematik. Angeschlagen, wie ich war, kamen normale Aushilfsjobs nicht in Frage und auch die grundsätzliche Frage, welcher langfristige Beruf für mich passend wäre, war gegenwärtig kein Thema. Ich war vielmehr in einem Rehabilitationsmodus, um mich langsam wieder aufzurichten. So belegte ich zunächst Kurse für Menschen, die wie ich gesundheitliche Probleme hatten und den beruflichen Wiedereinstieg in den zweiten Arbeitsmarkt finden wollten. In dieser Zeit legte ich zum ersten Mal eine Mappe an, die alle meine beruflichen Stationen dokumentierte. Diese Maßnahme hatte für mich etwas enorm Ordnendes. Zusammen mit einem Kompetenzportfolio ging es darum, meine Brüche zu bewerten und positive Rückschlüsse daraus zu ziehen, um meine Potenziale auszuloten. Ich begann also wieder ganz zaghaft, mein bisheriges Leben nach der Trennung zu sortieren. Dabei half der Blick zurück auf mein bisheriges Leben, das ich selbst als chaotisch und bruchstückhaft erlebte. Das Zusammentragen war konstruktiv, um aus einem distanzierten Blick heraus mein Leben zu erkennen. Für weitere Unterstützung bei diesem Prozess ließ ich ein Clearing durchführen und absolvierte ein Praktikum in einem Nahversorgungsgeschäft, in dem Menschen mit finanziellen Problemen vergünstigt einkaufen konnten.

Diese Maßnahme sollte meine Arbeitsfähigkeit zeigen. Das Clearing brachte jedoch nichts, denn es führte mich nicht aus den gewohnten Bahnen der Jobsuche, an denen ich zunehmend Zweifel entwickelte. Nach zwei Wochen brach ich es ab.

Ich war seelisch in einem verheerenden Zustand, vollkommen wund und ohne Zukunftspläne oder Ideen, wie ich meinem Leben eine echte Wende geben könnte. Das war die Zeit, in der ich mich zum ersten Mal besonders tief ritzte. Trotzdem musste es irgendwie weitergehen. Also belegte ich erneut einen Orientierungskurs, der mich zu eine Call-Center-Agent-Ausbildung führte. Der Kurs dauerte einige Monate und ich hielt ihn sogar durch, was eine Leistung war, wenn man meine damalige Verfassung mit bedenkt. Ich steckte tief in meiner Essstörung, nahm mittlerweile täglich eine gewaltige Dosis Abführmittel zu mir und musste demzufolge ständig die Toilette aufsuchen. Auf meinem Tisch lagerten Lebensmittel und ich bekam regelmäßig Heißhungeranfälle, die ich sofort wieder mit Abführmitteln bekämpfte. Meine Probleme ließen sich nicht verstecken. Ich war auffallend dünn und sah elend aus, dennoch stufte ich mich selbst keineswegs als krank ein. Dass ich mich sonderbar verhielt und einen Ess-Spleen hatte, konnte ich gelten lassen. Dass die Essstörung jedoch das Ausmaß einer Krankheit und Ausdruck meiner psychischen Leiden war, erkannte ich damals nicht.

Außerdem redete ich mir ständig ein, dass ich alles unter Kontrolle hätte und, wenn ich nur wollte, sofort wieder vernünftig essen könnte. Was für eine Selbsttäuschung! Wenn dem so gewesen wäre, hätte ich eine Gewichtszunahme akzeptieren müssen, sobald ich einmal normal aß. Diese Vorstellung war jedoch unerträglich. Momente, in denen ich mich Essen hingab, wurden sofort bestraft, um möglichst schnell die überzähligen Kalorien wieder loszuwerden. All das waren mir jedoch keine Signale, die Essstörung als das zu erkennen, was sie war: eine Krankheit.

UMGESTYLT UND FREMD
Diese klare Sicht auf mich durch einen nüchternen Blick in den

Spiegel vereitelte auch ein Foto in einer Frauenzeitschrift. Ich habe ein großes Faible für Frauenmagazine, beteiligte mich immer gern an Aufrufen für Leserinnenbeiträge oder Bewerbungen für ein Umstyling, schrieb initiativ Leserbriefe und dergleichen. Über die Zusage für ein Fotoshooting in einer Zeitschrift, die österreichweit erscheint, war ich folglich überglücklich. Das Umstyling war „perfekt", ich wurde sogar mit dem deutschen Model Nadja Auermann verglichen. Bei einer Größe von 1,75 Zentimetern wog ich 48 bis 50 Kilogramm, war knochig und markant. Die Haare waren kurz geschnitten und „strawberry-blonde" gefärbt. Das gesamte Styling, der vermeintlich lässige Habitus und die Art, wie ich fotografiert wurde, machten aus mir eine andere. Eine, die mir selbst fremd war, die ich nicht einmal entfernt mit mir in Verbindung brachte. Es war, als wollte ich mit dem Bild eine Botschaft verkünden: „Da, schaut her! Da ist sie, die ehemalige Versagerin. Jetzt erstrahlt sie in neuem Glanz." Nur ich konnte zu der abgebildeten Person keine Verbindung herstellen. Ich wusste, wie hoch der Preis für das magere Aussehen war. Aber bei meiner Essstörung ging es ja nie um das Magersein aus ästhetischen Gründen, damit ich schön und attraktiv aussähe. Mein Hungern hatte andere Gründe, und so konnte ich beim Anblick des Bildes auch nicht stolz auf mich sein. Im Gegenteil, ich verspürte eine große innerliche Distanz: Hier das vermeintliche Model als reine Fassade und da die eigentliche Katja Knapp – schwach, ohne Selbstwertgefühl, abhängig in einer leidvollen Affäre ohne inneren Halt.

DIE ZWEITE KRISE

In einer Verzweiflungstat – nicht wissend, wie ich meinen Selbsthass bändigen sollte – bekam ich eine fürchterliche Essattacke. Ich stopfte wahllos alles Mögliche in mich hinein, und da ich mich so elend fühlte, gleich hinterher noch eine Unmenge an Antidepressiva. Es war kein gezielter Selbstmordversuch, sondern ein

Akt der Verzweiflung. Es erschien mir alles so sinnlos und ich war von einer grenzenlosen Gleichgültigkeit erfasst. Als mir dann aber klar wurde, welche Menge an Tabletten ich eingeworfen hatte, wurde ich panisch und rief meine Schwester an, woraufhin ich in das Landeskrankenhaus eingeliefert wurde. Dort kettete man mich zur Sicherheit ans Bett und nahm mich stationär auf. Am nächsten Tag wurde ich mit dem Krankenwagen in die Landesnervenanstalt gebracht, das übliche Prozedere bei Selbstmordversuchen. Dem Leiter dort erklärte ich umgehend, dass es sich um ein riesiges Missverständnis handele, denn ich hätte keinen Selbstmordversuch verübt. Ich habe mich nur betäuben wollen, um einfach nichts mehr zu fühlen. Zum Glück akzeptierte man meine Erklärung und stimmte der Entlassung zu.

Dieser Absturz war der Tiefpunkt in meinem Leben. Ich war vollgestopft mit Essen und Antidepressiva, abgefüllt mit flüssiger Kohle als Entgiftungsmaßnahme. Ich fühlte mich fett, aufgeschwemmt, ungewaschen, hässlich.

Kurze Zeit darauf bekam ich eine schlimme Brustentzündung mit hohem Fieber und unerträglichen Schmerzen. Erneut wurde ich ins Krankenhaus eingeliefert, da mir das Antibiotikum per Tropf injiziert werden musste. Die Brustentzündung war eine körperliche Reaktion auf meinen verheerenden psychischen Zustand: das permanente Gefühl der Unzulänglichkeit, der Trennungsschmerz und die chronische Erschöpfung aufgrund der Essstörung und des Konsums der Abführmittel. Mein Körper setzte sich zur Wehr. Während ich dreimal täglich an den Tropf gehängt wurde und am Ende meiner Kräfte war, stellte sich jedoch zum ersten Mal ein lebensrettendes Gefühl ein: Mir wurde bewusst, was ich in der Lage war auszuhalten. Es ging mir miserabel, aber ich konnte es aushalten. Ich war immer noch da und ich war so stark, das alles zu ertragen. Vielleicht war dieser Tiefpunkt der Startschuss für meine allmähliche Gesundung und Selbstfindung. Vielleicht waren diese finsteren Stunden der Anfang, nun

176

wirklich etwas Echtes und Neues zu beginnen.

Doch noch absolvierte ich ein weiteres Praktikum im administrativen Bereich. Dort stellte man mich für irgendwelche sinnlosen Arbeiten ab und träge und leere Stunden vergingen. Es brauchte noch genau dieses eine Erlebnis, bis ich endlich so weit war und die Wende in meinem Leben einläutete. Ein weiteres demütigendes Erlebnis, das mir offenbarte, wie sinnlos die verzweifelte Jobsuche war, nur um irgendwo anzukommen. Endgültig wurde mir klar: ich brauche etwas Substanzielles und Sinnstiftendes in meinem Leben, etwas, das mir wirklich etwas gibt.

ALS ICH EINFACH LOSRANNTE

Zur Bestätigung meiner Aufbruchsstimmung lief ich kurz darauf einen Viertelmarathon. Es waren 10,5 Kilometer, die ich in einer Stunde und 17 Minuten schaffte. Eine gute Zeit und ein persönlicher Erfolg. Schließlich war ich völlig untrainiert und aufgrund meiner Essstörung in einer schlechten körperlichen Verfassung. Eigentlich ist es erstaunlich, dass ich die Strecke bewältigt habe. Für mich war dieser Lauf ein Zeichen dafür, dass in mir Kräfte schlummerten, die freigesetzt werden mussten.

Und vor allem, dass ich zäh und so schnell nicht unterzukriegen bin. Ich musste eben einfach loslaufen, vor allem in die richtige Richtung.

ALS ICH MIT DEM RAUBBAU AUFHÖRTE

Mit dem Beginn eines neuen Jahres ging ich für eine sechswöchige Ausbildung zur Rezeptionistin nach Wien. Die Ausbildung habe ich abgeschlossen, aber viel wichtiger als das waren die Eindrücke, die ich – in der großen Stadt allein auf mich gestellt – gewonnen habe. Ich habe mich in eine Pension einquartiert, streifte durch die Stadt und beobachtete all die vielen Menschen, die sich durch die Straßen bewegten. Die Frauen, ob groß oder klein, ob dick oder dünn, ob elegant oder nachlässig gekleidet: Sie alle machten auf mich den Eindruck, akzeptiert zu sein – so wie sie sind. Und vor allem, dass sie sich selbst annehmen, dass sie sich nicht in Selbstzweifeln zermürben, dass sie nicht wie ich getrieben waren, ein bestimmtes Aussehen zu haben, um geliebt und anerkannt zu werden. Ich sah sie in Gesellschaft mit anderen Frauen oder Männern und hatte das Gefühl, sie quälten sich nicht mit Selbstzweifeln herum. Es tröstete mich, all diese Frauen zu beobachten und ich beschloss, mit der Einnahme der Abführ- und Fettbindemittel aufzuhören. Es war ein erster Schritt aus dem unaufhörlichen körperlichen Raubbau, den ich betrieb, wenngleich der Weg aus der Essstörung heraus hin zu einer Wertschätzung meiner selbst noch lang sein würde. Ein paar Jahre später sollte ich zudem noch erfahren, wie es sich anfühlt, unter einer rheumatischen Autoimmunerkrankung zu leiden.

Eine erste Bilanz ergab, dass ich neben zahlreichen Praktika und Berufsfindungsanalysen insgesamt zehn Angestelltenverhältnisse hinter mich gebracht hatte, von eintägigen über mehrwöchigen bis hin zu mehrmonatigen. Aber niemals hatte ich einen Job für mehrere Jahre. Warum sollte das in Zukunft anders sein? Die Bilanz zeigte mir, dass ich einen anderen Weg einschlagen musste.

ALS ICH EINE WEITE REISE UNTERNAHM
Ich hoffte, in Indien Antworten auf meine vielen Fragen zu finden. Die Inspiration dazu hatte ich aus einem Reiseführer mit dem Titel „101 Reisen für die Seele". Meine Seele hungerte danach, Erlösung zu finden. Ich war empfänglich für alles, was Heilung, Trost und Aufbruch versprach. In dem Buch las ich erstmals über die geheimnisvollen Palmblattbibliotheken in Indien. Der Legende nach sollen Weise, Seher, Heilige – genannt Rishis – fähig gewesen sein, die Lebensläufe von mehreren Millionen Menschen schriftlich auf den getrockneten Blättern der Stechpalme festzuhalten.

Jeder, der erfahren möchte, was das Schicksal für ihn bereithält, muss sich nach Indien in eine der Palmblattbibliotheken zu den Nadi-Readings bemühen. Die Vorstellung, dass jeder Mensch einem Lebensplan folgt, ließ mich hoffen, dass mein bisheriges Unglück und mein Leiden somit einen Sinn haben mussten. Die Vorstellung, dass die Rishis all das aufgeschrieben haben und ich danach fragen konnte, versetzte mich in eine Euphorie. Vor allem hoffte ich, einen Ausblick in meine ferne Zukunft werfen zu können. Ich wollte mein Leben ändern, aber mir fehlten konkrete Visionen für etwas Substanzielles. Und nur nach etwas Echtem sehnte ich mich.

Ich plante die Indienreise unter der Leitung eines deutschen Reiseführers, der sich eingehend mit dem Phänomen der Palmblattbibliotheken beschäftigte. Die Perspektive, dass ich bald Zugang zu meiner persönlichen Lebens- und Leidensgeschichte erhalten und sich mein ganzer Lebenssinn offenbaren würde, versetzte mich in Hochstimmung. Ich war dabei ganz von dem Wunsch getrieben, konkrete Antworten auf meine dringenden Fragen zu finden: Wozu bin ich auf der Welt, was ist meine Berufung, was ist mein Lebenssinn?

Wochenlang fieberte ich auf diese Reise hin. Fünf Tage sollte der Aufenthalt dauern, fünf Tage, in die ich alles hineinprojizierte.

Doch was geschah? Die Tage mündeten in eine einzige Enttäuschung und ich stürzte in eine tiefe Verzweiflung. Der Nadi-Reader las die Texte aus der altindischen Sprache vor, die dann ins Englische übersetzt wurden. Mein Reiseleiter wiederum übersetzte für mich ins Deutsche. Der Nadi-Reader skizzierte nur vage meine künftigen beruflichen Stationen, bei denen immerhin klar war, dass es kein fixer Job sein würde. Er sagte zwischen dem 28. und dem 30. Lebensjahr die Möglichkeit für eine berufliche Ausbildung im Ausland voraus. Im Alter würde ich soziale Dienste übernehmen, noch eine Sprache erlernen, Bücher schreiben und später an einer Nervenkrankheit sterben. Immerhin – das

Schreiben wurde erwähnt. Warum war ich so enttäuscht? War ich zu dem Zeitpunkt so bedürftig und naiv, dass ich einen ganz konkreten Zukunftsplan entworfen haben wollte? Was hatte ich erwartet? Der Gedanke, dass ich das Nadi-Reading als Inspiration hätte sehen sollen, kam mir in dem Moment nicht.

ALS ICH IN EINEM CAFÉ NACH MEINEM TALENT SUCHTE

Wieder zu Hause sah ich in meiner Verzweiflung eine alte Liste an, auf der ich einmal notiert hatte, was ich in meinem Leben noch tun wollte. Darauf stand unter anderem, dass ich zu einem Gespräch in ein Talentcafé nach Berlin reisen wollte. Völlig illusionslos und mit dem trostlosen Gefühl „bringt ja eh alles nichts" flog ich noch in derselben Woche nach meiner Rückkehr aus Indien nach Berlin. Ich hatte nun alles ausprobiert, was konnte ich also noch verlieren? Es war ein Coaching-Gespräch, bei dem innerhalb von zwei Stunden geklärt werden sollte, was die Ziele, Bedürfnisse und Wünsche im Leben sind und wo sich ein besonderes Talent für den Traumberuf verbergen könnte. Wir erarbeiteten mein Profil zu sehr verschiedenen Themen und irgendwann unterbrach ich das Gespräch, um auf der Toilette zu verschwinden. Und dort – so unromantisch das jetzt auch klingt – kam mir ein Gedanke, der sich sofort fruchtbar in mir einnistete und erstmals wirklich als Idee konkrete Formen annahm. Ich wollte ein Buch schreiben, über mich und über andere Frauen, mit Brüchen im Leben. Ein Buch, das mir selbst und den vielen Frauen, die mein Buch lesen würden, Mut machen und wertvolle Anregungen geben sollte. Ich wollte die unterschiedlichsten Frauen porträtieren. Das war meine Idee. Als ich zurückkehrte und der Coaching-Dame von meiner Eingebung berichtete, war sie sichtbar erleichtert, dass ich von selbst auf etwas Konkretes gestoßen war. Sie war überzeugt, dass ich durchaus eine Inspiration für andere sein könne. Und tatsächlich: Ich setzte die Idee um.

ALS ICH AUTORIN WURDE

Zunächst einmal galt es, an interessante Frauen heranzukommen, die bereit waren, mir ihre Geschichten zu erzählen. Hier erwies sich mein Faible für Frauenzeitschriften als vorteilhaft, denn ich zeigte keinerlei Hemmung, sie für mein Vorhaben zu gewinnen. Mit der mir eigenen Hartnäckigkeit überzeugte ich sowohl ein österreichisches als auch ein deutsches Frauenmagazin für meinen Aufruf. Bestens präpariert stieg ich in das Projekt ein. Zum ersten Mal war ich zum richtigen Zeitpunkt am richtigen Ort und die Sache nahm Fahrt auf. Es meldeten sich einige Frauen und schickten mir per E-Mail ihre Geschichten. Über eine Frauengesprächsrunde kam ich auch noch an weitere Geschichten heran. Es war eine Wohltat, etwas Eigenes auf die Beine gestellt zu haben und dafür eine positive Resonanz zu erhalten. Bei jedem Maileingang jubilierte ich. Vor allem war ich begeistert über die unterschiedlichen Lebenswege der Frauen, die mir bestätigten, dass Brüche, Neuanfänge und Scheitern keineswegs eine besondere Spezialität von mir alleine waren. Allein dass sich die Frauen mir anvertrauten, war mir persönliche Anerkennung und Wertschätzung, die mir lange nicht mehr entgegengebracht worden war. Ich stellte die Texte zusammen, schrieb ein einleitendes Vorwort und ließ die Frauen, im Alter von Mitte 30 bis Ende 50, kommend aus Österreich, Deutschland, der Schweiz und aus Lanzarote selbst zu Wort kommen.

Unter dem Titel *„Traumberuf gefunden – inspirierende Lebenswege von Frauen für Frauen"* erschien im Februar 2013 mein erstes Buch, dass mittlerweile Bestandteil von meinem Sammelbandwerk mit dem Titel *„Dem Alltag Sinn geben: Gesammelte Lebensfacetten"* ist.

ALS ICH EIN ZWEITES MAL NACH INDIEN REISTE

Manche Dinge entfalten erst nach einiger Zeit ihren Sinn und man erkennt erst später ihre Botschaften. So erging es mir nach meiner ersten Indienreise. Ich war darauf fixiert, einen ganz konkreten Fahrplan meines Lebens offeriert zu bekommen, sodass ich die geöffneten Türen nicht sehen konnte. In der Zwischenzeit war ich jedoch ruhiger und weniger sprunghaft geworden. Ich wachte nicht mehr mit dem immer gleichen Gedanken auf, mit dem ich abends wieder ins Bett ging: „Ich muss einen Job finden, wie soll es nur weitergehen?" Dennoch war das Thema Arbeitslosigkeit präsent und ich wollte eine Haltung dazu entwickeln, die mich einerseits nicht mehr in die alte Mühle zurückwarf, andererseits aber offen in die Zukunft blicken ließ. Also reiste ich ein zweites Mal nach Indien, allerdings an einen anderen Ort. Ich hatte viel von der Palmblattbibliothek in Bangalore gehört. Dort ging es ganz besonders darum, die eigene Lebensaufgabe zu finden und die Nadi-Readings waren spezialisierter. Diese Reise erlebte ich als einen fruchtbaren Anstoß für tiefere Reflexionen. Erneut wurde deutlich, dass ein fester Job nicht mein Weg sein würde. Die Eindeutigkeit der Aussage löste diesmal keinen Frust aus, denn ich hatte akzeptiert und erkannt, dass ich tatsächlich meinen eigenen Weg finden musste. Mein Platz war nicht in einem Büro oder in einem fest umrissenen Arbeitsverhältnis.

Die größte Erkenntnis nach dieser Reise war jedoch noch eine viel schlichtere und doch in ihrer Tragweite Größere: Allein in meinem Dasein lag der tiefere Sinn meines Lebens. Ich bin in meinem Leben aufgehoben und kann es annehmen, wie es ist. Ich muss nicht mehr darstellen, als ich bin. Meine Identität und Daseinsberechtigung hängen nicht an einem Job. Ich muss mich nicht bis zur Erschöpfung beweisen, muss mich nicht selbst optimieren, wenn mir das nicht gegeben ist. Die einzelnen Wege in meinem Leben sind das Ziel. Für diese Erkenntnis habe ich Jahre gebraucht. Sie sind mein Leben. Ich erkenne einen Sinn in ihnen, denn all die Anfänge, Abbrüche und Neuanfänge machen meine Persönlichkeit aus.

Mit Anfang 20 war ich getrieben von dem Wunsch, wie alle anderen einen klassischen Lebensweg einzuschlagen und in das typische Gesellschaftssystem zu passen. Dazu gehörten eine Ausbildung und ein angesehener Job als Basis, um ein vollwertiges Mitglied in der Gesellschaft zu sein. Diesem Wunsch habe ich alles untergeordnet und war getrieben davon, meinen Platz zu finden. Und dieser Platz, so meine Überzeugung, stand mir nur zu, wenn ich in einem festen Job tätig war. Also suchte ich danach und verdrängte dabei meine Persönlichkeit, meine tieferen Wünsche, meine charakterliche Veranlagung. Und vor allem verdrängte ich, dass ich beständig nach einem tieferen Sinn suchte. Doch zu der Erkenntnis konnte ich erst nach einem langen Leidensweg gelangen.

Nach und nach konnte ich – vor allem – in meiner Biografie mit dem Titel: *„Scherbenmosaik: Mein Leben"*, die Cornelie Kister, eine Profi-Autorin verfasst hat, damit beginnen, offen über meine „Leichen im Keller" zu berichten.

Für mich war es enorm wichtig, Belastendes nicht noch länger unter den Teppich zu kehren, damit ich meine Fesseln aus Selbsthass, mit den damit verbundenen Gefühlen der Schuld und der Unzulänglichkeit, endlich sprengen konnte. Es ist ein sichtbares Zeichen dafür, dass ich mit einem langen und schmerzvollen Kapitel abgeschlossen habe.

Die Bruchstücke meines Lebens fügen sich zu einem Mosaik zusammen und ergeben einen Sinn. Als Einzelstücke sind es Scherben, an denen ich mich schnitt, aber zusammengesetzt ergeben sie ein Muster, ein Ganzes, ein Bild.

That's who I am!

Als ehemalige Job-Abbrecherin, teile ich nun meine Lebensgeschichte mit Gleichgesinnten, um zu entlasten und um zu ermutigen, zu sich selbst zu stehen!

Was ich hinterlassen möchte? Ermutigende Botschaften,

ehrliche Botschaften für andere – für dich, liebe Leserin, und für dich, lieber Leser dieses Buches.

Alica

Glaube ich wirklich, dass ich mutig bin? Darf ich das so selbst-
überzeugt behaupten? Ich fühle ein starkes JA in mir. Dieses
Bauchgefühl ist immer mein Barometer und mein Kompass bei
allen Lebensfragen. Dieses JA ermöglicht es mir, mir nun zu erlauben, dass diese Überzeugung meiner Realität entspricht.

Ich bin also mutig. Das ist etwas Gutes oder?

Und wieder verspüre ich das beschriebene Bauch-Ja.

Cool … mit mir ist also alles richtig.

Wenn du mich fragst, dann bin ich fest davon überzeugt, dass
wir in unserem gesamten Leben nach Antworten Ausschau halten,
die uns spüren lassen, dass wir RICHTIG HIER sind.

Mit HIER meine ich, auf der Welt. Dass unser Leben also einen
Sinn hat. Wir also bleiben dürfen.

Das ist wie bei einer Geburtstagsfeier … wenn wir das Gefühl
haben, wir sind nicht eingeladen, dann werden wir mit großer
Wahrscheinlichkeit nicht zu den „ Late Night Dancern" gehören,
die nach Mitternacht sanft hinausgefegt werden.

Wenn wir also mit dieser einen Frage im Gepäck durch unser
Leben streifen, uns also permanent fragen, ob wir HIER richtig
sind, WAS ermöglicht es uns dann, ganz MUTIG einfach mal ins
kalte Wasser zu springen ohne gleich einen Herzstillstand zu erleiden?

Mut bedeutet für mich, dass ich dem Leben vertraue, dass es
GUT zu mir ist.

Ich hatte keine MUTTER, die mir damals bei meinen Lebens-
entscheidungen MUT zugesprochen hat. Meine Mama war mit ihrer eigenen MUT-Geschichte zu Gange.

So haben viele von uns häufig nicht „die besten" Vorausetzun-
gen, um mit absolutem Enthusiasmus die Komfortzone zu erwei-
tern, à la „HEEEYYY … YEEEESSS … Ich wandere jetzt aus,
springe von wilden Wasserfällen im Dschungel, mache mich
selbstständig, verliebe mich neu und finde meinen Weg zur

Erleuchtung ..."

Ganz ehrlich … Da würden doch die meisten Menschen als Erst-Reaktion mit dem Kopf schütteln und sagen: „Ja, ne … is klar. Studiere du erstmal fertig, sammle deine Erlaubnis- Zertifikate und sei froh, dass du HIER sicher bist!"

SICHERHEIT, oh … noch so ein heilsames Wort.

Ich mag es, mich sicher zu fühlen. Ich mag mein Zuhause, meine Routinen und meine Familie.

Was bedeutet Sicherheit eigentlich?

Wer maßregelt eigentlich unsere Gedanken? Unsere Ansichten?

Nur wir selbst UND alle die, denen wir die Erlaubnis dazu schenken. Den goldenen Schlüssel zu unserem Unterbewusstsein.

Ob ich schon immer so „erleuchtet" gedacht habe?

Nee … mit Sicherheit nicht.

Ich bin nur in vielen (SEHR vielen) Momenten meines Lebens meinen größten Ängsten begegnet.

Nicht weil es in meinem Terminkalender stand. Nein. Sondern weil ich neugierig und lebendig bin. Und dem JA in meinem Bauch erlaubt habe, immer deutlicher mit mir zu kommunizieren.

Wir alle haben so unsere Corona-Geschichten. Meine ist, dass ich Anfang 2020 in einer dunklen Höhle auf einer kleinen tropischen Insel, im Dschungel für sieben Tage meditiert habe (sowas nennt man Dunkelmeditation). Nachdem ich wieder ans Licht kam, habe ich mir kurz darauf beim Spazieren durch ein bloßes Um-knicken meinen Fuß gebrochen (nein DOPPEL-gebrochen).

Ziemlich doof als Alleinreisende auf einer Insel, die hauptsäch-lich aus Sandstraßen besteht. Rollerfahren war jetzt also nicht mehr möglich. Taxis oder Ähnliches, nee … weit und breit nicht.

Eine solche Situation lässt den Geist aufleben und schärft unsere Kreativität. Als ich einen 1960er-Gips in dem kleinen lokalen Krankenhaus der Insel bekam und mir gesagt wurde, dass ich in dem OP (umzingelt von Hunden und Katzen) operiert werden sollte … habe ich dankend abgelehnt. Das NEIN in meinem Bauch hat mich hier fast angeschrien, hahaha.

Nun gut … da waren wir nun … ich und mein provisorischer viel zu enger Gips (den ich mir selbstständig mitten in der Nacht wieder abgenommen habe).

UND DANN?, fragst du dich? … Na, das habe ich mich auch gefragt … ich habe die Entscheidung getroffen, nach Bali zu fliegen, wo seit Jahren mein Ruhepol ist und ich mich am allerverbundendsten fühle.

So kam ich also im Rollstuhl in Bali an, bevor der Lockdown losging. Ich hatte also genügend Zeit, um meinen Fuß ganz in Ruhe selbstständig zu heilen, dem Leben zu vertrauen, Physiotherapie am eigenen Körper zu lernen, ein Buch über Selbstheilung zu schreiben und vieles mehr.

Meine MUTTER habe ich dann auch noch vor dem Lockdown hier nach Bali eingeladen, um intensiv Zeit miteinander zu verbringen und noch enger zusammenzuwachsen.

Unsere Lebensgeschichten zeigen uns, dass wir ALLES entweder als LEID oder als Wachstums-RETREAT empfinden können.

Es ist unser „JA" oder „NEIN", welches uns erlaubt, MUTIG unser Leben zu gestalten. HIER liegt unser Herzensglück.

Ich jedenfalls könnte dankbarer nicht sein, diese Erfahrung gemacht zu haben, durch die ich enorm wachsen durfte. Persönlich und geistig.

Vertraue dem Leben.

Lasst uns miteinander voneinander lernen und gemeinsam LEBENDIG werden.

Meine Mama hat mich damals in der Ukraine Alica getauft. Mein Geburtsname ist Alica Valentinovna Evtuschenko. Sie hat mich nach der Figur im Märchen „Alice im Wunderland" benannt und hatte dabei immer dieses kleine quirlige Mädchen in ihrer bunten Zauberwelt im Kopf.

Ich komme aus einer Künstlerfamilie und bin mit vielen Farben in einem Atelier aufgewachsen ...

So bunt und fantastisch, wie sich das Ganze anhört, war meine Welt allerdings nicht immer. Sie war eher das absolute Gegenteil. Dunkel, grau ... und mit einem ungesunden Filter belegt.

Ich hatte lange Zeit absolut KEINE AHNUNG, wer ich bin ... was ich kann oder was mich ausmacht.

Ich habe gesucht. Nach Liebe. Und mich häufig in der Suche verloren. Abgetrennt von mir selbst.

Mein Körper hat mir viele Jahre über ganz laut signalisiert, dass ich aaaaabsolut in die falsche Richtung gehe und GEGEN mich handle anstatt MIT meiner Natur.

Doch ich hatte keine Zeit, um mich mit all dem auseinanderzusetzen. Ich hatte Wichtigeres zu tun. Es wäre auch in meinen Augen damals (durch diesen tristen melancholischen Filter) alles viiiiel zu anstrengend und zeitaufwendig gewesen.

Deshalb habe ich lieber den „leichten" Weg genommen und meine bunten Farben so lange es nur ging ausgeblendet.

Bis es eben dann nicht mehr ging.

Ich habe nach meinem Abitur (welches ich durch meine Nachprüfung mit 3,0 mehr als erfolgreich abgeschlossen habe, obwohl ich damals nicht einmal nach deutschen Richtlinien eine Qualifikation hatte, um auf das Gymnasium zu gehen, hahahaha).

Auch damals habe ich bereits bewusste Entscheidungen hinsichtlich meiner Laufbahn getroffen, da ich für mich wusste, dass es in meinem Leben nicht auf die Benotung ankommen soll.

(Natürlich war meine Mama anderer Meinung ;-))

HEY! Ich bin verdammt stolz auf mich – mit Kunst, Psychologie und Sport im Gepäck, den Fächern, in denen ich überragend war, ging es dann als Integrationshelferin in eine Förderschule. Ich habe ein Jahr lang ein Mädchen betreut und mir viele Berührungsängste genommen, die ich behinderten Menschen gegenüber hatte.

Für ein Psychologiestudium hat mein NC ja nicht ganz

ausgereicht.

Alica: „Es gibt immer Wege, die BESSER und GENAU RICH-
TIG für dich in genau dem richtigen Moment sind. Es gibt keine
Hindernisse. Auf in deine Ängste und durch da."

So oder so ähnlich sah mein Selbstgespräch in den glücklichen
Momenten aus – in denen ich tief mit meiner Seelenmitte verbunden war und in mir diese unglaubliche und undefinierbare Kraft
gespürt habe.

ALLES IST MÖGLICH!

Meine Neugier für mich und mein Inneres wurde immer größer
… ich wollte mich entdecken und kennenlernen. Wirklich kennenlernen.
    Mein MOTTO war „Wovor hast du am meisten Angst? … TU
ES!" Über fünf Jahre lang habe ich als Casting-Redakteurin bei
einer der größten Produktionsfirmen in Deutschland gearbeitet.
    Jedes Wochenende ging es auf Deutschlandtour, Österreich,
Schweiz ...
    Dann habe ich mich entschlossen nebenbei noch eine klassische
Schauspielausbildung zu machen. Mit vielen Zigaretten und Rot-
wein sollte das irgendwie alles machbar sein.
    Auslands-Classes in Los Angeles und New York folgten.
    Eine feste Hauptrolle in einer TV-Show, Playboy, Talksendun-
gen, Roter Teppich und noch mehr Zigaretten und Alkohol.
Durchgetanzte Nächte auf Berlins begehrtesten Premiere-Partys
und wichtige Gespräche, die keinerlei Inhalt hatten. Von Funkel
zu Dunkel.
    ENDE!!! Im wahrsten Sinne des Wortes!

Eines Morgens wachte ich auf, ein wenig wie in Watte gepackt.

So ganz mehlig im Kopf. Stell dir vor, du beißt in einen mehligen Apfel ... so in etwa hat sich diese dumpfe Emotion in mir angefühlt, als ich realisierte:

Vor meiner Türe steht kein Taxi mehr, um mich abzuholen und wie jeden Morgen zum Set zu fahren. An das Set, an dem ich 24/7 jede Minute meines Tages verbracht habe. Der Stecker unserer Sendung wurde von heute auf morgen gezogen und mein Leben sollte eine RADIKALE Veränderung erfahren.

ZUM GLÜCK!!!

Denn genau in diesem Moment realisierte ich (okay ... seien wir mal ganz ehrlich ... ich habe eine Woche lang so gar nichts realisiert sondern bin von Bett zu Kühlschrank gepilgert und zurück).

Aber DANN gab es kein Zurück. Die Frage in meinem Kopf war so laut ... mein Körper so MÜDE, so ausgelaugt, so verstimmt.

„WER BIN ICH?"

Ich bin seit diesem Moment auf eine lange niemals enden-e Reise durch viele Länder und kulturelle Unterschiede gegangen ... ein wenig back to Alice im Wunderland ... das größte Wunderland war allerdings IN MIR.

Plötzlich wurde meine Welt BUNT, ja so richtig farbenfroh, lustig, frei und so, so viel leichter.

Warum? Weil ich NICHT mehr DAS getan habe, was ich dachte, das ich tun muss, um Liebe zu erfahren.

Ich habe MICH gelebt.

Ich habe aufgehört, jemand sein zu wollen, und mich angenommen als das unendliche Wesen, welches ich bin. Mit all seinen Facetten und Wundern. Ohne Label. Eine Seele, die alles sein darf und nichts sein muss.

Die Masken, die ich mir vorher (nicht nur am Set, sondern vor allem privat) angezogen habe, durften nach und nach fallen und Raum für NACKTHEIT und ehrliche und bedingungslose Liebe schaffen.

Hier sind wir nun also ... wenn du mich fragst, was ich beruflich mache? Mhmm, das werde ich nämlich häufiger gefragt und am liebsten hat meine Mama mich das viele Jahre über gefragt, als ich auf Reise war und sie nicht greifen konnte, wie ich mir meinen Lebensunterhalt verdiene. Meine Lebensweise hat so gar nicht ihrem klassischen Sicherheitsdenken entsprochen.

Nun gut ... wessen Leben lebe ich denn, meines oder das von meiner Mama? – RICHTIG.

Somit habe ich mir selber einen Begriff geschenkt, der sich für mich einfach gut anfühlt.

Ich bin Glücks-Forscherin.

Ich entdecke tagtäglich neue interessante Dinge in mir und in der Welt.

„Was ist bloß los mit mir?"

„... ah ... es ist halt so. Bei meiner Mama ist es auch nicht anders. Außerdem werde ich ja auch älter ..."

„Oder vielleicht google ich nochmal kurz, ob andere das auch haben?!"

„Oh GOTT ... ist es KREBS?!"

Hat der Arzt dir auch schonmal gesagt, dass du diese eine Creme und die „lindernden" Tabletten jetzt für immer verwenden musst? Ist da dieser Zettel bei dir zuhause am Kühlschrank, der dir mit großen ROTEN KREUZEN anzeigt, was du alles NICHT mehr darfst? Verlierst du gerne mal durch all die Symptome den Spaß und die Leichtigkeit am Leben? ODER ist dein Terminkalender gespickt mit Arztterminen? ... und hat dir noch keiner der jeweiligen Experten auf ihrem Gebiet sagen können, was genau mit dir nicht stimmt?

Bekommst du gesagt, dass alles OK ausschaut ... du dich aber trotzdem (entschuldige den Ausdruck) BESCHI**EN fühlst?

Denn genau an diesem Punkt habe ich mich bereits häufiger in meinem Leben befunden. In solchen Momenten hätte ich mir nichts sehnlicher wünschen können, als einen kleinen GUIDE (eine Art Freundin oder Freund) zu haben, die mir einfach die Möglichkeiten und Optionen auf einen Blick zeigen – aus genau einer Quelle, ohne mich durch das ganze Netz zu googeln … ohne zu verzweifeln und zu glauben, dass ich für immer auf meine innere Freiheit verzichten muss …

Stell dir vor, du wachst eines Morgens auf und spürst plötzlich eine ganz neue Verbindung zu dir. Eine ganz neue Akzeptanz. Einen inneren Frieden. Ein Verständnis. Du hörst eine Stimme, die zu dir spricht und sagt: „Guten Morgen, Sonnenschein … hast du gut geschlafen? Wie geht es dir grade? Was würde dir genau JETZT so richtig gut tun und dein absolutes Wohlbefinden fördern? Was auch immer es sein mag – ich freue mich auf alles, was du mir sagst, ich kann es kaum erwarten aufzustehen und mit dir gemeinsam in den Tag zu starten … Lass uns den aller aller besten Tag unseres Lebens daraus machen und viele Wunder und Abenteuer antreffen. LOS GEHTS …"

Stell dir vor: All das, wovon du vielleicht grade glaubst, dass es nicht geht, ist plötzlich MÖGLICH. Akzeptiere einmal für genau diesen einen Moment, dass vielleicht mehr hinter deinen Symptomatiken steckt als „NUR" ein Problem.

Stell dir vor: Du fängst an, eine neue Sprache zu sprechen und in Dialog mit deinem neuen besten Freund zu gehen: deiner SEELE, welche in deinem Körper wohnt. Hast du schonmal darüber nachgedacht, ihr einen Namen zu geben? Noch nicht? … Mhm, ich finde, sie hätte einen verdient. Denn ab jetzt seid ihr im regen Austausch miteinander. Du kennst ihren Namen bereits, wenn du deine Augen schließt.

Dein Körper hat eine Geschichte zu erzählen und manchmal ... (wie damals im Geschichtsunterricht) geht all das lange, lange zurück ... und wenn wir lange nicht aufmerksam gelauscht haben, haben wir etwas nachzuholen ... doch da kommen wir schnell wieder hin, wenn wir EHRLICHES Interesse haben.

Dieses ehrliche Interesse ist dein Commitment (dein Versprechen) dir selbst gegenüber. Dein Versprechen, ab jetzt deiner WAHREN NATUR zu vertrauen und ihr zu folgen. Aufmerksam zu lauschen und „JA!" zu sagen. Ein bedingungsloses „JA" zu dir selbst. Aber mehr dazu gleich.

Wichtig ist genau JETZT, genau HIER an diesem Punkt wirklich zu VERTRAUEN und die Möglichkeit einzuladen, dass HEILUNG und dadurch absolute INNERE FREIHEIT, INNERER FRIEDEN und INNERES GLÜCK möglich sind ... JA!! Gerade für Dich.

Du DARFST GLÜCKLICH sein. PUR und LEICHT. Einfach genau so, wie du bist. Genau so, wie sich deine wahre Natur wohl fühlt und entfalten möchte. Wenn du dieses Buch betrachtest, erscheint es dir als feste Materie, oder?

Also, ob Buch, Laptop, iPad oder andere technische Errungenschaften ... alles ist irgendwie FEST und scheint stabil und DA zu sein.

Die Wissenschaft versichert uns jedoch, dass es zu 99,999 Prozent aus Raum besteht. Aber es sieht trotzdem fest aus. Ist das nicht verrückt? Es besteht zu 99,999 Prozent aus Raum – nur sind die Moleküle so angeordnet, dass das Buch fest und undurchdringbar erscheint. Was wäre, wenn es sich mit jeder einzelnen der Limitierungen in deinem Leben und deinem Körper genauso verhielte? Wenn sie dir fest erscheinen und du sie bislang auch nur so betrachten konntest?

Ich weiß, das klingt seltsam ... und trotzdem möchte ich dich – sofern du dazu bereit bist – auffordern, deine Wahrnehmung dahingehend zu verändern, dass die Dinge nicht unbedingt fest sind, niemals fest waren und auch nicht mehr fest sein müssen.

Ich möchte dich – und die Energie, die du bist – dazu auffordern, an den Zeitpunkt zurückzukehren, an dem du diese Moleküle alle zu etwas Festem angeordnet hast, statt sie in ihrem Raum, ihrer Flexibilität und Veränderlichkeit zu belassen. Nun löse diese Anordnung auf, damit die Moleküle wieder den Raum erhalten, der eigentlich zu ihnen gehört. Auf diese Weise kannst auch du der Raum sein, der dich in Wahrheit ausmacht. Das ist alles.

Und doch noch viel mehr!

Das Leben liebt dich und die Liebe leitet dich bei deinen Abenteuern. Das Universum sagt immer „JA!" zu dir.

ABER: Warum widersetzen wir uns eigentlich unserer inneren Weisheit zu folgen, fragst du dich vielleicht gerade? Dafür gibt es eine einfache Erklärung:

Als Kinder hören wir das Wort „JA" viel zu selten. Wir hören das Wort „NEIN" und hören prompt auf, unserer inneren Stimme zu folgen. Um zu gehorchen und auf die Stimme von Mama und Papa zu hören.

Das erste Wort, welches die meisten Kinder laut Forschungsergebnissen lernen zu sprechen ist „NEIN". Ich dachte auch immer, es sei „Mama" oder „Papa" ..., aber enttäuschenderweise ist es das Wort „NEIN".

Andere Untersuchungen haben ergeben, dass Kinder das Wort „NEIN" bis zu 400 Mal am Tag hören. Die Eltern, die ihre Kinder auf diese Weise erziehen, haben es in ihrer Kindheit ebenfalls nicht anders erfahren.

Am Anfang war das WORT und DAS Wort war „NEIN" ... Was für ein Start ins Leben ...oder?

Stell dir Mal vor, das erste Wort wäre „JA!".

Jedes Kind hat eine unglaublich starke innere Weisheit – und wir dürfen lernen, ihr zu vertrauen. Dafür ist es notwendig, dass wir in einer liebenden, positiven und befürwortenden Umgebung aufwachsen.

Schau mal ... und genau hier finden wir eine magische goldene

Linie zwischen gesund aufwachsenden Kindern in einer Familie und gesunden Zellen im Körper. An diesem Punkt würde ich gerne auf die Forschungsergebnisse von Dr. Bruce Lipton verweisen, der anhand von zahlreichen Tests so wundervoll dargestellt hat, dass die Gesundheit einer Zelle im Körper von der Umgebung abhängt, in der sie sich befindet. Eine liebende und positive Umgebung kreiert liebende und positive Zellen im Körper. Also GESUNDE Zellen. Eine von Angst und Negativität geprägte Umgebung kreiert kranke Zellen.

Wenn Kinder nicht die Möglichkeit bekommen in einer vertrauensvollen, sicheren und liebenden Umgebung aufzuwachsen, vergessen sie die Existenz ihrer inneren powervollen Weisheit. Indem wir auf unsere eigene innere Weisheit hören, lernen wir uns selbst zu lieben.

Auf diese Weise erhalten wir den MUT, unsere Wahrheit zu leben. Wenn wir aufhören, auf unsere innere Weisheit zu hören, führt das dazu, dass wir uns selbst ablehnen, anstatt uns selbst treu zu sein. Anstatt unser individuelles, wahres EINZIGARTIGES ICH zu zelebrieren … Setzen wir eine MASKE auf.

Wir lernen uns anzupassen, wenn andere es so von uns erwarten. Wir lernen, uns zu verbiegen um anderen zu gefallen. Wir lernen, was es bedeutet, „normal" zu sein, um dadurch Anerkennung und Lob zu erhalten.

Aber ganz ehrlich … am Ende unseres Lebens werden wir nicht vom heiligen Petrus in einem TEST gefragt werden, was es bedeutet, „normal" zu sein.

Das Ausschlusskriterium, um in den Himmel zu kommen, lautet nicht „Du musst NORMAL sein!" Dafür sind wir nicht hier. Wir sind nicht hier, um uns ein Leben lang auf diesen Test vorzubereiten. Wir sind hier, um zu LEBEN.

Ich möchte dich hiermit herzlich einladen, GENAU SO zu sein, wie du bist. PUR ... NACKT … UNVERPACKT.

In deiner vermeintlichen Schwäche liegt dein größtes Geschenk.

Lasst uns unsere ganz EINZIGARTIGE Weisheit zelebrieren.

Stell dich doch genau JETZT ... ganz egal, wo du grade bist, hin und sage laut zu dir selbst:

„ICH BIN WEISE!"

„ICH VERTRAUE MIR!"

Klingt vielleicht einfach ... ist es allerdings nicht immer. So häufig habe ich diese Übung bereits im Kreise von Workshops und Retreats ausprobiert. Oft durfte ich dabei feststellen (und nicht nur ich, sondern wir alle), dass eine riesengroße Hemmschwelle besteht zwischen WAHRHEIT und LÜGE. Wir möchte gerne Dinge vortäuschen, um auch hier der Herde zu folgen – doch meinen wir nicht immer, was wir sagen.

Wenn wir die Dinge nicht wirklich meinen ... diese sich also nicht gut und nicht „RICHTIG" für uns anfühlen ... leiten wir genau diese Botschaft auch an unsere Zellen weiter. Somit gilt ab JETZT auch hier: Meine, was du sagst. Spüre, was du meinst.

Dies ist das Geheimrezept für glückliche und gesunde Zellen in deinem Körper.

ET VOILA!

Um kurz mal zu beleuchten, was passiert, wenn wir dieser inneren Weisheit nicht vertrauen:

Die Gewohnheit der Selbstablehnung übernimmt die Kontrolle in unserem Leben. Einer muss ja schließlich vorausgehen. Wir hören auf von innen heraus zuzuhören. Die Kontrolle und der automatische Mechanismus setzen sich spielerisch aus Gewohnheit über deinen Körper hinweg und machen Friede-Freude-Eierkuchen-like was immer sie wollen. Die Zeit vergeht und Stück für Stück ... Meter für Meter entfernen wir uns von unserem wahren SELBST.

Erkennst du dich selber im Spiegel ... kannst dir dir wirklich in die Augen schauen?

Kannst du einer anderen Person lange in die Augen schauen, ohne wegzusehen? Probiere es gerne mal für dich aus.

Wir werden uns selber fremd und reden uns ein: „Ich bin nicht wichtig."

Wir hören auf, uns selbst zu glauben, und wir hören auch auf, für uns selbst zu sorgen … weil wir ja NICHT wichtig sind. Wenn wir nicht wirklich wissen, wer wir sind … WIE verflixt sollen wir dann nur wissen, WAS wir benötigen?!

Eigentlich haben wir alle hier dasselbe Ziel … seien wir mal ehrlich?!

Wir wünschen uns, GLÜCKLICH zu sein.

Doch umso weiter wir uns von unserer inneren Weisheit entfremden und anderen lernen zu folgen … desto weiter entfernen wir uns von unserem wahren Selbst.

Weißt du eigentlich, wozu DU WIRKLICH „JA!" sagst? Oder schaltet sich in genau diesem Moment das kleine „ICH SOLLTE" Teufelchen ein? Welches dir diktiert: „Ich sollte … ich sollte … ich sollte …"

„Ich muss … Ich muss … Ich muss …" WER sagt DAS?

Wenn wir die Worte „MÜSSEN und SOLLEN" aus unserem Leben verabschieden, stellt sich automatisch so eine frische neue Leichtigkeit ein, welche diese klingelnde und aufdringliche Stimme in unserem Kopf abschaltet. So wird es ruhig und leise und wir können wieder lauschen, was innerlich auf uns wartet. Das ist der erste Anstoß zu unserem inneren DIALOG.

Wenn wir uns nämlich selbst ablehnen, haben wir auch schreckliche Angst davor, von anderen abgelehnt zu werden. Wenn sie uns dann ablehnen, denken wir, dass wir ganz alleine sind und uns keiner mehr liebt. Wir tun unser Bestes, um uns zu jemandem zu machen, der akzeptabel und liebenswert ist. Wir pressen uns in irgendwelche Formen und lassen uns in vorgefertigte Schablonen gießen, um hoffentlich anderen zu gefallen.

Wir nehmen Rollen an, wie:

Die, die immer hilft

Der Spaßvogel

Das Brain
Der Guru
Die Prinzessin
Der Nichtsnutz …

In dem ständigen Bemühen um Liebe und Anerkennung – da wir
uns dadurch ein erfolgreiches Leben versprechen. Vielleicht ist
aber auch dir bereits aufgefallen, dass immer so ein nagendes Gefühl zurückbleibt … so eine innere LEERE. Wir hören ständig so
eine innere Stimme, die sagt: „Es FEHLT etwas ...“

Bei deinem EHRLICHEN „JA!“ geht es wirklich darum, den
tiefsten inneren Teil von dir kennenzulernen … einmal in alle
Ecken zu schauen, dich zu deiner einzigartigen Schönheit zu com-
mitten. Deiner SeelenNATUR zu folgen und deiner Kreativität zu
folgen.

Genau DAS bedeutet „TREU SEIN“.

DAS bedeutet „SELBSTLIEBE“… deinen eigenen WERT an-
zuerkennen und diesen in seiner vollen Pracht in die Tat umzusetzen.

Das ist DER WICHTIGSTE JOB in deinem Leben und DIES
HIER (genau JETZT GENAU HIER zu SEIN) ist die wichtigste
Ausbildung in deinem Leben.

Der persische Dichter RUMI schenkte dieser Welt ein Gedicht
mit dem Namen:

„SAGE SCHNELL JA!“

In deinem Inneren wohnt ein KÜNSTLER, den du vielleicht
noch nicht kennst …

Ist es wahr, was ich sage? Sag schnell „JA!“ Ganz so, als wenn
du es ganz sicher weißt ….

So, als wenn du es schon IMMER … schon vor dem Beginn des
Universums gewusst hast.

Sage zu DIR SELBST „JA!“ Genau JETZT. Dein HEILIGSTES
JA!

Dieses „JA!" spürst du tief in deinem Bauch.

Du hörst dieses „JA!" in jeder Zelle deines Körpers … in deinem Herzen, in deinem Kopf und in deinem kleinsten Zeh wird es ebenfalls kribbeln.

Du hast gar keine Wahl mehr, ihm nicht zu folgen … du kannst gar nicht anders …

Dieses „JA!" fühlt sich einfach so unfassbar RICHTIG an.

Es ist DEIN JA. Es gehört niemandem sonst. Nur DIR.

Du weißt ganz genau, dass, wen du jetzt nicht darauf hören würdest, dein kompletter Körper und dein gesamtes System darauf reagieren würde. Lass dich mit neugierigen Augen auf dieses kleine Abenteuer ein und vertraue der Kraft des Universums. Genau wegen diesem kraftvollen „JA" zu mir selbst schreibe ich jetzt grade dieses Buch …

Als ich vor wenigen Wochen noch auf einer kleinen thailändischen Insel Namens KOH PHANGAN für sieben Tage in völliger Dunkelheit …in einem „Erdloch"-ähnlichen DOM meditierte, sprach diese innere Weisheit so unglaublich laut zu mir … dass ich einfach keine andere Wahl hatte. Ich wusste noch nicht, was das Thema meines Buches sein sollte … es gab zaaaahlreiche Themen in einem Leben, welche mich als Coach und Künstlerin tagtäglich begleiten und bewegen. Doch sollte ich ganz kurz nach meiner „Freilassung", haha-ha … (das hört sich hier an, als wäre ich im Gefängnis gesessen) … mein Bein brechen.

Ja genau … mein Bein brechen. Um genau zu sein, habe ich mir einen Bruch in meinem Sprunggelenk und Talus zugezogen. Einen DOPPEL-Bruch … JUHUU, Jackpot. Ein solcher Bruch ist natürlich fantastisch, wenn man irgendwo im Nirgendwo als Alleinreisende auf einen Roller angewiesen ist, um über die hügeligen (nicht immer asphaltierten) Straßen von A nach B zu kommen.

Wenn ich doch wenigstens eine spannende Geschichte zu

erzählen hätte, so eine abenteuerliche Dschungel-Story wie: „Als ich auf dieser kleinen Insel im Pazifik KOPFÜBER von einem 16 Meter Wasserfall gesprungen bin und unten angekommen, vor einer Wasserschlange flüchten musste …"

Ähhh … nee, ganz so war es nicht, leider. Also, den Wasserfall, den gibt es wirklich … und gesprungen bin ich auch, doch DER ist auf Bali und bei der Aktion ist genau: gar nichts passiert. Stattdessen schenkte mir das Universum eine Art Bordstein-Kante… (sehr kreativ), von der ich dann mal kurz (falsch) runter gestolpert bin. HALLELUJA! mein neues Zwölf-Wochen-Selbst-Retreat war geboren und somit auch die Idee (oder vielmehr die Eingebung) zu diesem Buch* The Art of intuive healing, die Kunst, intuitiv gesund & glücklich zu leben.

Ich durfte nämlich auf der kleinen Insel so einige Mael mehr und mal weniger lustige Herausforderungen meistern … Unter anderem die Entscheidung, ob ich mich in einem OP-Saal inmitten von Hunden und Katzen operieren lassen möchte und ein wunderschönes glänzendes metallfarbenes Andenken bestehend aus sechs Schrauben und einer Platte in meinem Fuß als Mitbringsel geschenkt haben möchte.

Mhm … ganz ehrlich … DIE Entscheidung fiel mir zur Abwechslung recht leicht, da gab es ein klares „NEIN!" beziehungsweise ein HEILIGES JA für meinen natürlichen und ursprünglichen Zustand meines Körpers.

Nachdem ich also mit einem eher weniger vielversprechenden Mittelalter-Gips und Holzkrücken ausgestattet das Krankenhaus wieder verlassen habe, durfte ich mich mal ganz besonders in Sachen SELBSTHEILUNG beweisen. Denn eine tatsächliche Wahl, die für mich in Frage gekommen wäre, hatte ich nicht.

Tierische OP >>> Klaaares NEIN. (Auch wenn die Einheimischen echt lieb waren ...)

Komischer Mittelalter-Gips à la „Ich mach mal irgendwas nach You-Tube-Tutorial) >>> ähhh, NEIN.

Den Gips habe ich mir nämlich eines Nachts, Gott sei Dank, selbstständig abgenommen. War echt eng und nach zwei schweiß-gebadeten Nächten hat meine innere Stimme mich förmlich ange-schrien und mir Anweisungen gegeben: „Jaja … ok … ich mach ja schon …"

So habe ich also mitten in der Nacht über den Facebook-Mess-enger ein etwas „moderneres" Krankenhaus kontaktiert und am nächsten Tag eine Art TRANSFORMERS-ZUKUNFTS-SCHUH, auch Aircast Schiene genannt, zu mir ins Hotelzimmer gebracht bekommen.

Welcome to the 21st Century.

Übers Internet sind die Asiaten wirklich gut erreichbar, das muss man ihnen lassen. Dies war also der Beginn meiner aben-teuerlichen Reise, mit Kopfsprung hinein zu meiner inneren SELBSTHEILUNG.

Wenn du jetzt denkst, das sei das erste Mal, dass mir etwas der-gleichen passiert … mhm … NEIN. Also Jain … gebrochen hatte ich bisher noch keinen Knochen, doch ich durfte auf meiner Le-bensreise schon viele kleine Tode sterben. Ob Kindheitstraumata … Beziehungs-Dramen, Trennungen jeglicher Art, Wohnungs-verlust, Geldsorgen, Zukunftsängste … ÄNGSTE ist hier das kleine (große) Stichwort.

Wenn du mehr über meine Geschichte als Schauspielerin oder meine Herkunft (Ukraine) erfahren magst, dann höre doch gerne mal in meinen Podcast *New earth/Alica Büchel rein.

Mich haben all die Kopfsprünge gradewegs in meine größten Ängste wirklich innerlich frei werden lassen.

Hey … aber glaub mir, es geht nicht um das eine Ziel, GESUND oder FREI zu werden, sondern nachhaltig deinem Leben einen angenehmen und erfüllenden Rhythmus anzueignen. So dass du sagen kannst: Das ist MEIN Leben und es fühlt sich SO unglaub-lich schön an.

Elena

„Dort, wo Worte nicht ausreichen, beginnt die Kunst."

Es ist eigenartig, aber für andere Menschen kann ich mich viel besser einsetzen als für mich selbst. Ich habe mich oft gefragt, warum das so ist. Das ist wohl meine kindliche Prägung, die mich dazu machte, was ich bin, dachte ich, als ich mir Gedanken über diese Erzählung machte und die ersten Zeilen verfasste. Gleich zwei Mutgeschichten möchte ich erzählen, weil sie in kausaler Verbindung zueinander stehen und ohne die eine würde es die andere nicht geben. Durch beide dieser Geschichten wurde mein Leben zweimal komplett verändert.

Jahr 1994

Mein Leben war unerträglich geworden. Ich wollte nur noch weg. Meine Eltern, meinen Noch-Ehemann, das Studium und auch meinen Liebhaber, bei dem ich gelegentlich Trost suchte, da meine Ehe bereits in Trümmern lag, das alles wollte ich nur noch hinter mir lassen. Es war ein Leben voller Verrat, Intrigen, Manipulation und Frust.

In diesem Jahr erkrankte meine Tochter, sie war damals vier Jahre alt. Sie konnte nichts essen, hatte Bauchschmerzen und weinte, ich rief den Krankenwagen und die Ärzte sagten: „Wir können nicht helfen, wir haben keine Medikamente." Ich war verzweifelt. Ich litt. Mein Verstand suchte nach einer Lösung, ich wollte meinem Kind nicht beim Sterben zusehen. Was tun? Ich musste mir etwas einfallen lassen. Die Lösung war ungewöhnlich, aber sie hat funktioniert. Ich suchte nach einem Partner im Ausland, denn in der Ukraine konnte ich nicht auf Hilfe hoffen. Einen Mann, der mich heiratet und meinem Kind ein Vater wird. Ein liebevoller Vater, da der leibliche andere Pläne für sein Leben hatte.

Dating-Portale gab es damals noch nicht, das große WWW steckte in den Kinderschuhen, und ich nahm den klassischen Weg: Zeitungsanzeigen. Diese Anzeigen wurden gehandelt wie Goldschätze. Sie wurden aus Polen importiert und unter Freunden verteilt. So kam auch ich an ein begehrtes Exemplar. Ausländische Heiratswillige suchten nach einer slawischen Frau. Drei Kandidaten habe ich mir ausgesucht und alle drei angeschrieben. Ich schrieb die Wahrheit. Dass ich mein Land verlassen wollte, dass meine Tochter krank war und dass sie schnellstmöglich Medikamente brauchte. Die Briefe gingen nach England, in die USA und nach Deutschland.

Der deutsche Kandidat schien der zuverlässigste von allen zu sein, er antwortete schnell und war sehr höflich. Er war ein sehr sympathischer Mensch, dem ich sofort vertraute. Er organisierte Medikamente, schickte sie mir in die Ukraine und meiner Tochter ging es schon bald besser. Ich war glücklich, verliebt und hoffnungsvoll. Und dann kam er auch noch mit einem Haufen Papieren und machte mir einen Antrag. Ich fühlte mich wie in einem Märchen. Der Prinz, das Pferd, der Rosenstrauß …

Was danach geschah, war so turbulent, es fühlte sich manchmal nicht real an. Ich dachte, kneif mich, bin ich es wirklich? Träume ich? Aber nein, das war mein Leben.

Ich ließ mich scheiden, wir heirateten und ich kam zum ersten Mal in meinem Leben im Ausland an.

Mein Flugzeug landete in Frankfurt am Main, und ich war regelrecht überwältigt von den Dimensionen des Flughafens. Im Vergleich dazu war der Kiewer Flughafen damals ein Dorfflughafen mit einer großen Halle und verschmutzten Toiletten.

Ich war so euphorisch, dass es keinen Platz für Zweifel und

Bedenken gab. Ich war nur noch fasziniert von Deutschland, der Landschaft, der Sauberkeit und auch dem Mann an meiner Seite, der stets höflich und zuvorkommend war. So eine neue, faszinierende Welt! Dass ich meine Heimat verlassen habe und mit ihr meine Familie, meine Freunde, mein Zuhause, bereitete mir keine Zweifel. Ich schaute nach vorne, war jung, naiv und voller Hoffnung, meiner Tochter und mir ein besseres Leben bieten zu können.

Familie. Ukraine, Tschernihiw.

Mein Vater war ein begnadeter Künstler und Grafiker, ein freiheitsliebender, kreativer Geist. In der Sowjetunion war diese rebellische, nonkonformistische Art nicht gefragt, sie wurde systematisch verfolgt. Mein Vater wurde verklagt und kam ins Gefängnis. Der Vorwurf: Er schimpfte im Gotteshaus. Es gab eine Zeugin, eine alte Frau, die gegen ihn aussagte. Mein Vater versicherte, dass er seit Jahren die Kirchen nur von außen betrachtete. Aber seine Aussage spielte keine Rolle. Schon im Gerichtssaal wurden ihm die Handschellen angelegt. Das war eine damals, wie heute in Russland, übliche Art, den Willen der Menschen, die nicht systemkonform sind, zu brechen, sie einzuschüchtern und dann vor die Wahl zu stellen: Wir lassen dich und deine Familie in Ruhe, wenn du mitarbeitest und dich ruhig verhältst, unauffällig. Damals war ich fünf Jahre alt.

Mein Vater hatte eingelenkt, aus Angst um mich und meine Mutter. Er wollte unser Leben nicht ruinieren.

Das sind Erfahrungen, die mich geprägt haben. Ich bin zu einer Kämpferin für die Rechte von Schwachen und Benachteiligten geworden. Willensstark, unangepasst, systemkritisch.

Damals lebte ich mit meinen Eltern in einer Zweizimmerwohnung, die sich in der sechsten Etage eines 14-stöckigen

Hochhauses befand.

Zuerst waren wir zu dritt, meine Eltern und ich. Danach zog mein frischgebackener Ehemann bei uns ein und neun Monate später meine Tochter. Ich sage „meine" und nicht „unsere" aus einem einfachen Grund, sie war nicht gewollt. Von niemandem, außer mir. Ich liebte sie ab dem Moment, als meine Frauenärztin verkündete: „Sie sind schwanger!"

Dieses kleine Wesen hat meinem Leben Inhalt gegeben und mir die Kraft, aus den vorhandenen Verhältnissen auszubrechen.

Aber der Reihe nach. Wir lebten also zu sechst in beengten Verhältnissen und es war klar, dass das nicht lange gut ging. Unser Alltag war geprägt von viel Streit, Drama und Alkohol, worin manche Beteiligten versucht haben, ihren Frust zu ertränken. Natürlich erfolglos …

Die Frage „wer bin ich?" ist eine grundsätzliche Frage, die jeder Mensch sich früher oder später stellen sollte. Diese Frage ist sehr wichtig, ich denke mittlerweile, das ist die wichtigste Frage überhaupt. Nur damals wusste ich noch nicht wirklich, wer ich war. Meine Seele schmerzte und ich wusste nur, so kann es nicht weitergehen.

Es ging erst mal ums Überleben, um mein Kind in erster Linie. Ihr Vater hat sich aus dem Staub gemacht, als sie wenige Monate alt war. Um sicherzugehen, dass ich ihn nicht finden und eventuell Unterhaltungsforderungen stellen könnte, hat er sich eine neue Identität hinzugelegt. Der Name des Vaters, der in der Geburtsurkunde meines Kindes eingetragen war, existierte nicht mehr.

Ich war fest entschlossen, weit weg von zu Hause ein neues, gesundes Leben aufzubauen, frei von Drama, frei von dem Einfluss meiner Eltern. Ich hatte Sehnsucht nach FREIHEIT, nach einem SELBSTBESTIMMTEN Leben und suchte nach LIEBE.

Kindheit

Ich war ein fröhliches, neugieriges Kind. Das Atelier meines Vaters war ein Ort der Magie. Oh, wie sehr liebte ich es, ihn dorthin zu begleiten! Es war eine Spielwiese mit unbegrenzten Möglichkeiten! Er brachte mir bei, in alltäglichen Dingen das Besondere zu entdecken, alles auf den Kopf zu stellen, aus einem anderen Winkel zu betrachten, zu hinterfragen. Kreativität, ein universelles Werkzeug für das alltägliche Lebenspuzzle. Immer wieder kann man die Teile neu sortieren, das Leben und sich selbst neu erfinden. Diese Gabe hat mich bis heute durch alle Krisen hindurch begleitet und niemals im Stich gelassen. Die Menschen kamen in mein Leben und gingen, die Kreativität aber war immer für mich da. Der Anker, der mich in stürmischen ZEITEN nicht abtreiben ließ. In meinem Kern bin ich mir stets treu geblieben.

Das machte mich schon damals, als Kind, anders. Sensibel für meine Umwelt, egal, ob es Menschen oder Tiere waren. Ich sprach mit Tieren. Jede Straßenkatze, die mir begegnete, brachte ich nach Hause. Und es gab jede Menge davon. Ich habe sie gefüttert und versorgt. Allerdings durften sie nicht bleiben, da wir damals in einer winzigen Wohnung lebten, ein Zimmer, Klo und Küche, in welcher zwei Menschen gleichzeitig schon einer zu viel war. Es gab kein warmes Wasser und keine Waschmaschine. Bis zu meinem vierzehnten Lebensjahr lebten wir dort. Da wir auch kein Badezimmer hatten, sind wir einmal in der Woche in eine Banja gegangen, eine Art Waschhaus für Menschen. Ich fand es als Mädchen grauenhaft. Die Räume, die bis unter der Decke gekachelt waren, der Dampf, die vielen nackten Frauen und der nasse, glatte Boden, auf dem ich immer wieder ausrutschte …

Alleinsein

Meine Eltern waren jung, als ich das Licht der Welt erblickte. Sie beide waren berufstätig und ich dürfte früh kennenlernen, was es heißt, auf sich allein gestellt zu sein. An meinen Kindergarten erinnere ich mich nur sehr vage. Nur bestimmte Ereignisse sind im Gedächtnis geblieben, die mit großer Angst und Schmerz verbunden sind. Ich erinnere mich, dass ich dort vergessen wurde. Niemand hat mich abgeholt. Ich weinte. Ein alter Mann, der Nachtwächter, war bei mir. Es war dunkel draußen, ich erinnere mich nicht mehr an die Jahreszeit. Der alte Mann hat mit mir sein Abendbrot geteilt und so saßen wir da. Ich, erstarrt vor Angst, und er, still in seine Gedanken gehüllt. Bis jemand an das Fenster klopfte. Das war meine Mutter. Sie war von einer Reise zurückgekehrt und hat mir eine Apfelsine mitgebracht. Und wieder füllten Tränen meine geschwollenen Augen, diesmal waren es aber Freudentränen. Ich denke, diese Erfahrung hat ihre Spuren hinterlassen und die Angst kam immer wieder hoch, wenn ich allein war.

Das passierte immer dann, wenn mein Vater verreiste und meine Mutter viele abendliche Termine hatte. Sie sagte dann: „Gehe schlafen, ich komme um 10 Uhr."

Ich wartete auf sie, schlief nicht, mein Blick war auf die Uhr fixiert. Es wurde 10:00 Uhr, dann 11:00 Uhr, dann 12:00 Uhr. Sie war nicht da und ich dachte, sie sei tot und ich bleibe für immer allein …

So lag ich da, voller Angst in der Dunkelheit, und dann kamen die Geister. Ich hatte eine sehr lebhafte Fantasie, war also kreativ im Ausdenken, welche Kreaturen unsere Wohnung bevölkern. Wie alt war ich damals? Vielleicht fünf oder sechs Jahre? Von meinem Bett aus konnte ich die Zimmertür beobachten. Ich stellte mir vor, wie die Tür sich öffnet, eine böse Gestalt auf mich zukommt und mich erwürgt.

Ich starrte so lange, bis ich sie tatsächlich sah: die große, weiße Frau. Sie öffnete die Tür und ging auf mich zu. Als sie an der Bettkante stand und ihre Hände nach meinem Hals ausstreckte, zog ich die Bettdecke über den Kopf. Ich zitterte und war schweißgebadet. So lag ich da, bis ich keine Luft mehr bekam. Dann zog ich vorsichtig die Decke runter. Sie war weg. Und wieder schaute ich zur Tür … das Spiel wiederholte sich. Immer und immer wieder. Bis ich irgendwann völlig erschöpft einschlief. Nun, diese Umstände haben schon damals meine Schutzmechanismen aktiviert.

Ich nahm den Wettbewerb an und wollte mir selbst beweisen, dass ich stärker bin als meine Angst. Dort, wo kein Erwachsener für mich da war, wurde ich für mich selbst verantwortlich. Ich lernte, mit meinen Ängsten umzugehen, tapfer zu sein. Die Frau kam nicht mehr wieder. Sie verschwand. Aus meinem Kopf und aus unserer Wohnung. Das war meine erste Erfahrung, um mit Ängsten klar zu kommen. Den Mut in meiner Mitte zu finden. Dieser Ort, irgendwo im Bauch, hat mir Kraft und Halt gegeben, immer dann, wenn ich das gebraucht habe. Ich lernte, auf mich selbst aufzupassen. Alleinsein hat mich geprägt. Seitdem habe ich keine Angst mehr, allein zu sein.

Eltern

Meine Eltern führten ein turbulentes Leben, mit vielen Partys, Alkohol und Affären. Es gab oft lautstarke Auseinandersetzungen, wobei meine Mutter auf meinen Vater losging. Ich erinnere mich, als sie einmal auf ihn mit ihren Stöckelschuhen einprügelte. Er schlug nie zurück, nur einmal habe ich eine Backpfeife miterlebt und ich hatte Angst und Sorge, dass er ihr etwas Schlimmeres in seiner Wut antun könnte.

Daher war ich immer achtsam. Ich achtete auf die

Stimmungen im Haus und versuchte, dem Schlimmsten vorzubeugen. Ich war bereit, für meine Mutter alles zu tun, Hauptsache, es geht ihr gut. Ich beschützte sie, log für sie, tat Dinge, die ich nicht tun wollte. Sie setzte fast immer ihren Willen durch und um das zu erreichen, war sie sehr erfinderisch, ja, sie war richtig gut darin, andere Menschen für ihre Zwecke zu manipulieren.

Meine kindliche Prägung, sensibel für Bedürfnisse anderer zu sein, ist wohl daraus entstanden, dass ich stets darauf bedacht war, zum Frieden im Haus beizutragen und den Schutz meiner Mutter zu gewährleisten. Ich wollte, dass es ihr gut geht, und ich hatte Angst, sie zu verlieren. Für dieses Ziel habe ich meine eigenen Bedürfnisse hintangestellt.

Deutschland

Da ich kein Wort Deutsch sprach, war meine erste Aufgabe, die Sprache zu lernen. Ich hatte sechs Monate gebraucht, um von der englischen auf die deutsche Sprache zu wechseln. Für Kommunikation im Supermarkt hat es gereicht. Wenn es aber um Gefühle ging, tat ich mich noch schwer diese auszudrücken. Malerei war mein Weg, um mit Emotionen klarzukommen, ihnen einen Raum zu geben. Ja, ich malte alles, was ich fühlte, Konflikte, meine Wahrnehmung der Umwelt, einfach alles, was mich beschäftigte. Malerei ist mein Mittel der Kommunikation geworden. Alles, wofür Worte nicht ausreichten, drückte ich in Form von Bildern aus. Es war mein Ventil, um Stress, Frust und Ängste zu verarbeiten und abzubauen. Die Bilder und Zeichnungen stapelten sich in meinem Zimmer, damals hatte ich noch kein Atelier. Und irgendwann war ich bereit, sie zu zeigen.

Wenn jemand malt, so, wie ich es tat, aus dem Herzen, steckt in jedem Bild ein Teil von einem selbst. Eine Geschichte. Ein Schmerz. Eine Wunde.

Aus diesem Grund fiel es mir schwer, mich von den Bildern zu trennen. Ich setzte die Preise so hoch, dass niemand sich für sie interessierte. Wie verrückt ist das denn? Ein Verkaufstalent war ich also nicht. Am liebsten verbrachte ich meine Zeit mit Farben, Leinwänden, beim Malen und allein.

Es kamen Differenzen mit meinem deutschen Mann auf und wurden immer größer, ich fühlte mich unverstanden und alleingelassen. Die Sprache reichte nicht aus, um alle Probleme zu besprechen, wir beide entfremdeten uns immer mehr. Ich zog mich zurück, suchte Trost in der Malerei. Er litt auch an der Situation, seine Eltern mischten sich ein, gaben Ratschläge wie: „schick sie zurück".

Und ich dachte: „Bin ich ein Koffer? Ein Etwas, das man zurückgeben kann, wenn es nicht funktioniert wie in der Betriebsanleitung beschrieben? Wie soll ich funktionieren? Was haben sie erwartet?"

Bei einer Freundin, die auf ähnliche Weise aus Moskau nach Deutschland kam wie ich und auch in meiner Stadt lebte, nicht weit weg von mir, habe ich mich regelmäßig ausgeweint. Bei ihr bin ich meinem zukünftigen Mann begegnet.

Die Trennung kam schnell und der Umzug in ein neues Zuhause folgte. Ich war wieder verliebt und das Leben färbte sich wieder bunt.

Ich hatte viele Aufgaben und Rollen: Mutter, Ehefrau, Hausfrau, Managerin, Mamataxifahrerin und selbstständig war ich auch noch. An den Wochenenden arbeitete ich auf Baustellen. Ich bemalte die Wände in den Häusern, Hotels und Restaurants bundesweit. Ich war eine Illusionsmalerin, auf diese Weise öffnete ich die Wände, brachte Landschaften in Innenräume, Palmen und Aussichten aufs Meer in Kellerräume. Die Verwandlung brachte stets einen Wow-Effekt und erfüllte mich mit Stolz auf meine geleistete Arbeit.

Die Auftragslage war aber nie im Voraus abzuschätzen, sodass ich gezwungen war, parallel dazu noch einen anderen Job auszuüben, na klar, die Brötchen fallen nicht vom Himmel. Es musste ein vernünftiger Job sein, in einem Angestelltenverhältnis, wegen der ganzen Sicherheiten. Apropos Sicherheiten. Dieses Denken hat mich daran gehindert, das zu tun, was meine Leidenschaft war. Ich war nicht mehr ich. Ich war eine Marionette. Ein funktionierendes Geschöpf, das sich um alles kümmerte, lösungsorientiert handelte: organisiert, strukturiert und diszipliniert. Was eine Zeit lang ok war. Nur, ich selbst kam zu kurz. Bis ich eines Tages aus dem Dornröschenschlaf erwachte.

Jahr 2020 (27 Jahre später)

Es war ein Jahr, das meinem Leben eine Wende brachte, mich durchschüttelte und mir einen Spiegel vorhielt.

Wir waren eine kleine Familie. Mein Mann, meine Tochter und ich. Die Tochter war mittlerweile erwachsen und lebt ihr eigenes Leben. Sie hatte einen, für unser Verständnis, ungewöhnlichen Lebensweg gewählt und war auf eine Reise aufgebrochen. Mit offenem Ende. Mallorca, Südafrika, Asien ... Im Februar 2020 war sie in Thailand unterwegs, als Rucksacktouristin. Auf einer Insel, Koh Phangan, ist sie für eine Woche in ein „Dark retreat" gegangen, was bedeutet, dass sie sich freiwillig in ein dunkles Zelt einsperren ließ. Und das für eine ganze Woche! Das Essen und Wasser wurde durch eine Öffnung gereicht, es gab keinen Kontakt zur Außenwelt, kein Handy, Buch oder Fernseher. Keine Ablenkung. Nur sie, mit sich selbst und den eigenen Gedanken. Es war ein mutiger Schritt, den bei Weitem nicht jeder gehen würde, aus Angst, mit sich selbst eine Woche lang nichts anfangen zu können. Was kann man da tun? Schlafen, meditieren, nachdenken. Es ist eine Möglichkeit zu reflektieren. Über das Leben und seinen Sinn, aber auch über die eigene Rolle, die eigene Aufgabe hier auf diesem Planeten. Warum bin ich hier? Was kann ich in meinem Leben vollbringen? So stelle ich mir das vor und aus ihren Erzählungen weiß ich, dass sich in dieser dunklen Höhle einiges offenbarte: Die Seele öffnete sich und ein Film lief die ganze Zeit im Kopf, ununterbrochen. Wie ein Fluss, der plötzlich einen Damm durchbrach. Erinnerungen. Es tauchten Bilder auf, die verdrängt wurden, alte Wunden, schmerzhafte Erlebnisse. All das war freigelegt. Und nun? Es war viel Zeit da, um aufzuräumen. Um zu sortieren, lernen zu akzeptieren, anzunehmen oder auch loszulassen. Eine heilsame Zeit!

Nach einer Woche durfte sie raus. Das Licht, die Farben, die Luft, die Umgebung waren so faszinierend, dass sie nur noch staunte und losrannte, voller Lebensfreude, und … stolperte.

Sie fiel so unglücklich, dass sie sich den Fuß brach. Zuerst hat sie das gar nicht ernst genommen, aber der Fuß schwoll an und tat sehr weh. Gehen? Unmöglich! Mit viel Mühe schleppte sie sich nach Hause. Am Tag darauf musste sie in ein Krankenhaus. Diagnose: ein doppelter Sprunggelenkbruch. Auf einmal war sie auf Krücken angewiesen, für mindestens acht Wochen. Puh. Alleine dort, auf der Insel. Keine Möglichkeit, sich Essen zu besorgen oder Wasser oder … oder … Reisen? No way! Da steckte sie also fest. Und rief bei mir an: „Mama, du musst hierherkommen. Ich brauche dich."

Ich musste mich erst mal setzen. Als ich alles realisierte, verstand ich, dass ich fliegen muss. Nur, ich arbeitete. Der Urlaub war für das ganze Jahr bereits verplant. Ihr wisst ja, ein Betrieb, Absprachen mit Kollegen, dazu noch mein Mann, mit seinem Betrieb und seinen Kollegen. Buchungen, Anzahlungen … Ein Rattenschwanz an Verpflichtungen, den ich nun irgendwie umdisponieren und umorganisieren musste. Zwei Wochen später hatte ich Urlaub bekommen und einen Flug gebucht. Wir schreiben den Monat März 2020, erstes Coronajahr. Die Pandemie erfasste in Windeseile die gesamte Erdkugel. Thailand machte die Grenzen dicht. Mein Flug fiel aus. Und nun? Was mache ich jetzt? Eine andere Lösung musste her. Unser neues Ziel: Bali. Ich mit dem letzten Flieger, der in Richtung Indonesien aufbrach, und meine Tochter mit einem australischen Paar aus Thailand, das sich bereit erklärte, sie nach Bali zu begleiten. Zufälligerweise wollten die beiden auch in Richtung Indonesien.

Zu gleichen Zeit in Deutschland.

Meine Entscheidung nach Bali zu fliegen, fiel mir nicht leicht. Um genau zu sein, ich wusste, dass ich es machen musste, als Mutter. So war es schon immer. Wenn mein Kind mich brauchte, erwachte in mir eine ungeheure Kraft. So eine Art Unbesiegbarkeit, die mir alle Möglichkeiten öffnete. Ich fühlte mich fähig für alles. Eine Löwin, Samuraikriegerin, Amazone, alles in einer zierlichen, leisen Person. Nichts könnte mich aufhalten. Nicht mal Corona. Nicht mal meine Angst. Ja, ich hatte schon immer Flugangst gehabt. Und ich hatte Angst vor so einem langen Flug, auch noch mitten in der Coronawelle. Die Welt veränderte sich. Ein Land nach dem anderen schottete seine Grenzen ab. Mein Flug sollte über Singapur gehen. Ich hatte bereits eingecheckt, online. Und eine Stunde später kam das Storno: Flug abgesagt. Cancelled. Ich rief meine Tochter an: „Mein Schatz, ich werde wohl hierbleiben müssen. Mein Flug ist ausgefallen. Singapur hat auch die Grenzen zugemacht."
Und mein Kind sagte: „Du musst hierherkommen. Ich brauche dich. Fahre jetzt mit dem Koffer zum Flughafen und

nimm den ersten Flug, der noch nach Bali geht."

Nach 20 Minuten war ich startklar. Ab nach Düsseldorf zum Flughafen. Am Flughafen war nichts los. Kaum noch eine Maschine hob ab. Ich ging zum Emirates-Schalter und fragte, ob noch gleich einen Flug nach Dubai gibt.

„Ja", bekam ich zur Antwort. „Die Maschine startet in einer Stunde."

„Ok, die nehme ich."

In der Schlange stehend zur Gepäckabgabe buchte ich den Flug mit dem Smartphone. Just in den Moment, als ich dran war, um Gepäck abzugeben, kam die Buchungsbestätigung. Ich traute noch nicht meinem Glück. Meine Flugangst war wie weggeblasen. Mein Gefühl: Adrenalin pur! Dafür machten sich andere Ängste breit. Was ist, wenn ich in Dubai strande und nicht weiterfliegen kann, weil Indonesien die Grenze schließt und auch nicht mehr zurück nach Hause kann, weil Deutschland auch zumacht? Wie lange kann so ein Zustand andauern? Und wie soll ich dann alles bezahlen? Das wird ein Flug ins Ungewisse. Über 24 Stunden unterwegs zu sein ... Hinzu kommt, dass ich im Flieger nicht schlafen kann. Grundsätzlich kann ich mich im Flugzeug nicht entspannen. Wie ich schon sagte: Die Flugangst könnte zurückkehren.

Als ich schon im Flugzeug saß, ließ ich alle Ereignisse der letzten Tage vor meinem inneren Auge Revue passieren. Ich glaube, unter normalen Verhältnissen hätte ich das nie gemacht, so weit zu fliegen. Selbstzweifel und Ängste hielten mich fest im Würgegriff. Mal wieder. Aber mein Kind brauchte mich und ich warf alle meine Bedenken über Bord. Ich fliege.

Als ich innerlich diesen Satz aussprach, veränderte sich etwas in mir. Ich hatte plötzlich ein Gefühl von: „Es wird alles gut." Das war ein innerliches „JA" für mich, für mein Vorhaben und für diese Reise.

Die Angst ließ nach und machte den Platz frei für Vorfreude. Neugier. Abenteuerlust. Dann hörte ich auf, auf die Bedenken und Ängste der anderen zu reagieren. Mein Mann redete auf mich ein. Aber es prallte an mir ab. Ich fühlte mich auf einmal so unglaublich stark! Diese Kraft habe ich bis heute in mir. Sie hat mir geholfen, das durchzuziehen, was ich jetzt mache! Meine Selbstständigkeit. Aber alles der Reihe nach!

Bali

Das Erste, was ich wahrnahm, als ich das Gebäude des Flughafens in Denpasar verließ, war die Hitze.

Geografisch liegt Bali 8 Grad südlich des Äquators, also landete ich zum ersten Mal in meinem Leben in den Tropen 😄.

Der Taxifahrer, den meine Tochter geschickt hatte, wartete schon auf mich. Als ich ins Auto stieg, klingelte mein Handy: „Mama, ich bin krank. Fahr in die Apotheke und bring Vitamine mit."

Die Fahrt von Flughafen bis zu der Unterkunft dauerte ca. eine Stunde. Als ich in der Villa ankam, fand ich mein Kind in einem desolaten Zustand. Hohes Fieber, verschnupft und hustend, und klar, die Krücken. Sie lagen neben dem Bett und erinnerten mich an die Exemplare, die ich schon mal in den historischen Filmen über den Ersten Weltkrieg gesehen hatte.

Die Villa stand direkt an einem Sandstrand, sodass wir der Brandung des Ozeans und dem Geschrei der Möwen zuhörten. Es war Abend, ich war seit über 28 Stunden wach und trotzdem bin ich noch hinausgegangen, um mich umzuschauen und anzukommen. Eine neue, so andere und so faszinierende Welt! Gedanken in meinem Kopf machten Purzelbäume, Gefühle kochten über. Tränen liefen die Wangen herunter und tropften in den schwarzen Sand. Der war tatsächlich schwarz, vulkanischen Ursprungs, wie man mir es später erklärte. Als ich mich wieder im Griff hatte, kehrte ich in die Villa zurück.

Nun ja, was wir in den nächsten vier Tagen durchmachten, ist schwer zu beschreiben. Der Umzug in eine andere Villa, Sorge und Angst, dass mein Kind sich in thailändischem Krankenhaus mit Corona angesteckt hat, raubten uns den Schlaf.

Das Fieber war so hoch, das Thermometer kratzte an der 40-Grad-Grenze und ich drehte am Rad, da ich nicht wusste, was ich tun sollte außer pflegen. Mein Kind wollte nicht, dass ich Hilfe hole. Und ich schwankte zwischen Verzweiflung und Hoffnung ...

Die Nachricht, dass sie krank war breitete sich in Windeseile unter den balinesischen Housekeeping-Angestellten aus, und prompt mieden sie den Kontakt. Alle sprachen von Covid-19.

Nach vier Tagen war das Fieber abgeklungen, sodass wir unsere Lebensfreude wiederfanden und plötzlich viel Zeit für uns hatten! Nur wir zwei!

Und ich sage euch, wenn diese zwei Kreaturen, die beide den gleichen Nachnamen tragen, zusammen sind, dann explodieren die Ideen wie ein unaufhaltsamer Vulkan.

Corona hatte Bali gleichzeitig mit mir erreicht. Ich hatte tatsächlich noch den letzten Flug dorthin erwischt. Die indonesische Regierung verkündete den Lockdown. Alles wurde geschlossen, selbst die Strände dürfte man nicht mehr betreten. Nur Lebensmittelgeschäfte und Apotheken blieben auf. Wir waren also in der Villa eingeschlossen und auf uns allein gestellt. Mein Kind auf Krücken und ich.

Unser Tagesablauf war stets derselbe: Ich stand als Erste auf, ging eine Stunde schwimmen in unserem Pool und lag danach noch eine Stunde in der Sonne und las. Die

Bibliothek im Haus war gut bestückt mit Büchern, die mein Leben eine neue Richtung brachten: Dort fand ich vieles zur Persönlichkeitsentwicklung. Ich las Charles F. Haanel, „The Master Key System", Jörg Löhr, „Inspire your life!", Hermann Scherer, „Glückskinder", Sebastian Kühn, „12 neue Leben" und auch über die Arbeit am inneren Kind. Das lieferte viel Input und noch mehr Ideen, die in mir wuchsen, wie die Pilze im Wald nach dem Regen. Erst gegen Mittag gab es Frühstück, da kam mein Kind erst aus seinem Zimmer. Sie arbeitete bereits vom Bett aus online und kam erst heraus, wenn sie Hunger hatte. Unser Tagesrhythmus war verschieden, was für uns beide völlig ok war. Danach ging ich meistens Lebensmittel besorgen. Und dann las ich und schrieb. Ich hatte ein kleines Heft im Vorratskeller des Besitzers entdeckt, worin ich die ersten Notizen über meine Zukunft niederschrieb.

Dort, in dieser einsamen Villa, mitten in Reisfeldern, entstand der erste Entwurf für den digitalen Kunstraum68.

Das Büchlein füllte sich mit Texten, Entwürfen, Ideen …

Zurück in Deutschland

Mein Rückflug nach Deutschland fiel logischerweise aus. Es war März 2020. Weltweiter Lockdown. Die deutsche Regierung startete Rückholaktionen. Alle Touristen, die über den gesamten Planeten verstreut waren, wurden nach und nach zurück nach Hause gebracht. So auch ich. Mein Kind blieb auf Bali.

Als ich zurückkam, war das Land ein anderes. Mein Job war nicht mehr das, was er mal war. Eine vergiftete Atmosphäre, täglich neue Coronaregeln, Missverständnisse und Einschränkungen. Nach einigen Konflikten mit der Firmenleitung begann das Mobbing. Mir ging es schlecht, ich war unzufrieden und mein Gehirn arbeitete auf Hochtouren und suchte nach einer Lösung. Das tat es ständig, Tag wie Nacht. Ich konnte nicht mehr schlafen ... Endstation Burnout.

Als ich übermüdet zu Hause von einer Ecke in die andere schlich und nichts mit mir anfangen konnte, da mein Kopf schmerzte, fühlte es sich so an, als ob er in einem Schraubstock steckte und eine unsichtbare Hand ihn immer fester zudrehte. Da ging ich in mein Atelier, setzte mich auf meinen Stuhl und schaute auf die Wand vor mir. Diese Wand ist eine besondere. Dort sind meine Träume und Ziele angebracht, die ich mal hatte und nicht aus den Augen verlieren wollte. Dort hängt mein Traumhaus in Frankreich. Eine alte restaurierte Mühle. Das hilft mir in schwierigen Zeiten, den Mut nicht zu verlieren und nicht zu vergessen, wo ich hin will. Außerdem hängt dort ein kleines Bild, das ich mal für meine Tochter gemalt habe. „Wenn du an deine Träume glaubst, dann gehen sie irgendwann in Erfüllung" steht auf dem Bild geschrieben.

So saß ich da und starrte vor mich hin ...

Impuls

Bis ein Impuls kam und ich zum Pinsel griff. Nun ja, mein Arbeitsplatz ist immer so vorbereitet, dass ich jede Zeit drauflos malen kann. So wie in diesem Moment. Ich fing an, die Farblinien auf dem Blatt zu ziehen, Linie für Linie. Ich war von diesem monotonen Streifenmalen so gefesselt, dass ich die Zeit vergaß. Ein neues Blatt kam dran. Und noch eins ... Nach den Linien kamen die Striche, dann Kreise, dann Spiralen ... es machte Spaß zu malen, ohne den schweren Kopf anstrengen zu müssen. Ohne nachzudenken. Einfach nur dasitzen und farbige Muster auf das Papier bringen.

Es hat mir so gutgetan, dass ich diese ziellosen Übungen jeden Tag wiederholte. Ich merkte, dass ich entspannter wurde und auch besser schlafen konnte. An diesen Tagen, die ich an meinem Tisch verbrachte, habe ich viel nachgedacht und reflektiert. Vergangene Ereignisse, Auseinandersetzungen und Streitigkeiten. Gefühle, die mich seit Monaten beherrschten und blockierten. Viele Missverständnisse, Verletzungen, Frust und Schmerz. Mal wieder, dachte ich. Täglich saß ich da und beobachtete mich selbst, wie aus einer Metaebene, gebeugt, in meinen Gedanken versunken. Ich sah ein Häufchen Elend …

Ich badete in meinem Selbstmitleid. In meiner Angst. Das Bild, das sich mir da offenbarte, mochte ich nicht und ich fragte mich: „Wie geht es weiter? Wie lange will ich noch in dieser Opferrolle gefangen bleiben?"

Meine Antwort lautete: „Schluss damit!"

Es musste eine Lösung her. Eine radikale Veränderung.

Ich fasste einen Plan. Ich würde mein Arbeitsverhältnis kündigen und mich selbstständig machen.

Wow!, dachte ich und ein kalter Schweißausbruch zeigte, dass ich viel Respekt vor diesem radikalen Schritt hatte. Mein Körper reagierte stark auf diese Entscheidung. Und dann kam der nächste Gedanke: Ok, dann ziehe das durch! Es war nämlich früher immer wieder so, dass ich an bestimmten Umständen litt und eigentlich eine Veränderung wünschte, aber den Mut nicht hatte, das dann auch tatsächlich umzusetzen. Zu handeln. Ich blieb in meiner Opferrolle gefangen. Und dieses Mal? Ich war festentschlossen, dass nichts und niemand mich davon abhalten kann, was ich in diesem Moment beschlossen hatte.

Ich habe die Kündigung geschrieben und zur Arbeit mitgenommen. Ich hatte noch Zweifel, zu welchem Zeitpunkt ich kündigen sollte? Sofort? Noch warten?

Als ich sie dann meiner Leitung vorgelegt habe, fühlte ich Erleichterung in mir. Es tat mir gut, diesen Schritt zu gehen und den Schlussstrich zu ziehen. „Alles richtig gemacht", sagte mir meine innere Stimme.

Nun, hier musste ich weiterdenken. Wie soll meine Selbstständigkeit aussehen? Was will ich? Online oder offline? Oder beides? Eine Kunstschule gründen? Privatunterricht anbieten? Coaching?

Klar weiß ich, was ich kann.

Ich machte mir Notizen: Ich habe Kunst studiert und Grundschullehramt. Ich habe eine kaufmännische Ausbildung mit „exzellent" abgeschlossen und 15 Jahre lang in einem handwerklichen Betrieb gearbeitet. Ich bin eine Künstlerin und Illusionsmalerin. Ich habe zehn Jahre lang in der Schule als Lehrerin und Pädagogin gearbeitet und fünf Jahre als Dozentin bei der Volkshochschule …

An Erfahrung mangelt es also nicht.

Und trotzdem hatte ich keine Klarheit. Wie genau soll mein Business aussehen? Experten sagen: „Finde deine Nische." Ok. Ich schaute mich im Internet um. Das Angebot ist riesig! Wie soll ich da abheben und aus der Masse herausstechen? Es war Sommer 2020, immer noch Corona-Krise und immer noch keine Möglichkeiten, in Präsenzunterricht zu arbeiten. Das, was ich vorhabe, muss also online stattfinden.

Ich grübelte nach, schaute mir die vielen Blätter an, die ich mit Strichen, Linien und Spiralen gefüllt hatte und hatte plötzlich eine Idee! Farbmeditationen. Intuitive Art Colormeditation.

Ich würde alles, was ich durchgemacht habe, aufschreiben. Ich beschrieb meine Gefühle, meine Zerrissenheit, die Zweifel und die Ängste und das Mittel, dass mich geheilt und mir den Halt, den Trost gegeben und auch meinen Tagen in selbst gewählter Isolation den schöpferischen, sinnvollen Inhalt gesichert hatte.

Das ist einzigartig. Das ist echt. Ich kann das, was bei mir heilend gewirkt hat, mit anderen Menschen teilen. Ich kann vielen helfen. Es hat keine negativen Nebenwirkungen!

Nun, die Idee war da. Wie setze ich sie aber um? Ich hatte keine Erfahrung mit Online-Marketing, mit Plattformen, die digitale Produkte beherbergen. Ich hatte keine Ahnung, womit ich anfangen sollte. Eine Mammutaufgabe!

Das Erste, was ich tat, war lernen. Wie funktionieren digitale Produkte? Was brauche ich?

Ich habe mich bei Business Factory angemeldet, um von den Großen (Stefan Frädrich, Tobias Beck, Laura Malina Seiler und vielen anderen) zu lernen, wie ich erfolgreich meine Idee umsetze. Je mehr ich mich in die Materie vertiefte, desto verzweifelter wurde ich.

Begriffe, wie Funnel, Tags, E-Mail-Marketing, Automatisation, Affiliate-Marketing Landingpages prasselten über mich. Ok. Immer mit der Ruhe. Nach und nach erforschte ich das neue Gebiet. Es fing an, Spaß zu machen!

Ich habe drei Monate gebraucht, um mein erstes Webinar zusammenzustellen. Das habe ich als kostenloses Produkt angeboten, um zu schauen, wie die Reaktionen darauf ausfallen. Kommt mein Webinar gut an? Das war im September 2020. Ein Meilenstein wurde gelegt.

So ging es Schritt für Schritt weiter. Täglich musste ich meine Komfortzone verlassen, um neue Dinge zu tun. Es erinnerte mich an einen Lauf in den Dschungel, ahnungslos, dass man sich auf etwas Großes einlässt, was Angst macht. Nächster Schritt: Marke gründen. Warum eigentlich? Es wurde mir so empfohlen in meiner Ausbildung und ich folgte dieser Empfehlung, nach dem Motto: „Schaden wird es nicht." Und wie setze ich das um?

Wie kann man eine unverwechselbare Erscheinung erschaffen, ein Logo, das Wiedererkennungswert besitzt? Was soll dieses Logo erhalten? Für welche Farben entscheidet man sich? Ich bin hier meiner Intuition gefolgt und habe mich für zwei Hauptfarben entschieden:

GRAU. Ich bin aufgewachsen in der grauen Tristesse der

70er und 80er-Jahre in einer der ältesten und bedeutendsten Städte der Kiewer Rus, der Tschernihiw heißt, ca. 83 km Luftlinie von dem durch einen unfassbaren Unfall an einem Atomkraftwerk weltweit bekannt gewordenen Ort Tschernobyl. Diese Farbe manifestiert meine Herkunft. Viel Beton, graue Gesichter, graue Trostlosigkeit. Und trotz der Armut, Enge und Perspektivlosigkeit war ich ein glückliches Kind.

ROT ist meine zweite Brandingfarbe. Sie verkörpert die Liebe, den Mut und die Leidenschaft. Sie drückt das Feuer aus, das in mir für meine Herzensangelegenheit brennt: für KREATIVITÄT.

WEIß ist die dritte Brandingfarbe und steht für Reinheit und für mein Sternzeichen: Jungfrau.

Gelegentlich benutze ich auch GOLD. Das drückt aus, wie wertvoll Kreativität ist.

Ich war startklar! Kunstraum68 war geboren. Ein Ort, wo Kreativität sich frei entfalten kann. Mein Baby, das ich fast 50 Jahre in mir trug. Ich war endlich bereit, diesem Traum eine Chance zu geben. Ich war bereit, für mich selbst einzustehen, meinen langersehnten Wunsch umzusetzen. Eine eigene Kunstschule. Aber eine ganz besondere: Sie sortiert nicht aus, sie bietet jedem eine Chance, die eigene Kreativität zu entdecken.

Alles, was danach passierte, gleicht einem Wunder. Es fühlt sich immer noch so an. Es ist jetzt zwei Jahre her und ich habe in diesen Jahren viel, sehr viel gearbeitet. Nur, es fühlte sich nicht nach Arbeit an. Es war so erfüllend, es gab mir so viel Energie, dass ich locker durcharbeitete. Ich brauchte keine Wochenenden, um mich auszuruhen. Keinen Urlaub. Meine Arbeit war alles: ein Ruhepol, eine Kraftquelle, ein Mittel, um sich selbst noch mal und noch mal zu ergründen, zu verstehen, zu entschlüsseln. Ich wusste irgendwann, dass ich mich selbst torpediert habe, jedes Mal, wenn sich die Möglichkeiten für Wachstum öffneten. Ich traute mir das nicht zu. Ich glaubte, nicht gut genug zu sein. Mein Selbstwert war nicht mal ein Kellerwert. Er war unterirdisch.

Diese Erkenntnis öffnete mir die Augen und auf einmal war ich nicht mehr zu bremsen!

„Meditative Malmethode, ein kreativer Weg zu einem erfüllten Leben", das Buch, das ich geschrieben habe, beschreibt genau das: den Weg, den jeder gehen kann, wenn man sich traut, in die eigene Seele zu schauen und die Frage zu stellen: „Wer bin ich?"

Auf der Basis dieses Buches habe ich ein zweites geschrieben, ein Arbeitsbuch, um Menschen zu begleiten, sich selbst zu ergründen und herauszufinden, wer man ist, was man will und was einen hindert, ein glückliches Leben zu führen. Mit MeMa (Meditativer Malmethode) kommt man sich selbst sehr nah. Man lernt, loszulassen und zu vergeben und auch, auf sich selbst zu achten, eigene Bedürfnisse wahrzunehmen und nach diesen zu leben. Man könnte dieses Programm auch als ein „Antistress"-Programm bezeichnen, da es dem eigenen Nervensystem dient und Selbstheilungsprozesse aktiviert.

Was mich geheilt und starkgemacht hat, kann auch andere heilen. Das habe ich bereits in der Praxis erfahren.

Seit mehreren Monaten begleite ich eine Gruppe ukrainischer Flüchtlinge und das Feedback ist überwältigend.

Hier ein Feedback: „Liebe Elena, du kannst es dir nicht vorstellen, wie dankbar ich dir bin für deine Arbeit und deine Unterstützung. Es herrscht immer so eine wundervolle Atmosphäre in unseren Kursen. Danach fühle ich mich wie ein wertvoller Teil der Gesellschaft. Danke dir!"

Alle Ergebnisse halte ich fest und dokumentiere sie, um daraus eine Studie zu machen.

Es ist ein Jahr vergangen, zwischen meiner Erkrankung an Burnout und dem Neuanfang. Und wenn ich zurückblicke, dann sehe ich eine beeindruckende Entwicklung (nein, Selbstlob stinkt nicht!), da ich mir erlaubt habe, zu LEBEN, mich zu entwickeln und zu verändern und weiß, ich habe alles richtig gemacht. Ich bin meinem Herzen gefolgt. Es gibt viele Wege, die zu einem erfüllten, zufriedenen Leben führen. Mein Weg war ein kreativer. Ich möchte jedem, der eine Veränderung wünscht, Mut machen, die Ärmel hochzukrempeln und in Selbstverantwortung zu gehen. Die eigenen Grenzen zu sprengen und eigene Talente zu suchen, sie zu kultivieren, zum Wachstum zu bringen um sie später zu ernten und die Früchte zu genießen.

Birgit

Zeit heilt keine Wunden,
Zeit hilft nur zu lernen,
mit diesem herzzerreißenden Schmerz zu leben
(Unbekannt)

Einleitung 2

Vor zwölf Jahren wurde mein Traum vom Familienleben von einer zur anderen Stunde zunichte gemacht. Zufällig musste ich erfahren, dass meine Ehe nach 25 Jahren in großer Gefahr war.

Mein damaliger Mann hatte ein Verhältnis und auch schon eine kleine Wohnung gemietet und ich hatte erst einmal keine Ahnung, wie ich mit dieser Situation fertigwerden sollte. Ich fühlte mich, als wenn ich vor einem tiefen Abgrund stehen würde. Ich hatte noch nie in meinem Leben eine derartige Verletzung und Verzweiflung verspürt.

Meine Kinder waren genauso geschockt und ratlos. Es hat wohl jeder versucht auf seine Weise mit dieser, für alle vollkommen unerwarteten Tragödie, fertig zu werden.

Da es nicht wirklich zu einer konstruktiven Aussprache kam, forderte ich meinen Ex-Mann auf, das Haus zu verlassen und in seine Wohnung zu ziehen. Ich konnte seine Anwesenheit nur sehr schwer ertragen. Es war sehr schnell offensichtlich, dass er nicht zur Familie zurückkehren und uns somit auch keine Chance für einen Neuanfang geben wollte. Das war eigentlich das schlimmste Gefühl – ohne Erklärung und Entschuldigung zurückgelassen zu werden.

Ich musste also handeln, um mein Leben neu zu ordnen. Aktiv sein, um die Fäden selber in der Hand zu haben, was mit Haus, Kindern und Finanzen passiert.

Zügig habe ich eine Anwältin aufgesucht und sie hat mir erklärt worauf ich achten muss. Dann habe ich aus dem Haus alle seine

Sachen zusammengeräumt und in der Garage deponiert.

Ich bin offensiv mit meiner Trennung umgegangen. Meine Familie und mein Chef wurden direkt informiert und meinen Freundinnen habe ich an einem Stammtischabend allen zusammen die Trennung bekanntgegeben, so dass alle gleichzeitig und von mir persönlich informiert wurden. Der Schock war für alle unglaublich, da wir bis dahin für alle als Musterpaar galten. KEINER hätte so etwas jemals erwartet.

Dies passierte alles noch in den ersten zwei Wochen und ich war froh, durch die ganzen Aktivitäten abgelenkt zu sein. Denn eines muss man sagen: Ich habe nicht geahnt, dass das Wort Trennungsschmerz sehr zutreffend ist. Die Traurigkeit und Verzweiflung verursachen körperliche Schmerzen. Ich konnte nichts mehr essen und meine Mutter machte sich große Sorgen. Eine Freundin vermittelte mir einen Termin bei einer Therapeutin. Diese Termine liefen dann auch über ein Jahr und waren oftmals so anstrengend, dass ich danach nicht wieder zur Arbeit gehen konnte.

Aber in dieser Therapie lernte ich, welche Fehler wir in unserer Ehe gemacht hatten. Auch dass mein Ex-Mann sich schon länger aus der Beziehung verabschiedet hatte. So ist es ja oft, der eine Partner sieht keinen Sinn mehr in der Ehe und weiß nur nicht, wie er sie beenden soll. Der andere Partner merkt erstmal nichts oder deutet manche Dinge nicht richtig oder will auch manche Dinge nicht sehen. Ich hatte sein abweisendes Verhalten auf seine beruflichen Probleme geschoben. Aber so war es ja offensichtlich nicht.

Meine Gefühlswelt war komplett aus den Fugen geraten. Ich hatte immer alles für ein harmonisches Familienleben gegeben. Meine Bedürfnisse standen immer hinten an, auch beruflich. Gott sei Dank hatte ich immer die Möglichkeit, in meinem Beruf zu arbeiten, aber eben nur stundenweise. Mein Chef hat mir sofort angeboten, die Stunden aufzustocken und auch sonst war er immer mit Rat und Tat für mich da. Das war mir eine große Hilfe!

Finanzielle Unabhängigkeit war mir sehr wichtig. Meine Freundinnen waren, so gut es ging, für mich da. Sie kamen spontan vorbei, um mit mir zu frühstücken oder spazieren zu gehen. Natürlich war das wichtig und hat mir unglaublich gutgetan, aber mit der eigentlichen Angst ist man halt alleine.

Der Älteste hat auswärts studiert, lebte sein eigenes Leben und war somit auch aus dem Schussfeld zu Hause raus. Die Jüngere war immer ein Papakind und für sie war ich erst mal schuld, dass ihr Vater weg war. Das hat zusätzlich noch unglaublich geschmerzt. Meine Mutter hat oft geweint und auch das konnte ich kaum ertragen. Für sie war die ganze Trennung vollkommen absurd, denn ... er hatte es doch so gut bei mir ... Ich wusste kaum, wie ich sie beruhigen konnte. Sie hatte ihren Schwiegersohn wie einen eigenen Sohn geliebt, fühlte sich ebenfalls verlassen und wollte das alles nicht verstehen.

Zufällig las ich von einem VHS-Kurs für eine Gesprächsgruppe für Getrennte oder Trennungswillige. Dort traf ich auf Frauen die aus den unterschiedlichsten Gründen getrennt waren. Jeder hatte seine Geschichte und jede Trennungsgeschichte war für sich einzigartig und schmerzhaft. Eines jedoch wurde mir klar, mir ging es im Verhältnis zu vielen anderen Frauen noch richtig gut. Ich war stark und hatte den Willen, nach vorne zu schauen, und mir ging es finanziell nicht schlecht. Dies traf leider nicht auf viele Frauen in der Gruppe zu. Wir konnten nacheinander unsere Sorgen und Nöte schildern oder auch mal nichts sagen, das war auch in Ordnung.

Meine Nachforschungen haben ergeben, dass es diese Gruppe immer noch gibt und es solche Angebote wohl in jeder größeren Stadt geben wird.

Zum Beispiel: Trennung und Scheidung – erste Rechtsfragen für Frauen

Oder: Trau dich, trenn dich

Einfach mal informieren was in deiner Stadt so angeboten wird.

Infos bekommt man auf jeden Fall über die Gleichstellungsbeauftragten einer Stadt

Mir hat diese Gruppentherapie auf jeden Fall sehr geholfen. Bei einer Trennung leidet das Selbstbewusstsein ja ganz enorm und man denkt, man hat Schuld, dass der Partner gegangen ist, und es plagen einen arge Selbstzweifel. In einer Gruppe lernt man, dass es jeden treffen kann, und das aus den unterschiedlichsten Gründen.

Ein weiterer Pluspunkt für eine solche Gruppe ist, dass man bei Freunden und Verwandten nicht immer auf Verständnis stößt oder man bekommt Ratschläge die einem nicht weiterhelfen, denn verstehen kann es ja eigentlich nur jemand, der eine ähnliche Situation durchlebt hat. Aber so ist es ja bei allen Schicksalsschlägen.

Auf jeden Fall wollte ich mein Selbstwertgefühl aufpeppen und habe mich dann auf eine Zeitungsanzeige gemeldet. Der Mann kam aus meiner Stadt und bald schon hatten wir unser erstes Treffen. Ich fand ihn sehr interessant und er war von mir sehr begeistert. Das tat mir unglaublich gut. Ich denke, für meine Kinder war es nicht zu verstehen und mein Freundeskreis war, denke ich, auch etwas verwirrt über meine schnelle Suche, aber ich bleibe dabei, mir hat es gut getan, dass mich ein Mann toll fand. Doch nach den ersten Wochen spürte ich schnell, dass wir absolut nicht zusammenpassten, und ich habe die Beziehung beendet.

Um mein Haus und die Finanzen zu sichern, habe ich nach kurzer Zeit schon einen Termin bei einer Notarin gemacht. Diese hat einen Trennungsvertrag ausgearbeitet, der mir meine Zukunft sichern sollte.

Außerdem hat mein Ex-Mann auf die Auszahlung unseres Hauses verzichtet. Es ist mein Elternhaus und das sollte es auch bleiben. So konnte ich das Zuhause für meine Kinder und meine Mutter sichern. Diese großzügige Regelung hatte, so vermute ich, etwas mit seinem schlechten Gewissen zu tun. Wie auch immer …

Nach einigen Monaten kehrte auch meine Tochter wieder in ihr altes Zimmer zurück. Langsam konnten wir uns wieder annähern und sind dann sogar zusammen in Urlaub gefahren. Für sie war die Trennung wohl am schlimmsten, weil sie als Mädchen immer Papas Kleine war und ich dagegen immer für den Druck von Hausaufgaben und Pflichten zuständig war. Diese Rollenverteilung war bei uns einfach unbewusst entstanden. Mein Ex-Mann kam immer erst gegen 19 Uhr nach Hause und da waren natürlich die Pflichten schon alle erledigt und der Kampf mit der Mutter überstanden und Papa war für die angenehmen Dinge des Abends zuständig. Ich kann nur allen jungen Eltern raten, die Pflichten gerecht zu verteilen, damit dieses Ungleichgewicht nicht entstehen kann. Aber man hat ja in der Erziehung immer alles so gemacht wie es einem im Moment richtig vorkam.

Mein Sohn studierte ja schon auswärts und so konnte ich nur ahnen, wie es in ihm aussah. Er hat seinen Vater immer sehr für das bewundert was er beruflich aus sich gemacht hat, und nun das …

Es gab dann erstmal keinen Kontakt zwischen den beiden. Ich habe dann vermittelt, weil ich der Meinung war, dass es nicht gut ist, den Kontakt ganz abzubrechen. Kinder, egal welches Alter, brauchen beide Elternteile.

Aber das ist die Schwierigkeit. Die Kinder wollen und brauchen beide Elternteile, aber diese brauchen sich eben nicht mehr. Je nachdem, wie groß die Verletzung und Enttäuschung ist, ist man froh, wenn man den Ex-Partner nicht mehr sehen muss. Ich für meinen Teil wollte diese optische Trennung. Und da er dann auch aus beruflichen Gründen in ein anderes Bundesland ziehen musste, kam es erst einmal auch zu keinen Begegnungen mehr. Das Finanzielle war geregelt und ich beantragte ein Jahr nach der Trennung die Scheidung. Diese war dann auch zwei Jahre nach der Trennung innerhalb von 15 Minten erledigt. Aus diesem Grunde kann ich einen Trennungsvertrag nur empfehlen, dann kommt es nachher zu keinen unschönen Überraschungen mehr. Auch habe ich sowohl als Anwalt und Notar Frauen bevorzugt. Dabei machte ich nur gute Erfahrungen, beide waren mir von Bekannten empfohlen worden.

Ein Jahr nach der Trennung habe ich durch eine Online Partnervermittlung einen neuen Mann gefunden. Ich war gerade mal drei Wochen angemeldet und ich wurde von ihm angeschrieben. Wir haben zwei Wochen geschrieben und telefoniert und haben uns dann getroffen. Es war direkt große Sympathie auf beiden Seiten und er hatte die gleiche Trennungsgeschichte wie ich. Seine Ex-Frau hatte ihn betrogen und er lebte in häuslicher Trennung mit drei Kindern. Die Jüngste war gerade mal elf Jahre alt und das war natürlich für mich eine große Herausforderung, denn meine Kinder waren ja schon quasi aus dem Gröbsten heraus. Aber es hat irgendwie funktioniert. Mit viel Verständnis und Rücksicht auf die Gefühlswelt unserer Kinder. Es waren ja nun fünf, und wir haben versucht, es allen rechtzumachen und für alle da zu sein, wenn sie uns brauchten.

Mein neuer Partner war so komplett anders als mein Ex-Mann, was Typ und Wesen anbelangt. Das war für mich das Wichtigste, um meine Vergangenheit abzustreifen. Wir machten von Anfang an sehr viel zusammen. Schwimmen gehen, Wandern, Radfahren und Motorrad fahren. Das kannte ich auch nicht und es war für mich aufregend, mit 50 Jahren auf einmal auf einem Moped zu sitzen. Natürlich als Sozius und es war toll, mit ihm die Ausflüge gemacht zu haben. Ich reise furchtbar gerne und nun hatte ich einen Partner gefunden, mit dem ich Reisen planen konnte. Meinen größten Traum hat er mir 2019 erfüllt und ist mit mir für sechs Wochen nach Australien gereist. Dafür bin ich ihm unendlich dankbar. So konnte ich Verwandte besuchen und Australien erkunden.

Wir haben in den zehn Jahren, die wir nun zusammen sind, schon einige Schwierigkeiten und Schicksalsschläge überstanden und werden hoffentlich auch noch viele Jahre zusammenbleiben, auch wenn wir immer noch nicht zusammenleben. Jeder hat noch sein eigenes Haus. Das hat Vor- und Nachteile. Es sind natürlich unnötige doppelte Kosten, die zwei Häuser verursachen, aber dafür kann jeder auch mal ein paar Tage für sich verbringen. Jeder von uns hat ja auch seinen eigenen Freundeskreis und keiner gibt so gerne seine Heimat auf. Ich für meinen Teil werde nicht aus meinem Haus ausziehen, denn hier habe ich alles, was ich brauche in der Nähe. Er wohnt in einem kleinen Ort, wo man immer ein Auto braucht und es keinen regelmäßigen Busverkehr gibt. Also nicht unbedingt altersgerecht. Diese Hürde haben wir also noch zu meistern. Aber auch da werden wir eine Lösung finden.

Seit drei Jahren wohnt mein Ex-Mann wieder im Rheinland. Und seit vier Jahren sind wir Großeltern.

Jetzt wünschen sich die Kinder die Geburtstage wieder mit allen zusammen feiern zu können. Ich hatte den Vorschlag, dass wir dann kommen, aber ohne Partner. Aber das wollte mein Ex-Mann nicht. So ist es nun, dass wir mehrmals im Jahr aufeinandertreffen. Ich gebe mir große Mühe den Tag irgendwie zu überstehen. Ich kann ja die Wünsche der Kinder verstehen aber für mich ist das schon grenzwertig. Und ich denke dann: …was muss ich alles noch aushalten!

Der letzte Geburtstag war dann für mich der Supergau. Am Küchentisch mit sechs Personen. Danach war ich erst einmal zwei Wochen seelisch krank. Jetzt ist es an der Zeit, mich zu schützen. Ich habe mir erst einmal Hilfe bei einem therapeutischen Gespräch geholt. Da es furchtbar schwierig ist, kurzfristig einen Psychotherapeuten zu finden, eigentlich hoffnungslos, habe ich einen Tipp von einem Kollegen bekommen. Bei Profamilia bekam ich die Möglichkeit zu einer online-Sitzung. Der Therapeut hat mich bestärkt, mit den Kindern offen zu sprechen, wie ich mich fühle. Da ich als Mutter eigentlich immer meine Kinder beschützen möchte, musste ich jetzt lernen, ihnen klarzumachen, dass ich mich jetzt mal beschützen muss. Das Gespräch mit meinem Sohn und meiner Schwiegertochter verlief sehr ruhig und ich hatte das Gefühl, sie waren sehr überrascht, dass ich unter dieser Situation sehr leide. Ich habe ihnen klargemacht, dass ich in einer größeren Menschengruppe mit der Situation klar komme, da man sich ja auch mit anderen unterhalten und sich an verschiedene Tischen setzen kann. Aber in so einer kleinen Gruppe käme das für mich in Zukunft nicht mehr in Frage.

Für Außenstehende ist meine Reaktion vielleicht nicht nachvollziehbar, zumal ich ja auch einen neuen Partner habe. Ich verstehe es ja selber kaum, aber die Nähe dieser beiden Menschen ertragen zu müssen, geht mir einfach über meine Kräfte. Der Therapeut erklärt mir aber, dass es eine normale Reaktion ist und ich das nicht ertragen muss, wenn ich es nicht will.

Irgendwann achtest du nicht mehr darauf, wer dir guttut. Du achtest nur noch darauf, dass dir niemand mehr weh tun kann!!
(Unbekannt)

Mein Leben hat sich nicht so entwickelt, wie ich es mir erträumt habe und wie ich es bei anderen Familien sehe, die nicht getrennt sind. Alles ist etwas aufwendiger in der Organisation mit Feiertagen und Planung von Geburtstagen. Wir fahren viele Kilometer hin und her und müssen viele Kompromisse machen. Trotzdem bin ich ein zufriedener optimistischer Mensch, auch wenn diese eine große Wunde nicht wirklich vollkommen heilen will. Ich kann mich täglich an Dingen erfreuen, die ich sehe, weil ich mit offenen Augen durch die Natur gehe. Ich versuche mich an den unterschiedlichsten Hobbys. Das neuste ist Nähen. Da kann ich mich verwirklichen. Im Sommer bin ich jeden Tag im Garten und schneide und buddle da für mein Leben gerne. Ich reise gerne und lerne fremde Kulturen kennen und habe einen Partner gefunden, mit dem ich das alles teilen kann.

Wer glücklich sein will, braucht Mut…

**Mut zur Veränderung, neue Brücken zu bauen, alte
Pfade zu verlassen
Und neue Wege zu gehen**
(Unbekannt)

Tanjuschka

„Die Kunst des Lebens besteht darin, im Regen dein Lächeln nicht zu verlernen, sonst hörst du auf zu leuchten."

Ich möchte hier gerne ein Stück meines Lebens niederschreiben, einmal, um Mut zu machen, sich selbst niemals aufzugeben, denn Leben lohnt sich, wenn man den Glauben an sich nicht verliert, Ziele im Auge behält und dem Leben selbst positiv begegnet. Und daneben möchte ich gerne auf die stumpfen, leisen oder lauten Schreie in unserer Gesellschaft, besonders die der Kinder, aufmerksam machen, die wie viele andere Geschöpfe bedingungslos jenen unterliegen, bei denen sie aufwachsen und leben. Über reelle Missstände, welche zwar im Außen sichtbar wahrgenommen werden, aber dennoch völlige Ignoranz der Außenwelt erfahren.

Auf meiner Kommunionsurkunde mit 14 Jahren schrieb mir mein Pfarrer folgenden Text ein: **Öffne deinen Mund für die Stummen und für die Sache aller, die verlassen sind.** Gerne möchte ich das hiermit tun und damit all jene motivieren, nicht wegzusehen, wo Unrecht geschieht, sodass Erwachsene, denen es selbst geschieht, sich nicht aufgeben in einer Art passiver, dumpfer Akzeptanz. Es ist nie zu spät, einen Weg aus seinem Leiden heraus zu suchen. Und das beginnt meist dann, wenn man sein Schweigen bricht und sich klar darüber wird, dass man nur dieses eine Leben hat auf der Erde als der, der man ist, und sich seiner eigenen Größe bewusst wird.

Niemals ist die Willkür anderer Grund genug, sich selbst darin zu verlieren. Es geht schließlich um viel, nämlich um dich. Du bist einzigartig und wundervoll und wirst im Leben immer dein wichtigster Begleiter, Freund und Richter sein. Darum sei gut zu dir und jenen, die auf dich angewiesen sind, indem du dir deiner Freiheit, aber auch Verantwortung darin bewusst wirst.

Vergiss nie, dass es zumindest als Erwachsener einzig und allein deine Entscheidung ist, neben etwas, was dich nicht glücklich und unerfüllt sein lässt, zu bleiben. Du hast jederzeit die Wahl, andere Wege einzuschlagen, indem du den Mut aufbringst, den ERSTEN SCHRITT in eine andere Richtung zu gehen. Das gilt für alle Bereiche des Lebens. Sei der, der hier mit seiner Achtsamkeit aus verschlossenen Fenstern offene Türen baut, durch die du selbst oder ein Hilfebedürftiger einen Ausgang finden darf. Wir alleine tragen die Entscheidung dafür, was wir sind: ganz gleich, ob nun gleichgültig, Täter oder Opfer. Immer und zu jeder Zeit und es ist niemals zu spät, darin positiv mit sich in die Veränderung zu gehen.

Als Kind hat man diese Wahl nicht, keinen Einfluss, in welche Welt man da hineingeboren und wie man aufwachsen wird. Man ist bedingungslos jenen ausgesetzt, die Verantwortung dafür tragen.

Es benötigte Jahre voller Erfahrungen, bis ich irgendwann verstand, dass ich für mein Wohl nun selbst zuständig sein darf und bin. Werde du zu deinem eigenen Anker und deinem Hafen und höre auf, verzweifelt im Außen danach zu suchen. Denn du darfst im Hier und Jetzt zu dir selbst ja sagen, egal, was hinter dir liegt. Vergiss das nie. Ich bin heute glücklich mit mir und ein unverbesserlicher, fröhlicher Optimist. Lachen ist Seelenbalsam, so wie Freude die wir verschenken, sie kommt wie ein Magnet immer wieder zu einem zurück.

März 1969

Nun zu mir, mein Leben startete bei meiner Geburt, sagen wir mal: tierisch gut, als mich eine Krankenschwester das erste Mal in die Arme meiner 17jährigen Mutter legte. Ihre ersten Worte an mich lauteten: „Oh Gott, die sieht ja aus wie ein Affe." Ja, in der Tat, ich hatte sehr dichtes, schwarzes Haar auf dem Kopf, doch hatte ich es ja von ihr geerbt. Nun, ich sollte jedoch großes Glück haben, denn mit drei Monaten fielen mir sämtliche Haare wieder aus und es blieb Gott sei Dank eine komplette Glatze übrig.

Seltsamerweise ließ das leider nicht mehr Nähe zu ihr zu, denn ihr Frust über die ungewollte Schwangerschaft mit mir, die daraus resultierenden Narben an ihrem Bauch und ihren Brüsten sowie der On-Off-Hassliebe Beziehung mit meinem Vater ließen keinen Raum zwischen uns für Fürsorge oder Freude, auch nicht für ein nötiges Verantwortungsbewusstsein. Aber das wusste ich damals noch alles nicht. Für mich war ich einfach da und neugierig auf diese Welt.

Mit einem Jahr kam ich mit einer schweren Lungenentzündung ins Krankenhaus und lernte dort, dass Daumenlutschen durchaus etwas Heilsames hatte, denn es gab mir so was wie Geborgenheit, eine sehr tröstende und beruhigende Angewohnheit, während ich dort meist nur von den Krankenschwestern versorgt und betreut wurde. Dieses mir dort angeeignete Verhalten des Daumenlutschens zog mich danach wie ein roter Faden durch mein Leben, bis hin zu meinem vierzigsten Geburtstag, danach konnte ich den Faden bis zu seinem Ursprung durchtrennen und löste diese vertraute Gewohnheit von mir ab. Ich lernte anders mit Kummer und Unruhen in mir umzugehen und mental in mir Entspannung aufzubauen.

Ja, ich, wer bin ich überhaupt? Ich bin Tanja Natascha oder am liebsten Tanjuschka und bin geboren in Berlin (West) am 29.03.1969 im Krankenhaus Waldfrieden.

Heute bin ich 53 Jahre alt und lebe alleine (habe nie geheiratet) mit meiner Hündin Hope und unserem Hahn im Korbe: Loreo, einem 40 Jahre alten, echt gebeutelten Papageien, der letztes Jahr hier einziehen durfte, in eine kleine, aber gemütliche Zweizimmerwohnung in einem Dorf in Leverkusen.

Ich habe eine Tochter, 34 Jahre alt, und drei wundervolle Enkelkinder (14 J., 2 J. und 8 J. alt). Ich arbeite in Teilzeit als Sachbearbeiterin und an meinen Wochenenden male ich gern abstrakte Kunst, z. B. Themen wie die Naivität, die Eitelkeit etc., oder schreibe an Kindergeschichten, in denen ich spielerisch wichtige

Botschaften verknüpfe (auch an die Vorleser selbst). Oder ich lege Passioncen und versuche, Freunde oder Klienten behutsam auf ihrem Lebensweg zu beraten und zu unterstützen. Ich darf die Menschen mit meiner Erfahrung, Empathie und Intuition in mehr Leichtigkeit führen, statt sie in ihrem persönlichen Chaos immer auf derselben Stelle im Kreis drehen zu lassen, und erfahre wundervoll positive Wertschätzung.

Ich bin ein sehr positiver Mensch, wandere viel in der Natur mit meiner Hündin und freue mich stets aufs Neue, wenn wir unbekannte Pfade entdecken. Ich liebe meine kleine Familie (Tochter und Enkelkinder) sehr, neben all meinen langjährigen Freundschaften, und mag alles, was nicht unbedingt der Norm entspricht, vorgegeben wird, aus einem „freien Geist" heraus entsteht, und mag daher total all die positiven ungebügelten Freaks unserer Gesellschaft. Ich bin ja eine von ihnen :-)

Zurück zu meiner Kindheit, zurück zu meinem Weg, durch den ich die wurde, die ich heute bin: eine liebenswerte, humorvolle Chaotin und unverbesserliche Optimistin, die, egal, worin, immer wenigstens einen Funken Positives findet:
Aufgewachsen bin ich nach meiner Geburt in einer 51 qm großen Zweieinhalbzimmerwohnung im schönen Berliner Stadtteil Zehlendorf bei meiner Oma Ingeborg und meinem Onkel Ernst. Wir waren ein Sechspersonenhaushalt einschließlich zwei Hunden. Meine Oma hatte aus erster Ehe drei Kinder, die bereits bis auf meine Mutter alle bei meiner Geburt ausgezogen waren. Aus einem Verhältnis mit einem jüngeren Mann bekam sie anschließend noch zwei weitere Söhne: Oliver, geb. 1965, und Sven, geb. 1967, sie lebten ebenfalls mit uns zusammen, sowie meinen Onkel Ernst, der Bruder meines Vaters (er lernte meine Oma während ihrer Schwangerschaft mit Sveni kennen und lieben). Er war zehn Jahre jünger als sie, aber das war nie wirklich Thema.

Sveni war zwei Jahre alt, als ich zur Welt kam und mir wie ein großer Bruder. Meine Mutter war nach meiner Geburt immer nur gelegentlich und sporadisch anwesend. Sie lebte ihre Jugend und ihren Spaß mit den in Berlin stationierten Amerikanern aus und war oft tagelang unterwegs. Ich lernte bei meiner Oma früh, dass Anpassung und Eigenständigkeit sehr hilfreich sind, neben der richtigen Portion Diplomatie. Jedoch wurde meine allerwichtigste Eigenschaft im Laufe der Jahre die Intuition, die sich im Laufe meines Lebens noch sehr intensiv ausprägen sollte.

In meinen ersten zwei Lebensjahren interessierte sich meine Mum immer zunehmender für Alkohol und ihre wechselnden Männerbekanntschaften, während ich kaum auffiel bei meiner Oma, neben ihren jüngsten Söhnen Oliver und Sven, denn ich war kein forderndes oder anspruchsvolles Kind. Ich war sehr lieb und ruhig und schaute mir gerne alles Wissenswerte von Sveni ab, denn er war und wurde viele Jahre zu dem Vorbild, welches ich nie hatte. So tat ich einfach immer das, was auch er tat, und war mehr ein aufgeweckter Junge als eine kleine Prinzessin. So hatte ich beispielsweise meine ganz eigene tiefe Stammpfütze auf dem Abenteuerspielplatz, in der ich nach Herzenslust im Sommer badete. Sie war riesig groß, bestimmt sechs Meter lang und einen Meter tief. Daheim war immer nur samstags Badetag, wenn wir einer nach dem anderen nach den Erwachsenen das Badewasser nutzen durften. Und ich liebte nun mal baden ;-)

Das richtige, aufregende Leben begann also mit meinem zweiten Lebensjahr, als ich auch endlich die Erlaubnis bekam, so wie Sveni, alleine raus spielen zu gehen.

Andere hatten weder Zeit noch Lust, mit uns zum Spielplatz zu gehen oder sich mit uns zu beschäftigen. Das war ok, denn ich liebte diese neue Bewegungsfreiheit, konnte ich hier doch toben, laut schreien, mit anderen Kindern spielen: Fußball, raufen, mit Panzern und kleinen Plastiksoldaten spielen oder sie tauschen gegen andere. Wir zwei gingen täglich gemeinsam raus, denn ich lief Sveni mit meinen kleinen Beinchen überall hinterher und war wohl so etwas, was mein seinen unfreiwilligen Schatten nennt, der ihn auf Schritt und Tritt neugierig verfolgte.

Ich höre noch immer den wiederkehrenden Satz meiner Oma, wenn ich irgendwo heute an einer Laterne vorbeigehe, deren Licht gerade draußen angeht:

„... aber wenn die Laternen angehen, Kinder, dann kommt bitte nach Hause", darauf legte sie stets großen Wert. Ebenso, dass wir von klein auf lernten, wie der Polizeinotruf sowie die Feuerwehr gewählt wird am Telefon. Sie war eine sehr liebe, aber auch stille Frau. Ich habe sie nie brüllen hören, aber auch selten lachen. Im Nachhinein gesehen war sie auch recht passiv. Ich weiß heute, sie war einfach gebeutelt von ihrem Leben und sehr beschäftigt, all ihre eigenen Pakete zu tragen. Sie saß die meiste Zeit des Tages vor dem Fernseher, trank immer einen Kaffee nach dem anderen und rauchte sich gemütlich ihre HB. Mein Onkel war berufstätig und als Busfahrer bei den Amis beschäftigt, sodass er immer spätnachmittags erst heimkam. Alle in der Familie hatten einen Heidenrespekt vor ihm, denn er konnte lauter brüllen als ein Elefant. Und wenn er wütend wurde, sollte man ihm besser aus dem Weg gehen.

Wenn er heimkam, aß er und schlief anschließend immer ne Stunde. Während dieser Zeit waren alle mucksmäuschenstill. Wenn er anschließend wach wurde, war er meist gut gelaunt und wir wussten, dass er dann mit den Hunden ihren ersten und letzten begleiteten Spaziergang ging, da sie sonst ebenfalls tagsüber alleine aus dem Haus geschickt wurden. Diesen Spaziergängen mit Ernst schloss ich mich gerne an, wenn ich nicht schon gerade irgendwo draußen spielte.

Denn wir Kinder erkundeten tagsüber im Laufe der Jahre auf unsere Weise die Welt da draußen sowie natürlich unsere Grenzen und so kam es, dass wir neben vielen spannenden Abenteuern und Erlebnissen auch unzählige Unfälle hatten. Die Verantwortung der Erwachsenen trugen wir ja selbst. Heute weiß ich, dass wir einen riesen Schutzengel hatten, und bin sehr dankbar und glücklich darüber.

Gerne möchte ich nun mit meiner bunten Abenteuerwelt fortfahren, da sie mich als Kind mutig und stark machte sowie geistig wachsen ließ in meinem kreativen Freiraum des Seins. Ich bereue sie keine Sekunde. Sie gibt mir heute als Erwachsene Stärke und Mut, wenn ich mal zu sehr an mir zweifle oder Angst habe, vorwärtszugehen.

Als Zweijährige lief ich mit Sveni zu einem Spielplatz und während ich an seiner Hand ewig auf eine besetzte Schaukel warten musste, brannte meine kindliche Ungeduld irgendwann durch. Ich riss mich von seiner Hand los und rannte volle Pulle in die Schaukel, die mir heftig gegen meinen kleinen Kopf knallte. Blutüberströmt rannte Sveni mit mir heulend heim und ich wurde mit der *112* abgeholt und im Behring-Krankenhaus mit einem Loch im Kopf genäht. Etliche andere Unfälle sollten wir jedoch im Laufe der nächsten acht Jahre beide immer gemeinsam durchstehen. Sveni erlitt als Kind auch einmal einen Unfall (Schädelbasisbruch durch einen fahrenden Pkw), als er über eine Straße rannte. Darauf sollte er viele Jahre Angst im Dunkeln behalten, sodass wir beide abends immer heimlich mit Taschenlampe einschliefen unter der Bettdecke unserer Couch.

Ein anderes Mal wollten wir im Winter unbedingt zur Krumme Lanke (ein See im Bezirk Zehlendorf/Steglitz). Sveni war sechs und ich vier Jahre alt, wir wollten zum Teufelsberg rodeln und fuhren allein mit dem Bus dorthin. Boah, das war so spannend, eine richtige eigene kleine Reise, nur wir und der Schlitten im Gepäck.

Am Rodelberg angekommen waren viele Menschen, Eltern, Kinder und alle hatten Spaß. Zu meinem Pech gab es dort jedoch einen einzigen Baum unten am Berg, mit sehr tief hängenden

Ästen und genau der war natürlich für mich reserviert. Ich verlor die Kontrolle über meinen Schlitten, er fuhr mir einfach zu schnell und so prallte ich irgendwann ungebremst gegen all die dicken Äste mit Kopf und Oberkörper, um endlich mit meinem Kopf am Baumstamm zum Bremsen zu kommen.

Diesmal war es die linke Augenbraue, die genäht werden musste. Ich rannte zu meinem Onkel Sveni, der mich dort in den Schnee setzte und sagte, „warte, ich hole Hilfe". Er rannte so schnell er konnte hoch auf die Straße zu den Einfamilienhäusern und klingelte überall Sturm.

Irgendwann öffnete wer die Türe und alarmierte mit der *112* den Notarzt. Als dieser eintraf und mich einlud, wollten sie Sven nicht mitnehmen, er war ja nur ein Kind. Doch er wuchs über sich hinaus, indem er lauthals brüllte: „Aber ich bin ihr Onkel!"

Das muss man sich echt mal bildlich vorstellen, ein sechs Jahre alter Junge, wie groß er da plötzlich doch für alle wurde, und so durfte er als Begleitperson mit.

Ein anderes Mal hielten wir uns mal wieder am Abenteuerspielplatz auf und um sich mal ein bisschen Luft von mir zu verschaffen, wollten Sveni und sein Kumpel, dass ich oben auf dem Dach der selbst gebauten Wackel-Bretterbude einen sehr wichtigen Job erledige: Ausspäher, falls ich irgendwo einen Eindringling sah, der sich zu nah in Richtung unserer Bude bewegte. Ich nahm meinen Job so ernst, dass ich vergaß, auf all die losen Bretter auf dem Dach zu achten, und so stürzte ich vier Meter tief ein und befand mich zwischen den beiden Jungs am Boden liegend. Da ein Indianer keinen Schmerz kennt, hatten wir uns geschworen, selten zu weinen. Ich fühlte jedoch durch meinen langärmeligen rot karierten Hosenanzug irgendwie ein Stechen am Arm und als ich meinen Finger hindurchsteckte, um meine Haut zu spüren, glitt ich mit ihm in eine 3 cm tiefe und 3 cm lange Wunde am Oberarm. Ein Nagel an einem der mit mir fallenden Bretter hatte sich beim Fall tief in meine Haut gebohrt. Wieder mal liefen wir nach Hause

241

und es wurde die *112* gerufen und im Krankenhaus der Arm genäht.

Ich könnte an dieser Stelle nun noch unzählig weitere Unfälle aus der Kindheit aufzählen, in der wir auf uns allein gestellt waren, doch egal, welcher Vorfall, keiner war gefühlt je so betäubend wie die Zusammenkünfte mit meiner Mutter. Denn hier hatte ich keinen Einfluss. Die Unfälle selbst machten mich im Nachhinein gesehen nur stärker, mutiger und vernünftiger. Ich denke, Kinder brauchen auch Freiräume, statt übertriebene Fürsorge. Allerdings alles im gesunden Rahmen. Die Begegnungen mit meiner Mutter hingegen machten mich sehr oft nur ohnmächtig. Meine Mutter war eine sehr unbeständige Frau, sodass ich früh neben den psychischen und körperlichen Gewalteinwirkungen von ihr das Urvertrauen in meine Außenwelt verlor und mich primär auf mich selbst und meine Instinkte verließ. Einige dieser Erlebnisse möchte ich heut gerne wiedergeben. Nicht um anzuklagen, sondern um deutlich zu machen, dass es leichter wird, in jedem von uns, wenn wir alle vergangenen Kapitel akzeptieren als Teil unserer Vergangenheit und sie bewusst in der Gegenwart loslassen. Denn die bestimmst du täglich selbst neu. Alle Kapitel stehen fertig gedruckt in unserem dicken Lebensbuch, die als Prägung immer ein Teil von jedem von uns bleiben, der unauslöschlich ist. Selbst wenn man die Seiten rausreißen könnte, so wären es doch die hinterlassenen Lücken, die erinnern, oder? Jene Geschichten machen aus uns das, was man bestenfalls gute Menschen nennt, und den, zu dem wir geworden sind.

Ich arbeitete im Heute oft an meinen festgefahrenen Glaubenssätzen, jenen, die uns alle in frühester Kindheit prägten und später irgendwann nach unbewussten Mustern handeln lassen. Neben der Akzeptanz meiner Kapitel begegnete ich irgendwann dem besonders feinfühligen Menschen, den sie aus mir formten, und durfte so mit meiner Vergangenheit Frieden schließen. Es gibt einen schönen Spruch, gerne lebe ich ihn: Gib jeden Tag die

Chance, ein ganz besonderer Tag für dich zu werden.

Und den unfreiwilligen Singles unter uns möchte ich gern sagen: Es gibt immer eine reale Chance, um Mrs. oder Mr. Right zu begegnen, vor allem, wenn du es dir gestattest, endlich „ja" zu dir selbst zu sagen und positiv zu akzeptieren. Schon klar, Nobody is perfect, aber wir können täglich an dem in uns arbeiten, was uns im Außen oft die Beine stellt. Sei sanft und ehrlich zu dir und vergiss dabei nicht, allzu perfekt und rund muss man nicht sein, denn es sind meist die kleinen Ecken und Kanten, die das Besondere an einem Menschen ausmachen statt das Perfekte, angepasste Akkurate.

Nun komme ich zum eigentlichen Teil meiner Geschichte: meiner Mutter, die mich sehr prägte und doch für mein Leben so sehr stärkte.

Als ich drei Jahre alt war, kam eines spätnachmittags meine Mutter wieder mal nach einigen Tagen fernbleiben nach Hause, packte spontan eine kleine Tasche mit meinen Anziehsachen und nahm mich gegen meinen Willen mit ihr mit. Ab und an hatte sie so Anwandlungen, mich gerne aus meiner Alltagsroutine mit Sveni zu Hause herauszureißen. Meine Oma griff zwar nie ein, blieb aber die einzige beständige, liebevolle und mir vertraute erwachsene Person in der Kindheit.

Ich halte sie liebevoll in Erinnerung.

Ich fuhr einige Zeit Bus mit meiner Mutter, bis wir im Dunkeln in der Mau-Mau-Siedlung ankamen, einer sehr zwielichtigen Gegend in Berlin mit viel Kriminalität. Sie ging mit mir zu einem Hochhaus, fuhr den Fahrstuhl rauf und wir betraten die Wohnung eines ihr bekannten stationierten Soldaten. In dem kleinen, kahlen Einraumapartment gab es nur einen Tisch und zwei Stühle und ein Riesenbett gegenüber an der Wand.

Kurze Zeit später verschwand sie plötzlich, doch ich, ich musste bleiben. Ich weiß noch, wie ich stundenlang mit dem Fremden an einem Tisch saß, dessen Sprache ich nicht verstand (Englisch), so sehr ich mich auch bemühte. Er machte mir große Angst, alleine schon durch die sehr schwarze Hautfarbe in seinem Gesicht. Was ich da sollte? Nun, das würde ich meine Mutter gern selbst heute fragen, wäre sie noch am Leben. Ich weiß nur, dass es hier nicht um mein Wohl, sondern ums Prinzip ging, sie war meine Mama und in ihren Augen gings mir gerade einfach zu gut bei meiner Oma. Sie ärgerte sich oft darüber, dass ich Ingeborg auch Mama nannte, nun, meine eigene war ja selten da und ich tat nur, was Sveni auch tat. Und für mich fühlte sich dieses Wort so schön warm und angenehm an. Zudem bestand Ingeborg darauf, sie niemals Oma zu nennen.

Zurück zu dem Abend, es wurde später und später, doch meine Mutter kam nicht zurück, die ganze Nacht nicht. Ich wurde irgendwann sehr, sehr müde, wollte jedoch um keinen Preis zu diesem Fremden ins Bett, auch nicht spielen oder mich trösten lassen, ich wollte, einfach nur hier weg, nach Hause, auf meine Schlafcouch, aber wie? Die Nacht der Tränen war endlos in meiner Verzweiflung und Panik, bis ich irgendwann in völliger Erschöpfung am Boden einschlief. Ich erwachte, als meine Mutter am nächsten Morgen zurückkam. Ein Lichtblick?

Noch ehe sie mich begrüßte, redete der Soldat aufgeregt auf sie ein und einige Minuten später stritten sie sehr laut in englischer Sprache, bis kurz darauf die Türe knallte und er ging. Nun beachtete sie mich endlich, doch ihr Blick machte mich nur noch unsicherer. Sie kam auf mich zu, stellte sich vor mich und sagte in langsamen, tiefen und bitteren Ton: „So, Tanja, und weil du sooo böse warst, werde ich jetzt sterben." Sprach's, kippte um und war tot. Ich schüttelte und rüttelte sie und trotz der tränenreichen Nacht war noch so viel mehr Platz für weitere Tränen übrig geblieben, die in diesem Augenblick verzweifelt aus mir herausbrachen. Doch meine Mutter rührte sich einfach nicht, sie blieb tot.

Meine Angst um sie und davor, nun für immer hier bleiben zu müssen, wurde mit jeder Minute, die verging, mächtiger.

Irgendwann sagte ich völlig entkräftet, schluchzend zu ihr: „Mama, wenn du jetzt nicht wach wirst, dann muss ich die Polizei anrufen." Doch meine Mutter blieb regungslos. Ich wählte die *110* und höre bis heute, wie eine Männerstimme am anderen Ende des Notrufs sich meldete sowie meine kurzen klaren Worte: „Hallo, guten Tag, meine Mama ist leider tot." ... Bis das Gespräch darauf unerwartet unterbrochen wurde.

Blitzartig richtete meine Mutter ihren Oberkörper auf, riss mir den Hörer aus der Hand und knallte ihn wütend aufs Telefon zurück. Ich zitterte vor Panik, doch zu all meiner Ohnmacht und den durchstandenen Ängsten, seit ich dort in dieser Wohnung angekommen war, sollte nun der körperliche Schmerz an die Reihe kommen. Sie prügelte nun derart aufgebracht unkontrolliert mit ganzer Kraft auf mich ein, weil ich so böse war, wie sie sagte, bis ich mich irgendwann windelweich fühlte. Ich konnte tagelang vor Schmerzen nicht mehr sitzen oder liegen. Als sie dort irgendwann mit mir fertig war, fuhr sie mich mit ihrer üblichen „silent-treatment"-Haltung mit dem Bus heim, schloss die Türe auf und warf mich wie ein Stück Vieh in den Flur meiner Oma. Danach zog sie die Türe hinter sich zu und ich sah sie wieder mal einige Wochen nicht mehr.

Eines Nachmittags kam sie mal wieder zurück, als Ernst und Ingeborg in der Stadt waren, einkaufen. Ich nutzte mit Sveni die Gelegenheit, ausgiebig zu toben im Zimmer, und es fiel dabei ein kleiner Kaktus zu Boden. Meine Mutter schrie wie eine Furie, versohlte mir den Hintern und forderte mich auf, meine Tasche zu packen, ich käme jetzt in ein Heim.

„Wenn ich wiederkomme, ist deine Tasche gepackt, Tanja", sagte sie und ging kurz einkaufen. Unsere kindliche Leichtigkeit und Freude beim Toben fanden somit ein schnelles Ende.

Als sie wiederkam, hielt ich mich noch immer weinend an

Svenis kleinen Armen fest, doch sie packte völlig entspannt eine Dose Eis aus ihrer Einkaufstüte aus und sagte euphorisch: „Kommt, kommt, Kinder, es gibt Vanilleeis."

Wir Kinder saßen nun stumm am Tisch und aßen still das Eis, während meine Mutter in einem völlig neuen Film saß und plötzlich voller guter Laune war. Von meiner gepackten Tasche oder mich in ein Heim bringen war keine Spur mehr.

Als ich dann vier Jahre alt war, löste sie das Daseinsproblem Tanja auf eine ganz besondere Weise, etwas, sagen wir mal, praktischer. Sie holte sich seit einigen Wochen, ohne mein Wissen, öffentliche Ferienangebote für Kinder beim Jugendamt ein, das waren Verschickungen zu Pflegeeltern, bis sie fündig wurde.

Von jetzt auf gleich tauchte meine Mutter mal wieder zu Hause auf, packte meine Koffer und fuhr mit mir zum Bahnhof Zoo. Dort bekam ich ein Schild um den Hals gehängt von irgendeiner Zugstation in, ja, Sie lesen richtig, in Schweden. Sie verschickte mich alleine nach Schweden.

Als sie mich in eines der Zugabteile setzte, legte sie mir fürsorglich das Schild um den Hals und sagte: „So, Tanja, es ist wichtig, dass du den Bahnhof, an dem der Zug zu stehen kommt, mit dem Namen auf deinem Schild vergleichst. Wenn du meinst, dass es das Gleiche ist, dann steige einfach aus."

Ich meine, dass ich mit vier Jahren nicht lesen konnte, war ihr schon klar, nur nicht, welch eine Lebensaufgabe sie mir damit übertrug. Es war eine der größten Herausforderungen in meinem ganzen bisherigen Leben, in der sie mich da selbstständig zurückließ. Die Möglichkeit, dass ich jederzeit mit jemand anderem mitgehen könnte oder aber irgendwo falsch aussteigen, war ihr sicher schon bewusst, doch sie machte sich selten tiefgreifendere Gedanken um irgendwas. Nun, ich kannte meinen Namen, die drei Ziffern des Notrufs, aber meinen Nachnamen, meine Adresse? Die kannte ich nicht auf dem wirklich weiten Weg in das, was man Urlaub nennt.

Die Fahrt bedurfte große Anstrengung in mir, denn ich schlief auf diesem endlosen Weg immer wieder in meinem Abteil ein, sodass ich hier und dort Bahnsteige verpasste, ohne sie mit meinem Schild vergleichen zu können. Oder ich wurde wach durch das Ruckeln des Zuges, nachdem er sich bereits wieder von irgendeinem Bahnsteig wegbewegte. An anderen Haltestellen wiederum war ich nicht sicher genug, ob genügend Ähnlichkeit mit dem Namen auf meinem Schild bestand und ich nun wirklich hier aussteigen müsse. Und somit wurde es zur längsten Fahrt meines Lebens in der Ungewissheit, je auf diesem oder jenen geschriebenen Ort auf meinem Schild auch anzukommen.

Warum suchte ich keinen Erwachsenen auf, der mir half? Nun, ich kannte es ja nicht anders, als auf mich allein gestellt zu sein, mir schien das völlig normal. Ich lernte doch sehr früh, dass ich selten Unterstützung zu erwarten hatte. Aber die Eigenständigkeit und Selbstständigkeit machte mich ja auch „sehr stark" im Laufe meines Lebens und sehr mutig.

Nach etlichen Stunden im Abteil wurde ich mal wieder wach, als ich am x-ten Bahnhof einfuhr. Ich verglich wieder voll konzentriert die Buchstaben der Zugstation mit denen auf meinem Schild, welches ich übrigens bei der gesamten Fahrt um den Hals behielt. Es gab mir irgendwie so was wie Sicherheit, Halt einfach etwas, an dem ich mich festhalten konnte.

Es sah tatsächlich aus, als wäre ich hier richtig. Unsicher verließ ich zum ersten Mal seit der gesamten Fahrt das Abteil und meine Füße fanden sich kurz drauf auf dem unbekannten Bahnsteig wieder. Wer oder was mich da abholen sollte, keine Ahnung. Was ich dort weitersuchen sollte, auch nicht. Ich wusste nur, dort wartet ein Urlaub, einer, den ich weder wollte noch kannte. Wer oder was Urlaub überhaupt war, keine Ahnung. Ich wusste nur, dass Zugfahren unendlich lang und anstrengend war.

Nun rannte ein fremder Mann namens Bernd zu mir und rief:

„Tanja, Tanja?"

Da wusste ich, wie ein Urlaub aussah: blond, groß, schlank mit einem freundlichen Lächeln für mich. Er holte mein Gepäck und von da an sollte ich jetzt sechs unendlich lange Wochen in Schweden verbringen, wo ich „meinen Urlaub" besser kennenlernen durfte. Es war eine wirklich sehr nette Familie mit drei Häusern, einem Bauernhof oben auf dem kleinen Hügel, unter dem Hügel ein süßes kleines Sommerhaus aus Holz, welches mitten an einem kleinen Fluss lag, und ein Winterhaus, das ich jedoch nie kennenlernte. Wir lebten unten im kleinen Sommerhaus. Die neue Familie bemühte sich sehr, wir machten abends Musik am Lagerfeuer, Ausflüge oder besuchten oben am Hügel den Bauernhof der Großeltern, wo viele Tiere lebten. Das war echt spannend, bis ich jedoch mal sah, wie ein Schweinchen geschlachtet wird.

So oft ich durfte, lief ich gerne alleine mit meiner kleinen Plastikwanne runter zum Wasser, Fische fangen. So sehr die Menschen sich dort auch um mich bemühten und auch meine Sprache zu beherrschen, sie waren für mich Fremde, genau wie dieser Ort, denn die Leere in meinem Herzen, neben der Frage, warum ich hier war, sowie das zermürbende Heimweh nach meiner Oma, nach Sven, konnten sie mir trotz ihrer Bemühung nicht nehmen.

Unten am Wasser hingegen spürte ich wieder die alt vertraute und so reinste Form meines Seins: in der uneingeschränkten Freiheit meiner selbst, meiner Fantasie, der Stille um mich, neben dem Plätschern des Wassers unter meinen Beinen.

Zur Verzweiflung meiner Pflegefamilie nässte ich mich dort jede Nacht ein, nachdem ich mich dort Abend für Abend in den Schlaf weinte. Ich fühlte mich so alleine und mir fehlten Sveni und meine Oma zusehends mehr und mehr. Meine einzige Vertraute war dort meine Puppe, die ich noch heute besitze. Sie ist echt nicht mehr so schön wie früher, aber sie gab mir immer so was wie Trost und Halt. Und nun, nun bewahre ich sie als eine Art Erinnerungsstück im Keller auf. Wer weiß, vielleicht noch diesen Sommer lang.

Nach endlosen Wochen durfte ich endlich wieder die Rückfahrt antreten.

Weihnachten war nichts dagegen, als ich freudestrahlend und erleichtert wieder in Berlin ankam. Es war, als wäre ich aus einer Art völlig verlorener Zwischenwelt endlich zurückkehrt in das einzig vertraute Stück Erde. Kurz darauf sollte meine Oma meinem in Leverkusen lebenden Vater das Versprechen abnehmen, mich aufzunehmen, sollte das Jugendamt mich entziehen. Aber so weit kam es nie.

1975

Als ich mit sechs Jahren eingeschult wurde, wurde ich dort ständig von einem Jungen geärgert, der mir laufend am Schulhof auflauerte, um mir Beine zu stellen, bis ich fiel. Ich hatte sehr große Angst vor ihm, weil er älter war als ich. Eines Tages vertraute ich mich meiner Mutter an, als sie fragte, warum ich nicht gern zur Schule wollte. Sie lachte und sagte aufmunternd zu mir: „Hey Püppi, ich hab doch Karate gelernt (das hatte sie jedoch nie). Möchtest du, dass ich dir einen Trick zeige, wie man sich erfolgreich wehrt?"

Natürlich, und wie ich das wollte. Erleichtert ging ich mit ihr raus, wir liefen zum Bürgersteig auf der großen Wiese vor dem Haus. Dort stellte sie sich mit dem Rücken vor mich und sagte sanft: „So, nun reich mir mal deine Hände, Tanja."

Mit glänzenden Augen, stolz und überglücklich über ihre Aufmerksamkeit tat ich das direkt. Entgegen meiner Erwartungen zog sie mich jedoch an meinen beiden Händen hoch und warf mich voller Wucht über ihren Kopf hinweg auf den harten Boden vor ihr. Ich weiß nicht mehr, wie viele Minuten ich dort regungslos ohne Luft zu bekommen verharrte, nur dass ich einfach nicht mehr atmen konnte. Starr vor Schock, was da eigentlich gerade passiert war, lag ich einige Zeit am Boden, während sie in aller

Seelenruhe wieder nach Hause ging. Als ich irgendwann wieder atmen und mich aus meiner Schockstarre lösen konnte, lief ich aufgelöst hinterher, in die Arme meiner Oma. Von da an gestattete ich mir jedoch nie mehr Angst vor diesem Jungen auf dem Schulhof, sondern wehrte mich erfolgreich.

1977-1978

Als ich acht Jahre alt war, lernte meine Mutter schließlich meinem Stiefvater bei den anonymen Alkoholikern kennen. Er war ein gut situierter Junggeselle, viel älter als sie, und meine Mutter beschloss, dass es nun Zeit wäre, sich abzusichern, solide zu werden. Sie selbst hatte ihre Ausbildung zur Krankenschwester während der Schwangerschaft mit mir abgebrochen und hielt sich immer mit wechselnden Arbeitsstellen über Wasser. Sie war eine sehr attraktive, hübsche zierliche Frau und ihre Attraktivität schmeichelte ihm sehr, so kamen die beiden zusammen.

Einige Monate später setzte sie nun heimlich die Pille ab und unterbreitete meinem Stiefvater sehr bald die unerwartete Nachricht, schwanger zu sein.

Als sie zwei Monate später mit mir ins Klinikum Steglitz zur Schwangerschaftsuntersuchung ging, stellte sich dort heraus, dass es Zwillinge werden würden. Ich freute mich mächtig, nur sie war unerklärlicherweise am Boden zerstört. Ich verstand das nicht, entschied mich jedoch genau deshalb dafür, mit ihr gemeinsam mit zu meinem Stiefvater zu ziehen.

Es sollte ein besseres Leben werden, endlich ein gemeinsames mit ihr, ein stabileres, sollte ich doch mit neun Jahren das erste Mal so etwas wie ein Kinderzimmer bekommen, ein ganz eigenes Zimmer. Ich war gedanklich sehr reif als Kind, nicht so verspielt und naiv wie andere in meinem Alter. Ich dachte wirklich, wenn ich sie nun, wo wir doch eine kleine Familie sind, in allem unterstütze, was an neuen Aufgaben vor ihr liegt, wird sie mich besser annehmen können und wir zusammen zu einem schönen positiven

Eins werden.

Nach den ersten vergangenen Schwangerschaftsmonaten begann sie plötzlich ein kurzes Verhältnis mit dem Kollegen meines
Stiefvaters, der eines Tages bei uns zu Hause anrief, während Die-
ter am Arbeiten war. Er bat mich so schnell es geht zu kommen
und bestellte mir ein Taxi, mit dem ich ca. 20 Minuten später dort
eintraf.

„Ich bekomme deine Mutter nicht beruhigt, sie will aus dem
Fenster springen, Kind."

Den ihr so verhassten Ehering hatte sie bereits hinausgeworfen
und hockte nun in all ihrer Dramatik zwischen den Fensterrah-
men, abwechselnd den Blick in die Tiefe und wieder auf uns gerichtet.

Ein fremder, fünfmal älterer Mann, der sich völlig hilflos an seiner Wand abstützte, bat mich um Unterstützung, dabei war ich
eigentlich nur ein neun Jahre altes Kind. Ich versuchte ganz ruhig
mit jener Diplomatie auf sie einzureden, welche mir in meinem
bisherigen Leben oft mehr geholfen hatte als mein verzweifeltes
Weinen, bis sie tatsächlich einige Minuten später wieder vom offenen Fenster runterstieg. Ich war echt erleichtert, er auch, doch
statt Gespräche, bestellte ihr Liebhaber umgehend erneut ein
Taxi, streichelte mir kurz über den Kopf, dann gab er mir Fahrt-
geld und ich hörte nie wieder von ihm. Nur dass mein Stiefvater
den „aus Versehen" irgendwo verloren gegangen Ehering meiner
Mutter umgehend erneuern ließ.

Im Laufe der weiteren Schwangerschaftsmonate verwandelte
meine Mutter sich in einen wahren Putzteufel, strengte sich unglaublich an mit Boden putzen, Staubsaugen, Badewanne putzen,
Fenster, etc. Ich muss sagen, in so einem sauberen Umfeld hatte
ich bis dato noch nie gelebt und so sorgte ich mich sehr um diesen
seltsamen neuen Zustand. Ich kochte ihr oft Tee nach der Schule
oder an den Wochenenden, denn ich wollte, dass sie sich mehr
ausruhte, doch irgendwann entgegnete sie mir heulend: „Ich will

die Kinder nicht, ich will sie nicht, Tanja."

Nun, sie hoffte tatsächlich bei ihren intensiven körperlichen Anstrengungen einen Blutsturz zu bekommen, sodass die Embryonen abgingen. Als sie mir das sagte, riss es mir den Boden völlig unter den Füßen weg, von all dem, woran ich doch versuchte, hier in meinem neuen Zuhause so sehr zu glauben. Es sollte hier endlich *besser* und ein positiver Neubeginn werden, jetzt, wo sie älter war, reifer und ihre Jugend reichlich ausgelebt hatte. Jetzt, wo es einen festen, soliden Mann in ihrem Leben gab, wir immer genug Essen im Kühlschrank hatten und sie täglich zu Hause war. Jetzt, wo sie die Verantwortung endlich selber tragen wollte für uns und das Leben. Aber das Wort *besser* war aus meinem Lebensbuch mit ihr wohl irgendwie bei meiner Geburt gestrichen worden.

1979

Kurz nach meinem zehnten Geburtstag kamen zwei Monate später meine beiden Geschwister im Mai an einem Sonntag mit Kaiserschnitt zur Welt: ein gesunder süßer Junge und ein wunderhübsches zierliches Mädchen. Ich schwor mir, immer da zu sein für die beiden, hatte ich doch immer ein ziemlich hohes Verantwortungsbewusstsein, zumindest für alle anderen, mich selbst vergaß ich oft gern dabei.

Nach ihrer Geburt gab es nun zu Hause immer öfter Streit in der Ehe. Für meinen Stiefvater waren die Babys zu laut und zu anstrengend, er war ja nicht mehr der Jüngste und wenn er von seiner Arbeit kam, wollt er seine wohlverdiente Ruhe, keine quengelnden Säuglinge. Auch meine Mutter war überfordert durch all ihre neuen Verpflichtungen als Hausfrau, Mutter und Ehefrau und so begannen beide kurz darauf wieder immer öfter zu trinken, während ich mich liebevoll um meine Geschwister kümmerte, vor und nach meiner Grundschule. An Verabredungen mit Freunden kann ich mich nicht erinnern, dafür hatte ich weder Kopf noch Zeit, ich fand Freude in meinen kleinen Geschwistern, eine wunderschöne Aufgabe, der ich mich mit ganzem Herzen widmete.

Im kommenden Winter lud sie meine Geschwister bei hohem Schnee in die Kindersitze auf ihrem Fahrrad, da waren sie ca. acht Monate alt und ich zehn Jahre. Sie bat mich, mit ihnen spazieren zu fahren, sie bräuchte auch mal Zeit für sich zu Hause. Nach ca. 50 Minuten kamen wir glücklich, aber frierend zurück, es war mächtig kalt, schneite und ich hatte auch leider keine Handschuhe. So spürte ich irgendwann meine Hände kaum noch am Lenker. Zudem drehten die Reifen in dem hohen Schnee ständig durch und ich rutschte auf den eingeschneiten Wegen mit meinen Geschwistern ständig aus, sodass ich Mühe hatte, das schwere Rad mit meiner wertvollen Fracht darauf zu halten. Als wir jedoch zu Hause ankamen, brüllte meine Mutter mich wütend an, warum ich es noch nicht mal schaffen würde, zwei Stunden spazieren zu fahren mit den beiden, und warf mir vor, dass ich das wohl nur gegen eine finanzielle Entlohnung tun würde, danach wurde ich weinend ins Zimmer geschickt.

1980-1982

Als meine Geschwister ein Jahr wurden, stellte sie tagsüber eine Babysitterin ein, eine junge, intelligente wirklich liebenswerte Frau aus sehr gutem Hause. Sie blieb knappe 1,5 Jahre, dann kündigte sie bei meiner Mutter im Sommer. Dann kam Silvester, jene Nacht, an dem mein Stiefvater stockbetrunken heimkam. Es entstand daraufhin wieder einmal ein heftiger Streit zwischen beiden und ich wurde von den Schreien meiner Mutter wach. Als ich erschrocken auf den Flur lief, fand ich sie auf dem Boden liegend vor, während mein Stiefvater auf ihrem Oberkörper saß, ihre Arme unter seinen Beinen vergraben, und mit seinen Händen ihren Kopf immer wieder vor und zurück auf den Boden schlug. Mein Verstand wusste nicht, wie ich sie daraus befreien sollte, und so folgte ich in einer Sekundenüberlegung einfach meiner

Intuition, die mir sagte, verwirre ihn, bring ihn durcheinander, alles andere bringt hier nichts. So schrie ich zu seiner und ihrer Verwunderung laut: „Mama, Mama, hör auf, Mama, bitte hör doch endlich auf!"

Darauf ließ er kurzfristig völlig verdutzt tatsächlich ab von ihr, sodass sie schwankend aufstand, in die Küche rannte und anschließend mit mir im Schlafzimmer zu meinen schlafenden Geschwistern verschwand. Dort reichte sie mir aufgelöst ein 20 cm langes Fleischmesser und sagte eindringlich: „Wenn der hier reinkommt, Tanja, dann stich ihn ab, stich ihn ab!"

Was er zum Glück nicht tat, denn ich zitterte am ganzen Körper vor Schock und Angst, während meine Mutter sich ins Bett zu meinen Geschwistern legte und ihren Rausch ausschlief. Ich blieb noch lange Zeit wie eingefroren mit dem Messer vor der Türe auf dem Boden sitzen, bis ich dort irgendwann selbst einschlief.

Viele Jahre später fragte mich mein Stiefvater, warum ich ausgerechnet meine hilflose Mutter damals bat aufzuhören, das hätte doch gar keinen Sinn gemacht, sie war doch wehrlos. Ich erklärte ihm, dass er so im Rausch war, dass ich befürchtete, dass ich ihn umgekehrt nur in seinem Tun bestärkt hätte, und er gestand mir offen, dass er wirklich nur deshalb aufhörte, weil ihn genau das so sehr irritierte.

1982

Wir zogen im kommenden Neujahr bei meinem Stiefvater aus, zwei Straßen weiter, da waren meiner Geschwister drei Jahre und ich gerade 13 Jahre alt geworden. Von nun an waren wir dem inneren Chaos, den Alkoholprozessen und den Launen unserer Mutter wieder komplett ausgesetzt. Mein Stiefvater gab sich mit den regelmäßigen Unterhaltszahlungen und seiner Ruhe zufrieden und machte keinen Gebrauch von seinem Umgangsrecht. Wer ihn besuchen wollte, durfte jedoch gerne kommen.

Was ich nun die nächsten vier Jahre erlebte, würde hier zu viel

Raum einzunehmen, daher werde ich mich auf die gröbsten Zustände zu Hause (was ist eigentlich ein Zuhause?) fokussieren. Die wahrlich wirklichen Täter jedoch, im Nachhinein gesehen, waren die in meiner Außenwelt um uns herum, die stets schweigend zusahen, alles ignorierten und nichts unternahmen.

Die neue Aufgabe als alleiniger Haushaltsvorstand, Alleinerziehende von drei Kindern zu sein, wuchs meiner Mutter schneller über den Kopf als erwartet. Sie war hoffnungslos überfordert mit unserer kleinen Familie und kriegte einfach die Kurve nicht, um sich um Erziehung, Schule, Finanzen, den Haushalt oder irgendwelche andere Verpflichtungen zu Hause zu kümmern.

Verständlich, denn es stand bislang ja immer einer hinter ihr, früher meine Oma, später mein Stiefvater, und nun war sie das erste Mal komplett alleine auf sich und ihre Aufgaben gestellt.

So verlor sie sich unter dieser Belastung und flüchtete sich nun immer öfter in ihre Alkoholexzesse und ihre Tablettenabhängigkeit hinein und wurde mit ihnen zunehmend aggressiver, desinteressierter, leerer. Wenn sie trank, versteckte sie ihren Alkohol überall in der Wohnung und ich war nach der Schule, wenn ich nicht gerade mal wieder schwänzte, weil die Umstände es nicht anders zuließen, damit beschäftigt, diesen zu suchen und zu eliminieren. Wir dachten damals immer, wenn keiner mehr im Haus ist, verschwindet ja damit auch ihr Trinken, doch natürlich sorgte sie stets für Nachschub. Die Phasen, in denen sie kaum aß und nur trank, hielten meist drei bis vier Wochen an, danach folgte meist genauso lang eine trockene Phase, in der sie versuchte, sich davon mit Schlaftabletten zu erholen. In dieser Zeit hatte sie immer starke Migräneschübe und ich versorgte sie so gut es ging mit. Oft machte ich ihr kühle Tücher auf die Stirn und stellte ihr Apolinaris zum Trinken bereit. Wenn sie schon kaum aß, sollte sie wenigstens genug Flüssigkeit zu sich nehmen.

Ich weiß nicht, wie oft ich meine betrunkene Mutter in diesen Jahren vom Teppich aufhob, während mir der Anblick ihres völlig splitternackten, ausgemergelten Körpers und ihres eigenen Erbrochenen alles abverlangte, und versuchte den Teppich so gut es ging zu reinigen, ehe meine Geschwister von der Grundschule oder dem Spielen draußen heimkamen. Zudem hatte sie die üble Angewohnheit, Schmutzgeschirr einschließlich der darauf befindlichen Essensreste tagelang im Spülbecken einzuweichen, bis natürlich ich das stark nach Erbrochenem riechende Geschirrwasser ablaufen ließ und selbst den ganzen Haufen Geschirr sauber spülte.

Bis heute ist meine Spülmaschine der größte Luxus in meinem Leben, den ich nicht mehr aufgeben möchte.

Ich versuchte, in ihren Trinkphasen an Abenden, nach denen ich sie und meine Geschwister zu Bett brachte, möglichst unauffällig zu sein, um ihr bloß keinen Raum für ihre unerklärlichen Wutausbrüche zu geben, die sie im Alkohol ja ständig überfielen. Dennoch sollte es unzählige Übergriffe auf mich geben, bei denen sie mir unerklärlicherweise nach dem Leben trachtete.

Trotz aller Ruhe wachte meine Mutter oft nachts auf und rannte unruhig durch unsere Wohnung, bis ich dann immer öfter zum Ziel ihrer Aufgelöstheit wurde. Es sollten viele Jahre kommen, in denen ich erschrocken wach wurde, weil mir die zwei Hände einer 1,56 m großen 47-kg-Frau so feste meinen Hals abwürgten, dass ich kaum Luft bekam. Allerdings schaffte ich es im Laufe der Zeit schneller, aus der üblichen Schlafbenommenheit herauszufinden, um mich daraus befreien zu können und so schnell es ging im Bad einzuschließen, bis sie von mir abließ.

Die Vorliebe für Messer behielt meine Mutter auch. Im Nachhinein betrachtet habe ich leider immer nur den Alkohol im Haus aufgespürt und entsorgt, jedoch seltsamerweise nie die Messer. Vielleicht auch, weil ich das erlebte Ereignis derzeit bei meinem Stiefvater niemals richtig verarbeitet hatte und immer versuchte zu verdrängen. Bis heute habe ich den Respekt vor Messern beibehalten, denn in meinem Haushalt wird man keine großen

Fleischermesser finden. Ich besitze nur kleine Schälmesser.

Wovon sie eigentlich immer wach wurde, weiß ich nicht, aber ich vermute, sie träumte schlecht, das tat sie oft, oder der Alkohol ließ nach. Ihre unbändige Wut wurde mit der Zeit leider immer größer, sie trat immer häufiger und in kürzeren Abständen zu Tage und so machte sie mich unfreiwillig mehr und mehr darin zu ihrem Blitzableiter, den sie für diesen Moment brauchte. So setzte sie irgendwann neben ihren Händen nun auch die großen Messer bei ihren Übergriffen auf mich ein. Jedoch drohte sie mir hier, im Gegensatz zum Würgen, immer kurz vorher an, wenn sie mich abstechen wollte, mit den Worten: „Und jetzt steche ich dich ab!" Wenn auch ungewollt, ließ sie mir damit immer kurze Sekunden Zeit zu reagieren.

Einmal schloss ich mich wieder mal voller Panik im Bad ein, während sie mir schwankend im Alkoholrausch mit einem großen langen Messer hinterherjagte. Wir hatten ein Milchglasfenster oben in der Badtüre und ich höre sie bis heute brüllen, ich solle aufschließen, bis, ja, bis sie mit ihrer kleinen, bloßen Faust wütend die Scheibe einschlug. Dass so winzige Scherben derart blutende Wunden in einem Gesicht hervorrufen, hätte ich nicht geglaubt, doch ich blutete überall, was meine wütende Mutter, die ja nun durch das kaputte Fenster hindurch zu mir sehen konnte, nur noch mehr motivierte, gegen die Türe zu poltern und mich anzuschreien.

Als sie sich irgendwann beruhigte und von der Türe wegging, stand ich nun blutend da. Ja, wo sollte ich jetzt anfangen? Die kleinen, schmerzenden spitzen Scherben aus meiner Haut ziehen oder das Blut davon, welches überall an mir herunter auf den Boden tropfte, aufwischen? Ich wusste nie, wie viel Zeit mir bleibt. So wusch ich damals einfach vorsichtig mein splitterübersätes Gesicht unter kaltem Wasser ab, während meine Mutter längst wieder lag und eingeschlafen war. Die kleine Narbe zwischen meiner Oberlippe und der Nase wird mich stets an diesen Abend zurückdenken lassen, Make-up nutze ich heute meist nur um meine Augen herum, so schenke ich dieser Narbe weniger Beachtung.

Eines Nachts, als sie wieder einmal hinter mir mit einem großen Messer herrannte, konnte ich durchs Wohnzimmer in den Flur flüchten, doch die Haustüre war abgeschlossen. In meiner großen Todesangst konnte ich noch den Schlüssel, der zum Glück steckte, umdrehen, sodass die Tür aufging und ich hilferufend durch das Treppenhaus unseres 16-Parteien-Hauses rannte.

Doch es öffnete nie jemand, die Nachbarn wollten schließlich schlafen.

Zu wie viel Kraft doch ein Mensch fähig ist, sah ich am darauffolgenden Tag, denn die I-Form unseres Haustürschlüssels im Schloss hatte sich in eine L-Form verwandelt. Und wenn ich eines lernte derzeit, dann, dass es im Leben nicht nur auf die Jahre, Monate, Wochen, Stunden, Minuten ankommt, sondern besonders auf die Sekunden ... die manchmal viel entscheidender sind.

Natürlich kam immer mal meine Oma vorbei oder mein Onkel Oliver und man appellierte in Gesprächen optimistisch auf die Vernunft meiner Mutter, nur, da war ja keine vorhanden und so wurde daraus ein unfreiwilliges, fortlaufendes jahrelanges Abonnement für mich.

Die Gesichter meiner Mutter waren sehr vielseitig, sie konnte auch gerne selbst in die Rolle eines Opfers fallen. Dann ritzte sie mit einem normalen Brotschmiermesser ihre Unterarme ein, bis diese überall oberflächlich bluteten, kam zu uns und sagte schluchzend: „Und weil ihr so ungezogen wart, nehme ich mir jetzt das Leben."

Natürlich sahen wir nur das ganze Blut an ihren Unterarmen herunterlaufen, weinten vor Panik und versprachen ihr immer wieder, doch lieb zu sein. Doch in der Realität waren wir ja nie böse, sie hingegen eine sehr zerrüttete, verzweifelte, psychisch erkrankte Frau. Sie setzte in diesen Situationen dann gerne einen drauf, indem sie ihre persönliche Dramatik darin einbaute. Sie lief dafür anschließend hinaus auf den Balkon, hielt ihr Bein über die Brüstung und sagte: „Kinder, vergesst nicht, wie sehr eure Mutter euch geliebt hat." (Wir wohnten im dritten Stock.)

Ich weiß nicht, wie oft ich aus lauter Verzweiflung und Ohnmacht die Feuerwehr rief, wie oft die bei uns ein- und ausgingen, aber die *112*-Nummer sollte einfach die wichtigste Nummer im Laufe meiner ganzen Jahre bleiben. Anschließend rief ich meine Oma an mit der Bitte, doch zu kommen. Das tat sie auch immer, wenn auch so ziemlich erfolglos. Aber es beruhigte mich.

Einmal sah ich meine Oma aus Scham richtig rot werden bei einer dieser oben genannten Aktionen. Nachdem meist nur die Feuerwehrmänner es schafften, unsere betrunkene Mutter vom Balkon zu holen, befragte einer von ihnen meine Oma einmal nach ihren eigenen persönlichen Daten. Er wollte dabei u. a. wissen, wann sie selbst denn geboren wurde, da wurde sie still und so was von knallrot, dass es sich bis heute in meinem Gedächtnis einbrannte, verrückt ... ein echt verrücktes Leben manchmal.

Meine Mutter konnte am ersten des Monats den Unterhalt meines Stiefvaters erhalten, nebst dem staatlichen Kindergeld für uns und ihrem eigenen Verdienst als Nachtkrankenschwester, doch zwischen dem zehnten und fünfzehnten war sie blank und unser Kühlschrank ebenso. Wie oft mein Stiefvater die in Verzug geratene Miete von ihr übernahm, weiß ich auch nicht mehr. Aber ich kann mich an so manch eine Männerbekanntschaft aus ihren nächtlichen Diskothekzügen erinnern, die sie anschließend mit heimbrachte. Es waren jedoch immer jene stationierten Afroamerikaner, die stets die Höflicheren waren, wenn sie nachts oder frühmorgens mit ihnen zu uns nach Hause kam und mich bat, sie heimzuschicken. Mein Englisch war nicht gerade prickelnd, aber da immer derselbe Satz half, musste es ja ein guter Satz sein und ich merkte mir meine folgenden Worte gut: „Please I call you a taxi, yes? My little sisters are sleeping."

Sie schauten mich immer sehr verständnisvoll an, nickten schweigend und gingen kurz darauf, sichtlich enttäuscht, raus vors Haus, um auf ihr Taxi zu warten.

Einmal kam sie sturzbetrunken mit zwei deutschen Männern aus der Eierschale (einer Jazzbar in Berlin-Dahlem) spät nachts heim, ließ lachend Badewasser ein und sagte, nachdem diese gefüllt war, lapidar zu mir: „So, Tanja, mein Badewasser ist fertig, schick die Zwei nach Hause, ich will meine Ruhe haben."

Doch diese beiden wollten alles, nur nicht gehen. Schließlich setzte meine Mutter ja selbst ganz andere Signale. Ich konnte nichts tun, einfach nichts, die beiden waren absolut resistent gegen meine Worte und alles andere, sie waren fest entschlossen, ihren Spaß mit ihr auszuleben.

Die bekannte *112*-Nummer schien mir hier völlig verkehrt zu sein und warum ich nicht *110* anrief, hmm, vielleicht war ich einfach selbst müde von alledem, müde von der absurden Normalität, die sie uns immer und immer wieder vorlebte.

Meine Mutter hatte in dieser Nacht ihre Periode und da sie immer stark blutete, werde ich bis heute das rotgetränkte Badewasser, zu dem diese beiden lüsternen Kerle stiegen, nie vergessen. Irgendwann, pudelnackt kichernd, verschwanden die drei dann aufs Hochbett meiner Geschwister, die ich jedoch längst zu mir ins Kinderzimmer geholt hatte. Mir war ihr Wohlergehen wichtig und daher versuchte ich nun irgendwann einfach, den Rest auszublenden, ich wollte das alles vergessen, nicht mehr mitbekommen und einfach nur schlafen. Ich musste ja in wenigen Stunden schon zur Schule.

Alles, was am nächsten Morgen an den Besuch der beiden unbekannten Männer erinnerte, war dieses Blut in dem nicht abgelassenen Badewasser und im Kinderzimmerhochbett, wo meine Mutter ihren Rausch ausschlief.

Eine ihrer anderen Spezialitäten war das Einkaufen. Ein Highlight war einmal zu Weihnachten. Sie fuhr entspannt mit mir mit

10 DM in der Tasche mit dem Bus in die Stadt nach Zehlendorf-Mitte rein zum Einkaufen. Wie bzw. wovon zum Himmel wir nun wieder einkaufen und sogar Geschenke holen sollten, wusste wahrscheinlich meine Mutter selbst zu diesem Zeitpunkt noch nicht. Sie machte sich nie ernsthaft Gedanken um irgendwas, sie machte einfach. So fuhren wir mit dem Einkaufswagen durch das riesen Geschäft, zwischen Spielsachen für meine Geschwister, Lebensmitteln, einer großen Gans und dem, was man sonst so alles braucht über Weihnachten und die Feiertage, bis der Wagen vollkommen monströs überfüllt war, bis oben hin.

Meine vorsichtige Frage, wie wir das bezahlen sollen, beantwortete sie mir auf ihre ganz einfache Weise. Irgendwann gingen wir plötzlich zurück zum Eingang und sie forderte mich mehrmals ruhig und sachlich auf, durch die von ihr hochgehobenen langen Pinne hindurchzugehen, wo man ja sonst die Einkaufswagen hindurchschob, bis ich es endlich ohne zu zögern tat. Dann schob sie unseren Wagen zu mir hindurch. Völlig erstarrt, mit der Ware in der Hand, erhielt ich sogleich den nächsten Auftrag von ihr, damit nun bis zu den Einräumablagen zu gehen, während sie jetzt noch mal kurz zurück durchs Geschäft laufe, um sich an der Kasse anzustellen, weil sie sich dort eine Winston (ihre Lieblingszigaretten) kaufen wolle. Und schwupp, war sie auch schon weg.

Sie kaufte von ihrem letzten Geld ihre Zigaretten, noch einige Tüten dazu und dann räumte sie in aller Seelenruhe die Tüten ein mit mir, wir hatten beide bestimmt jeder drei Tüten rechts und links in den Händen, danach fuhren wir „schwarz" mit dem Bus zurück nach Hause.

Üblicherweise kam die ganze Familie zu uns, nebst meinem Stiefvater, an Weihnachten, ich sah mir an diesem Weihnachten schweigend die ausgelassene Stimmung an, beim Freuen über die Geschenke und das leckere Essen, welches sie an jenem Heiligabend gezaubert hatte. Sie war wirklich eine gute Köchin.

Im Nachhinein betrachtet war meine Mutter echt ein Stückweit

(Über-)Lebenskünstlerin. Es gab nichts, was ihr je peinlich war oder unmöglich erschien. Sie machte alles möglich, sogar den nagelneuen Kaschmirmantel mit nach Hause zu bringen, ohne dass die Farbe der Verplombung, die ja in dem Sicherheitsetikett war, auslief, ehe sie diese in den Kabinen entfernte. Ich fragte mal: „Mama, warum tust du das eigentlich?" Da sagte sie: „Nun, Tanja, ob ich jetzt einen Kajalstift für 2 DM mitnehme oder direkt für 900 EUR meinen Mantel, ich bekomm für beides dieselbe Strafe. Eine Anzeige, Hausverbot und 50 DM Strafe. Dann ziehe ich doch lieber Kaschmir vor."

So war es auch, wenn meine Geschwister neue Kleidung sowie Schuhe benötigten, sie kleidete sie komplett ein im Kaufhaus in Steglitz, ließ die alten Textilien und Schuhe zurück und bat mich, mit meinen Geschwistern schon mal vor dem Ausgang zu warten, während sie in der Zeit schnell bezahlen gehen würde. Sie konnte auch plötzlich mitten in der City wild anfangen zu tanzen, weil sie irgendeine Melodie im Kopf hatte oder einem Straßenmusiker begegnete, der ihr gefiel. Lauthals sang sie mit, sprang oder drehte sich auf einer Stelle herum. Oder sie gab auch gern unser letztes Geld in den Hut. Damals waren mir ihre spontanen Auftritte echt megapeinlich gewesen. Heute finde ich das hingegen völlig legitim, ein positives Zeichen von Lebensfreude zu setzen, da ich meine selbst gerne frei auslebe im Heute.

Einmal, als ich bereits nicht mehr in Berlin lebte (dazu später mehr) und selbst meine kleine Tochter hatte, lud sie mich und meine Geschwister zum Frühstück ein, es war an meinem Rückreisetag ins Rheinland. Wir fuhren zum Ku'damm mit Bus und Bahn ins teure Möwenpickrestaurant, waren jedoch beide sehr klamm. Dennoch sollte ich mir keine Sorgen machen, denn alles wäre geregelt, wir sollten so viel essen und trinken, wie wir Lust und Hunger hatten. Es war ein fröhliches Zusammensein, bis sie irgendwann nach einem 2,5-Stunden-Brunch dort aufstand und sagte: „So, Kinder, kommt, es wird Zeit, langsam zu gehen, wir müssen los." Sprach's, stellte sich hinter uns alle und ging mit uns einfach durchs offene Lokal hindurch an der Kasse vorbei, hinaus ins offene Europacenter, als wäre es das Normalste der Welt! Ich hab damals gedacht, ich sterbe. Da sieht man mal, wie viele Arten und Gesichter doch der Tod im Leben haben kann. Eine Stunde später brachte sie mich und meine Tochter dort zum Bahnhof.

1986 machte ich mit 17 Jahren meinen Schulabschluss und begann wenig später im September 1986 eine Lehre bei der IHK in Berlin, wo mein Onkel Oliver arbeitete. Ein damals für mich sehr konservatives Unternehmen, in das ich überhaupt nicht hineinpasste mit seinen steifen Menschen. Dort lernte ich dann das erste Mal, wie es sich anfühlt, gemobbt zu werden. Nun, ich hatte jedoch das erste Mal mein eigenes Geld und wollte die Lehre dort daher durchziehen. Leider behielt meine Mutter mein Gehalt meist ein, sie entnahm es mir oft heimlich aus meiner Spardose und wusste im Nachhinein nie, wie es dort abhandenkommen konnte. Ja, das war sehr ärgerlich, aber im Grunde genommen blieb mir Geld bis heute egal. Ich wollte primär lieber Frieden, ein Leben ohne Angst und Unsicherheiten und auf keinen Fall wieder Hunger haben, meine Geschwister sollten satt werden und ich wollte nicht immer draußen betteln gehen, um etwas einkaufen zu dürfen für uns.

Mehr als nach Materiellem sehnte ich mich mittlerweile so sehr nach Stabilität, Halt, so was wie emotionale Sicherheit, vor allem auch für meine Geschwister, denn ich spürte eine zunehmende Ausgebranntheit in mir, die mich innerlich aufzufressen schien. Als wir dieses Weihnachten die Geschenke auspackten, sollte ich lediglich eine kleine Single-Schallplatte von ihr von Stevie Wonder mit dem mysteriösen Song „I just call to say I love you" erhalten. Ich war kein Fan vom ihm und denke, es war ein Verlegenheitsgeschenk, halt besser als keins. Die letzten Jahre verliefen ja ähnlich für mich und meine kurze Freude, ein Geschenk zu erhalten, verwandelte sich kurzerhand in Enttäuschung. Ich hatte doch so viele kleine überschaubare Wünsche, hätte man mich einfach nur mal wahrgenommen.

Nun, am *03 01.1987* einige Tage später, bekam ich nach 17 Jahren durchs Leben kämpfen, Ohnmacht, Zerrissenheit, körperlicher/seelischer Übergriffe aus dem wirklich sehr bewegenden Leben mit meiner Mutter plötzlich ein völlig unerwartetes Burnout am S-Bahnhof Zehlendorf. Ich wollte dort mit der Bahn zu einem Freund fahren. Es war sehr kalt, kein Mensch weit und breit am Bahnsteig und plötzlich tauchten unzählige blaue, grüne Gestalten auf und kamen auf mich zu. Da rief ich entsetzt: „Oh Gott, bitte hilf mir, ich drehe jetzt völlig durch!"

Das war der Tag, an dem ich komplett zusammenbrach, nach all den Jahren. Ich beschloss nun endlich meine Koffer zu packen und die Verantwortung für mein Leben selbst in die Hand zu nehmen. Ich wollte aus Berlin weg, endlich jenen Albtraum und die Ohnmacht hinter mir lassen, die einfach nie enden wollten. Ich wusste, wäre ich geblieben, ich wäre eingewiesen worden, irgendwo auf Bonnys Ranch (eine Nervenheilanstalt) und das sicher für lange Zeit.

Hmm, andererseits hatte ich so nie den Luxus Zeit fürs Nichtstun, professionelles Verarbeiten meines bisherigen Lebens oder zu entschleunigen in den weiteren Jahren. Viele Menschen, die mir begegneten, ruhen sich jahrelang auf ihren negativen Erfahrungen aus, bemitleideten sich dafür oder fanden Akzeptanz in der eigenen Passivität, die daraus resultierte. Andere betäubten ihren Seelenschmerz in Drogen oder Alkohol oder taten es ihren Tätern gleich, indem sie demselben Muster verfielen.

Ich für mich beschloss jedoch früh, nüchtern mein weiteres Leben zu stemmen, positiv motiviert und möglichst unabhängig weiterzugehen. Weit weg von jeglicher Willkür im Außen.

Meine Mutter machte derzeit Nachtschichten im Altenheim,

sodass sie immer erst morgens gegen 7 bis 8 Uhr heimkam. Ich fuhr irgendwie von Zehlendorf zurück nach Hause und packte heimlich, aber völlig entschlossen meine Koffer. Ich hatte Angst, das erste Mal im Leben Angst vor etwas, das ich nicht greifen konnte. Etwas, was mich völlig umhaute, denn das Vertrauen in mich selbst und meinen Antriebsmotor, der einfach nicht mehr funktionieren wollte, der Boden unter meinen Füßen, alles fiel einfach da oben am Bahnsteig unvorbereitet weg und ich fühlte nur noch Ohnmacht und einen tiefen Fall in mir, der sich einfach nicht aufhalten ließ.

Am nächsten Morgen machte ich wie immer meine Geschwister für die Schule fertig. Als sie aus dem Haus waren, hinterlegte ich meiner Mutter einen Abschiedsbrief. Dann ging ich weinend zu meiner Oma, um mich so verzweifelt, wie ich war, von ihr zu verabschieden. Schweigend wie immer hörte sie mir zu und nahm mich fest in ihre Arme, bis ich kurz darauf mit meinem Onkel Ernst zum Bahnhof Wannsee fuhr. Ich war überrascht, dass er mich eigenständig fuhr und sogar 20 DM gab, damit ich Geld in der Tasche für ne Wurst oder was zu trinken hatte. Ich verabschiedete mich von ihm und dann, dann kam mal wieder ein Zug, jener, der mich auch diesmal in ein anderes, neues Leben abholen sollte.

Ich rief meinen Vater kurz vorher an, dass ich es nicht mehr aushalte, nicht mehr so weitermachen kann, und fragte ihn, ob er mich für kurze Zeit bitte aufnehmen würde in Leverkusen. Er willigte ein, prophezeite mir jedoch lachend am Telefon, dass ich das eh nicht tun werde, allein wegen meiner Geschwister schon nicht. Doch ich hatte in Berlin bereits das Jugendamt über die Zustände zu Hause telefonisch informiert. Das war alles, was ich im Augenblick für meine siebenjährigen Geschwister tun konnte. Ich wollte mich jetzt endlich mal um mich selbst kümmern, wieder aufrichten, zu Kraft kommen, verarbeiten und mein Vater stand tatsächlich am Bahnsteig in Köln und fuhr gut gelaunt mit mir in sein Zuhause.

Es begann die erste Zeit eines „richtigen" Kennenlernens.

Rückblick zum Vater-/Tochterverhältnis: Als Kind durfte ich bis zu meinem siebten Lebensjahr ab und an zu ihm reisen ins Rheinland. Bei ihm schien immer alles so leicht, so heile zu sein. Er hatte ein Reisebusunternehmen und ich durfte dort kleine Reisbusfahrten mitmachen oder in seinem Reisebüro Reiseverkehrskauffrau spielen, mit all den vielen Stempeln und Blöcken. Er war stets gut und sauber gekleidet, roch toll und war für mich der reichste Papa der Welt, da der Kühlschrank immer voll war. Er heiratete die tollste Frau der Welt, denn sie sah aus wie Doris Day, die ich aus dem Fernsehprogramm meiner Omi kannte, und nannte sie liebevoll: mein Röschen.

Mein Vater liebte sie sehr, nur mit der Treue hielt er es nie so genau, er war ja ein Lebemann und so nahm er mich sehr oft als sein Alibi, mit welchem er ihr etwas vorlog.

Somit gab es hier drei Wahrheiten, die eine hieß Timo, die andere Auto und die nächste hieß: mich auf dem Spielplatz zurücklassen, bis er mich dort abholen würde.

1. Timo war sein psychisch etwas zurückgebliebener Kumpel, den er aus seiner Jugend kannte und der regelmäßig Zoophilie betrieb. Am liebsten mit Pferden. Einmal nahm er eine Kuh und als die sich wehrte und austrat, wurde er sehr böse und sagte: „Du, ich wollte dir nicht wehtun, aber wenn du mir wehtust, dann muss ich mich wehren." Timo war groß und stark wie ein Bär, hatte einen Rauschebart und war echt krass drauf. Er schlug darauf mit seiner Faust einmalig so auf die Stirn der Kuh, dass diese sofort umfiel. Mit diesen und ähnlichen Geschichten von ihm prahlte mein Vater jahrelang. Timo hatte irgendwo im Wald einen riesen Garten und wenn mein Vater mich dort für einige Stunden absetzte, kochte er oft in seinem großen Kessel vor dem offenen Feuer Milchreis für mich. Er war mir nie wirklich geheuer, aber

er erzählte mir gern mit seiner tiefen Stimme Geschichten am Feuer oder spielte Verstecken mit mir, bis mein Vater mich wieder abholen kam.

2. Die zweite Variante sah so aus, dass er mit mir zu irgendeiner seiner vielen Liebschaften fuhr, dort vor dem Haus parkte und mich mit den Worten „so, Püppchen, ich lass dir Musik an, Papa geht mal kurz ficken" zurück. Da ja alles, was ich so erlebte als Kind, als völlig normal hingestellt wurde, war ich gewohnt, die Dinge so zu nehmen, wie sie nun mal waren. Meist schlief ich so lange im Auto.

3. Einmal fuhren wir wirklich zu einem großen Indianerspielplatz, mit Holzzelten und einer Seilbahn. Zu der Zeit war aber auch mein Onkel Sveni bei mir, da ich irgendwann nicht mehr so gerne alleine zu meinem Vater reiste. Dort setzte mein Vater uns ab, er wolle nur noch schnell eine Freundin besuchen, wir sollten schon mal schön spielen. Das taten wir, denn wir fanden irgendwann ein Feuerzeug und steckten damit aus Versehen unser komplettes Holzzelt an, obgleich wir eigentlich nur drinnen ein Lagerfeuer machen wollten, so wie ich es von den echten Indianern aus dem TV meiner Oma immer bei Winnetou gesehen hatte. Als er zurückkam, waren wir zwar wohlbehalten, jedoch völlig erschrocken, denn es brannte lichterloh.

Eines Tages sollte sich hier jedoch etwas ändern. Ich war mal wieder alleine zu Besuch bei meinem Vater, ca., fünf Jahre alt und wir kamen mal wieder nach einem seiner Hausbesuche zurück heim zu seiner Frau. Sie fragte mich liebevoll, ob ich gerne wieder mit ihr Nusskuchen backen wolle, und ich freute mich, denn so was gab es ja in Berlin nie für mich. Während wir den Teig rührten und uns fröhlich unterhielten, fragte sie mich freundlich: „Und, Tanja, wie war es denn bei Tante Luise, hm?"
Diesen Satz werde ich mein Leben lang nicht vergessen.

Ich war ein sehr schweigsames Kind, denn ob ich nun was sagte oder nicht, es interessierte meist niemanden oder es änderte sich eh nichts. Da jedoch antwortete ich ihr, erfreut, mein Schweigen brechen zu dürfen, denn offensichtlich kannte sie Luise ja gut mit dem einen einzigen Wort: „schön", obgleich ich Luise ja bis auf das Zuwinken aus dem Auto heraus nicht kennenlernte.

Kurz darauf stellte sie in Ruhe den Kuchenteig in den Ofen und setzte mich vor den Fernseher. Plötzlich entstand ein lauter Streit im Flur und irgendwann hörte ich die schnellen Schritte meines Vaters auf mich zukommen.

„Tanja, wo waren wir? Tanja, wo waren wir?"

Ich schaute ihn ängstlich an und bevor ich noch irgendetwas sagen konnte, legte er mich über seinen Schoß und ich bekam von ihm eine anständige Tracht Prügel! Die folgenden Tage sollte ich wieder jede Nacht einnässen in mein Bett, bis ich nach Hause flog.

Nun, nach diesem Ereignis sollte ich nicht mehr zu meinem Vater reisen, ich sah ihn sporadisch während seiner Reisebustouren bei uns in Berlin. Er war ja Reisebusfahrer. Irgendwann ging das Unternehmen pleite, die Ehe böse kaputt und seine Exfrau verkaufte heimlich sein Elternhaus, um sich davon eine Eigentumswohnung mit den gemeinsamen drei Kindern zu kaufen.

Viele Jahre später, als ich bereits im Rheinland lebte, traf ich Rösschen zufällig und fragte, warum sie mir damals nicht half, als mein Vater mir den Hintern wegen Luise versohlte, und erhielt zur Antwort, dass sie selbst Angst davor hatte, dass auch sie etwas abbekommen würde.

04.01.1987, zurück zu meiner Ankunft mit 17 Jahren in Leverkusen

Mein Vater zog vor Kurzem erst in diese viel zu teure Wohnung, da sie nur drei Minuten von seinen getrennt lebenden ehelichen Kindern lag. Als ich nun bei ihm einzog, beantragte er erst mal einen Reisepass für mich, falls meine Mutter Ansprüche auf mich stellen würde, damit er mich irgendwo im Ausland bei einem befreundeten Hotelbesitzer in Spanien absetzen könne, bis ich volljährig war. Dann beantragte er umgehend für sich Mietbeihilfe und Sozialhilfe für mich und besorgte mir einen Monat später einen Schwarzjob als Arzthelferin in Köln, den ich im Februar 87 ohne Papiere begann. Auf der faulen Haut liegen war nichts für ihn, das Leben muss ja schließlich weitergehen, so versuchte ich mich in meiner Arbeit dort abzulenken von meiner inneren Schwere und dem Hurrikan, der da tobte in meinem Herzen. Ich war müde, gegen jeglichen Widerstand im Außen kämpfen zu müssen.

02/1987
Mein Chef jedoch wurde mir gegenüber bald übergriffig und ich teilte meinem Vater mit, dass ich das dort nicht lange aushalten würde, denn ich hatte echt Angst vor ihm. Mein Vater jedoch riet mir, mich doch nicht so anzustellen, denn bei einem wohlhabenden Arzt würde vielleicht auch einmal das ein oder andere für mich herausspringen, ich soll doch nicht so blöde sein.

Wieder einmal hatte ich wirklich großes Glück, denn dank meiner beiden wirklich wundervollen Kolleginnen, die immer in der Praxis blieben, obwohl er sie bereits am frühen Nachmittag heimschickte, ist nie wirklich Schlimmeres passiert als sein ekelhaftes, kurzes Begrapschen. Einmal wollte er mir Pillen geben, die ich nehmen solle, damit meine kleinen Brüste größer würden, das wäre ja für eine Frau schließlich sehr wichtig.

05/1987
Nachdem der Arzt mich immer häufiger ohne meine Kolleginnen in sein privates Zimmer in der Praxis schickte zum Staubwischen, um mir dann kurz darauf nachzustellen, beschloss ich nun eigenmächtig, aus meiner bisherigen Starre auszubrechen. Ich wollte

nicht mehr dort arbeiten und hinterließ dem Arzt dort meine fristlose Kündigung.

Kurz darauf fand ich eine Teilzeitanstellung in einer Reinigung bei einem sehr netten Ehepaar an meinem Wohnort und erfuhr hier sehr viel Beständigkeit, Ruhe und Halt. Die Chefin kochte mittags und ihr Mann brachte mir in aller Geduld und Mühe immer wieder das Rechnen bei an der Kasse, Mathe war nie meine Stärke in der Schule gewesen, eher Fächer, die ich anschaulich betrachten und verstehen konnte wie Biologie, Geschichte und Kunst.

Es fehlte immer eine kleine Summe in der Kasse, wenn ich im Verkauf war, und das ließ mich echt verzweifeln. Ich liebte meinen Job, meine beiden Kolleginnen und meine Chefs, ich fand die beiden einfach TOLL und wollte auf keinen Fall meine Arbeitsstelle dort verlieren. An dieser Stelle noch mal DANKE, falls sie noch leben, für das Vertrauen in mich, dass ich nie einfach vorsätzlich Geld entwendet hatte und die Toleranz, mich dennoch freundlich als gleichwertes Teammitglied behandelt zu haben, das war jederzeit ein schönes wertvolles Gefühl für mich.

Zu Hause hingegen fühlte ich mich seit meiner Ankunft vor fünf Monaten mehr und mehr unwillkommen und eher geduldet, denn mein Vater gab mir weder Halt noch positive Unterstützung, bei was auch immer. Ich konnte dadurch innerlich weder Halt noch Liebe finden. Ging es ihm meist doch nur um die Unterhaltszahlungen seiner ehelichen drei Kinder, um die er herumkommen wollte und kam, und um zahlreiche Gerichtsverhandlungen dazu mit seiner Ex. Sein Interesse lag mehr an seinen ehelichen Kindern, wie er immer so zu sagen pflegte, vielleicht, weil er sie von Anfang an aufwachsen und begleiten durfte als noch intakte Familie.

Mein Vater meckerte den ganzen Tag mit mir, über doofe Kugelschreiberminen, die ich nicht eingefahren hatte nach dem Schreiben oder meine Socken, die ich nicht gerade zog, ehe ich sie in die Wäsche legte. Oder weil ich meine getragenen Schlüpfer in meiner Hose versteckte, ehe ich sie in die Schmutzwäsche legte. Oder dass ich ihm nicht sauber und ordentlich genug zu Hause putzte etc. Umso lieber ging ich arbeiten, ich mochte meinen Job und die willkommene Atmosphäre dort.

Auch ich selbst fühlte mich völlig überfordert mit meinem Vater, der noch immer offenen Verarbeitung meiner Vergangenheit, der Sorge um meine Geschwister und dem fehlenden sozialen Kontakt hier, ich kannte ja bis auf meinen Vater niemanden in dieser Stadt. Das und jene Sehnsucht nach fehlender Geborgenheit, Liebe und Halt sollte in meinem weiteren Leben immer ein größeres Loch in mich hineinbohren.

Ich wollte so gerne einen Ruhepol haben, in dem ich heilen und vergessen durfte, wo man mich sah, verstand und emotional unterstützte. Heute weiß ich, den findet man in erster Linie nur in sich selbst mit der offenen Verarbeitung seiner inneren Baustellen und der daraus entstandenen gesunden Einstellung dazu. Erst dann, manchmal auch mit ein wenig Glück, trifft man unterstützend einen beständigen Menschen im Außen, der einen versteht, trägt und sehen und nehmen kann, wie man ist, und das BESTE aus einem herausholt und selber gibt und alles leichter werden lässt. Stellt man sich ihnen nicht, verdrängt oder bestraft oder belastet man sich unbewusst oft selbst oder andere mit falschen Verhaltensmustern, die man sich in der Vergangenheit angewöhnt hat, und steht sich eigentlich nur selbst im Weg.

04.07.1987

Der Zufall war es, dass ich hier, sieben Monate nach meiner Ankunft in Leverkusen, dem Erzeuger meiner Tochter Jana, den ich im folgenden Text abgekürzt mit „E" benennen werde, über dem Weg lief. Es war ein warmer Sommertag und es gab ein Gartenfest in der Siedlung, in der wir lebten. Mir fiel zu Hause so alleine die Decke auf den Kopf, so ging ich zu jenem Fest rüber, um mich

271

ein wenig abzulenken. Irgendwann stellte ich mich an einem Getränkestand und bestellte mir eine Cola. Als ich 20 Minuten später wieder heimgehen wollte, hörte ich eine sympathische Stimme rufen: „Du willst doch nicht schon gehen, oder?"

Ich schaute in die wundervollen strahlendblauen Augen eines echt attraktiven Mannes. Ich war sehr schüchtern damals und wir kamen nur zögernd ins Gespräch, bis er mich später nach Hause begleitete. Er wohnte zwei Straßen weiter von mir und wir sahen uns von nun an ständig, da er täglich bei mir klingelte.

Vier Wochen später zog ich erleichtert bei meinem Vater aus, löste mich enttäuscht von dem Kontakt zu ihm und dachte, nun darf ich ankommen bei meinem Partner, weil ich einen Hafen mit ihm gefunden habe ...!

Wir wollten ein Kind zusammen und heirateten, nur dass meine Mutter einmal in ihrem Leben hier bei mir etwas richtig machte: Sie sandte mir einfach nicht meine Geburtsurkunde zu. So verstrich das zweite Halbjahr 1987 zwar mehr und mehr, ohne dass wir heiraten konnten, jedoch wurde ich ziemlich schnell schwanger von ihm, ich nahm ja nie die Pille. Wir waren beide sehr happy und er wünschte sich direkt ein kleines Mädchen.

10/1987

Als E mal wieder zur Arbeit fuhr, klopfte es oben bei uns an der Tür. Ein sehr christliches, zurückhaltendes Paar aus dem Haus bat mich doch mal, runter zu ihnen in die Wohnung zu kommen, was ich natürlich sehr gerne tat. Ich war ja sonst immer nur alleine. Sie kannten ihn gut und besser, als ich in den vergangenen gemeinsamen drei Monaten die Möglichkeit dazu hatte. Sie nahmen mir dort jedoch plötzlich sämtliche rosa Brillen von der Stirn, die man sich wohl nur als 18jährige aufsetzen konnte.

Ich tat ihnen vermutlich in meiner Naivität leid, so klärten sie mich offen darüber auf, dass E 34 Jahre statt 24 Jahre alt war, über 80.000 DM Schulden und bereits mehrfache Räumungsklagen hinter sich hatte und auch unsere Wohnung bereits eine Räumungsklage hatte, die auf Januar 1988 datiert wäre. Aber ich zahlte ihm doch seit meinem Einzug immer 400 DM Mietanteil von meinem Lohn, ich konnte das alles gar nicht wirklich fassen. Aber es ging weiter. Sie erzählten immer weiter, dass er überhaupt keine Arbeitsstelle hatte, Spiegeltrinker sei und alle Möbel seiner Ex gehörten, die diese bereits anwaltlich vertreten zurückforderte. Und dass es neben mir jede Menge andere Damen gab, mit denen er sich während seiner Abwesenheit amüsierte.

Ich hoffte an diesem Tag inständig, dass ich gerade nur in einem falschen Film saß, mit der Chance irgendeinen Knopf einer Fernbedienung drücken zu können, die alles schnell wieder rosarot um mich herum färbte. Doch mir wurde mehr und mehr bei ihren Erzählungen klar, dass es die nicht gab. Nur die Tatsache, blind gewesen zu sein, in lauter Sehnsucht nach so was wie Familie. Alles, was sie sagten, gab mir einen Reim auf viele Ungereimtheiten, die ich bisher lieber ausgeblendet hatte vor Liebe.

Ok, nun war ich ja bereits in all dem Dilemma schwanger. Es war zehn Monate her, dass ich von Berlin abgehauen war und von dem einen in den nächsten Regen tappte. E hatte für alles eine Ausrede, bemühte sich nur zäh um eine neue Bleibe, einen neuen Job und wir hingen buchstäblich in der Luft. Aktionen wie „soll ich Brötchen holen, Tanja?" zum Frühstück und dann erst abends oder dem nächsten Morgen heimzukommen, waren neben den abenteuerlichsten Geschichten, die er dazu servierte, keine Seltenheit. Zum Ende dieses bewegten Jahres *12/87* stritten wir nun immer häufiger, seit ich die rosa Brille abgesetzt hatte, und der Gedanke, nicht zu wissen, wo ich nun mit meinem Kind bleiben sollte, machte mich mürbe. Nächsten Monat sollte hier bereits seine Zwangsräumung sein, doch seine desinteressierte Einstellung dazu brachte mich zur Verzweiflung.

Der ganze Ärger, die Sorgen, seine Unbeständigkeit und die vielen Lügereien hatten zur Folge, dass ich starkes Unterleibsziehen

hatte, sodass er mich auf meine Bitte am 23.12.87 ins Krankenhaus fuhr, wo man zu frühe Wehentätigkeiten feststellte und mich
für eine Woche dabehielt. Er versprach, mir direkt am nächsten
Weihnachtsmorgen eine gepackte Tasche mit allem Notwendigen
vorbeizubringen, doch ich sollte über den ganzen Aufenthalt ohne
Schlafanzug, Zahnbürste, Seife, frischer Wäsche bleiben, bis er
mich mit den Worten „verzeih, aber ich war einfach zu durcheinander" bei der Entlassung abholte.

Ich bekam absolute Ruhe verordnet von der Klinik, sollte überwiegend zu Hause liegen und erhielt leider absolutes Arbeitsver-
bot. So kündigte ich meinen Aushilfsjob dort in der Reinigung
schweren Herzens. Es blieben nur noch wenige Tage bis zu unserer Zwangsräumung, doch wo sollten wir hin?

E bemühte sich reichlich wenig um eine neue Unterkunft,
konnte er ja auch nirgends einen sicheren Job nachweisen. Wir
hatten kaum bis gar kein Geld, denn ich war ja nun völlig ausge-
bremst mit meiner Risikoschwangerschaft und konnte nichts verdienen.

30.12.1987
Am nächsten Tag war Silvester. Sein Kumpel aus dem Haus kam
hoch, beide tranken sich ein Bier nach dem anderen und da ich
mich unter keinen Umständen aufregen wollte wegen der Wehen
und ja auch nichts daran ändern konnte, zog ich mich ins Schlaf-
zimmer zurück. Irgendwann blödelten die beiden dann mit einer
Gaspistole herum, bis sein Kumpel plötzlich hinten zu mir ins
Schlafzimmer kam und keck rief: „Tanja, Kuckuck!" und sich ein
Schuss in meine Richtung löste. Es ging alles so schnell, ich
konnte vom einen zum anderen Moment weder atmen noch den
Ausgang des Zimmers finden, mir brannten meine Augen. Ich rief
und rief E um Hilfe doch der, der hatte sich längst mit seinem
Kumpel aus dem Staub zu unserer Terrasse gemacht, um besser
Sauerstoff zu bekommen, wie er sagte.

Es dauerte etliche Minuten, bis ich aus dem Zimmer fand.

04.01.1988 wollte E mit mir abends „einkaufen fahren", denn der Kühlschrank blieb nun schon einige Tage leer. Ich hatte echt Kohldampf und Megaappetit auf Süßes, wie es ja in einer Schwangerschaft so üblich ist. Wir parkten vor einem kleinen Lebensmittelgeschäft kurz vor Geschäftsschluss und er fragte mich fürsorglich, worauf ich denn Lust hätte. Ich war echt froh, dass wir bald etwas Essen zu Hause hatten, und freute mich unheimlich auf das Abendessen. Er wollte Königsberger Klopse kochen für mich und war im Gegensatz zu mir ein echt guter Koch. Einige Minuten später kam ein Verkäufer raus und rollte die Warenkörbe rein. Ich stieg aus und sagte, mein Partner wäre noch da drin einkaufen, doch er sagte, „tut mir leid, hier ist keiner", und schloss das Ladenlokal von innen ab.

Ich saß noch geschlagene 30 Minuten wie betäubt vor dem geschlossenen Geschäft, dann stieg ich aus dem Auto aus und lief außer mir eine ganze Stunde immer bergauf nach Hause. Leider hatte ich noch nicht einmal ein paar Mark in der Tasche für eine mögliche Busfahrt.

Zu Hause angekommen meldeten sich prompt wieder meine akuten Schmerzen im Bauchbereich, ich bekam Panik, denn sie wurden bald unerträglich. Ich wollte alles, nur nicht mein Kind verlieren. So packte ich die nötigsten Anziehsachen und sprang das erste Mal nach den vergangenen Monaten über meinen Schatten, indem ich rüber in die Wohnung meines Vaters ging, von dem ich noch immer den Haustürschlüssel besaß. Es war Glück oder ein guter Zufall, dass er an diesem Abend heimkam, er war als Reisebusfahrer ja viel unterwegs.

Verwundert über meine Anwesenheit hörte er sich meine Geschichte an und sagte dann: „Tanja, deine Schmerzen müssen wir untersuchen lassen, Ok? Ich fahre dich danach auch direkt wieder nach Hause, ja?"

So fuhren wir in ein Krankenhaus nach Köln, wo ich drei Wochen unter Valium im Bett liegen bleiben musste. Mein Kind war stark untergewichtig und ich durch die zu starken Wehen kurz vor einer Fehlgeburt. So oft es ging, kam mein Vater mich dort besuchen und wenn ich auch selten Hunger hatte, so liebte ich jedoch seine mitgebrachten Wassermelonen in dieser Zeit sehr, ich konnte an einem Abend eine ganze Melone alleine verputzen. Die Ruhe im Krankenhaus tat mir gut, ich hatte nette Mädels im Zimmer und wollte kämpfen, kämpfen für mein ungeborenes Kind und alles tun, damit ich es gesund austragen kann.

Dies war daher auch das Ende jener kurzen sechs Monate anhaltenden großen Liebe, denn die für mein Kind war um so vieles größer sowie die zunehmend wachsende Klarheit und mein Stolz. E kam mich dort auch nicht besuchen oder erkundigte sich nach uns. Ich denke, er war primär mit wichtigeren Dingen wie einer Bleibe für ihn beschäftigt, die er dann bei einer Kneipenbekanntschaft, einer damals schwer an Krebs erkrankten Frau, fand. Er war immer ein sehr guter Schauspieler, so fiel auch sie auf ihn und seine Fassade herein. Als ich entlassen wurde, zog ich vorübergehend bei meinem Vater ein.

Der Kontakt zu E war völlig abgebrochen. Nun ja, ich hatte kein Geld, stand jedoch mit einer großen Verantwortung für mein ungeborenes Kind komplett alleine da. Ich brauchte eine Erstausstattung für die Kleine. Schwangerschaftskleidung. Da ich von keinem aus meiner Familie Unterstützung zu erwarten hatte, von E erst recht nicht, ging ich während der Schwangerschaft in zwei kirchliche Einrichtungen und bat um mögliche Spendengelder für eine Erstausstattung der Kleinen sowie für mein zukünftiges Mobiliar, sobald ich eine eigene Wohnung fand. Die Gelder, die ich davon erhielt, hielt ich bis auf die Erstausstattung meiner Tochter zurück. Ich versuchte mir erfolgreich mehr Speck anzufuttern, damit mein ungeborenes Kind zunehmen konnte. Einen Monat vor der Geburt stellte mir mein Vater eine kleine Reisetasche im

Wohnzimmer bereit, sollten meine Wehen irgendwann einsetzen. Auch 20 DM Taxigeld, damit ich sofort in die Klinik nach Köln fahren konnte. Am 18.5.88 war es dann wohlgefühlt so weit.

Ich rief abends ein Taxi und wurde stationär aufgenommen. Ich sollte noch einige Zeit den Gang rauf und runter laufen, das tat ich, bemerkte jedoch schweigende auf mich gerichtete Blicke anderer schwangerer Frauen, die gestützt von ihren Männern über mich tuschelten, während sie selbst auf- und abliefen. Ich wollte alles, nur keine Schwäche, keine Schmerzen, keine Ängste zeigen, jetzt erst recht nicht mehr und so lief ich dann, bis ich irgendwann in den Kreißsaal durfte und meine Hebamme kennenlernte, eine attraktive freundliche Tschechin mit dem wunderschönen Namen Jana. Sie kümmerte sich bis zum Eintreffen meines Vaters sehr liebevoll um mich.

Doch nachdem er dann dort eintraf, heute muss ich darüber schmunzeln, saß mein Vater kurz darauf flirtend mit ihr draußen vor dem Kreißsaal und war damit beschäftigt, Passioncen zu legen, auf was auch immer.

Ich hatte schon die Befürchtung, mein Baby alleine auf die Welt bringen zu müssen, denn die Abstände meiner Wehen wurden immer größer. Allerdings kam meine Hebamme rechtzeitig zurück, sie hatte ja mehr Erfahrung in Geburten als ich. Sie rief nun einen Assistenzarzt an, der während der ganzen Zeit bis zur Geburt wohl nur die eine einzige Aufgabe hatte, mir geduldig zuzusprechen, meine Hand zu halten und für mich da zu sein.

Ich wollte zu keiner Zeit schreien, denn das taten einige andere bereits recht laut in ihren Geburtszimmern. Nun, Wehen sind ja auch alles andere als ein Zuckerschlecken. Zudem saß ja mein Vater noch vor dem Zimmer und so entschuldigte ich mich laufend, zur Verwirrung des Arztes, ihm die Hände zwischendurch zu feste zu drücken während der gesamten Zeit. Ich war überglücklich, als „Jana" um 2.21 Uhr nachts das Licht der Welt erblickte, auch wenn sie kurz darauf erst mal stationär in eine

Kinderklinik wegen Gelbsucht eingeliefert wurde. Aber sie war endlich da und so fuhr ich täglich mit einem Shuttlebus der Klinik den ganzen Tag zu ihr, bis mein Vater uns zwei dann endlich abholen durfte.

Einen Monat später zog ich mit ihr in meine erste eigene Wohnung. Dafür mietete und bezahlte ich einen VB-Bus, den mein Vater fuhr (ich hatte ja keinen Führerschein). Er half mir wirklich tatkräftig, meine aufgekauften Gebrauchtmöbel aus Privatannoncen damit zu transportieren und aufzustellen. (Unterhaltszahlungen erhielt ich übrigens nie von E. Er fand 18 Jahre Gesetzeslücken und Möglichkeiten, durch die er hindurchschlüpfen konnte, trotz meiner Titel gegen ihn.) Ich lebte die nächsten 14 Jahre allein mit meiner Tochter, holte mir aber immer wieder meine Geschwister aus Berlin für längere Zeiten und auch in den Ferien zu uns. Ich brachte uns mit Putzen, pflegen älterer Menschen und am Abend mit Passioncen legen von Kunden immer irgendwie über die Runden. Wir hatten die meiste Zeit des Monats immer ihre beiden Freunde im automatischen Wochenwechsel bei uns, entweder ihren besten Freund Kevin oder ihre beste Freundin Jill, bei uns wohnen. Die Kinder waren immer so wunderschön dankbar und eine wahre Bereicherung für mich und vor allem auch für Jana. Eine sehr schöne, intensive Zeit, für die ich heute unheimlich dankbar bin. Und mit meinem Ziehsöhnchen und meinem Ziehtöchterchen unterhalte ich mich heute noch über all die Zeit, die bei ihnen hängen geblieben ist. Natürlich war der Alltag nicht wirklich so leicht, es gab hier und da immer wieder Einschnitte, die mich vor große Herausforderungen stellten. So z.B. *1992*, als meine Tochter vier Jahre alt war, fuhren wir Mitte des Monats mit dem Zug nach Berlin, da meine Mutter ins Krankenhaus kam. Ich wollte mich so lange um meine Geschwister kümmern. Üblicherweise holte ich immer am Monatsanfang mein zur Verfügung stehendes Geld ab von der Bank und hielt damit Haus, so gut es ging.

Ich bat damals einen vermeintlichen Freund, während meiner

Abwesenheit die Blumen bei mir zu gießen und sich um meine beiden Katzen zu kümmern, was er sehr gerne tat. Als ich Anfang des nächsten Monats jedoch mit Jana zurück aus Berlin kam und zu meiner Bank ging, war leider kein Geld mehr drauf. Alles abgehoben! Womit sollte ich uns nun über den Monat bringen, die Miete zahlen? Nie sollte meine Tochter das je mitmachen oder meine Tiere, was ich in meinem Leben so oft durchgemacht hatte, hungern und erst recht kein Dach mehr überm Kopf haben.

Dieser vermeintlich gute Freund hatte tatsächlich mein Konto komplett geplündert und konnte mir beim besten Willen nicht sagen, wie ich nun ohne einen Pfennig diesen Monat klarkommen sollte, denn er hatte bereits alles ausgegeben. Die nächsten vier Tage wurde Jana krank und wir liefen zu Fuß die 45 Minuten zum Kinderarzt, ich war ja zu pleite fürs Busfahren.

Auf dem Rückweg setzte ich mich an einen kleinen See mit ihr, während sie im Kinderwagen schlief. Ich weinte verzweifelt vor mich hin, denn ich wusste einfach nicht mehr weiter. Da betete ich zu Gott, egal, wie, er möchte mir doch bitte, bitte helfen. Nur dieses eine Mal noch, bitte, bitte.

Während des Gebetes vernahm ich plötzlich oben am Parkplatz einen lauten Streit. Ein Taxifahrer hatte offensichtlich heftige Probleme mit einer Kundin, die weder zahlen noch aussteigen wollte. Da meine Tochter schlief, wischte ich mir die Tränen aus dem Gesicht und lief rauf, um zu fragen, ob ich helfen könne. Er nahm das Angebot gerne an und schilderte mir seinen Ärger. Als ich um das Auto herumging zu der Dame, roch ich eine extreme Alkoholfahne an ihr. Nun, Betrunkene waren mir ja sehr vertraut, so redete ich diplomatisch auf sie ein, bis sie den Taxifahrer schimpfend bezahlte, ausstieg zu mir und dieser kurzerhand mit quietschenden Reifen davonfuhr. Ich nahm sie aufgrund ihres schwankenden, sehr alkoholisierten Zustandes erst mal mit herunter zu uns auf die Bank am See. Ich wollte sie nicht einfach oben so alleine stehen lassen, mit all ihren vielen Shopping-Tüten.

Neben den Einkaufstaschen auf dem Boden stellte sie nun ihre offene Handtasche zwischen uns und ich sah plötzlich die unendlich vielen losen Geldscheine darin!

Ich erstarrte und kämpfte nun wirklich minutenlang mit mir und meinem Gewissen, erinnerte sie mich doch sehr stark an meine betrunkene Mutter. Doch dann sah ich wieder in meine Gegenwart zu all den vielen Einkaufstaschen, dem Gold an ihrer Hand, am Hals, ihrem Fußgelenk, ihren braunen Urlaubsteint und ich sah meine Tochter an, die noch immer friedlich fiebernd im Kinderwagen lag und schlief. Ich fühlte mich hin und her gerissen und sah es dann als eine besondere Form der Antwort vom lieben Gott an, dass sie nun neben mir saß. Kurz darauf entschuldigte ich mich bei ihm und entnahm ihr 800 DM aus der Tasche, genauso viel, wie nötig war, um meine Miete zu zahlen und über diesen Monat zu kommen. Es waren noch etliche, achtlos reingeworfene lose Scheine darin, bestimmt 4000 bis 5000 DM, doch ich wollte mich nicht bereichern, sondern nur bescheiden finanziell über diesen verflixten Monat kommen. Und auf keinen Fall Gott denken lassen, ich wäre habgierig. Verrückt.

Sie bemerkte von all dem nichts, rauchte ihre Zigarette zu Ende, um sich kurz darauf lallend von mir zu verabschieden.

Völlig benommen lief ich nun mit meiner Tochter nach Hause, mit jedem Schritt wurde es endlich leichter und leichter in mir. Ich zahlte am selben Nachmittag meine Miete ein, den überfälligen Strom und es blieben noch 350 DM zum Leben übrig für diesen Monat, das sollte ich schaffen. Ich weiß nicht, wie viele unzählige Male ich Gott noch dafür dankte, dass er mir auf so spontane Weise half.

Noch heute denke ich oft über diese sonderbare Begegnung am See nach, die mir entgegen meiner üblichen ehrlichen Prinzipien wahrlich den Arsch rettete.

Ich hielt uns weiterhin mit putzen, pflegen älterer Menschen und Passioncen legen über Wasser, bis Jana acht Jahre alt war. Da nutzte ich die Chance, mich für eine vierzehnmonatige Fortbildung fürs Büro, die von der Stadt Leverkusen für alleinerziehende Frauen gefördert wurde, zu bewerben. In der Tat hatte ich ein Jahr vorher dem Bürgermeister einen sehr langen Brief mit meinem ganzen Frust über die mangelnde Unterstützung der Stadt für alleinerziehende Muttis geschrieben. War meine Tochter ja daher auch nur in einem Halbtagskindergarten, wo ich sie pünktlich um 12.15 Uhr abholen musste.

Bei meinem Vorstellungsgespräch dort lag eigenartigerweise dieser Brief ebenfalls vor und aufgrund meiner damaligen Initiative, etwas verbessern zu wollen in unserer Stadt, sagten mir das Ehepaar und die Inhaber der Schule gerne zu, mich für die Schulung anzunehmen.

Ich wollte wieder zurück ins normale Berufsleben, Sicherheiten haben, für meine Rente einzahlen, denn alles, was ich bis dato verdient hatte, war nicht angemeldet. Ich freute mich, meiner Tochter nun ein gutes Vorbild zu sein, und schloss 14 Monate später erfolgreich (mit Nachhilfestunden in Mathe bei der Inhaberin :-)) ab und arbeitete von nun an acht Stunden täglich im kleinen Büro alleine bei einem Chemieunternehmen, an das mich meine damalige Zeitfirma vermittelte.

Es machte mir Spaß, das Chaos im Büro zu sortieren und für die Ingenieure Angebote zu schreiben, während Jana nach der Schule immer zu mir ins Büro fuhr, ein warmes Mittagessen auf sie wartete und sie ihre Schulaufgaben machte. Es passte gut, auch wenn wir keine großen Sprünge machen konnten. Kurz darauf bekam ich eine Festanstellung in einem anderen Unternehmen, wo ich heute noch als Sachbearbeiterin tätig bin.

Als sie zwölf Jahre alt wurde, lernte ich dann endlich einen neuen Mann kennen und lieben. Er wirkte solide, finanziell unabhängig und ich bewunderte ihn für diese Freiheit. Wir verstanden uns gut mit dem Abstand, bis wir uns an den Wochenenden sahen. Sodass ich zwei Jahre später mutig genug war, meine Wohnung aufzulösen und mit Jana zu ihm in eine sehr ländliche Gegend, 30 Minuten entfernt von Leverkusen, zu ziehen. Der Wunsch nach einer eigenen intakten Familie blieb all die Jahre riesengroß in mir, auch für meine Tochter wünschte ich mir sehr, eine gute Bezugsperson in ihm zu finden.

Doch dass das dann eine Fehlentscheidung war, bemerkte ich knapp sechs Monate später. Mein Partner hatte keine eigenen Kinder und dadurch utopische Erwartungen an meine damals 14jährige Teenie-Tochter. Es gab oft wegen 1000 Gründen Streit zu Hause, auch zwischen ihm und ihr, entweder weil sie nicht nach der Schule kochte, die Wohnung putzte, ihr Zimmer aufräumte etc. Nur war sie erst ein Teenie, halb Kind, halb Erwachsene, und hatte neben ihrer pubertären eigenen Schlittenfahrt nach Schulschluss auch ganz andere Dinge im Kopf, z. B. Freunde treffen, chillen etc.

Er war so pingelig, was die Sauberkeit daheim betraf, dass man es ihm selten recht machen konnte. Wir waren da eher etwas chaotischer, weil wir uns auf andere Werte konzentrierten bis dahin. Irgendwann hielt er uns ständig vor, dass alles in der Wohnung seins wäre, sein Tisch, sein TV, also bestimmte er das Programm, sein Bett, wie oft knipste ich abends das Licht an, weil er mich anschrie, über der Mitte der Matratze zu liegen, und er somit weniger Platz hatte. Finanziell stand ich fast genauso da wie vorher, denn er teilte nicht gerne oder unterstützte mich darin. Im Gegenteil, er lebte mir lieber vor, wie schön es ist, mal eben 1000 Mark in Düsseldorf zu lassen, wohingegen sich meine Rechnungen echt stapelten, besonders Knöllchen, da ich an meiner Arbeitsstelle nur Einwohnerparkplätze hatte. Allerdings waren die Gerichtsvollzieher immer megalieb, sie begrüßten mich stets fröhlich im Rathaus mit einer Kusshand und quatschten gern mit mir. Sie freuten sich über meine kurzen fröhlichen Besuche, wo ich meine Raten einzahlte und meist eine Flasche Wein und kleine Knabbereien mitbrachte. Ich lernte dort, wie man in den Wald hineinruft, so hallt es wieder heraus ;-)

Irgendwann war jedoch zu Hause das Maß voll und meine Tochter und ich einfach total mit den Nerven am Ende. Ich hatte hier tatsächlich unsere einstige Ruhe und Harmonie meiner alten Wohnung, in der wir alleine lebten, in ein Umfeld mit Kleinkrieg eingetauscht. Zudem war mein Partner unglaublich eifersüchtig, weil ich in meiner offenen fröhlichen Art auf die Menschen zuging und außen einfach positiv auffiel. Für ihn war das bedrohlich und Bestätigung genug, mit jedem Mann, der mich freundlich begrüßte, in der Bäckerei, dem Blumenverkäufer, meinen Gerichtsvollziehern, etwas zu haben, dabei war ich wirklich treu. Nichts war so, wie ich es mir so sehr gewünscht hatte.

Als meine Tochter 17 Jahre alt war, fragte sie mich mal nebenbei, würde sie schwanger werden, ob wir dann immer noch dablieben. Ich verneinte und teilte ihr mir, dass ich bereits auf Wohnungssuche war, aber es gar nicht so einfach sei bei den hohen Mietpreisen und meinem kleinen Gehalt. Tja, mit 18 Jahren war sie dann plötzlich wirklich schwanger, doch ich fand eine neue, bezahlbare Zweieinhalbzimmerwohnung in Leverkusen.

Wieder einmal fing ich bei null an, ohne finanzielle Rücklagen, doch fester denn je entschlossen, uns endlich wieder ein kleines Nest aufzubauen, wo wir uns endlich wieder wohlfühlen durften und in Harmonie lebten. Und irgendwie gehts doch immer weiter, sobald man sich einen Schritt aus seiner Situation heraus bewegt, oder?

Nun, ich konzentrierte mich jetzt primär auf mein Ziel und weniger auf die Frage, wie kriege ich eine komplette Wohnungseinrichtung gestemmt, nebst Babyzimmer und die Erstausstattung für mein Enkelkind? Gut, ein Schritt nach dem anderen. Die Kaution lieh ich mir von meinem Chef, überzog das Konto, kaufte wieder gebrauchte Möbel auf und bestellte einige im Versandhaus. Nachdem die Wohnung gemütlich eingerichtet war und wir einziehen konnten, entschied sich plötzlich der damalige Freund

und Vater ihrer ersten Tochter, doch bei seiner Mutter auszuziehen und mit in unsere kleine Wohnung zu ziehen. Mein Ex hatte mir rund um diese Wohnung sehr geholfen, worüber ich echt dankbar war, denn ich habe zwar viele Talente, nur keine handwerklichen.

Jetzt, wo alles fertig war und ich mein Ziel erreicht hatte, wägte ich nun plötzlich ab, ob ich unter den neuen Umständen wirklich noch mit einziehen wollte. Jana sollte nun ihre eigene kleine Familie und einen Ort für sich alleine haben, in dem sie miteinander zusammenwachsen konnten. Somit entschied ich mich schweren Herzens, nicht mit den dreien zusammenzuziehen. Auch wollte ich kein Haushaltsvorstand von drei Kindern werden, sie sollten selbst Verantwortung übernehmen lernen. So ging ich zurück zu meinem Partner, in der Hoffnung, dass er etwas dazugelernt hatte in dieser Zeit, nämlich dass ich stolz genug war, mich trotz meiner finanziellen Situation unabhängig von ihm zu machen. Denn das hielt er vorher für so ziemlich unmöglich.

Ich blieb noch zwei weitere Jahre bei ihm, ich hing ja auch an ihm und zudem mussten ja noch all meine Schulden abgetragen werden. Und das war nicht gerade wenig, neben der geliehenen Kaution. Doch der Druck der gemeinsamen Disharmonien wurde immer größer. Manchmal schwiegen wir uns den ganzen Tag an, leeres Schweigen ist für mich echt schlimm. Oder wir stritten nur, wobei immer mindestens einmal sein Lieblingsspruch fallen musste: „Dann verpiss dich doch, Tanja", bis ich mich tatsächlich dann wieder offen Wohnungsannoncen widmete.

Zu dieser Zeit fing meine Seele an, sich gesundheitlich gegen meine bisherigen Lebensumstände, die Dauerkämpfe, zu wehren. Ich verkrampfte plötzlich immer öfter nachts, erst die Hände, dann die Arme, dann der ganze Körper, ohne dass irgendein Arzt hier eine Diagnose stellen konnte. Es hieß immer nur: psychosomatisch. Aber ich war noch nicht so weit, zurückzublicken auf all meine gelebten Jahre, mich wichtig zu nehmen und mit mir in

Arbeit zu gehen. Dafür hatte ich irgendwie weder den Kopf noch einfach mal den Luxus Zeit.

An meinem vierzigsten Geburtstag wollte ich endlich mal wieder in Unbeschwertheit und Freude feiern. Es waren alle meine Freunde und Bekannte eingeladen, denn wir hatten einen großen Garten. Während mein Partner feierte, waren es meine Freunde neben mir, die mich beim Grillen, Bewirten etc. dort unterstützten. Ich war enttäuscht von seiner fehlenden Initiative, der er dann später noch den i-Punkt draufsetzte, indem er am Abend einfach heimlich zum Dorf-Osterfeuer verschwand und uns nun komplett alleine ließ. Als er wiederkam, war es schon später Abend und langsam recht kalt und ungemütlich für alle im Garten geworden. Da er aber niemanden in seiner Wohnung haben wollte, räumte er nun den kleinen Gartenschuppen frei und stellte seinen Gasstrahler zum Aufwärmen rein für uns. Wir waren echt froh, uns aufwärmen zu können, und es wurde noch ganz gemütlich.

Ich werde das Erlebnis dieser Nacht niemals vergessen, denn wir feierten mit den noch anwesenden Gästen darin weiter, bis irgendwann auch der letzte ging und mein betrunkener Partner, meine Tochter und ihr damaliger Freund um 2.30 Uhr auch zum Schlafen reinkamen.

Exakt 15 Minuten später gab es einen mordsmäßig lauten Knall draußen. Erst dachte ich, da ist jemand gegen unser Wohnhaus gefahren, doch dann sah ich durch den Spalt der Jalousien: Feuer. Überall Feuer. Ich rannte raus und sah, dass unser ganzer Schuppen, in dem wir uns vorher aufgehalten hatten, explodiert war und all die brennenden Teile des Daches überall durch die Luft flogen. Auf unsere Autos, zu der Baumallee im Garten, die hin zum Wald führte. Überall Feuer. Ich versuchte, meinen Partner zu wecken, und nachdem es nicht gelang, weckte ich meine Tochter und rief zitternd mal wieder die *112* an. Danach weckte ich meine Nachbarin oben drüber, damit wir unsere Autos, deren Motorhauben brannten, in Sicherheit fahren konnten. Ich hatte so Panik, dass es weitere Explosionen geben konnte.

Als spätere Ursache des Brandes und der Explosion des Gasstrahlers kam ein Schwelbrand unter den Dämmplatten an der Decke des Schuppens, der von der Erhitzung des Gasstrahlers hervorgerufen wurde, ans Tageslicht. Den Gedanken, bis heute nicht zu wissen, was wohl in meinen Geschenken drin war, löste sehr schnell der schlimme Gedanke ab: Aber was wäre gewesen, wenn meine Familie nur 15 Minuten später den Schuppen verlassen hätte? Es war wirklich, wirklich großes Glück, ein Haufen Schutzengel waren nötig, dass alle wohlbehalten blieben und rechtzeitig ins Haus kamen.

Zwischen mir und meinem Partner wurden die folgenden Monate nicht besser, der Stress immer größer und plötzlich setzte er mich nach einem kurzen Streit von heut auf morgen vor die Türe. Am nächsten Tag hatte er bereits ohne Aussprache neue Schlösser eingebaut, sodass ich mir noch nicht einmal Anziehsachen und persönliche Dinge einpacken konnte. Dafür stellte er jedoch täglich neue gelbe Abfallsäcke mit meinen persönlichen Dingen vor die Türe bis hin zur Hofeinfahrt. So ist das also, mit 40 Jahren, ich besaß nichts außer einen feuerbeschädigten alten Pkw und eine kleine Allee voller gelber Abfallsäcke ... das war sehr bitter zu erkennen.

Aber rückblickend muss ich sagen, auch wenn ich nun dreimal komplett mit nichts neu anfangen musste, ohne Rücklagen, ohne Wohnung, so hat es mir jedoch gezeigt, dass man alles schaffen kann, wenn man es nur will. Nichts ist unmöglich. Eine Meile ist keine ganze Meile mehr, nachdem man den ersten Schritt gegangen ist, oder?

Heute verstehen wir uns wieder sehr gut und er ist ein sehr liebevoller Opa für meine drei Enkelkinder. Und auch eine große Unterstützung im Haus meiner Tochter.

Ich schlief fortan wohnungslos vier Wochen in meinem Pkw, ohne dass meine Kolleginnen oder meine Familie es bemerkten.

Ich wollte kein Mitleid, keine Belastung sein und erst recht keine erneuten Abhängigkeiten haben. Es war großes Glück, dass eine Kundin, der ich Passioncen legte, bei einer großen Wohngesellschaft arbeitete. Sie sollte mich kurz darauf unterstützen, eine preiswerte Wohnung vermittelt zu bekommen.

Ein kleines Apartment, 35 qm mit Terrasse für 305 Euro warm. Ich lieh mir also wieder mal die Kaution bei meinem Chef, Freunde kamen auf mich zu, die bei sich Geschirr, Bettwäsche, Handtücher etc. aussortierten. Es fühlte sich gut an, nicht ganz so alleine dazustehen. Ich musste wieder einige Dinge im Versandhaus bestellen, wie eine Schlafcouch und eine kleine Wohnwand, und kaufte einer Bekannten auf Raten ihre Küche ab.

Ich begann zum x-ten Mal bei null, völlig von vorne, mit dem ersten Salzstreuer, der ersten Gabel, Plümos, Kissen etc. ... Ich besaß ja nichts außer jeder Menge gelber Säcke. Finanziell bedeutete das, meinen Gürtel noch enger als ohnehin zu schnallen. Mir blieben im Monat vielleicht 300 Euro zum Leben, tanken etc. übrig. Aber ich sollte in diesem Sommer zufällig einen Mann kennenlernen, der mir in meiner Situation unter die Arme griff. Ich wollte keine neue Beziehung und erst recht keine erneuten Abhängigkeiten. Und so bot er mir an, wenigstens für seine pflegebedürftige Mutter zu arbeiten, um mir wöchentlich etwas dazuverdienen zu können.

Zum ersten Mal war ein Mann richtig für mich da und das tat verdammt gut. Langsam konnte ich wieder etwas entschleunigen in meinem Alltag und mehr und mehr Vertrauen zulassen, denn er hielt mir in einigen Dingen echt den Rücken frei, ohne dass ich bitten musste. Es fühlt sich so gut an, sich stützen zu dürfen, und so kamen wir irgendwann doch zusammen.

Wir arrangierten uns, denn auch ich unterstützte ihn in vielen Dingen, neben der Pflege seiner Mutter. Aber irgendwann begann er, immer fordernder zu werden, und alles, was er für mich so tat, fühlte sich zunehmend wie ein Geschäft für mich an. Ich fühlte mich mehr und mehr eingeengt und unter Druck gesetzt, sodass ich auf Distanz zu ihm ging. Darauf antwortete er mit emotionalen Erpressungen, sodass ich diese Beziehung komplett beendete, ich hatte schon genug andere Gewichte zu tragen.

Ich konnte kaum noch nachts ohne ständige Verkrampfungen durchschlafen und da mir kein Arzt helfen konnte, ließ ich mich nun in eine neurologische Klinik einweisen, um Klarheit zu bekommen, womit die nächtlichen Verkrampfungen zusammenhingen. Nach einigen Tagen eingehender Untersuchungen stellte man nun eine sehr seltene Form der schlafbedingten Frontallappenepilepsie fest. Verschiedenste neurologische Medikamente vertrug ich im Laufe der nächsten Monate nicht, auch merkte ich Wesensveränderungen. Ich wurde dadurch immer passiver und freudloser und verlor meine Empathie sowie meine fröhliche quirlige Art. So ließ ich sie irgendwann weg und lebe bis heute einfach mit den lästigen nächtlichen Verkrampfungen, die mich zwar tagsüber sehr müde sein lassen, doch immerhin kann ich wieder klar denken und fühlen.

Nun sollte sich jedoch eines Tages mein Onkel Ernst aus Berlin bei mir melden. Er rief an und sagte aufgelöst, er hätte mit seiner Freundin schlussgemacht, würde gerade in Leverkusen auf einem Parkplatz stehen und wisse nun nicht, wohin. Er war völlig fertig, denn er war sieben Stunden ohne Pausen durchgefahren und war ja nun schon stattliche 82 Jahre alt.

Sofort rief ich meinen Vater an und bat ihn, doch seinen Bruder aufzunehmen, was er widerwillig tat. Die nächsten vier Wochen wurden echt zu einer Herausforderung, denn alle drei waren mit der neuen Situation völlig überfordert und so legten sie mir ans Herz, mir doch bitte eine neue Wohnung zu suchen, um meinen Onkel in mein Apartment, das ihm so gut gefiel, einziehen zu lassen. Das war so jedoch nie mein Plan, ich war ja auf die günstige Miete dort angewiesen.

Nachdem mein Onkel mir irgendwann versprach, mögliche

Mietdifferenzen zu übernehmen, wenn ich eine neue Wohnung fände, sagte ich zu. Ich wollte ihm gerne Loyalität zurückgeben, ihn nicht hängen lassen, denn er hatte es ja auch nicht, als ich bei ihm damals als Kind aufwuchs. Somit sah ich mich auf dem Wohnungsmarkt um.

Durch Zufall stieß ich auf eine gerade inserierte Anzeige. Ich gefiel den Vermietern direkt und bekam prompt kurzfristig die Eineinhalbzimmerwohnung. Durch meine Kontakte mit der Wohnungsbaugesellschaft gab es keine Probleme, meinen Onkel direkt als Nachmieter dort einzuziehen zu lassen. Die mühselig angeschaffte Einrichtung, nebst Hausrat, ließ ich kostenlos für ihn stehen sowie die Kaution. Schließlich besaß mein Onkel nichts, außer sein Geld auf dem Konto. Und ich wusste ja genau, was es bedeutete, neu anzufangen. Ich übernahm dafür das Mobiliar des Vormieters der neuen Wohnung, gegen eine kleine Abstandszahlung, da dieser zu seiner Freundin zog.

Mein Onkel war selig, setzte er sich doch mitten in ein fertiges Nest, worin es ihm an nichts fehlte. Kurz darauf begann jedoch schon meine mehrjährige Ausbildung in der Abendschule als Heilpraktikerin für Psychosomatik, die ich in monatlichen Raten abzahlte. Ich hatte immer schon den Wunsch, Menschen mit psychologischen Hintergründen besser verstehen zu können und mögliche Antworten auf warum, wieso, weshalb zu erhalten.

2014
Leider erhielt ich nie die versprochene Mietdifferenz und durch die Ratenzahlung für meine Abendschule, die Altschulden, ging es mir wieder zusehends finanziell schlechter. Zudem war ich echt enttäuscht von meinem Onkel, dass er mich so hängenließ. Aber ich wollte diese Ausbildung so sehr, fiel mir doch das Lernen dafür nicht allzu schwer. Ich verstand die sensiblen Themen und es begegnete mir darin sehr intensiv sowie zusehends meine Mutter, denn ich fand mehr und mehr Antworten auf meine

jahrelangen Fragen, die ich mir in meinem Leben oft stellte.

Ich kniete mich so gut es ging in die Ausbildung rein, besorgte meinem Onkel auf seinen Wunsch eine Auslandshündin aus Rumänien, weil ihm so sehr ein Hund zum Spazieren fehlte. Doch leider war sie entgegen dem, was man mir vorher über sie erzählt hatte, mit ihren zwei Jahren ein ganz typischer Straßenhund, kannte keine Leine, kein Halsband, keine Treppen und Spaziergänge und Straßen machten ihr riesengroße Angst. Ich wohnte ja nun nicht mehr im Erdgeschoss, sondern im Dachgeschoss und sie war zu schwer und zu groß, als dass ich sie täglich rauf und runter hätte tragen können. Dieser Hund musste alles komplett von vorne erlernen und zudem erst mal vertrauen. Meine Freundin, die mit mir den Heilpraktiker machte, bot mir an, sie für einige Wochen bei sich im Haus aufzunehmen, wo sie sich von ihren drei Hunden einiges abschauen konnte und langsam an Wohnung, Treppe und draußen gewöhnen konnte. Der Deal war, dass ich täglich vor und nach meiner Arbeit mit der Hündin arbeite und immer einige Stunden anwesend bin. Das tat ich, war ich doch froh, dieser kleinen gutmütigen Seele endlich eine heilere Welt zu schenken als die, die sie kannte. Mein Onkel kam gar nicht mit der Angsthündin klar, er stellte hingegen immer öfter fest, dass sie schließlich kein Pudel war, die er doch so mochte.

Enttäuscht von all dem Erlebten mit meinem Onkel, zog ich mich in der folgenden Zeit immer mehr zurück von ihm. Außerdem hatte ich ja immer weniger Zeit, ich besuchte die Abendschule, musste viel lernen und hatte nun auch noch eine Hündin, über die ich vorher nie wirklich nachgedacht hatte. Nach einem Monat zog sie endlich bei mir zu Hause ein und gewöhnte sich immer mehr und mehr an ihren neuen Alltag, die Treppen, die Spaziergänge, an mich.

In dieser Zeit lernte ich nun einen sehr liebenswerten, egozentrischen Kleinunternehmer kennen, in den ich mich wenig später hoffnungslos verknallte. Er war so lebendig, verrückt und lebenslustig und so völlig anders. Er entsprach allem, nur nicht der Norm da draußen, und war somit überhaupt kein Stück langweilig. Er war so wundervoll unangepasst, machte einfach so sein Ding, wie er es für sich als gut befand.

Sexuell verstanden wir uns toll und erlebten viele intensive, leidenschaftliche Momente zusammen. Er kannte viele Musiker und besuchte mit mir Konzerte oder machte einfach bei sich im Salon eigene. Ich bewunderte seine Freiheit und Leichtigkeit zu leben sowie seine Vielseitigkeit. Alles war einfach ein Riesenabenteuer mit ihm, nichts war monoton, langweilig oder gar normal. So hatte seine von ihm getrennte Ehefrau z. B. seinen Haustürschlüssel und ging und kam, wie sie wollte, um den gemeinsamen Mops zu holen oder zu bringen oder an ihre Unterhaltszahlungen für die beiden Söhne zu erinnern. Für mich war das kein Problem, ich verstand mich gut mit ihr, irgendwie gehörte sie dazu für mich. Ich verstand mich blind mit ihr und den 17jährigen Zwillingssöhnen der beiden, während er jedoch emotional sehr unter der Trennung, besonders der Jungs, litt.

Sein Lebensrhythmus war ein ganz anderer als meiner, aber das blendete ich die ersten drei Jahre aus, Liebe macht halt happy. Er war nachtaktiv und ich eher ein Frühaufsteher.

2015

Nach einem Jahr wollte ich zu ihm ziehen, er hatte doch eine riesengroße Eigentumswohnung, auf zwei Etagen verteilt, während ich eine 41-qm-Wohnung bezog, und wir verstanden uns ja sehr gut. Platz, um sich mal aus dem Weg zu gehen, gab es dort auch, falls mal dickere Luft aufkommen sollte. Zudem schlief ich sowieso die letzten Monate nur noch bei ihm. Ich kündigte also meine kleine Wohnung fristgerecht und begann nun vorab, Zimmer für Zimmer bei ihm zu entrümpeln, denn er war Sammler. Jeder leere Karton, Papier, Tüten, kaputte Elektrogeräte, kaputte Stühle, alte Spiel- und Schulsachen seiner Kinder etc. wurden alle bewahrt und bis unter der Zimmerdecke gehortet. Damals dachte ich, das ist heilbar, wenn ich hier nur ein bisschen liebevoll unterstütze, leite. Heute weiß ich, dass er sich in seinem Chaos selbst besser fühlen konnte, war es doch seinem Inneren so ähnlich.

Überall steckten auch seine Erinnerungen an sein gescheitertes Familienleben dort drin und wurden mit dem Aufbewahren für ihn so lebendig gehalten, in jedem einzelnen aufbewahrten Teil dort. So stieß ich nicht gerade auf offene Arme, mit meinen Veränderungen, dort Ordnung, Platz, Gemütlichkeit zu schaffen.

Während ich noch bei meinem Partner zu Hause beschäftigt war, zwei seiner drei Zimmer unten auszuräumen, Sperrmüll zu beantragen, Müllberge und Chaos zu beseitigen, sollte mich der Anruf eines ehemaligen Nachbarn aus dem Apartment meines Onkels erreichen, der mich umhaute. Mein Onkel hatte mein Apartment heimlich gekündigt und verschenkte großzügig mein ihm bereitgestelltes Mobiliar, nebst Hausrat überall im Hochhaus, da er zurück zu seiner Freundin nach Berlin ziehen wollte, mit der er sich heimlich versöhnt hatte. Ich fuhr zu ihm und macht ihm klar, dass es doch mein Eigentum war, doch seine Sorge galt nur: „Ick fahr nach Berlin, watt soll ick mit dem janzen Zeug, Tanja?"

Hm, vielleicht mal mit mir reden?

Zwei Wochen später fuhr ich ihn an einem sehr heißen Sommermorgen nach Berlin zurück und anschließend direkt wieder zurück nach Hause. Eine Zwölf-Stunden-Heimfahrt, die Zeit zum Nachdenken gab, wie ich nun plötzlich mit drei Wohnungen, neben meinem Acht-Stunden-Arbeitstag und meiner Hündin Hope organisatorisch klarkommen sollte. Wieder einmal eine Herausforderung, die mir echt alles abverlangte an Kraftreserven, die noch vorhanden waren in mir.

Womit ich mich in dieser Zeit immer wieder selbst aufbaute, war der Gedanke auf eine ruhigere und intensivere Zeit mit meinem Partner, wenn ich die beiden anderen Wohnungen ohne Probleme abgenommen bekam.

Um mehr Gemeinsamkeiten in der Partnerschaft zu erleben, passte ich mich nun unbewusst immer mehr ihm und seinem Rhythmus an und stand um 6 Uhr früh auf, um arbeiten zu gehen, obwohl wir erst gegen 3 Uhr/4 Uhr früh im Bett waren, denn er kam ja immer erst nachts heim und nutzte wie jeder andere dann erst mal seinen Feierabend, während er vormittags lange ausschlief, um dann nachmittags, wenn ich Feierabend machte, wieder bis in die Nacht arbeiten zu gehen. So versuchte ich an meinen Feierabenden die Wohnung wohnlich und gemütlicher zu machen. Es sollt ja eine kleine Wohlfühloase für uns, Gäste und natürlich seine Kinder werden, stieß hier jedoch immer wieder nur auf absoluten Widerstand bei ihm. Er liebte sein Chaos.

Ich warf die alte Matratze, auf der wir immer im Wohnzimmer saßen, weg und kaufte auf Raten eine neue große Couchlandschaft mit Schlaffunktion, in der Hoffnung, seine Kids, die er doch so vermisste, würden dann vielleicht auch mal bei uns schlafen wollen. Mit der Zeit wurden es dann neue Elektrogeräte, Herd, Kühlschrank und Spülmaschine, weil alles alt und defekt war.

Leben und Lebensqualität fanden jedoch für ihn nur draußen statt. Er nahm mich lieber mit auf Reisen und zeigte mir einen kleinen Teil seiner Welt, ging an Wochenenden ewig lange mit mir aus oder besuchte Konzerte mit mir. Zu Hause blieb für ihn irgendwie nur ein Ort zum Schlafen, TV schauen und flüchten. Die Regelmäßigkeit, in der ich den Haushalt schmiss, Wäsche wusch, aufräumte, putzte und nun wirklich alles dort in Ordnung hielt, war ihm regelrecht lästig, völlig überflüssig und wurde mit neuem Chaos oder heftiger Gegenwehr beantwortet. Damals konnte ich das nicht verstehen und hoffte, er würde das irgendwann einmal freudiger annehmen. Hier stieß ich jedoch endlich auf meinen Glaubenssatz, den ich mir in meiner Kindheit eingeprägt hatte: Auch wenn ich alles richtig mache, ist es am Ende ja trotzdem falsch. Nach dieser Prägung und den negativen Verhaltensmustern, die daraus entstanden, fand ich mich unbewusst immer mit denselben Situationen, Menschen und Handlungen wieder.

Es vergingen einige Monate, in denen ich bemerkte, dass er nicht wirklich offen zu mir war. Oft blieb er nachts unnötig länger in seinem Geschäft, als er musste, oder hatte längst frei und war irgendwo allein unterwegs, während ich zu Hause müde auf seinen späten Feierabend wartete, mit warmem frisch gekochtem Essen, da er oft zwölf Stunden nichts aß, in der Hektik seines Salons. Ich ertappte ihn nun immer öfter in Ausreden oder Lügen, denen er sich jedoch nie stellen wollte.

Ein anderes Mal hatte ich spontan ein negatives Bauchgefühl, das ich mir einfach nicht erklären konnte, tat ich doch so viel für ihn, für uns. Irgendwann sah ich dann tatsächlich in sein Handy, weil meine Intuition einfach zu intensiv Alarm schlug und etwas anderes erzählte, als er bereit war, zuzugeben. Und da sah ich sie alle, die unzähligen Göttinnen neben mir, seine Prinzessinnen und Sternenfeen etc., mit denen er so chattete am Tag und in der Nacht. Da waren sie also geblieben, all die Komplimente, Worte, das Zuhören, für das er bei mir immer viel zu leer war. Er wollte keine Hausfrau, Köchin, oder Glucke zu Hause, keine Mutter Theresa, die ich damals noch nicht in mir selbst erkannte, die sich um ihn kümmerte. Er liebte vielmehr die leidenschaftliche Geliebte an mir und die Frau, die draußen neben ihm leuchtete in ihrer unkomplizierten, offenen, positiven Berliner Art. Und genau diesen Kick holte er sich zusätzlich draußen, er brauchte einfach viel Bestätigung nach seiner zweiten gescheiterten Ehe.

Nachdem ich das Gespräch mit ihm dazu suchte, fühlte er sich von mir ertappt und gesehen, es entstand ein Hochsicherheitstrakt zu Hause, auf all seinen PCs, Tablets und Handys. Er entschied alles, was wir im Fernsehen sahen, wo wir hinfuhren, was wir taten, denn ich wurde in meinem Tun und mit meinen guten Eigenschaften immer häufiger für schlecht oder falsch erklärt, egal, wie viel Mühe ich mir gab. Wenn hingegen etwas vorfiel, wo ich dachte, oh je, das gibt jetzt sicher wieder Stress, reagierte er völlig gelassen. Es wurde mehr und mehr zu einer unstetigen Achterbahnfahrt der Launen und Gefühle mit ihm, unter denen ich mehr und mehr litt.

Bald wurde ich stiller und unsicherer und versuchte jedem Stress möglichst aus dem Weg zu gehen. Ich hatte ja bereits meine Erwartungen alle ziemlich weit runtergeschraubt. Es gibt nämlich zwei große Arschlöcher im Leben, an denen man nur scheitern kann. Das eine heißt Gewohnheit, das andere Erwartung. Daher habe ich heute beide aus meinem Leben komplett aussortiert.

Eines Tages kaufte ich mir im November 2016 eine Amarilles im Glas mit einer kleinen Weihnachtskugel drin. Aufgrund seines Glaubens und seiner Einstellung duldete er keinen Tannenbaum, er wollte auch keine Weihnachtsdeko, darum war ich happy, nun wenigstens in all meiner Anpassung hier etwas Weihnachtsfreude zu Hause zu haben. Doch es sollte darauf sechs Wochen ununterbrochener Kriegszustand deshalb herrschen, da Weihnachten ja eine Lüge wäre, Jesus im Sommer Geburtstag hätte und so weiter, nur wegen einer Weihnachtskugel.

Dann rief er mich plötzlich völlig euphorisch zwei Wochen vor Weihnachten im Büro an, er hätte eine Riesenüberraschung für mich, ich solle nach Feierabend doch unbedingt in seinem Salon vorbeischauen. Ich war so erleichtert, dass er endlich wieder normal und freundlich mit mir sprach, dass ich natürlich gerne dort aufschlug. Er begrüßte mich, als hätte es den durchgehenden Stress der letzten Wochen nie gegeben, und sagte fröhlich: „Schau mal an die Decke, Tanja." Doch was ich dort sah, übertraf alles, womit ich je gerechnet hatte. Welch eine Überraschung, er hatte 100 Weihnachtskugeln an die Decke seines Geschäftes gehängt, 100 Stück. Ich stand wie betäubt am Eingang und mir liefen unaufhaltsam die Tränen herunter, die ich doch lernte, so gut es geht zurückzuhalten in meinem Leben. Das werde ich wohl auch nie mehr aus meinem Kopf löschen, diesen einen

Augenblick. Als er die Tränen sah, sagte er freundlich zu mir: „Hey, und wenn ich später nach Hause komme, hänge ich die restlichen 50 unter unserer Decke auch auf." Sechs Wochen Kriegszustand für eine Kugel in der Vase, gegen all das ganze Kugelmeer.

Egal, was ich tat, ich war in einer großen Sackgasse mit ihm gelandet. Jene, in der ich mich entweder selbst aufgeben und absolut anpassen und so tun musste, als gäbe es keine anderen Dates oder Frauenflirts, wollte ich keinen Streit. Jegliche Bemühungen um Anerkennung wurden desinteressiert ins Aus geschossen.

Aber es sollte wohl nur eine Vorbereitung des Lebens sein, eine Form der Abhärtung vielleicht, für das Hagelmeer an Ereignissen, die nun im darauffolgenden Jahr auf mich einregneten und auf einen erneuten Prüfstand meiner Kraftressourcen. Ich sah ein, dass diese Beziehung keine Chance hatte auf gedeihen, blühen, ausbauen. Er hatte ganz andere Zielsetzungen und Prioritäten: Spaß, Freiheit, Spontanität, Heimlichkeiten statt Verantwortung, Verpflichtung oder Vertrauen.

Nachdem ich reichlich Federn in den letzten Jahren gelassen hatte, wollte ich raus aus meiner passiven, dumpfen Akzeptanz dieser Situation. Wollte die weiße Fahne schwingen und gehen, auch wenn ich ihn echt liebte.

Es bedurfte drei Anläufe, bis ich ausziehen und mich wieder auf mich selbst konzentrieren konnte. Vorher kam ein Schlag nach dem anderen.

2017

Meine engste Vertraute und Freundin aus der Eifel, mit der ich spirituell sehr verbunden war und mich austauschen konnte, erkrankte unerwartet unheilbar schwer. Ich begleitete sie die letzten Monate oft im Krankenhaus und später im Hospiz. Mir riss der Abschied den Boden unter den Füßen weg, denn sie war einer der wenigen vertrauten und geliebten Menschen, die ich ganz nah an mich heranlassen durfte ohne Ängste, ohne Wunden, und musste sie doch so frühzeitig verabschieden und gehen lassen. Sie war Psychologin und opferte ihr ganzes Leben, ihre eigenen Pläne, für ihren Mann, der beruflich Arzt war, um ihn immer wieder so gut es ging zu unterstützen. Und doch hat er es nie wirklich geschätzt. Ich wurde mir damals dadurch endlich bewusst, selber WICHTIG zu sein, ein tolles Gefühl, was ich bisher einfach nie für mich so bewusst empfand. Kannte ich es ja nicht anders, als mich immer an letzter Stelle zu setzen. Es gab mir Antrieb, nach vorne zu schauen und zu gehen.

2017

Dann erbte im Sommer eine andere Freundin, die vorher arbeitslos und immer knapp bei Kasse war, zwei Häuser von ihrem ebenfalls plötzlich verstorbenen Vater, neben anderen Immobilien und Antiquitäten. Von heute auf morgen vermögend. Wow, da ich bis dato immer viel für sie da war und tat, bot sie mir spontan seine Wohnung zur Miete an, denn sie wusste, wie sehr ich unter meinem unausweichlichen Beziehungsstress litt und dem zermürbenden Auf und Ab. Ich bekam kurzerhand den Haustürschlüssel für diese Wohnung von ihr mit den Worten: „Fang einfach mal an, Tanja. Ich bin jetzt ne Weile weg, in Spanien für die nächsten Wochen, mich erholen. Mach's dir schön."

Die Wohnung war einschließlich der Küche mit altdeutschem schwer überladenem Mobiliar eingerichtet. Ich setzte mich nun voll in mein neues Projekt rein, um es mir dort richtig schön zu machen. Ich teilte die Möbel auf in: Sperrmüll, Verkauf (Antiquitäten) oder stellte einiges als Erinnerungen für sie dort in den Keller. Ich wusste ja, wie sie tickte ..., dachte ich zumindest.

Anschließend putzte ich tagelang die Wohnung neben dem Wintergarten, brachte den verwilderten Garten in Schuss und malte die dunkle Holzküche nebst der eingebauten Holzsitzecke wochenlang weiß an. Die hässlichen alten Sitzkissen darauf ließ ich von einer Freundin neu beziehen und jede einzelne Schublade der großen Küche beklebte ich mit rotweißer Punktefolie. Jeden Türgriff darin tauschte ich gegen einen bunten Glasknopf. Es war eine Puppenstube und vielmehr mein Lichtblick zum Eingang eines neuen Zuhauses. Es dauerte insgesamt ganze drei Monate, bis ich dort in der Wohnung mit allem fertig und sie bezugsfertig war. Nur auf meine immer wiederkehrende Frage vertröstete mich meine damalige Freundin stets, wenn ich fragte, wie hoch denn nun die Miete dort für mich wäre. „Hey, darum musst du dir keine Sorgen machen, mach's dir einfach schön, Tanja."

Ja, und als endlich so weit war, rief ich sie freitags aufgeregt an und sagte ihr, wie sehr ich mich auf den Einzug dort am nächsten Tag freuen würde, und sie freute sich mit mir. So zog ich überglücklich dort ein. Auch wollte ich meiner Beziehung wieder mehr Raum geben, um sich wieder positiver zu entwickeln durch den Abstand und den Freiraum, den ich ihm ja nun damit ließ. Ich liebte ihn noch immer sehr, nur ich war echt sehr angeschlagen und wollte wieder in meinen ganz eigenen Rhythmus, mein Sein und meinen eigenen Wert zurückfinden.

Als ich dann zwei Tage später montags zur Arbeit fuhr, erhielt ich unerwartet eine SMS von ihr: „Du, Tanja, sorry, aber du kannst leider nicht dort einziehen, ich hab mit meinem Steuerberater gesprochen, du kannst dir leider die Miete nicht leisten, (ich kannte noch immer nicht ihren Mietpreis) dann müsste ich Strafe ans Finanzamt zahlen."

In mir brach eine Welt zusammen, hatte ich mich in meinem blinden Vertrauen doch wieder einmal in einem Menschen so getäuscht, obgleich ich doch stets loyal zu ihr war.

So zog ich also in derselben Woche zurück zu meinem Freund, der mich mit seinem VW-Bus unterstützte beim Umzug, aber es sollte fortan noch mehr bergab mit uns gehen. Er nahm den Auszug sehr persönlich, obgleich er selbst der Auslöser dafür war und das auch sehr wohl wusste. Ich glaubte, mein Auszug wäre für ihn eher eine Erleichterung, da er mich ja mehr wie ein Eindringling als wie eine Bereicherung bei ihm zu Hause behandelt hatte. Doch es nagte wohl zu sehr an seinem Ego.

Zudem war die Annehmlichkeit, es zu Hause gemütlicher zu haben und dass ich für uns kochte, auch zu einer angenehmen Selbstverständlichkeit und Sicherheit für ihn geworden, wusste er doch, dass ich meinen Feierabend somit meist nur mit Hund, Einkaufen, Wohnung und Kochen verbrachte und brav zu Hause war.

So startete ich einige Monate später den zweiten Versuch, einen Auszug zu planen, denn meine Tochter und ihr Mann kauften ein Haus und fragten mich, ob ich mir vorstellen könne, nach dem Umbau unten im Haus einzuziehen, zusammen mit meiner ältesten Enkelin, da oben im Haus nur ein winziges Zimmer wäre für sie. Oh, und wie gut ich mir das vorstellen konnte.

Ein Jahr erinnerte sie mich regelmäßig daran, dass ich ja mein Versprechen hielt, dort einzuziehen, kannte sie doch zu gut unsere Aufs und Abs in meiner Partnerschaft. Doch der Entschluss, bei meiner Familie zu sein, der Gedanke an meinen wundervollen Garten mit Ausblick auf den Wald und das Feld war längst gefällt in mir und gab mir viel Kraft und Lebensfreude zurück, zudem würde ich nie ein Versprechen, das ich gebe, nicht halten. Das taten leider meine Eltern ständig, sodass ich mir als Kind schon schwor, das niemals zu tun, wenn ich mal erwachsen wäre.

Ich blieb also noch ein Jahr bei meinem Freund wohnen, bemühte mich um Anpassung und half daneben motiviert, so gut ich konnte, beim Hausumbau und der Kinderbetreuung meiner inzwischen zwei Enkel mit, bis ich nach einigen Monaten kurz vor der Fertigstellung wieder in die neurologische Klinik nach Bonn zu Untersuchungen musste. Unerwartet kam es dort im Krankenhaus zu unüberwindbaren Differenzen mit meiner Tochter, sodass ich dort niemals einziehen sollte.

Der Auszug war wie ein Fluch, der ständig immer alle Möglichkeiten über mir einstürzen ließ, sobald ich mich irgendwo motiviert reinhängte: meine Beziehungen, meine Wohnungen und die fehlende Wertschätzung für mich, meinem Sein. Und so verlor ich nun am Ende auch das Vertrauen in mich selbst. Ich war immer für alle da, völlig selbstlos, und sollte jedoch immer von jenen am meisten enttäuscht werden.

Meine Seele war nun endgültig an dem Punkt angelangt, mir nun auf sehr drastische körperliche Weise STOPP zu sagen. So kam es, dass ich im April 2018 am Abend einen akuten Anfall bekam, der mit über zehn Stunden Akutschwindel anhielt. Ich erbrach stundenlang im Bad und machte unter mir, während mein Partner seine Termine bis zum Ende der Nacht wahrnahm. Als er mich nicht im Wohn- und Schlafzimmer vorfand, machte er sich sein Essen warm. Nach einer Stunde schaffte ich es jedoch zu ihm ins Wohnzimmer, wo ich völlig erschöpft sitzend einschlief, da so der Schwindel am geringsten war.

Als ich frühmorgens irgendwann erwachte, war ich nicht mehr in der Lage, klare Worte herauszubekommen. Ich sprach Marsianisch. Ich sollte darauf zwei Jahre in die Sprachtherapie gehen und es dauerte Monate, bis ich zumindest wieder stottern konnte und ganze zwei Jahre, bis ich wieder frei sprechen lernte. Mein Gedächtnis war lückenhaft und die Konzentration mangelhaft. Ich schaffte kaum meine Gassirunden, denn es kam umgehend der Schwindel zurück bei der kleinsten Belastung und machte mich umgehend müde und erschöpft, sodass ich viel und oft schlafen musste.

In diesem Zustand konnte ich sehr enttäuscht leider meine Prüfung zur Heilpraktikerin für Psychosomatik vier Monate später nicht antreten, aber ich denke, das Konstrukt Mensch, das ich genauer verstehen lernen wollte, habe ich dennoch gut verstanden. Die Ausbildung gab mir viele Antworten auf quälende Warum-Fragen meines Lebens, besonders in Bezug auf meine Mutter. Ich durfte endlich verstehen, dass sie nicht nur Alkoholikerin, sondern auch eine Borderlinerin war. Ich konnte mich ein Jahr lang kaum noch konzentrieren, vergaß alles, selbst dass ich bei roter Ampel stehen bleiben muss mit dem Pkw und wohin ich überhaupt fuhr, bis hin zu vielen Erinnerungen aus meiner Vergangenheit. Lernen und Bücher lesen war sinnlos, nach der ersten Seite hatte ich den kompletten Inhalt vergessen.

Mein Partner war sehr überfordert in dieser neuen Situation mit mir, fand er mich doch jetzt eher als Wrack statt als lebenslustige Frau vor und sah mich irgendwann nur noch hilflos und mitleidig an, wenn er mal zu Hause war. Da ich gesundheitlich nicht mehr in der Lage war, mit ihm mitzuhalten und auszugehen, Menschenmassen, grelle Lichter oder höhere Lautstärke nicht mehr ertrug, ohne dass mir schwindelig wurde und ich wieder anfing, in unbekannter Sprache zu reden, ließ ich ihn alleine machen, was er wollte. Das war OK für mich, denn Mitleid ist echt das Schlimmste und Passivste, was man einem Menschen vermitteln kann, das hatte ich ja bereits in der Kindheit gelernt. Wir lebten nun zwei Leben, ich für mich alleine und meinem Kampf zurück ins Leben und er mit seinem unbändigen Freiheitsdrang, da draußen Spaß zu haben, und der Sorge, etwas in seiner Freizeit zu verpassen. Bald war er nur noch unterwegs, ich hatte jedoch dadurch die Ruhe, die ich wollte, keine Aufregungen und Streitereien mehr, sie zogen mich gesundheitlich nur tiefer herunter und so ließ ich ihn resigniert machen und versuchte mich nach einigen Monaten parallel mit dem Hamburger Model zurück in meine Anstellung zu kämpfen.

Es war sehr schwierig, wir arbeiteten in einer Hotline und mit sensiblen Daten von Versicherten am PC. Und bei jeglichem Stress am Telefon oder intern fing sofort das Stottern wieder an oder mir entfielen wieder Worte, sodass Sätze unvollständig blieben. Meine Konzentration ließ zu wünschen übrig und so ging ich schweren Herzens von Voll- auf Teilzeit im Büro auf Bitten meines Chefs über. Dafür bin ich ihm im Nachhinein sehr dankbar. Damals hatte ich nur meine Existenzängste gesehen in meiner

Ohnmacht nicht gegen meinen negativen gesundheitlichen Zustand ankommen zu können. Ich wusste ja nicht, ob ich je wieder ganz gesund werden würde, und war sehr auf meinen Verdienst angewiesen. Doch mit der Teilzeitstelle durfte ich nun auch lernen, mein bisheriges Lebenstempo zu drosseln und mehr auf mich selbst zu achten statt auf andere. Das war nun meine neue Aufgabe, der ich mich stellen musste, wollte ich wieder ganz gesund werden. Bis dato lud jeder seine Probleme bei mir ab, übergab sie mir, mit Bitte nach einer geeigneten Lösung, doch wieder auf sie zuzukommen.

Im Sommer 2019 ging es langsam gesundheitlich bergauf mit mir und mich fragte spontan eine andere Freundin, ob ich in ihr Haus ziehen wolle, da dort gerade ein Mieter auszog. Eine Woche später tat ich das, nach einem wieder einmal unnötig provozierten Streit zu Hause. Diesmal hatte ich ja mal Möbel, die aus meinem einen Zimmer, das mein Freund immer nur ironisch „du und dein Museums- oder Vorzeigezimmer" nannte.

Eine Einbauküche war dort bereits vorhanden. Mein neues Boxspringbett stand seit dem letzten Auszugversuch noch verpackt in der Garage meiner Tochter und so brauchte ich diesmal nur noch einen Kleiderständer für meine Anziehsachen im Schlafzimmer.

Nun, ich wollte alles Negative hinter mir lassen, Krankheit, Liebe, Stress, Streit, und zog optimistisch gestimmt in die Mietwohnung meiner Freundin, wo ich langsam einfach ausatmen, entschleunigen, verarbeiten und zur Ruhe kommen wollte, aufs Land.

Doch nur kurze Wochen später sollte es in meiner neuen Wohnung beginnen zu spuken. Es war ein altes Haus, mitten in einem kleinen Dorf. Es fielen plötzlich ständig Tassen aus dem Küchenregal in der Nacht oder ich hörte schnelle Schritte durch mein Wohnzimmer stampfen, die auf mich zukamen, laut und eilig, sodass ich wirklich kerzengerade in meinem Bett saß. Über mir war nur der Dachboden und unter mir wohnte noch niemand. Einmal stellte ich alle Fotorahmen mit den Bildern vom Altar (ein alter Nähtisch) runter auf die dahinterliegende Fensterbank. Am nächsten Morgen stand alles wieder da wie vorher. Ich bekam nachts einen Albtraum nach dem nächsten und irgendwann träumte ich dann von einem Bauern, der früher dort gelebt hatte. Ein sehr böser Mensch. Der ehemalige Bauernhof war sehr heruntergekommen und er schlenderte gedankenversunken weg von den Ställen in Richtung meines Hauseingangs. Plötzlich sah er auf und bemerkte, dass ich ihn sehen konnte. Daraufhin erschrak er und kurz darauf kam er wütend auf mich zu. Sein kleiner Sohn sprang hin und klammerte sich an seinem Bein fest. Mein Herz klopfte und sprang mir fast aus der Brust vor Angst, als plötzlich im Traum eine Neukundin auftauchte, der ich davor die Woche das erste Mal Karten gelegt hatte, die hektisch sagte: „Komm mit, komm mit, wir müssen in die unterirdischen Gänge hier unten, komm mit."

Ich ging mit und als wir durch die vielen Gänge liefen, bemerkte ich plötzlich seine zwei Söhne sowie seine Frau hinter mir, die mit mir flüchten wollten. Schweißgebadet wachte ich in jener Nacht auf.

Danach machte dieser Bauer mich jedoch zu so was wie seiner unfreiwilligen Verbündeten in meinen Träumen. Er zeigte mir, wie stolz er war, dass alle so Angst vor ihm hatten, besonders die Tiere, wenn sie zur Fütterung nur schon seine Schritte hörten. Sie zitterten in ihren dreckigen Ställen regelrecht. Ein anderes Mal zeigte er mir, wie er ein grunzend schreiendes Schwein brutal über den Hof schleifte bis vorne zu unseren Parkplätzen, unterhalb meines Schlafzimmers. Nur in meinem Traum war da eine Grube, keine Autos, wo er es dann bestialisch abschlachtete.

Ich war dem Wahnsinn nahe, ehrlich. Ich wollte hier nur endlich zur Ruhe kommen. Meine Freundin holte darauf eines Tages die Nachbarin rüber zu mir, die schon ewig die hintere Hälfte des

Hauses bewohnte und genauere Baupläne hatte. Ich schilderte ihr alles und sie gab mir zur Verwunderung meiner Freundin in allem Recht. In ihrer Scheune waren noch die Ochsenringe an den Wänden befestigt und es gab jede Menge unterirdischer Gänge unter dem Haus bei ihr sowie eine ehemalige Grube an unserem Parkplatz. Meine Freundin war entsetzt. Es folgten weitere Vorfälle in dieser Wohnung, bis eines Tages meine Enkel wieder mal bei mir schliefen. Mein damals sechsjähriger Enkel, der neben mir lag, begann plötzlich laut zu sprechen und beantwortete irgendwelche Fragen und meine Enkelin, zwölf Jahre, die im Wohnzimmer auf der Couch eingeschlafen war, kurz darauf ebenso ...

Nun beschloss ich, nach nur zehn Monaten im Oktober 2020 schnellstens mal wieder eine andere Wohnung zu suchen. Weder Gebetsrituale noch Räuchern noch Kreuze noch Ablösegebete halfen, diesem Spuk dort ein Ende zu setzen und wirklich Ruhe einkehren zu lassen. Leider war zu dem Zeitpunkt bereits die Pandemie ausgebrochen und die Jungs von Ghostbusters, die ich in meiner Verzweiflung zu Hilfe rief, mussten deshalb beide Male absagen.

Ich wandte mich an eine mir bekannte Heilerin, die mich nachts im Schlaf begleitete und rein wusch von allen negativen Anhaftungen. Ich weiß, für Leute, die nicht an diese nicht greifbaren Dinge glauben, hört sich das völlig absurd an, doch würde ich nur blödeln, hätte ich mir nicht die Zeit genommen, dass alles hier aufzuschreiben.

Im Dezember 2021 wurden meine Gebete erhört, mein Kartenblatt wendete sich plötzlich endlich ins Positive. Denn es sollte mehr als Glück sein, dass meine jetzige Wohnung dreimal zu mir kam, denn jedes Mal stieß mich wer anders auf das Angebot, bis letztendlich Janas Freundin Jill (meine Ziehtochter) eine Mietung vermitteln konnte. Sie sah in Facebook, dass ich der jungen Frau eine öffentliche Mietinteresse-Anfrage sandte und da sie mit der Vormieterin befreundet war, bekam ich die Wohnung. Wahnsinn, endlich mal etwas, was ohne Kampf zu mir kam. Ein Stück vom Kuchen auch für mich oder aber auch ein wenig Karma, das mir nun das Positive zurückgab, was ich dem damals kleinen Mädchen bei uns schenkte.

Hier bin ich jetzt angekommen, lebe dort seit einem Jahr und lerne täglich, dass auch ich wichtig und gleichwertig bin und nicht auf den letzten Platz gehöre in der Prioritätenliste, mich selbst lieben muss und darf, um irgendwann diese Liebe zu erhalten, die ich mir für mich wünsche und immer so offen verschenkte. Und vor allem, dass ich alles kann, aber nichts mehr muss.

Ich versuche, alte Glaubenssätze aufzulösen, die mich immer an mir zweifeln ließen und in der Kindheit entstanden, zur Zeit von diesem hier: „… denn auch wenn ich alles richtig mache, so ist es am Ende trotzdem verkehrt." Ich möchte keine Selbstunsicherheit mehr in mir tragen, sondern Klarheit und Selbstbewusstsein und mit dem Erkennen eigener falscher Glaubenssätze sollte jeder für sich irgendwann selbst in die Auflösung gehen und versuchen, Heilung zuzulassen, um langfristige Veränderungen zu erzielen. Es lohnt sich, auch wenn es nicht immer einfach ist. Denn einfach ist nur, alles so zu lassen, wie es ist, und somit immer wieder dieselben Erfahrungen und Begegnungen im Leben machen zu müssen und ohnmächtig darin zu ertrinken. Ich habe aussortiert: Freunde, Bekannte, alte Muster, die aus Glaubenssätzen entstanden, Menschen, die nur nehmen oder fordern, mich nicht nehmen, wie sie mich jedoch kennenlernten. Und ich lebe nicht mehr mit Vollgas meinen Alltag, sondern habe mein Tempo auf den zweiten Gang gedrosselt. Ich halse mir nicht mehr alles auf oder setze mich meinem früheren Dauerstress aus. Das tut gut, ich begegne mir jeden Tag neu und genieße immer bewusster alles Schöne um mich herum und endlich auch mal an mir selbst.

Nachwort:

Egal, wie viele Stolpersteine, Ecken und Kanten das Leben einem bereitstellt, schau, wir sind letztendlich über alle gesprungen, egal, wie hoch sie waren oder wie tief der Fall danach, keiner ließ uns wirklich endgültig scheitern oder liegen bleiben. Jeder Einzelne zeigt doch rückblickend nur die eigene wahre Größe und Stärke an, oder?

Die wichtigsten Begleiter im Leben für mich werden immer Humor und Optimismus bleiben. Beide lassen dich nicht nur Schwere fühlen, sondern auch positiven Antrieb nach vorn, immer und immer wieder. Ich bin für beide sehr, sehr dankbar, denn sie sind zu einem wundervollen Teil von mir zusammengeschmolzen und fordern mich immer wieder neu heraus, neugierig aufs Leben sein. Es gibt mir unendliches Potenzial an Freuden über jede kleine, wundervolle Geste und allem, was ich an Positivem entdecke oder spüren darf. Wie sehr schätze ich diese Freudenmomente. Ich liebe es, das Dunkelblaue zu entdecken, wo Pessimisten längst schwarzsehen. Sie helfen mir immer wieder, Türen zu finden, wo vorher kein Ausgang zu sehen war. Und Lösungen, wo etwas bereits zu verfahren schien.

Bitterkeit ist nie hilfreich, sondern lebenshinderlich, sie blockiert nur.

Wenn das kleine Ich dir sagt, ich habe Angst, dann höre tief in dir, was das Leben dir antworten wird: Ich trage dich dadurch, wenn du mir vertraust ..!

Und so, ist es! Das Leben ist schön, du musst nur „dabei sein".

Heute bin ich nicht mehr verletzt, gekränkt oder wütend, ich habe meine Einstellung und meinen Frieden gefunden mit meinem Lebensweg, vor allem zu meiner Mutter. Sie war im Grunde ihres Herzens eine verlorene Seele, die selbst auf der Suche war, Halt und Liebe in sich zu finden. Und auf dem Weg dorthin hat sie sich leider als Teenager verlaufen, ohne sich selbst jemals liebend begegnet zu sein.

Sie starb viel zu früh, mit 51 Jahren, dabei würde ich gerne mit ihr im Heute gemütlich eine Tasse Tee trinken und sagen: „Hey, Mum, ich verzeih dir. Denn schau her, wie wundervoll ich gewachsen bin und innerlich weiterwachse. Ich lebe bewusst Werte und Wertigkeiten, bin und sehe die Welt so farbig bunt wie das Kind, das ich nie sein durfte, und bin zu einer verantwortungsbewussten liebevollen Frau geworden. Lass uns Frieden schließen. Denn so vieles von dir steckt auch in mir. All meine Verrücktheit, die Lebendigkeit, Leichtigkeit zu sein, ohne den inneren Zwang, sich um jeden Preis äußeren Auflagen der Gesellschaft anzupassen. Das fühlt sich so unheimlich schwerelos und selbstbestimmend gut an.

Ein wirklich schöner Teil von dir lebt in mir weiter, Mum. Denn, hey, hier und da entdecke ich mit viel Humor, innerlich und äußerlich weitere, die zum Vorschein kommen im täglichen Alltag. Es bringt mir ein Schmunzeln auf meine Lippen und für diese Augenblicke und Erkenntnisse danke ich dir."

Ja, das würde ich ihr gerne sagen.

Ich bin sehr erleichtert und glücklich, dass ich weiß, ich bin nicht die Einzige mit einer Geschichte da draußen, es gibt ja noch dich und dich und weitere Menschen mit der ihrigen und somit ist keine/r von uns wirklich alleine. Jeder hat ganz eigene Steine aus seinem Weg geräumt, große, kleine, schwere, leichte, andere halt.

Doch uns alle verbindet so viel gemeinsam: Wir sind starke Kämpferinnen/Kämpfer, mutige Lebenskünstler, die es immer wieder auf ihre Beine zurückschaffen, wenn sie fallen und es doch so unmöglich erscheint. Wir alle wurden vom Leben nur geschliffen, jedoch nicht gebrochen und werden durch die vielen Schicksale und Wege, die jeder für sich alleine ging, hier und dort draußen, alle zu einem großen Eins! Das ist wundervoll. Keiner von uns ist alleine.

Chapeau, schön, dass es DICH gibt.